인간의 길

소설 이존창

소설 이즈창

인간의 길

정대영

1776-1800

조선은 선교사 파송 없이 스스로 노력과 엄청난 희생을 감수하며 천주교를 받아들인다. 세계에서 유례가 없는 천주교 전래가 일어난 것이다.

실반트리

이 소설은 1776년부터 1800년까지 정조 시대를 배경으로 한 개혁적 지식인들의 꿈과 좌절에 대한 이야기이다. 이때는 조선의 마지막 부흥기로 깨어있는 많은 사람들의 노력으로 잠깐 희망도 있었다. 그리고 당시 조선은 선교사 파송 없이 스스로의 노력과 엄청난 희생을 감수하며 천주교를 받아들였다. 세계에서 유례가 없는 일이다. 이들의 생각과 자취를 쫓아 그 시대를 동행해 본 글이다.

이존창
1759? - 1801

이존창(1759?-1801)

소설의 주인공. '내포의 사도使徒', '호서 사학邪學의 괴수' 등으로 불리며 조선 천주교의 밀알이 된다. 대학자인 홍유한, 이병휴, 이기양, 권철신, 권일신 등을 사사한다. 이벽, 정약용, 유항검, 이총억, 최창현 등 개혁적 지식인들과 깊이 교유하며, 양반, 평민, 천민의 신분차별 없이 사람을 대하고 천주교를 전파하는 인물이다. 집안은 부자였던 것으로 보이나 신분은 불명확하다.

이총억(1762?-1822?)

이존창의 스승이었던 이기양의 장남으로 선조 때 명재상, 이덕형의 후손이다. 권철신의 사위이기도 하다. 이존창과 친형제처럼 서로 도와주며 산다. 벼슬길에 나서지 않고 조선의 개혁과 천주교 전파에 매진한다.

이법희(?-?)

이존창의 친형으로 부모가 물려준 재산과 집안을 잘 관리하는 현실적인 사람이다. 사려가 깊고, 존창의 든든한 후원자이다. 독실한 불교신자로 이름도 스님처럼 지었다.

권철신(1836-1801)

성호 이익의 학통을 이은 당대의 대학자. 벼슬길을 포기하고 동생 권일신과 함께 양근(현, 경기도 양평)에서 학문과 후진 양성에 매진한다. 학문이 일가를 이루어 그의 호를 따 '녹암학파'가 생겨났다. 1801년 신유박해 때 순교한다. 동생 권일신은 1791년 진산사건 때 먼저 체포되어 유배지 예산으로 가는 도중 죽음을 맞는다.

이벽(1754-1785)

깊은 학문적 소양을 가진 개혁적 지식인으로 조선 천주교의 비조로 불린다. 조선은 영·정조 시대 일시 부흥기를 맞는 듯했지만 속으로 곪고 있어 큰 개혁이 필요했다. 그는 사람을 모아 개혁에 나섰고, 천주교를 공부하고 믿는다.

1783년 겨울, 조선에서 청나라로 보내는 사신단에 참여한 이승훈으로 하여금 북경성당에서 세례를 받게 하였고, 자신은 이승훈에게서 세례를 받는다.

정약용(1762-1836)

조선의 대표적 실학자이며 초기 조선 천주교와 깊이 연결되어 있는 사람이다. 정약전, 정약종은 친형제이고, 조선 최초 세례자인 이승훈은 자형이다. 이벽의 누나는 큰형수이고, 진산사건의 순교자 윤지충은 외사촌, 백서사건의 주모자 황사영은 조카사위다. 또한 1795년 주문모신부의 도피를 주도하고, 이 일로 충청도 금정역의 찰방으로 좌천되었을 때 근처에서 이존창을 체포하고 한양으로 복귀한다.

유항검(1756-1801)

전주 지방의 대지주이며 양반가문 출신이다. 학문에 관심이 깊었던 개혁적 지식인으로 권철신, 권일신으로부터 배우고 천주교에 입교한다. 호남 천주교 공동체의 창시자이다. 부자이면서 '네 이웃을 사랑하라'는 천주님의 가르침을 실천하는 사람이다. 황사영 백서사건으로 1801년 능지처참형을 받아 순교한다.

최창현(1759-1801)

역관 집안 중인 출신으로 한양에서 약국을 운영한다. 학문에 관심이 많으며, 권철신, 권일신의 제자가 되어 천주교를 받아들인다. 성격이 원만하고 설득력이 좋아 천주교 총신도회 회장을 지낸다. 1801년 2월에 이존창, 정약종, 홍낙민 등과 같이 순교한다.

정조(正祖, 1752-1800, 재위기간 1776-1800)

조선의 제22대 왕. 아버지의 비극적인 죽음을 지켜보며 지극히 어려운 여정을 거쳐 왕위에 오른다. 성리학에 조예가 깊으며 천문 건축 등 서양학문에도 관심이 많고 천주교에 대해 우호적이다. 갑작스러운 죽음을 맞이하기 전까지 보호막이 없던 이존창을 지켜준다.

차례

1	여사울을 떠나 녹암정사로	11
2	주어사 강학회와 동지회 결성	65
3	이벽의 죽음과 천주교의 확산	133
4	진산사건과 교우촌 건립	199
5	천안연금과 마지막 기도	253

1
여사울을 떠나 녹암정사로

존창은 태어나서 오늘 가장 먼 길을 떠난다.

이른 새벽, 물때에 맞추어 작은 배로 여사울을 출발한다. 선장 포구를 돌아 곡교천을 거슬러 오른다. 멀리 익숙한 도고산이 보인다. 아침 해가 퍼지기 시작할 때 신창과 아산을 잇는 굽은 다리를 지나 배에서 내려 걷는다. 모내기가 막 끝난 논은 햇빛을 받아 반짝이는 물과 줄지은 어린 모가 어울려 예쁘다. 작은 고갯길을 여럿 넘어 천안과 평택 사이를 지나 안성 쪽으로 길을 잡는다.

존창이 사는 여사울은 예산 쪽에 붙어 있지만 천안 관아 소속의 월경지이다. 나랏일은 천안에서 해야 한다. 3년 전 15살에 군역에서 빼달라고 천안군수께 소를 냈다. 성호 이익 선생의 조카인 이병휴 선생님의 편지가 큰 힘이 되었다. 군수께서 논어와 대학의 몇 구절을 물었는데 존창은 막힘없이 대답해서 걱정했던 것 보다 쉽게 군역을 면제받았다. 존창도 다른 양반집 아들처럼 마음 편히 공부에 전념할 수 있게 되었다.

성환 읍내를 지나 안성 근처에 오니, 날이 저물기 시작해 주막을 찾는다. 첫날이라 힘든지 모르고 100리 길을 더 걸은 듯하다. 여사울의 법희 형님 농장에서 일하는 전씨 아저씨가 동행하여 훨씬 편하다. 전 아저씨는 예전에 보부상을 해 길눈이 밝다. 또 지난번 이기양 선생님이 남천으로 이사 갈 때도 같이 가보았기 때문에 길을 헤매지 않는다. 주막에서 저녁을 먹고 등을 방바닥에 대고 잠깐 누운 것 같은데 바로 새벽이다. 국밥을 뚝딱 먹고 다시 길을 나서, 안성을 지나 저녁 늦게 선생님 댁에 도착한다.

이기양 선생님은 선조 때 영의정을 지낸 이덕형 집안이다. 10년 전 덕산에 사시는 이병휴 선생님께 양명학을 배우려고 근처로 이사 오셨다. 덕분에 존창은 좋은 선생님들을 여러분 모시고 많은 배움을 얻을 수 있었다. 선생님은 재작년 진사시험에서 장원을 하고 본격적인 과거 준비를 위해 경기도 남천 이곳으로 이사를 왔다. 선생님 댁은 동네 끝 작은 초가집이다. 인기척을 하고 기다리니 선생님의 큰아들 총억이 나온다. 총억은 존창 보다 3살 어리다.

여사울에서 이기양 선생님 댁에 왕래하면서 공부할 때 친동생처럼 따랐다. 먼저 부엌으로 가 가져온 쌀과 새우젓을 내려 놓는다. 총억의 손에 이끌려 방에 들어가니 선생님이 좌정하고 계신다. 큰절을 하고 앉으며 문안 인사를 한다.

"선생님, 건강하시지요?"

"나는 보다시피 그럭저럭 잘 지내고 있네. 자네는 4개월 만인데 더 의젓하고 어른스러워 보이는구나. 이병휴 선생님은 어떠신가? 내가 떠나올 때 조금 안 좋으셨는데…."

"이병휴 선생님은 건강이 조금씩 나빠지는 것 같습니다. 당신이 얼마 살지 못할것 같다는 말씀도 하십니다."

"집안은 무탈하고 형님 사업도 여전히 잘 되고 있겠지?"

"법희 형님은 항상 일에만 몰두하고 계십니다. 사업은 부침이 있지만 형님이 워낙 꼼꼼하시고, 열심히 하셔서 괜찮을 듯싶습니다. 형님이 이번 제가 여기 올 때 선생님이 좋아하는 새우젓과 쌀을 조금 보냈습니다."

"내가 덕산에 있으면서 자네 형님의 신세를 많이 졌는데 또 지게 되는구만…. 고마운 일이지. 오늘 밤은 비좁지만 여기서 자고 내일 양근의 권철신 선생님 댁으로 가면 될 거야. 내가 편지를 써줄게. 그리고 총억이도 양근에 같이 보내려고 한다. 내가 대과 준비에 바쁘니 신경이 잘 안 써지고, 또 내 자식을 직접 가르치기가 어렵기도 해서…."

"고맙습니다. 총억이랑 같이 가면 낯선 사람들 속에서 서로 도와가며 공부할 수 있어 마음이 편해집니다."

"권철신 선생은 조선 초 대학자이신 권근 선생의 후손이지. 일찍 벼슬길을 포기하고 학업에 매진하면서 후학들을 키우고 계신다네. 학문이 일가를 이루어, 호를 따 '녹암학파'라고 불리고 있지. 옆집에 사는 동생 권일신 선생의 학문과 인품도 그에 못지않게 출중하다네.
선생 댁에는 인근에서 온 뛰어난 선비도 많고 서적도 여러 가지가 있네. 자네 공부에 큰 도움이 될 거야. 또 권철신 일신 선생은 존창이 자네가 여사울에서 사사한 홍유한 선생님과도 교류가 많고 생각도 비슷하셔서 자네가 잘 지낼 수 있을 거야."

"미욱한 제가 시골에 살면서도 홍유한 선생님과 이병휴 선생님, 그리고 선생님까지 모시고 큰 배움의 기회를 가질 수 있었고, 앞으로 권철신·일신 두 분 선생님으로부터 학문의 깊이를 더할 수 있게 되었습니다. 모두 선생님의 은덕 때문입니다."

"무어, 내가 해준 것이 있나. 자네의 학운이 높았던 것 같네. 자네 선친은 다른 사람과는 다르게 특별한 노력을 하셔서 큰 부를 이루었고, 자네 형님은 이를 잘 키워가고 있지. 여기에 자네는 뛰어난 학문적 재능을 갖고 태어났어. 이제 공부를 조금 더 해서 과거에 급제하면 자네 집안은 명문가가 되는 거지…. 이렇게 보면 세상은 자신이 직접 하지 않은 것으로부터 많은 도움을 받고 사는 거야. 이제 자네는 스스로 노력하여 자신의 인생을 만들어 갈 때인 듯하네. 양근에 가서 열심히 공부하게. 또 많은 사람을 사귀고 시간이 되면 한양에도 가보거나. 양근에서 배로 가면 한양이 멀지 않아."

"열심히 하겠습니다. 그런데 어떤 길이 제 인생에 맞는 것이고, 죽을 때 후회하지 않는 길인지 아직 잘 모르겠습니다."

"그것을 찾아가는 것이 인생인 것이네. 나도 아직 내가 무엇을 해야 하고, 무엇을 해야 진정 좋은 지는 잘 모르겠어. 주변 사람들이 가는 길, 남들이 다 좋다고 하는 길이 내 길이 아닐 수도 있네. 자네는 젊고 호기심이 많고 재능이 뛰어나니 많은 것을 해보게. 자신의 인생에서 진짜 좋은 것이 무엇인 지를 찾아보게나."

사모님이 차려주신 늦은 저녁을 먹고, 윗방에서 전 아저씨와 자리를 폈다. 총억과 옛날 일 몇 마디를 나누다 잠에 빠진다. 바로 동창이 밝았다. 아침을 먹고 셋이 남천나루에서 배를 타고 양근으로 향한다. 양근나루에 도착해 감호의 권철신 선생님 댁을 찾는다. 총억과 함께 선생님께 인사드리며 이기양 선생님의 편지를 전한다. 권철신 선생님은 편지를 뜯어 읽으신다.

"이존창이라 하옵니다. 선생님께 배우려고 찾아 뵙습니다."

"그래. 자네 이야기는 몇 번 들었네. 총억이도 함께 왔구나. 편히 앉게나. 이기양 선생뿐 아니라 홍유한 선생님께서도 존창 자네가 지적 호기심이 많을 뿐 아니라 정진하는 자세도 뛰어나, 보기 드문 준재라고 하였네."

"과찬인 듯하옵니다. 홍유한 선생님은 지난해 수도하기 좋은 경상도 순흥으로 이사하셨습니다."

"알고 있지. 홍유한 선생님과는 몇몇 분들과 함께 도모한 일이 있었는데…. 내가 여의치 못해 선생님 혼자 수도자의 길을 걷게 하신 것 같네. 참 죄송스러운 일이지. 그건 그렇고 여기는 서당처럼 모여 가르치고 배우는 곳이 아니야. 각자가 자신이 공부하고 싶은 분야를 찾아 탐구하다가 궁금한 것을 동료나 나에게 물어보고 토의하는 방식이야. 옆집에 사는 내 아우 일신도 찾아뵙도록 하게. 일신은 여러 면에서 학문의 깊이가 깊고 생각이 많아 배울 것이 많을 것이네."

"밖에 노 집사 있느냐!"

"예, 어르신. 찾으셨습니까."

"두 분 학사가 내일부터 공부할 수 있게 녹암정사 생활을 안내해드리고 거처할 방도 정해주고 하게."

"알겠습니다. 그리고 충청도 여사울에서 오신 이 학사님께서 아주 좋은 새우젓을 한동이 가져 오셨습니다."

존창이 말을 받는다.

"이기양 선생님께서 덕산에 계실 때 새우젓을 좋아하셔서 오면서 한동이 드리고, 선생님께도 한동이 드리라고 제 형님이 보낸 것입니다. 너무 약소합니다."

철신 선생이 고맙다고 답을 한다.

"요즘 먹을거리가 아주 부족할 때인데 요긴할 것이네."

노 집사는 존창과 총억에게 녹암정사의 독서채, 사랑채, 행랑채, 안채 등을 안내해주면서 찬찬히 설명을 해준다.

"이곳이 저희가 사는 행랑채입니다. 불편한 것이 있으면 언제든 말씀하시면 됩니다. 여기는 학사채로 학사님들이 기거하십니다. 방마다 두 분이 거처하시지요. 앞의 독서채에는 책과 책상이 있습니다. 필요하신 책을 골라 빈자리에서 보시면 됩니다. 책은 독서채에서만 보셔야 하고 학사채로 가져가시면 안 됩니다. 다른 학사님들께서도 보셔야 하기 때문입니다. 혼자 오래 보고 싶은 책은 필사를 하셔도 됩니다. 그리고 이곳 녹암정사 생활비는 한 달에 중미 쌀 네말입니다."

존창은 노 집사에게 고맙다는 인사말을 하고, 총억과 함께 방에 들어가 짐을 정리하고 나온다. 녹암정사를 다시 둘러보고 독서채에 들어간다. 독서채 한쪽에 여러 개의 서가가 있고, 많은 책이 꽂혀있다. 다른 한쪽에는 나무 책상과 의자가 있다. 몇 명의 젊은 학사들이 독서에 열중하고 있다.

존창이 학사들에게 인사를 한다.

"안녕하십니까. 저는 오늘 녹암정사에 새로 온 이존창입니다. 충청도 여사울에 삽니다. 이쪽은 이총억이라 하고 경기도 남천에 살고, 이기양 선생님의 자제분이시지요."

젊은 유생 중 한 사람이 일어나 응대를 한다. 키가 8척 장신에 훤칠한 대장부 모습이다.

"환영합니다. 저는 한양에 사는 이벽입니다. 시간이 나는 대로 여기 와서 귀한 책을 보고 권철신·일신 두 분 선생님께 배움을 청하고 있습니다. 두 학사님께서도 처음 오셨으니 서가를 둘러보시지요. 그리고 아! 우리, 덕산의 이병휴 선생님 댁에서 잠시 인사를 나눈 것 같기도 합니다."

존창이 말을 받는다.

"예, 맞습니다. 제가 여사울에 살면서 이병휴 선생님 댁에 자주 찾아가 배움을 청했습니다. 그때 공자님을 뵌 듯합니다. 기억해주셔서 고맙습니다."

존창과 총억은 이벽에게 목례를 하고 서가 쪽으로 간다. 눈이 휘둥그레질 정도로 놀라며 존창은 혼잣말을 한다.

'제목도 처음 보는 책이 이렇게 많은가…. *천주실의, 칠극, 만물진원, 삼산논학기, 곤여도설, 직방외기, 수리정온, 벽망, 북원록, 반계수록*…, 무슨 책일까? 내가 궁금해 하던 것을 여기서 알 수 있을지 모르겠다. 녹암정사에 너무 잘 온 것 같아.'

존창은 책 한 권을 뽑아 빈 자리에 앉아 읽기 시작한다. *직방외기*이다. 바로 책 속에 빠져 들어간다. 총억이 저녁식사 때가 되었다고 잡아 끌어서야 독서삼매경에서 빠져나온다.

"형은 무슨 책을 그렇게 정신없이 봐? 밥을 먹어야지. 저녁을 먹으라는 종이 한참 전에 울렸어."

"*직방외기*란 책인데, 조선 중국 일본 말고, 다른 여러 나라에 대한 책이야. 세상은 아주 넓고, 나라도 많고, 사람 사는 방식도 크게 다른 것 같아. 배울 것이 많아. 빨리 내일이 왔으면 좋겠어. 책을 더 보고 싶다. 그래, 밥 먹으러 가야지. 다 먹고 살려고 하는 짓인데. 후후"

둘은 학사채의 끝에서 안채 쪽으로 난 식당으로 간다. 식사 준비는 사모님과 여종 등 안채 사람이 담당하는 모양이다. 저녁식사는 중미 쌀, 보리, 콩이 들어간 잡곡밥 한 그릇과 된장국, 산나물 무침이다. 음식이 정갈하고 깨끗하다. 총억은 안채 쪽을 기웃거리고 부엌에서 일하는 사람들에게 관심이 많은 듯하다.

식사를 끝냈을 때, 사모님인 듯한 분이 가까이 오며 말을 한다.

"두 분 학사님은 오늘 처음 오셨지요. 어떻게 음식이 입에 맞았는지…, 어느 분이 존창 공이고, 어느 분이 총억 공인가요?"

총억이 얼른 답을 한다.

"제가 이총억입니다. 사모님이시지요? 음식이 너무 맛있었습니다."

사모님이 고개를 끄떡이며 말을 받는다.

"음식이 입에 맞다니 고맙습니다. 총억 공자이시면…, 이기양 선생님 내외분은 잘 지내시지요? 이쪽은 존창 공이시구, 가져오신 새우젓이 아주 맛있어요. 최상품 같아요. 잘 먹겠습니다. 오늘 나물 무칠 때 그 새우젓을 조금 넣으니 더 맛있네요."

1 여사울을 떠나 녹암정사로

존창이 답을 한다.

"별것 아닌 것을 좋게 봐주서서 고맙습니다. 저희 마을에 새우젓을 맛있게 담그는 집이 있어 가져온 것입니다."

"두 분 공자님, 녹암정사에서 즐겁게 지내시며 학문에 큰 성취 있으시길 바랍니다. 오늘 먼 길 오셨으니 편히 쉬세요."

존창은 다음 날 일어나자마자 독서채로 가서 책을 읽는다. 오후에 노 집사가 와 권일신 선생님께 인사드리러 가자고 한다. 총억과 함께 노 집사를 따라 사랑채 뒤쪽 샛문을 통해 권일신 선생님 댁에 가서 절을 하고 앉았다.

"이존창이라 하옵니다."

"이총억이라 하옵니다."

"총억 학사는 이기양 선생님 자제이지. 이기양 선생께서는 과거에 열중하고 계실것이고. 자네도 과거 준비를 해야겠지?"

총억이 답한다.

"예, 천천히 준비하려 합니다."

일신 선생이 존창에게 묻는다.

"존창 학사는 충청도에서 왔고. 무엇에 관심이 많은가?"

존창이 답을 한다.

"자연의 신비와 세상의 섭리를 알 수 있는 더 완전한 학문을 배우고 싶습니다. 사철이 때를 맞추어 변하고, 해와 달은 세월이 지나도 제때 뜨고 집니다. 또 이 세상에는 많은 인간과 여러 종류의 동물과 식물이 함께 어울려 살아가고 있습니다. 이 세상은 어떻게 만들어진 것이고 어떻게 움직이는지 궁금합니다. 그리고 어떤 사람들은 아무리 노력해도 굶주리고 헐벗고 살아가는데 이게 전생의 업 때문인지. 이들이 좀 더 잘 살 수 있는 방법은 없는 지도 알고 싶습니다."

일신 선생이 말을 받는다.

"자네는 궁금한 것이 아주 많구만. 호기심이 많은 것이 학문과 지혜에는 도움이 되겠지만…. 자네가 알고 싶어 하는 것은 대부분 과거 공부와 출세에는 오히려 방해가 될 수 있어 보이네. 그리고 자네가 궁금해 하는 것은 예전에 많은 학자들이 답을 찾으려 노력했지만 잘 찾지 못한 것들이야. 쉽지 않은 일일 것이야, 그래도 꾸준히 정진해 보게. 나는 미래가 창창한 젊은이의 가능성은 무한한 것이라고 믿고 있네. 내가 아는 것은 많지 않지만 조금 도움이 될 지도 모르겠어. 같이 이야기해보고 싶은 것이 있으면 언제든 찾아오게나. 공부도 열심히 해야겠지만, 즐겁게 지내는 것도 잊지 말고."

인사드리고 나와 존창은 바로 독서채로 가고, 총억은 녹암정사 주변을 구경하러 나간다.

존창은 밥 먹고 잠깐잠깐 주변 산책하는 시간을 제외하고는 독서채에서 책에 파묻혀 지낸다. 권철신 선생님은 얼마 전에 한양에 가셔서 며칠째 집을 비우고 계신다. 친구들을 만나고 새로운 책을 구하기 위해 가끔 한양에 가는데 이번에는 좀 오래 머무는 것이라고 한다.

존창은 일신 선생님이 녹암정사 사랑채에 나와 계셔서 찾아뵌다.

"선생님, 편안하시지요? 권철신 선생님은 한양에 가셔서 오래 계시는 듯합니다."

"금년 4월에 선왕께서 승하하시고, 새로운 전하가 등극하시었지. 금상은 선왕의 손자이시고, 아버님 되시는 사도세자께서 선왕 때 뒤주에 갇혀 죽는 불행한 일이 있었네. 금상은 많은 어려움을 이겨내고 보위에 오른 것이지. 앞으로 세상이 크게 변할 가능성이 생겼다고 볼 수 있어. 형님께서 이것저것 알아보려고 좀 오래 계시는 것 같네. 그건 그렇고 자네는 요즘 무슨 책을 읽고 있나?"

"녹암정사에는 어떤 책을 읽어야 할지 모를 정도로 책이 많아 좋습니다. 처음 읽은 책은 '애유락'이라는 사람이 쓴 *직방외기*입니다. 재미있었습니다. 지금은 필사를 하고 있습니다. 세상이 이렇게 크고 넓고 또 많은 나라들이 있는지 처음 알았습니다."

"세상에 많은 나라가 있다는 것 말고, *직방외기*에서 또 관심이 있는 것이 무엇인가?"

"중국의 한참 서쪽에 있는 구라파라는 곳에는 여러 나라가 있고, 그들 나라는 사람 사는 것이나 문화가 중국 이상으로 발전한 것 같습니다. 구라파에 대해서 자세히 알아보고 또 가보고도 싶습니다. 우리가 사는 이 땅덩어리가 둥글게 생겨 똑바로 한 방향으로 계속 가면 다시 이곳으로 올 수 있다는 말이 신기하기도 합니다. 예전에 이병휴 선생님으로부터 비슷한 말을 들었는데 그때는 잘 믿지 못했는데 사실인 것 같습니다. 책을 보면 볼수록 알고 싶은 것이 많아집니다."

"나도 *직방외기*를 봤을 때 비슷한 생각이 들었네. 조선 사람이 조선 밖으로 나가는 것이 국법으로 금지되어 있지. 중국과 왜 정도만 사신단에 끼어 겨우 갈 수 있어 답답하지. 중국에 가면 구라파 사람들이 있어 좀 더 자세히 들을 수는 있겠지만, 직접 가보는 것에 비할 수는 없을 것이야. 나도 많이 궁금하고 모르는 것이 많네. 그런데 이런 책은 과거 공부에 도움이 안 될 텐데…. 자네는 과거에 응시하지 않을텐가?"

"집안에서는 제가 과거에 급제해 가문을 키우길 기대하고 있습니다. 저도 개인적인 입신양명에 전혀 관심이 없는 것은 아니지만…, 저는 아직 능력이 충분치 못하고, 집안도 한미합니다. 과거에 급제할 수 있을지 자신도 없고, 급제하더라도 벼슬길을 잘 헤쳐 나갈 수 있을지도 모르겠습니다. 참으로 외람된 질문이온데, 하도 궁금해서 여쭈어 보는 것입니다. 선생님께서는 실력과 집안 등을 모두 갖추셨는데 왜 과거에 응시하지 않았는지요?"

"음, 아주 특별한 질문이네만, 자네의 미래를 위해 답을 줘야겠지. 과거에 급제하기 위해서는 기본적으로 실력이 있어야 하지만, 집안과 자신이 속한 당파가 아주 중요하네. 어렵게 과거에 붙었다 하더라도 벼슬길에서 잘 나가기 위해서는 당파가 필요로 하는 옳지 않은 일, 하지 말아야 할 일도 열심히 하여야 하네. 출세를 위해 많은 노력을 해도 운이 나빠 사화에 휩쓸리면 자신뿐 아니라 가족의 생명도 보존하지 못하는 경우도 있지. 벼슬살이라는 것이 몇 개 안 되는 정승, 판서 자리에 자신의 모든 것을 거는 도박판과 비슷한 듯하네. 더 높은 벼슬자리를 위해 상대방을 역적으로 몰아야 하고, 잘못하면 내가 역적이 되기도 하는 것이지. 이런 이유로 나는 하지 않기로 한 것이지.

그러나 벼슬자리가 주는 혜택도 엄청 크기 때문에 자네는 깊이 생각해서 결정하게. 자리에 따라서 작게라도 자신의 뜻을 펼칠 수도 있고, 명예가 있고, 돈과 재물이 생길 수도 있지. 그리고 새로이 등극하신 주상께서 벼슬살이를 지금보다는 조금은 낫게 바꾸어 놓을 수 있을지도 모르겠네. 그리고 내가 자네의 집안 내력을 잘 모르는데, 어떤지 내게 이야기해 줄 수 있나."

"예. 저희 집안은 경주 이가이고, 충청도 신창현에 자리를 잡고 살았는데 오랫동안 출사하지 못해 어렵게 살았다고 합니다. 경신 대기근 때 굶주림에 지쳐 고조할아버지가 근처 돈 많은 성씨 집안에 보내져 노비처럼 살았답니다. 기근이 끝나고 집에서 고조할아버지를 찾아가려 했는데 성씨 댁에서 내주지 않았답니다. 증조할아버지와 할아버지께서 열심히 일을 하시어 생활기반을 만드시고, 아버님은 선왕 때 '노양처소생종모종량법'의 혜택을 봐 신분을 회복했습니다. 할머니께서도 어렵게 사는 집안이었지만 양인이었기 때문입니다.

아버님은 성인이 되어 인근 여사울이라는 곳으로 이사를 하셨습니다. 여사울에서 농장을 만들고 열심히 일하시어 약간의 부를 이루었습니다. 농장은 마을 사람들과 같이 일하면서 작물을 잘 골라 기르고, 여러 도구를 사용해서 가능한 가공까지 해서 팔고 있습니다. 농작물을 그대로 파는 것보다 밀가루나 누룩으로 만들어 파니 값을 제대로 받았습니다. 수입이 괜찮고 일하는 분들에게도 보수를 충분히 줄 수 있었습니다.

그러자 못살던 마을이던 저희 마을에 사람이 많이 몰리고, 마을도 번듯해졌습니다. 아버님은 예전의 양반 신분을 회복하고 마을사람들로부터 존경을 받으며 사셨습니다. 애석하게도 아버님과 어머님은 너무 일을 많이 하셨던지 5년 전에 두 분이 거의 같이 돌아가셨습니다.

아버님의 사업은 형님이 잘 이어가고 있고, 저는 인근의 홍유한 선생님, 이병휴 선생님과 이기양 선생님으로부터 배우다가 이곳 양근에 더 깊은 공부를 위해 오게 되었습니다."

"자네는 훌륭한 선생님들로부터 배워 학문의 성취가 좋을 듯하고, 집안도 배울 것이 아주 많네. 특히 자네 집만 잘 사는 것이 아니라 마을에 많은 사람이 모여들고 같이 풍족하게 살게 해주었다는 것에 감명을 받았어. 지금 이 나라에 큰 도움이 될 수 있을 경험인 듯하네. 그 이야기는 다음에 시간을 내서 더 자세히 나누도록 하세. 오늘은 이 나라 조선의 기본 학문인 성리학에 대한 자네의 이해를 알고 싶네. 논어, 맹자, 대학, 중용의 사서와 시경, 역경, 춘추의 삼경을 다 읽었을 것이고, 이해하고 있겠지. 그 중 어느 책이 가장 마음에 끌리던가?"

"사서삼경은 여러 번 읽었고, 그 뜻은 대부분 알고 있으나 제대로 이해했는지는 자신이 없습니다. 논어, 맹자, 대학, 중용 모두 성현의 훌륭한 마음이 모아져 있어 중요하지 않은 것이 없으나 저에게는 맹자가 가장 끌렸습니다."

"왜, 맹자에게 마음이 끌렸는지, 그리고 맹자에서 특별히 좋아하는 글귀가 있는가?"

"맹자는 대부분 구체적인 사례에 대한 의견이나 해답을 묻는 형식으로 되어 있어, 아둔한 저도 편하게 읽고 이해하기 쉬워 좋았습니다. 좋아하는 글귀는 맹자 공손추 하에 나오는 '천시불여지리天時不如地利 지리불여인화地利不如人和'이옵니다."

"자네는 구체적이고 실천적인 학문을 좋아하는 듯하구나. '하늘의 때는 땅의 이로움보다 못하고, 땅의 이로움은 사람 사이의 화합보다 못하다.'는 글귀에 대한 자네의 의견을 듣고 싶네."

"하늘의 때는 길일이든가, 날씨가 맞는 날이나 시간을 의미하고, 땅의 이로움은 산과 강 같은 자연환경이나 높은 성과 같이 전쟁에서 유리한 지리적 조건을 뜻한다고 합니다. 이러한 것보다 사람 사이의 화합이나 단결이 전쟁의 승패를 좌우하는 더 중요한 요소라는 의미입니다. 좀 더 깊이 생각해보면 하늘의 때는 인간의 노력으로 만들 수 없고, 땅의 이로움도 인간의 노력으로 얻기 매우 어렵습니다. 그런데 사람 사이의 화합은 노력하면 누구든 얻을 수 있습니다. 인간의 노력으로 얻을 수 있는 것이 전쟁이나 세상살이에서 가장 중요하다는 의미이기도 합니다. 그러나 세상의 현실을 볼 때, 이 셋 중에서 사람 사이의 화합이 이루기가 가장 어려워 보입니다."

"자네는 왜 사람 사이의 화합이 가장 어렵다고 생각하는가?"

"예. 인간은 자신의 욕심을 자제하기 어려워 당연히 해야 할 것을 하지 못하기 때문이라고 생각합니다. 특히 힘이나 땅을 많이 가진 사람이 가진 것을 양보하지 않고 있지요."

"그래. 아주 생각을 많이 했구나. 네 말이 맞는다. 높은 자리에 있는 사람은 다스릴 줄만 알지, 보살피거나 나누는 마음은 턱없이 부족한 경우가 많다. 오늘은 이만하고 앞으로 공부하다 의문이 있거나 이야기를 나누고 싶은 것이 있으면 언제든 찾아오너라. 아. 그리고 너희 집안의 자세한 내력에 대해서는 다른 사람에게는 이야기하지 않는 것이 좋을 듯하다."

"예. 알겠습니다. 선생님."

존창은 저녁을 먹고 오랜만에 총억과 녹암정사 주변을 산책하며 대화를 한다. 멀리 한강이 주변 녹음과 어울려 아름답다.

"형은 머리가 좋아 조금만 더 열심히 공부하면 과거시험에 곧 붙을 것 같아. 요즘 무슨 책을 봐?"

"후후. 독서채에는 책이 너무 많아 무엇부터 봐야 할지 모르겠어. 직방외기는 다 보고 필사도 거의 했고, 세상이 아주 넓어 구라파라는 데 가보고 싶어. 반계수록도 보고, 천주실의도 잠깐 봤어. 다 과거공부와는 관계없는 책이야."

"나는 형만치 머리도 좋지 않은데…, 책 보는 것이 재미없어. 과거준비를 안 하면 할 것이 없어 더 걱정이야. 우리 남인은 실력이 있어도 과거에 붙기 어렵다는데 나는 실력도 부족하니…, 과거에 못 붙으면 나도 아버지처럼 먹고 살기가 어려울 텐데…. 그리고 나 곧 결혼할 것 같아. 가족이 생기면 더 걱정이지."

"새 전하가 등극하시어 남인에게도 기회가 많을 것이라는 말이 있던데…, 그건 그렇고 결혼 축하해! 신붓감은 누구야."

"결혼이야 나이가 되면 집안에서 결정해주는 대로 하는 거지. 신붓감은 여기 권철신 선생님 딸이야. 결혼하면 가족의 생계를 책임져야 하는데 나는 자신이 없어. 형은 작년에 결혼했잖아. 어때?"

"아! 권철신 선생님 사위가 된 거네. 다시한번 축하해. 뭐, 나도 집안에서 선택해준 사람과 결혼한 거지. 나는 아버님의 유산이 있고, 형님이 집안을 잘 관리하고 있어 걱정거리가 적은 셈이지. 가족이 먹고 사는 것은 신경 안 쓰고 공부에만 전념할 수 있어 행복한 사람이야."

"형, 나는 공부 대신 여사울의 법희 형님처럼 농장을 하면서, 농민들에게 제값을 쳐주고 농산물을 사서 가공을 해서 비싸게 파는 일을 하고 싶어. 장사하는 사람들에게는 좋은 물건 대줄 수 있고, 또 마을 사람들에게 일자리 만들어 잘 살게 해주면서 나 자신도 돈을 많이 벌 수 있잖아. 모두에게 좋은 일일 것 같은데…, 그리고 사람들에게 존경도 받을 수도 있고. 그런데 이 나라에서는 그렇게 될 가능성은 없지.

나는 붙기도 어려울 것 같은 과거 공부만 계속해야 하고. 답답해 미치겠어. 양반 자식은 과거를 안 하면 할 것이 없어. 과거에 붙고 벼슬길에 나서면 어떻게 해서라도 높은 자리로 올라야 하고, 또 재산을 모으고 땅을 가져야 해. 그렇지 않으면 자손들이 살기 어렵지. 자손들이 계속 벼슬을 한다는 보장이 없으니까. 벼슬 못하고 논밭 없는 양반은 내가 보아도 참 한심하지. 남의 것을 빼앗아 사는 사람도 있고, 거지처럼 사는 사람도 있고…, 다 같은 나라의 백성인데 일반사람이 내는 군포도 안 내고. 사실 많은 양반들이 군포를 안 내는 것이 아니라 못 내는 것이야. 냉수 마시고 고기 먹었다고 이빨 쑤시는 양반들이 대부분이니. 양반들도 과거공부가 싫거나, 능력이 안 되면 자기가 하고 싶은 일을 하며 돈도 벌고, 군포도 내고 살았으면 좋겠어."

"총억이 네 생각이 딱 맞다. 너는 아주 깨인 양반이야. 나도 어떻게 하면 그런 세상이 될 수 있을까 하고 고민을 많이 하고 있어. 그리고 너와 비슷한 생각을 갖고 우서라는 책을 쓰신 '유수원'이라는 분이 있어. 유수원 선생님은 불행하게도 선왕 때 역모와 관련되었다 하여 죽임을 당하고 가족들은 모두 노비가 되었지. 책 때문에 대역죄를 쓴 것은 아니지만, 많은 선비들이 책 내용을 싫어해서 그렇게 된 것일 수도 있어. 네 말은 사농공상이라는 이 나라 조선의 기본 신분질서를 깨자는 유수원 선생님의 뜻과 비슷해. 남들 모르게 뒤에서 조금씩 말하는 것은 괜찮을지 몰라도, 들어 내놓고 이야기하면 강상의 원칙을 문란하게 한 대죄를 받을 수 있지.

나도 과거 준비를 계속해야 할지, 어떻게 살아야 할지 많이 생각하고 있어. 그래도 우리는 행복한 거야. 미래를 고민하고 작게나마 어떤 선택을 할 수 있잖아. 대다수 이 나라 백성은 태어난 신분에 따라 주어진 일만 하면서, 목숨만 부지하고 살아야 되지. 잘못하면 굶어 죽거나, 맞아 죽을 수도 있고…. 오늘은 네 결혼 소식을 들은 좋은 날인데 너무 무거운 이야기만 했다. 그만 쉬자!"

"형 말이 맞아. 우리는 그래도 선택받은 사람이지. 행복한 사람이고. 감사한 마음으로 살아야 해. 나는 며칠 있다 남천 집으로 돌아가려고 해. 별로 할 것은 없겠지만 결혼준비를 해야지. 어머니, 아버님이 걱정이 많으실 거야. 결혼식은 국장이 치루어지고 난 9월 중순 쯤에 이곳에서 하고, 결혼하고 당분간 여기 녹암정사에서 공부하면서 살 것 같아."

"그렇구나. 나는 한 달 정도 여기서 더 공부하고 추석 전에 여사울로 가서 가족과 추석을 함께 보내려고 해. 가을걷이로 바쁜 농장에서 일손을 보태다가 일이 좀 적어지면 다시 여기로 와서 공부할 거야. 네 결혼식에는 맞추어 와야지."

존창은 독서채에서 매일 책 속에 파묻혀 지낸다. 녹암정사에는 새로운 학사들이 온다. 근처 마재에 사는 정약종·약전 두 형제가 오고, 진짜 반가운 사람도 왔다. 홍낙민, 홍낙질이다. 홍낙민은 홍유한 선생의 조카로 여사울에 살 때 홍유한 선생님에게 같이 배웠다. 홍낙질은 홍유한 선생의 아들이다. 홍낙민은 지난 해 홍유한 선생님이 순흥으로 이사 간 후, 조금 있다 여사울을 떠나 일가가 많이 사는 충주의 가흥으로 이사를 갔다.

존창이 반갑게 인사를 한다.

"낙민 형, 낙질이 형. 나 존창이야. 와우-. 여기 녹암정사에서 만날 줄이야. 어떻게 그간 잘 지냈어?"

낙민이 말을 받는다.

"와! 존창이구나, 너도 여기서 공부하는구나. 우리 인연이 참 각별한 것 같다. 네가 막 혼례를 올리는 것을 보고 여사울을 떠났는데. 나는 그럭저럭 잘 지내고 있어. 잘 지냈지? 법희 형님하고 다른 여사울 식구들도 무탈하시고?"

존창이 답을 한다.

"다 잘 지내고 있어요. 이기양 선생님의 큰아들 총억이도 여기서 같이 공부하고 있어요. 근데 총억이는 올 가을에 권철신 선생님 따님하고 결혼한데요. 경사지요. 형이 오고, 총억이도 있고. 나는 이제 녹암정사에서 더 재미있게 지내면서 공부할 수 있을 것 같아요. 낙질이 형도 잘 지내셨지요. 홍유한 선생님도 무고하시고요?"

낙질이 답을 한다.

"아버님은 무탈하시고, 나도 잘 지냈고 있지. 존창이 너도 과거 준비를 하는 건가?"

존창이 답을 한다.

"집안에서는 하라고 하는데 나는 아직 결정을 못했어요. 일단 공부를 더 해보고 결정하려고 해요. 여기에는 책이 많아 내가 궁금하던 것을 조금은 알 수 있을 지도 몰라요. 두 분 형은 과거 준비해야지요?"

낙민이 말을 받는다.

"응. 해야지. 충주는 한양이 꽤 멀어. 여기 양근은 한양이 훨씬 가까우니 가끔 한양에 가 분위기도 알아보면서 준비하려고 해. 한양에 계속 머물면서 공부하려면 돈이 너무 많이 들어. 또 여기 녹암정사에는 훌륭한 선생님과 뛰어난 선비들이 있어 공부에 많은 도움이 될 듯해. 그리고 얼마 전 새로운 전하가 등극하셔서 우리한테 기회가 더 많아질지도 몰라."

존창이 말을 받는다.

"맞아. 참, 두 형님은 새 주상 전하의 어머님 집안이지? 잘 될 것 같네."

존창과 낙민, 낙질은 총억을 찾아 서로 반갑게 인사를 나누고 여사울에서의 옛 이야기를 한다.

며칠 후 아침 식사 후 한양에 다녀오신 권철신 선생님께서 녹암정사에 있는 학사들을 모두 모이게 하여, 최근 한양의 분위기와 준비할 일들을 이야기한다.

"녹암정사의 뛰어난 학사 여러분들! 모두 각자 알아서 공부 잘 하고 있으리라 믿습니다. 우리 녹암정사는 스스로 공부하는 곳이고, 공부는 시켜서가 아니고 본인이 찾아 즐기면서 해야 효과가 가장 크다고 생각합니다. 논어에 나오는 '지지자불여호지자知之者不如好之者, 호지자불여락지자好之者不如樂之者'라는 말대로지요.

금년에 선왕이 승하하시고, 금상께서 지난 3월에 즉위하고 바로 '나는 사도세자의 아들이다'라고 말씀하셨지요. 그러나 조정을 장악하고 있는 노론과의 충돌은 현재까지는 없는 듯합니다. 즉위 후 한 달도 안 되어 이덕사, 박상로라는 두 선비가 사도세자를 복권시키고, 사도세자의 죽음에 책임이 있는 사람을 처벌해야 한다는 상소를 올렸습니다. 그러나 금상은 선왕의 유시를 무시하는 대역무도의 죄를 물어 두 명을 바로 처형하도록 했습니다.

금상께서 아주 조심하고 있는 것이지요. 의정부와 6조, 3사, 5군영 등이 거의 모두 노론 손에 있어 금상께서 운신의 폭이 매우 좁을 듯합니다. 앞으로 조금씩 노론 벽파 이외의 다른 당파에도 기회는 오겠지만, 시간이 많이 걸릴 것입니다. 노론 쪽에서는 생사가 걸린 일이라 신경을 곤두세울 것이고, 우리는 조심조심 해야 합니다. 그래도 여러분은 준비를 해 놓아야 합니다. 과거공부 열심히 하시고, 한양에 가끔 올라가 아는 사람을 통해 새로운 소식을 듣고, 변하는 세상에 관심을 가지시기 바랍니다.

일신 아우께서 하실 말씀이 있으면 좀 보충해 주세요."

"권철신 선생님께서 현재의 조정 판세와 우리의 자세에 대해 잘 정리해주셨습니다. 현 정국의 뿌리를 잠깐 생각해 보았습니다. 선왕께서 사도세자를 죽게 만들지 않았다면 사도세자가 왕이 되셨겠지요. 사도세자의 성격으로 볼 때 조정의 모든 권력을 장악하고 있는 노론과 바로 전면 충돌하였을 것입니다.

사도세자가 이길 수도 있을지 모르겠지만, 노론 쪽이 이겨 과거 중

종반정이나 인조반정 같은 정변으로 이어질 수도 있지요. 그렇게 되면 왕이 되신 사도세자뿐 아니라, 그 아들이신 지금 주상까지 함께 큰 어려움에 빠지게 됩니다. 사도세자의 죽음에 대해서 여러 가지 이야기가 있지요. 제 생각으로는 당시 세손이었던 지금 주상을 지키면서 노론과의 직접 대결을 피하기 위한 선택일 듯합니다.

선왕께서는 노론의 행태와 사도세자의 성격을 잘 알고 있었겠지요. 또 당신은 노론을 정리할 수 없어서 어쩔 수 없이 택한 길이라 생각합니다. 선왕께서는 가장 아끼시는 세손이 바로 왕위를 이어받을 수 있도록 자기 아들인 사도세자를 뒤주에 가두어 죽게 만드신 것일 수 있습니다. 선왕께서 자신의 팔다리가 잘리는 것과 같은 아픔을 감당하셨을 것입니다.

그리고 선왕께서 이러한 내용을 세손 때부터 어떤 방식으로든 금상께 알려 주셨을 것입니다. 금상께서는 영민하고 신중하시기 때문에 잘 감당하시리라고 봅니다. 먼저 친위부대를 키워 당신의 안위를 확고하게 하고, 조정을 조금씩 바꾸어 나가시리라 생각됩니다. 이렇게 보면 우리는 문반뿐 아니라, 무반 쪽으로 진출도 더 많이 관심을 가져야 합니다.

다음으로 당파에 관한 이야기입니다. 우리는 혈연 학연에 의해 대부분 남인에 속합니다. 남인은 숙종의 뒤를 이어 선 선왕이 되신 경종과 그의 생모인 옥산부대빈 장씨 쪽에 있던 세력입니다. 노론의 뿌리였던 당시 서인과 우리 남인은 세자 책봉 등을 두고 서로 죽이고 죽는 엄청난 참화가 있었습니다. 우리 남인은 뿌리로 보면 선왕에 이어 금상께서도 불편해 하실 수 있는 사람들일지 모릅니다. 각자 준비하시되 경거망동하지 말고 조심 또 조심하시기 바랍니다.

지금 벼슬하는 사람들은 권력을 잡고 또 유지하기 위해서는 어떤 당파에 속해야 합니다. 그리고 상대를 몰락시키기 위해 힘과 지식을 총동원하는 세상입니다. 정치는 나라나 백성보다는 자신들의 권력 유지를 목적으로 하고 있습니다. 그것이 정치의 원래 속성이라고 하더라도 이 나라 조선은 너무 심하다고 생각됩니다. 이 나라의 껍데기는 그럴듯해 보여도 속은 썩을 대로 썩어가고 있습니다. 다행히 금상께서는 당파가 아닌 나라와 백성을 바라보고 정치를 하시리라 생각하고 있습니다. 저는 희망을 갖고 있습니다."

좌중은 심연에 가라앉은 듯 조용하다.
철신 선생이 말을 잇는다.

"역시 일신 아우의 분석은 뛰어나고 나라를 진정 사랑하는 마음이 남다릅니다. 질문할 것이 있으면 어떤 것이든 물어보세요. 그리고 오늘 여기서 나온 이야기는 밖에서 알지 못해야 할 것입니다."

여러 학사들이 정승, 판서, 삼사, 5군영 대장, 이조정랑 등에 누가 갈 것 같은가, 누가 돼야 우리 당파에 도움이 될 것 같으냐에 대한 질문이 많았다. 말이 나온 인물의 집안 내력과 성향에 대한 논의가 주였다. 아직 나이가 한창인 선왕의 계비가 정사에 관여하는 것에 대한 걱정도 있었다. 존창은 아는 것이 없어 듣기만 했다. 점심 때가 되어야 끝났다. 점심식사 중에도 비슷한 이야기가 이어졌다. 사람과 벼슬에 대한 이야기가 쉽고 재미있는 듯하다.

다음 날 오후에 존창은 어제 일에 궁금한 것이 많아서 일신 선생님을 찾았다.

"선생님, 어제 참 많은 것을 배웠습니다. 저는 아는 것이 거의 없어 듣기만 했습니다. 시야가 넓어지는 것 같습니다."

"재미있을지는 몰라도 나라와 백성들의 삶에 별 도움이 안 되는 이야기들이었지, 자네는 궁금한 것이 많을 거야. 물어보게나."

"선 선왕이신 경종의 생모라면 세간에 악녀로 알려진 희빈 장씨일 텐데, 남인들이 장씨를 지지했던 세력이라는 것이 좀 이상합니다."

"먼저 희빈 장씨라고 많이 불리는 옥산부대빈이 악행을 실제 했다는 증거는 거의 없어. 반대쪽 사람들의 주장만 있지. 오히려 반대쪽의 인현왕후나 선왕의 생모이신 숙빈 최씨가 실제 나쁜 일을 했다는 증거는 많아. 희빈 장씨의 악행은 선왕 시절 오래 권력을 잡았던 서인 즉, 노론 쪽에서 만들어낸 것이 대부분일 거야. 역사는 승자가 만든 기록에 의존하니까. 여기에다 인현왕후의 궁인이 쓴 *인현왕후전*이나, 노론의 뿌리였던 서인 김만중이 쓴 *사씨남정기* 같은 소설책이 일반인의 생각에 큰 영향을 미쳤을 거야.

그리고 희빈 장씨는 서녀이긴 하지만 역관 집안의 아주 부잣집 사람이지. 조선 땅에서 몇 손가락 안에 드는 부잣집이고, 병자년 호란 때에는 소현세자를 도와 나라에 큰 도움을 준 집안이지. 양반 가문은 아니지만 명문가라 볼 수도 있지. 집안에서 부와 함께 권력까지 얻기 위해 잘생긴 장씨를 궁에 보냈을 가능성이 클 거야. 희빈 장씨는 중인의 서녀 신분에서 왕비까지 되고 소생이 왕위에 올랐으니, 모든 것을 다 얻은 듯 보였지. 그러나 본인은 자진해야 했고, 집안은 풍비박산 되었고, 경종께서도 소생 없이 요절하여 왕위를 오래 지키지 못했지.

당시 궁에 세력이 없던 남인은 희빈 장씨가 필요했고, 희빈 장씨도 정치세력을 등에 업기 위해 남인과 손을 잡은 것이지. 서로 이해관계가 맞아 잠시 같은 편에 섰을 뿐이지. 희빈 장씨 측과 남인이 어떤 가치를 공유해서 한편이 되었던 것은 아니야. 세월이 지나서 돌아보거나 판 밖에서 보면 판세가 잘 보이는데, 안에서 자신도 같이 휩쓸려 움직일 때는 안 보이는 것이 인간사지."

"선생님, 저희 집안도 지방에서 조그만 부를 이룬 것으로 만족해야 할 것 같습니다. 제가 과거를 하고 벼슬길에 오르는 것은 과욕이 아닌가 하는 생각도 듭니다."

"출사해서 벼슬살이 하는 것은 한쪽은 권력과 부귀, 다른 한쪽은 귀양과 죽음, 두 길 사이를 왔다 갔다 하며 사는 것과 같아. 벼슬자리의 수는 정해져 있고, 이를 하려는 사람은 계속 많아지고 하니, 뺏고 지키려는 싸움이 더 잔혹해질 수밖에 없지. 조선에서 당파의 시작인 동인과 서인이 갈린 것도 벼슬자리 싸움 때문이라고 볼 수 있어. 선조 때 같은 사림 출신인 김효원과 심의겸이 이조정랑 자리에 누구를 추천하느냐를 놓고 갈린 것이지. 이조정랑은 정5품으로 품계는 낮지만 삼사를 포함한 많은 관직의 추천권을 갖고 있는 요직이지."

"선생님께서 학문이 뛰어나시고 세상을 보는 안목도 훌륭하신데, 과거 응시를 하지 않는 이유를 더 확실히 알게 되었습니다. 저도 고민이 많이 됩니다."

"자네는 아직 나이가 있으니 공부하고 세상을 살아가면서 결정해도 될 거야. 그리고 금상께서 나라를 크게 바꾸는 개혁을 할 것이고, 그렇게 되면 다양한 사람에게 기회가 열릴 것이네. 나라가 근본적으로 바뀌지 않으면 조선이 나라로 계속 유지되기 어려울 수도 있을 거야. 임진, 병자년의 양란이 끝나고 크게 바뀌어야 했는데, 당파로 나뉘어 정쟁을 하다 보니 개혁이 없었던 것이지. 그래 또 물어볼 것이 있나?"

"예, 선생님, 하나만 더 여쭈어 보겠습니다. 사람들이 같은 사건이나 사물을 보고도 느끼고 생각하는 것은 사람마다 다른 듯합니다. 특히 당파에 따라 아주 다른 것같습니다. 분명 자신들의 이익 때문이겠지만, 다른 이유도 있을 것 같습니다. 궁금합니다."

"좋은 질문이네. 우선 당파나 자신의 이익이 큰 이유일 것이네. 그렇지만 사람들은 기본적으로 어떤 사물을 볼 때, 과거 자신의 경험에 의해 머릿속에 이미 그려진 모습으로 사물을 보는 경향이 있지. 그래서 사람에 따라 사물을 다르게 보는 것이지. 심지어 같은 꽃도 다르게 보일 수 있지. 더욱이 사건은 한순간 발생했다가 없어져 버리기 때문에 뒤에는 확인할 수 없지. 당연히 사건은 사물보다 사람마다 보는 차이가 더 클 수밖에 없을 거야. 우리가 당파로 나뉘어 싸우고 화합이 어려운 이유도 이 때문이 아닐까 생각하네."

"예, 알겠습니다. 그런데 사람이 사물이나 사건을 다르게 보는 것을 극복할 수 있는 방법은 있을까요?"

"그건 매우 어려운 일이지. 한번 자리 잡은 사람의 생각이 쉽게 바뀌는 것이 아니니까…. 그래도 원론적이겠지만 상대의 입장을 이해하려는 열린 마음이 기본일 거야. 여기에다 상대를 아끼고 사랑하는 마음이 생길 수 있다면 좀 더 쉽겠지. 노론 벽파와 남인과 같이 오래 원수지간으로 지낸 경우, 상대에 대한 이해나 애정을 갖기는 아주 어렵지.

그건 그렇고. 이제 자네 공부 이야기를 해보지. 과거 준비에 중요한 경전인 *대학*은 읽었겠지? *대학*은 중국의 주자가 정리한 책으로 나라를 다스리는 사람이 알아야 할 덕목을 설명하고 있지. *대학*에 대한 생각이나 관심 있는 글귀에 대해 이야기해 보게."

"예, 선생님. *대학*은 조선 성리학의 기본서로 아주 중요하다고 알고 있습니다. 내용도 길지 않아 여러 번 읽었습니다. 좋은 말은 많으나 부족함이 많은 저로서는 그 좋은 말을 어떻게 실행할지 모르겠고, 현실 세계에는 잘 맞지 않는 내용이 있는 듯하옵니다."

"계속 이야기해 보게."

"*대학*에 나오는 '격물치지格物致知'는 사물에 대한 앎을 지극히 한다는 의미로 참 좋은 말이라 생각합니다. 저는 세상의 여러 것을 근본적인 것과 지엽적인 것으로 구분도 해보면서 격물치지에 매진해 공부하고 있습니다. 그런데 어떤 방법으로 사물의 이치를 탐구하면 제대로 알 수 있는지에 대한 구체적인 설명이 없어 어려움이 많습니다. 열심히 공부하고 노력해도 저에게는 모르는 것이 늘어만 갑니다.

어떻게 해서 나무와 곡식이 제때 싹을 틔우고 자라는지, 제가 사는 여사울 앞의 큰 천에 달이 차고 기우는 것에 맞추어 바닷물이 밀려오고 나가는데 왜 그러는지, 고양이와 범은 생김새는 비슷한데 크기는 왜 그렇게 차이 나는지, 사람은 크게 보면 다 같은데 누구는 좋은 집안에서 태어나 부귀를 누리며 살고, 누구는 미천한 집에서 태어나 고생하고 살다 죽는지… 이런 것들을 아무리 계속 생각해보아도 그 이치를 아직 모르겠습니다. 저는 제 성의를 다해 노력하는 것이 우선이라고 생각하고 열심히 하고 있지만 죽을 때까지 격물치지를 이룰 수 없을 것 같습니다.

다음으로 '수신제가修身齊家 치국평천하治國平天下'도 *대학*에서는 '수신제가', '제가치국', '치국평천하'라고 하여, 한 단계씩 연결되어 앞의 것을 이룬 다음에 뒤에 것을 이루어야 하는 것으로 설명하고 있습니다. 당연히 '평천하'가 가장 어렵겠지만 자신을 갈고 닦는 '수신'이나, 집안을 가지런히 하는 '제가'도 평생 노력해도 잘 하기 어려워 보입니다. 특히 자신의 도덕적 기준이 높은 사람은 더 어려워 평생 '수신'이나 '제가'만 하다 '치국'과 '평천하'의 길을 가보지도 못할 듯 합니다. 거꾸로 도덕적 기준이 낮은 사람들은 쉽게 '수신'과 '제가'를 끝내고 바로 '치국'과 '평천하'에 나설 수 있는 것이 아닐까도 생각해 보았습니다."

"후후. 참 좋은 지적이네. 자네는 모든 것을 당연한 것으로 받아들이지 않고 의문을 갖고 있구나. 그러면서도 모든 일에 성의를 다 하는 자세는 훌륭하다. 이는 자네가 큰 학문을 이룰 자질이 있어 보이지만, 과거시험에는 도움이 되지 않을 것 같네. 과거시험에서는 경전을 정설대로 잘 이해하고 이와 관계되는 옛 사례를 찾아서 설명하는 능력이 중요하지. 그리고 과거시험에서 경전해석 이상으로 시와 문장력이 큰 비중을 차지하네. 의문이 많은 사람은 사물의 분별이나 논리를 중시하지. 따라서 자유로운 생각이 필요한시와 문장은 능하지 못한 경우가 많네.

자네는 어떠한가?"

"저는 시회 같은 곳을 참여할 기회는 없었으나, 혼자 시를 몇 번 지어는 봤습니다. 그런데 선생님 말씀대로 경전해석보다 흥미가 없고 더 어려운 것 같았습니다."

"사람마다 타고난 재능의 차이가 있는 것이지. 그래도 어떤 분야든 관심과 노력을 기울이면 재능이 좀 부족해도 어느 수준까지는 할 수 있으니 큰 걱정은 안 해도 될거야. 경전을 많이 읽고 세상 일에 대해 깊이 생각하는 것은 좋은 시나 문장을 쓰는데 큰 도움이 되지. 나중에 시간이 지나서 보면 문장에 능한 사람보다 더 깊이 있고 세상에 큰 울림을 주는 글을 쓸 수 있지. 우선 자신이 흥미 있고, 잘 하는 것을 열심히 하는 것이 좋아. 사람은 한 분야에서 높이 오르면 세상을 보는 눈이 넓어지고, 다른 분야의 일도 더 빠르게 배우고 성취하는 것 같네."

"잘 알아들었습니다. 선생님. 성의를 다해 공부하겠습니다. 그리고 제가 다음 달 말에 여사울로 내려가 집안일을 도와주고 가족과 추석을 쇤 후에 돌아오겠습니다. 총억 학사의 혼례날 전에는 올 생각입니다."

"총억 학사와 형님 딸이 결혼한다는 것을 자네도 알고 있군. 편한 대로 하면 되네. 여기는 자유로이 오가며 스스로 공부하는 곳이네."

존창은 매일 책을 보고, 짬을 내 주변 산책을 하고 간간이 다른 학사들과 이야기하며 하루하루를 열심히 보낸다. 여름 더위가 끝나고 선선한 바람이 불기 시작할 즈음에 여사울로 간다.

먼저 법희 형님 농장을 찾아 인사드린다.

"형님, 존창이 왔습니다. 별일 없으시지요.

"그래, 존창이 왔구나. 객지에서 잘 지냈니? 건강한 모습을 보니 좋다. 공부는 할만 하고? 양근은 한양이 가까워 똑똑한 사람들도 많겠지. 똑똑한 사람들 사이에서 지내면 배우는 것이 많겠지만 어려움도 클 거야. 여기 일은 특별한 거 없이 잘 돌아가는 편이다. 이제 곧 바빠질 텐데 네가 와서 다행이다."

"여기서 농장일 봐드리고. 추석 지내고 다시 양근으로 가려 합니다. 이기양 선생님의 큰 아들 총억이와 권철신 선생님의 딸이 결혼을 한답니다. 잘 된 일이지요."

"잘 됐구나. 총억이가 너보다 서너 살 아래지? 결혼할 때가 됐지. 양가에 부조를 넉넉히 해야겠다. 네 선생님의 아들이고 딸인데, 거기다 총억이는 너랑 친동기간처럼 지냈지. 훌륭한 집안은 훌륭한 집안끼리 혼사를 갖는구나. 우리 금순이도 좋은 가문에 시집을 가야 하는데…."

"예, 그렇지요. 제가 양근에서 보니까, 같이 공부하는 사람들은 대부분이 혼맥으로 서로 연결되어 있어요. 그렇게 보면 저희 집안은 외톨이인 듯합니다."

"집안도 마찬가지겠지만, 세상의 어떤 일이든 처음 시작해 일으키는 사람은 여러모로 더 힘들 수밖에 없지. 그렇게 보면 우리 부모님은 참으로 어려운 일을 성취하신 것이지. 오늘 저녁은 여기서 같이 먹고 가라. 제수씨가 안에서 일하고 있을 것이다."

"알겠습니다."

존창은 법희 형님 댁에서 부인과 형님 내외, 여동생 금순이, 조카 성준이와 성민이랑 같이 화기애애하게 저녁식사를 같이한다. 행복한 시간이다. 집으로 돌아가 오랜만에 부인과 많은 이야기를 한다. 존창 부인의 얼굴에 수심이 있다.

"부인, 내가 공부한다고 집을 오래 비워 미안하오. 형님 농장일이 힘 드는 것 같소."

"힘들지 않고, 할만 해요."

"그런데 무슨 걱정거리가 있소? 얼굴이 안 좋아 보이오. 큰 집에서 불편한 일이 있었소?"

"아니에요. 시아주버니와 형님이 너무 잘 해주세요. 제가 손도 느리고 눈썰미도 없어 실수를 해도 야단도 안치시고 잘 한다고 해요."

"그러면?"

"항상 저희 친정이 문제이지요."

"내가 형님과 형수님께 봄철같이 어려운 시기에 처갓집에 식량을 보내드리라고 부탁을 해놓았는데…, 양이 충분하지 않았던 모양이오."

"그건 아닙니다. 친정 부모님은 덕분에 잘 지내고 있어요. 시집간 언니네 일이에요. 언니는 친정과 같이 오랫동안 출사하지 못한 양반집에 시집을 갔는데, 형부는 공부만 하고 있지요. 언니가 바느질과 부잣집 일을 해주면서 겨우 먹고 사는데요, 아이를 또 가졌대요. 첫애가 딸인데, 힘드니 입이라도 줄이려 세 살도 안 된 딸을 남한테 맡기려고 한데요. 잘못 가면 종살이도 할 수 있다는데, 친정집에서 키울 수도 없고…. 걱정입니다."

"참 어렵게 되었소. 흉년이 들면 자식을 버리거나 남에게 주는 집도 있고, 죽은 어미 품에서 안 나오는 젖을 빨다 같이 죽는 아이도 있고, 마음이 미어지는 일이 많다고 하오. 흉년도 아닌데…. 평민들은 군역 때문에 남자애를 남에게 주는 경우가 많으나, 여자아이는 남에게 잘 안 주는데 어찌하나? 받는 집안사람들의 인품이 좋아야 아기가 그나마 나은 대우를 받을 수 있지. 그리고 나중에 형편이 펴서 아이를 데려오려 해도 다시 데려올 수 없는 경우가 많소. 양반도 과거준비에만 매달리지 않고 일을 하면 자식을 버리지 않고 키울 수 있을 텐데. 사농공상이라는 신분제도가 가족을 헤어지게 만들고 있는 듯하오."

"당신이 반대하지 않으면 언니 딸을 제가 데려와서 키우고 싶어요. 아직 우리 아이도 없고 하니…. 제가 예전에 많이 굶어봐서 먹을 것이 없을 때 얼마나 힘든지 잘 알아요. 며칠씩 계속 먹을 것이 없을 때에는 차라리 남의 집 종살이를 하더라도 실컷 먹었으면 했어요. 여기는 동네 아이들도 굶주리지 않고 있어, 조카를 데려와도 먹을 거 걱정은 없잖아요."

"당신이 많이 생각해봤을 테니까 그렇게 하오. 형님과 형수님께는 미리 말씀드려야겠지요. 반대는 하지 않겠지만…. 그리고 우리 아이가 생겼을 때 차별하지 않을 자신이 있어야 하오. 남의 애를 데려와 친자식처럼 키우는 것이 쉬운 일이 아닐 것이오. 낼 아침 형님과 형수님께 말씀을 드리고, 처갓집에 다니러 갑시다. 추석 쇠시라고 쌀과 밀가루, 미역과 생선 말린 것, 새우젓이랑 갖고 갑시다. 또 언니네가 처갓집에서 멀지 않다고 하니 언니네도 들리고."

이틀 후 존창 부부는 덕산의 처가에 가서 인사드리고, 여자아이를 데려다 키운다. 존창은 낮에는 농장에서 일하고, 밤에는 녹암정사에서 필사해온 책을 읽으며 지낸다. 데려온 수양딸의 재롱이 하루하루의 생활에 기쁨을 준다. 이름은 예쁘게 크라고 이성미로 지었다. 성미는 존창의 누이동생 금순이와 조카들이 잘 돌봐주어 무럭무럭 큰다.

추석이 지나고 농장의 바쁜 일이 마무리되자 존창은 다시 녹암정사로 공부하러 간다. 국장이 끝나고 한 달쯤 지나 총억은 혼례를 올린다.

국장은 치렀지만 아직은 국상 기간이라 결혼식은 조촐하게 한다. 법희 형님의 큰 부조를 양가에서 고마워한다. 존창은 독서에 열중하면서 간간히 철신 일신 두 분 선생님에게 궁금한 것을 물어보며 학문의 깊이를 더해 간다.

아침저녁으로 찬바람이 부는 늦은 가을, 여사울의 전 아저씨가 아침나절에 녹암정사에 온다. 이병휴 선생님의 부고를 전한다. 존창은 전 아저씨를 자신의 방에서 쉬게 하고, 권철신·일신 선생님께 이병휴 선생님의 부음을 알린다. 두 분 선생님은 빨리 움직이기 어렵고 하여 다른 사람을 찾는다. 몇 년 전에 이병휴 선생님께 배움의 기회를 가졌던 이벽이 문상을 가기로 한다. 존창, 전 아저씨, 이벽 셋이 이른 점심을 먹고 바로 떠난다. 존창과 이벽 두 젊은이가 잠깐 쉬었다. 길을 되짚어 가고 있는 전 아저씨의 걸음을 따르기 힘들다.

셋은 걷는데 열중하다 보니 이야기도 거의 하지 못한다. 안성 근처 주막에서 잠깐 눈을 붙이고 다음 날 새벽 다시 길을 떠나 그날 늦게 덕산 이병휴 선생님 상가에 도착하여 조문을 한다. 이벽은 특유의 필력으로 제문을 써서 올리고, 상주께 권철신·일신, 이기양 선생님의 조의를 전한다. 세 분은 장례 후 시간을 잡아 찾아올 것이라고 말씀도 드린다. 다음 날 존창과 이벽은 상여를 따라 장지까지 가서 안장 등 장례 절차를 같이 한다. 이벽은 피로한 모습이다.

존창이 이벽에게 말을 한다.

"형님, 많이 피곤해 보입니다. 저희 집이 이곳에서 멀지 않으니 며칠 쉬었다 가시지요."

"불편할 텐데, 그렇게 해주면 나야 고맙지요. 일신 선생님으로부터 존창 아우 집안이 동네에서 많은 일을 하고 있다고 들었어요. 언제 꼭 한번 가보고 싶었어요."

"별말씀을요. 형님과 며칠 더 같이 지낼 수 있으면 저에게는 행운이지요."

둘은 이병휴 선생님의 상주들께 인사드리고 떠난다. 어두워져서야 여사울에 도착한다. 존창은 집에 들려 이벽을 사랑채로 안내하고 부인에게 저녁 준비를 부탁한 후, 이웃에 사는 법희 형님 댁으로 인사를 하러 간다.

"형님, 존창이 왔습니다. 무고하셨지요? 형님께서 전 아저씨를 통해 제때 부음을 알려 주셔서 늦지 않게 조문하고 선생님을 산에 모시는 일까지 잘 보고 왔습니다. 선생님 댁에서 형님의 부조를 매우 고마워하고 계셨습니다."

"나는 초상 첫 날과 둘째 날 갔었다. 그래 객지에서 잘 지냈니. 건강한 모습을 보니좋다. 양근 생활도 좋고?"

"예, 형님. 양근에서 공부하는 것이 점점 재미있어집니다. 온 김에 여기서 겨울 준비하는 것 거들고 아주 추워지기 전에 다시 공부하러 갈 생각입니다. 보고 싶은 책도 많고 선생님은 물론 같이 공부하는 학우들이 뛰어나 배우는 것이 많습니다. 그리고 이번 이병휴 선생님 상가에 이벽이라는 선배 학우와 같이 왔습니다. 내일 오전에 함께 농장으로 인사드리러 오겠습니다."

"그래. 전씨한테 들었다. 내일 편한 때 오면 된다. 피곤할 텐데 건너가 쉬어라."

존창은 집으로 와 이벽과 식사를 하고 이벽은 사랑채로 간다. 존창은 안채에서 오랜만에 부인과 잔다.

"저녁 늦게 식사 준비를 다시 하게 해서 미안하오. 이제 쉽시다. 한 달 정도 집에 있을 겁니다. 양근 이야기는 틈나는 대로 해줄게요. 이야기꺼리가 많아요."

"예, 서방님, 피곤해 보이시지만 건강한 듯하여 다행입니다."

다음 날 아침식사 후 존창과 이벽은 마을을 둘러보면서 법희 형님 농장으로 향한다.

이벽이 존창에게 말을 건넨다.

"마을에 기와집도 많고, 집들이 깨끗하고 마을 안길도 널찍한 게 한양 못지않습니다. 시골인데 번성하는 마을입니다. 내가 일신 선생님한테 조금 듣긴 들었지만 참 대단한 일을 한 것 같아요. 나라님이나 지방 수령도 못하는 일을 힘없는 백성이 어떻게 이루었는지 참 궁금했어요."

"저희 집안은 저 멀리 보이는 도고산 자락에서 농사를 조금 지으며 겨우겨우 살았지요. 아버님은 농사일이 적을 때는 여기저기 일을 하러 다니셨는데 이곳 여사울은 광주리, 소쿠리, 바구니 등을 만드는 공인들이 많이 살았고, 소금 배나 새우젓 배가 들어와 일거리가 있었지요. 그래서 이곳에 자주 오셨습니다.

저희 동네 근처에 많은 버드나무 가지가 광주리 만들 때 쓰여, 버드나무 가지를 베어 팔기도 했지요. 아버님이 참 열심히 일을 하신 덕분에 돈을 조금 모아 이곳에 작은 집을 살 수 있었습니다. 처음에는 도고와 이곳을 왕래하면서 살았습니다. 그러면서 저 넓은 무한천변을 활용할 생각을 하셨습니다. 천변 좀 높은 곳은 여름 장마철에는 물이 차지만, 늦가을부터 초여름까지는 밀물 때에도 들판이 남아 있기 때문이지요. 이를 조금씩 개간을 해 겨울 농사만 지었지요. 가을에 보리와 밀을 심어 초여름에 수확을 해서 먹을 것이 부족할 때 요긴하게 사용했습니다. 그때부터 저희 가족은 보리밥과 밀가루 음식 덕에 보릿고개는 쉽게 넘겼던 것 같습니다.

동네 사람들과 천변 밭을 넓혀 가면서 보리와 밀이 남게 되어 그냥 파는 것보다 더 많은 값을 받기 위해 가공해서 팔게 됐지요. 먼저 밀은 흰 밀가루와 밀기울로 만들었습니다. 다음에 밀가루는 그대로 팔고, 밀기울은 통밀 빻은 것과 섞어 누룩을 만들어 팔았지요. 누룩은 법제하고 가루로 만들어 술도가에서 바로 쓸 수 있게 해서 팔았습니다. 밀로 파는 것 보다 흰 밀가루나 누룩으로 팔면 5배에서 10배까지 더 받을 수 있습니다. 밀가루를 만들 때 처음에는 절구를 쓰다가 다음에는 디딜방아를 쓰고, 이제는 소로 돌리는 연자방아를 주로 쓰고 있어요.

여기 사람들은 바구니나 소쿠리를 많이 만들어 봐서 그런지 손재주가 좋지요. 디딜방아와 연자방아도 다른 동네 것보다 더 잘 만들었습니다. 그리고 동네 사람들과 같이 배자리를 만들어 큰 배가 바로 여사울까지 오게 만들었어요. 예전에는 광주리나 소쿠리, 누룩이나 밀가루를 멀리 보내려면 작은 배에 실어 선장 포구로 가서 큰 배에 옮겨 실어야 했습니다. 이제는 바로 보낼 수 있어 아주 편해요. 또 큰 어선도 직접 여사울까지 들어와 여기서 생선을 말리거나 소금에 절여 두고두고 먹을 수 있고, 더 비싼 값에 팔기도 합니다.

팔 물건이 많아지다 보니 상인들도 많이 오게 되고, 뱃사람도 들어오고 하니 주막이 생기고 술도가도 생겼습니다. 돈 빌려주는 사람도 있지요. 이런저런 일자리가 늘고 사람이 모여들어 마을이 커지고, 돈을 많이 버는 사람도 나와 기와집도 들어서고 해서 마을이 번성해진 것입니다. 농사만으로는 많은 사람이 넉넉히 살기 힘들어요. 논밭은 땅이 늘어나기 어려운데다 힘 있는 집안에서 대부분 갖고 있지요. 힘 없는 백성은 소작을 하면 소출의 절반 이상을 땅 주인에게 주어야 하고, 군포도 내야 하고 목숨만 연명하기 급급하지요."

"천변을 개간하는 것은 산지를 개간하는 것보다 쉽고 소출이 좋을 것 같지만 관아나 아전들이 가만두지 않고 빼앗으려 할 텐데…."

"예, 바로 보셨어요. 이곳 여사울이 다행인 것은 멀리 떨어진 천안의 월경지라 관아나 아전들의 간섭이 적지요. 그래도 저희 집안과 몇몇 넉넉한 집안에서 추렴을 해서 명절 때나 군수 집안에 큰일이 있을 때 인사를 드리고 있어요. 그리고 저희 마을에 배정되는 광주리나 바구니, 소쿠리 등을 보낼 때 아전들의 몫까지 넉넉히 보내고 있습니다."

존창과 이벽은 마을 이곳저곳을 둘러보고 존창 집안의 농장에 도착한다. 농장 입구 작업장에는 연자방아, 디딜방아, 절구, 누룩 틀과 긴 작업대가 있고. 열댓 명 정도의 남녀가 일하고 있다. 작업장에 존창이 들어가자 일하는 사람들이 반갑게 인사한다.

존창은 일에 열중하고 있는 법희 형님에게 이벽을 소개한다.

"인사드립니다. 이벽이라 합니다. 양근의 권철신 선생님 댁에서 존창 아우와 같이 공부하고 있습니다. 이번에 이병휴 선생님 상가에 같이 문상 왔다가 이곳에 들렀습니다."

법희가 답을 한다.

"존창이한테 이야기 들었어요. 존창이 형입니다. 한양의 높은 집안 자제이시라고…. 참 당당하게 생기셨습니다. 멀리 여사울까지 오신 것을 환영합니다."

이벽이 말을 받는다.

"과찬이십니다. 제가 여사울에 대해 궁금한 것이 많은데 오늘 많이 배우고 있습니다. 작업장이 활기가 찹니다. 모두 열심히 일하고 있어 보기 좋습니다."

법희가 말을 받는다.

"다들 오래하신 분이라 일이 손에 익어 있지요. 그리고 자기 일처럼 해주고 있어 늘 고마워합니다. 존창아! 작업장을 자세히 보여드려라. 좀 있다 여기서 점심 같이하면서 또 이야기 나누지요."

법희는 다시 일에 열중한다. 이벽은 존창과 작업장을 둘러보다 누룩 틀 앞에서 멈춰 자세히 살피며 묻는다.

"처음 보는데, 이게 무엇이에요?"

"누룩을 편하게 만드는 누룩 틀입니다. 아마 조선에는 여기 하나밖에 없을지도 몰라요. 제가 생각해 낸 것입니다. 누룩은 통밀가루와 밀기울 섞은 것에 물을 조금 넣어 반죽해서 만들어요. 예전에는 여자들이 버선발로 밟아 만들었습니다. 그래서 누룩을 디딘다는 말이 생겼지요. 누룩은 오래 디뎌 단단하게 만들어야 하는데 시간이 많이 걸리고 힘든 작업입니다. 몸집이 작은 여자는 더 세게 눌러지라고 아이를 업고 밟기도 했지요. 이렇게 나무로 짠 틀에다 반죽한 누룩을 넣고 지렛대 이쪽을 긴 나무로 받쳐 놓으면 쉽고 빨리 눌러지거든요. 이 누룩 틀은 제가 처음 고안했지만 여기서 일하시는 분들이 조금씩 바꾸어 더 좋게 만든 것입니다.

누룩은 초여름에 수확한 밀로 한여름에 만들어 햇볕이 안 들고 바람이 잘 통하는 곳에서 한 달 정도 띄워 만듭니다. 술 담기 바로 전에 법제를 해야 술맛이 좋습니다. 법제는 누룩을 잘게 쪼개 며칠 동안 낮에는 햇볕을 쐬고, 밤에는 이슬에 젖게 하는 과정입니다. 누룩이 좋아야 맛있는 술을 만들 수 있어 잘 만들어진 누룩은 비싸게 팔립니다. 저희 누룩은 한양 삼개나루 술도가에서 인기가 아주 좋습니다."

"내가 술은 좋아하지만 누룩에 대해서는 처음 알았어요. 세상에 배울 것이 참 많군요. 여기서 일하는 분은 몇 명인가요. 또 여기 일만 하는지, 자기 농사일 같은 것도 같이 하는지요?"

"여기서 계속 일하는 사람은 열댓 명 정도일 것입니다. 나머지는 자기 일도 하면서 틈나는 대로 여기 일을 하지요. 일이 많을 때에는 서른 명까지도 일을 합니다. 여자가 할 만한 일도 많지요. 다 이 동네에 살기 때문에 왔다 갔다 하기가 편하지요."

존창과 이벽은 작업장 안을 더 둘러본 다음 밖으로 나가 생선 말리는 덕장, 누룩 방, 반 지하에 지붕을 갈대와 볏짚으로 덮은 젓갈 저장고를 꼼꼼히 살펴본다. 점심 때가 되자 작업장과 부엌 사이의 식당에서 법희와 셋이 식사를 같이한다.

법희가 이벽에게 말을 건넨다.

"어떻게 잘 구경하셨습니까? 동생이 잘 알지요. 작업장 설계나 기계를 만드는 데도 동생이 좋은 의견을 많이 주었지요. 더 궁금한 것이 있으면 저한테 물어보세요."

이벽이 말을 받는다.

"참 대단합니다. 기계나 도구를 많이 사용해, 일하는 사람에 비해 만들어내는 것이 훨씬 많아 보입니다. 그리고 점심에는 일하는 분이 모두 같이 먹는 모양이에요."

법희가 답을 한다.

"농사건 방아 찧는 거건 기본적으로 사람 한 명이 더 많은 것을 만들어내야, 일한 사람들이 더 잘 살 수 있는 것이라 생각합니다. 만들어낸 것을 팔아 같이 일한 사람들이 나누어 가져야 하니까요. 저와 동생은 항상 어떻게 하면 적은 힘을 들여 더 많이 만들 수 있나? 를 생각하고 또 생각합니다. 더 좋은 새로운 도구를 찾아보고 작업 위치와 순서를 바꾸어도 봅니다.

그리고 농장에서 일하는 사람들에게 가능한 여기서 먹는 것을 해결해주려 하고 있어요. 어떤 일을 하던 끼니를 거르지 않는 것이 중요하기 때문이지요. 아침에는 일을 시작하기 전에 주전부리와 마실 것을 조금 내고, 오후에는 새참으로 막걸리와 안주꺼리를 내지요. 점심은 이렇게 잡곡밥, 된장국, 반찬 몇 가지입니다. 오늘은 공자님과 존창이가 온다고 달걀 새우젓 찜이 넉넉히 올라왔는데요. 일하는 사람들이 좋아할 것입니다. 맛있게 드세요."

이벽이 또 묻는다.

"이렇게 큰일을 이루실 때까지 여러 가지 어려움이 많았겠지요. 어떤 것이 제일 힘들었어요?"

법희가 답을 한다.

"시기에 따라 어려움이 조금씩 달라지는 것 같아요. 아버님이랑 일을 처음 시작할 때는 돈이 항상 부족해 문제였습니다. 작업장을 늘리거나, 곡식이나 생선을 사놓을 때 돈이 부족했지요. 새로운 도구를 만들 때, 연자방아 돌릴 소를 장만할 때도 밑천이 없어 힘들었어요. 어느 정도 안정되고부터는 관아와 인근 힘 있는 집안이나 서원 등의 문제가 크지요. 나라에 내는 세금 말고도 들어가는 돈이 많아요. 지금은 앞으로 어떤 것이 잘 팔릴까? 새로운 생산물을 찾는 것이 어려운 듯해요. 잘 사는 사람들은 한양에 몰려 있으니 한양 사람들이 무엇을 필요로 하는지 찾아내야지요. 제가 가끔 한양에 가보는 이유입니다."

이벽이 말을 받는다.

"한양에 오시면 이제 저희 집에 들려주세요. 저희 집은 수표교 근처에 있어요. 존창 아우는 한양구경 해봤어요?"

존창이 답을 한다.

"저는 아직 한양에 가보지 못했습니다. 앞으로 가볼 생각입니다."

이벽이 말을 받는다.

"내가 이렇게 신세를 졌으니 한양 우리 집에서 며칠 머물며 같이 한양 나들이를 해보지요."

존창이 답을 한다.

"아이고. 고맙습니다. 기대가 큽니다."

"그리고 형님, 일에 비해 사람이 부족해 보이는데 저도 내일부터 일하겠습니다."

법희가 말을 받는다.

"아니야. 괜찮아. 일손이 그렇게 부족하지 않다. 공자님 모시고 근처 구경을 좀 하지. 크게 볼 것은 없지만 도고산도 가보고, 도고물탕에서 온천도 하고, 배로 버그네의 염전에 가볼 수도 있고…."

존창이 답을 한다.

"예, 알겠습니다."

일하는 사람들의 점심 식사가 끝날 때쯤 동네 아이들이 들어와 식당을 기웃거린다. 식당이 정리되고 부엌에서 일하는 사람들과 동네 아이들이 점심을 같이 먹는다.

이벽이 궁금해서 존창에게 물어본다.

"웬 아이들이 여기서 밥을 먹어요? 아이들은 일을 하지 않을 것 같은데…."

존창이 답을 한다.

"여기서 일하는 사람들의 자식이지요. 특히 엄마가 여기서 일하면 밥을 못 챙겨주잖아요. 저희 형님 댁 아이들도 여기서 밥을 먹고요. 형수님과 제 집사람이 여기 부엌에서 일을 하지요."

"아! 일하는 분이 모두 한 식구인 셈이네요. 그래서 여기서 일하면 가족들이 굶지는 않는다는 말이 나온 것이군요. 참 좋기는 한데 이렇게 해서 돈을 벌 수 있는지 궁금하네요. 자식들이 점심을 먹는 사람과 안 먹는 사람과 품삯이 달라야 할 텐데 어떻게 하나요?"

"형수님이 아이들 얼굴을 다 아니 밥 먹은 아이를 기억해두었다가 품삯에서 차이를 두지요. 여기서 가족들이 밥을 같이 먹으면 일을 자기 일처럼 더 열심히 해서 생산이 더 느는 것 같아요.

그리고 저녁에 일이 끝날 때쯤 질 좋은 죽을 끓여 놓고 일하신 분들이 조금씩 가져가게 해요. 형님 가족과 저희 가족도 그 죽으로 저녁을 해결하지요. 여기서 일한 분 들이 일을 끝내고 집에서 저녁 준비하는 부담을 줄여주지요. 오늘 저녁은 집에서 그 죽으로 해보지요. 보리와 조미 쌀을 연자방아에 한 번 살짝 갈아 그 가루에 철에 따라 시래기, 호박, 묵나물 불린 것을 넣고 해물이나 달걀도 조금 넣어 만듭니다. 참 맛있어요. 형수님 음식솜씨가 좋거든요."

"참으로 존경스럽습니다. 그야말로 한 식구네요. 여기서 서로 일 하려고 하겠어요. 일해서 돈 벌고 아이들 점심, 가족 저녁거리도 대략 해결되네요. 나라님도 못하는 일을 아우네 가족이 하고 있어요. 많이 배우고 또 깊이 반성하고 있어요. 우리 집안의 전장과 선산이 경기도 포천에 있어 가끔 가보았는데 거기서 일하는 사람들과는 이렇게 식구처럼 지내지 못하지요."

존창과 이벽은 무한천변의 넓은 뜰과 멀리 도고산을 보며 마을 여러 곳을 구석구석 더 둘러본다.

"이 지역은 땅이 완만하고 바다가 가까워 밀물 때에는 바닷물이 여기까지 들어옵니다. 바다가 땅 안으로 깊이 들어왔다고 '안개'라고 불리며 한자로 '내포'라고 하지요. 저 앞의 무한천과 좀 아래 쪽에 있는 삽교천에는 뱀장어와 숭어가 많이 잡힙니다. 또 저 멀리 있는 도고산도 산이 아주 높지는 않지만 비슷한 봉우리들이 여러 개가 있어 산이 깊지요. 멧돼지나 고라니는 아주 많고 호랑이도 가끔 나오지요.

산에는 개암, 도토리, 둥글레, 다래, 머루, 으름도 많아요. 또 산자락은 산에서 골바람이 내려와 여름에도 시원합니다. 또 겨울에도 뜨거운 물이 나오는 물탕이 근처에 있습니다. 행궁이 있는 온양온천 보다 병 치료효과는 더 좋다고 합니다."

"존창 아우 집안은 들과 산, 바다와 천이 어우러진 이곳에 자리 잡아, 여기를 사람 살기 좋은 곳으로 만들고 있어요. 내가 크게 깨우치고 있습니다. 나는 그간 참 답답했어요. 선비들은 백성이 하늘이라는 말을 입으로는 하지만, 실제 행동은 다르지요. 임금이 수척하면 백성들이 살찐다는 옛말도 현실에서는 거의 없는 것 같구요. 힘있는 사람들이 자기 것을 나누어야 하는데 그렇게 안 하기 때문이지요. 조정은 패로 갈려 싸움만 하고, 저희 집안 같은 무반들은 그 하수인 노릇만 하고 있습니다. 백성들이 사는 것은 늘 어렵고….

그래서 내가 과거를 포기하고 이것저것 공부는 하고 있는데, 답을 못 찾고 있었지요. 공부해서 어디에 쓰나 무엇을 해야 하나 고민만 하고, 의욕은 없어지고, 좀 힘든 시기였어요. 여기 여사울에 와보고 공부할 것도, 할 일도 생긴 것 같아요. 힘이 나요. 나는 내일 아침 먹고 떠나려 해요. 빨리 가서 해보고 싶은 일이 있어요. 몸이 근질근질 하네요. 내가 최근에 이렇게 힘이 난 적이 없었는데….

우리 자주 만나 세상 이야기도 하고, 같이 고민하면서 꿈꾸는 것을 만들어 가지요. 이 나라 조선은 크게 바뀌어야 할 때가 지난 것 같아요. 이제 더 늦으면 나라는 절단 나고 백성은 더 힘들어질 것입니다."

존창과 이벽은 무한천변을 따라 삽교천이 만나는 곳까지 걷는다. 멀리서 보니 도고산이 더 이쁘게 보인다. 무한천과 삽교천이 만나, 가을 갈대밭 사이를 굽이굽이 흐른다. 아름답고 평화로운 모습이다.

존창이 주변 풍광에 대해 설명한다.

"저 멀리 보이는 도고산은 형제가 엎드려 서로 보고 있는 모습과 비슷하지요. 왼쪽이 좀 더 높아 형이고 오른쪽이 동생이지요. 오른쪽은 덕보는 산이라고도 해요. 저처럼 형님 봉우리로부터 덕 봐서 그렇게 부른다고도 하고, 큰 난리가 났을 때 도고산으로 피난 간 사람들이 저 산 덕에 살아남아서 그렇게 부른다는 말도 있어요. 또 여기 삽교천과 무한천이 만나 흐르는 모습은 아홉 번 굽어진 양의 창자 같다고 해요. 그래서 저 앞의 갈대가 많은 섬을 구절양장에서 두 글자를 따와 구양도라 하지요.

이 근처는 큰 장마가 들면 물길이 바뀌고 새로운 섬도 생기고 해요.

바닷물이 밀려 올 때는 강물이 거꾸로 흘러, 물때를 잘 맞추면 배로 다니기 쉬워요. 사람의 왕래와 물자의 이동이 다른 지역보다 편한 것 같아요. 또 아이들은 여름에는 멱 감고 놀고 물고기를 잡아, 허기도 면하고 살기 좋아요. 치수를 잘 해서 개간하면 많은 사람들이 먹고 살 수 있는 곳입니다."

"조선 땅은 금수강산이라고 하듯이 대부분 아름답고 살기 좋은데, 여기 내포지방이 더 풍요로운 듯합니다. 나라 정치만 잘하면 백성들이 굶주리지 않고 즐겁게 살 수 있을 것입니다. 더욱이 존창 아우네의 농장을 보니 땅을 갖고 싸움을 안 할 수 있는 방법도 있고…. 많은 백성들이 잘 살 수 있는 길은 찾은 듯해요. 내가 여기서 많이 배우고 있습니다."

집에 돌아오니 저녁때가 된다.
존창과 이벽은 농장에서 가져온 죽과 석쇠에 소금뿌려 구운 장어에 청주를 곁들여 저녁을 먹으며 이야기를 나눈다.

"죽이 아주 맛있네요. 귀한 장어구이에 맛있는 청주까지. 뜻 맞는 사람과 좋은 음식에 술이 있으니 세상에 부러운 것 없이 너무 행복합니다."

"많이 드세요. 내일 먼 길 가려면 힘드실 텐데. 여긴 장어가 흔해요. 큰 것만 사람이 먹고 작은 것은 닭을 줄 정도이지요. 청주는 형님 댁에서 가져왔을 것입니다. 누룩이 특별한데다 형수님 솜씨까지 좋아서 술맛이 그 어떤 것보다 좋을 것이에요."

다음 날 아침 이벽은 양근으로 돌아간다. 존창은 농장과 집을 오가며 일하며 공부하며 지낸다. 해가 바뀌고 초가을쯤 존창은 권철신 일신, 이기양 세분 선생님을 모시고 이병휴 선생님의 산소에 다니러 온다. 이벽도 같이 온다. 세분 선생님과 이벽은 성묘를 끝낸 다음, 여사울 농장을 둘러보고 존창 집에서 며칠 유숙한다. 세 분 선생님과 이벽이 떠나고 존창은 여사울에 남아 추석까지 농장일을 거들며 지낸다.

존창은 이렇게 여사울과 양근을 오가며 일하고 공부하면서 몇 년이 지나간다. 행복한 시간이다. 그간 이벽과 한양 구경도 몇 번 하고, 학문 이야기, 세상 이야기, 포천과 여사울의 농장 이야기도 많이 했다. 또한 이벽의 소개로 한양 근처의 사람들을 만나고 사귄다.

하루는 존창과 이벽이 한양의 시장을 돌아보았다. 먼저 종로에서 동대문 쪽으로 자리 잡은 배오개시장을 들르고, 이어 종로 네거리의 종루시장에 있는 육의전을 둘러본다. 그리고 남대문 밖의 칠패시장을 보고 큰 고개를 넘어 삼개나루로 간다. 조선을 대표하는 경강상인은 뚝섬부터 양화진까지 한강변에 자리 잡고 있다. 그중 삼개나루에 큰 상인들이 많다. 삼개나루로는 세금으로 걷은 곡식을 운반하는 조운선이 들어오고, 근처에 이를 보관하는 창고도 있기 때문이다.

존창과 이벽은 삼개나루에서 국밥을 간단히 먹고 배를 타고 양근으로 가면서 이야기를 한다.

"존창 아우, 한양의 큰 시장을 둘러 본 소감이 어때요?"

"두 가지입니다. 하나는 한양 사람들, 모두는 아니고 돈 많은 한양 사람들은 갖고 싶은 것이나 필요한 것을 편하게 살 수 있어 살기 좋겠다는 것입니다. 다른 하나는 조선에서 가장 큰 시장들일 텐데 기대했던 것보다 크지 않다는 것입니다. 또 경강상인은 개성상인, 의주상인과 더불어 조선의 3대 상인이라 하는데, 곁에서 보기에는 대단해 보이지 않다는 것이지요."

"나도 그렇게 생각하는데, 이유가 뭘까?"

"상업이 중요하기는 하지만, 상업 자체로 커나가는 데는 한계가 있는 듯합니다. 농업이나 공업이 발달해 거래할 물산이 풍부해지고 돈 쓸 사람이 많아져야만 장사가 잘 되는데, 조선은 그렇지 못하지요. 또 국경이 막혀 있어 다른 나라와의 교역도 자유롭지 못한 것도 이유인 듯합니다."

"존창 아우는 역시 보는 눈이 날카롭고 분석도 정확해. 여진족이 후금에 이어 청나라로 발전할 때 필요한 자금은 다른 여러 나라와의 교역을 통해 얻었다고 해. 나라가 무력만 세다고 강해지는 것은 아니지. 경제력이 있어야지. 내가 존창 아우를 알게 돼서 얼마나 든든한지 몰라. 존창 아우의 농장에 다녀와서, 내가 생각하는 조선의 개혁이 가능하다는 자신감이 생겼어. 조선에서 가장 시급한 개혁은 신분제도를 철폐하는 것이지. 그런데 이는 시행하기도 매우 어렵지만 시행된다 하더라도 큰 부작용이 있지.

지금과 같이 농사에 주로 의존하면 백성들이 더 힘들어 질 수 있지. 땅은 한정되어 있는데 농사지으려는 사람이 더 늘어나기 때문일 것이야. 여사울 농장처럼 농산물을 가공하는 곳이나, 옷감이나 그릇 같은 것을 만드는 공장이 많이 생기고, 이를 받아 사고파는 상인들이 늘어나야 해. 그래야 농토가 없는 사람도 일해서 먹고 살 수 있지. 특히 돈 많은 사람이 농장이나 공장을 해야 하지. 그런데 조선에서는 그들이 땅을 더 사거나 고리대금업을 하는 경우가 대부분인 듯해."

"어떻게 하면 조선을 그렇게 바꿀 수 있나요. 저도 꼭 해보고 싶은

데 엄두가 않나요."

"쉬운 일은 아니지만 불가능하지도 않다고 생각해. 뜻을 같이 하는 사람을 모으고, 구체적인 방법을 공부하고, 이러한 생각을 전파해서 세력을 만들다 보면 힘이 생길 것이야. 그러면 그때의 정치상황을 살펴서 세상에 적용할 방법을 찾으면 될 것이야. 인생을 걸고 천천히 10년, 20년 계속 끌고 나가야지. 서두르면 잘못되기 쉬워."

"뜻을 같이 하는 사람은 모으고 있는지요?"

"이제 모아야지. 존창 아우가 첫 번째야. 존창 아우가 없으면 우리의 뜻을 이룰 수가 없어. 꼭 같이 해야 되. 그리고 내 사돈댁인 마재의 약전 약종 약용 형제들이 아주 영민하고 문제의식도 있지. 녹암정사에서 공부하는 최창현과 유항검도 같이 할 분이고. 철신 일신 선생님들도 적극 도와주실 것 같아. 우리 가족 중에는 동생인 이석이 나를 잘 따르고 있고."

"저는 같이 하겠습니다. 그리고 이기양 선생님의 아들이고 권철신 선생님의 사위인 이총억도 신분제도 폐지에 적극적입니다. 저와는 여사울 때부터 친하게 지냈지요. 홍유한 선생님의 조카인 홍낙민도 좋을 듯합니다."

"다 같이 할 사람들이네. 처음에는 인원이 많지 않아도 괜찮아. 먼저 적은 수의 사람들이 똘똘 뭉쳐 단단한 조직을 만들고, 나중에 그 아래에 분야별 작은 조직을 만들어 가는 것이 좋을 듯해. 그리고 우리 구성원들이 가능한 여러 분야에서 활동하는 것이 좋을 것 같아. 사림에서 학문과 교육 활동도 하고, 과거해서 벼슬살이도 하고, 문관도 무관도 다 있어야 하지. 우리 집은 아버님과 형님이 무관이시지. 할아버지는 나도 무관 노릇을 하라 하시고. 아버님은 은근히 내가 문관을 했으면 하시지. 집안에서 문관과 무관이 다 나왔으면 하는 바람이겠지. 나는 둘 다 안 할 생각이야. 더 큰 것을 이루어야지. 동생 석이는 아버님과 형님을 따라 무관을 할 것 같고."

"예, 저는 조직을 잘 모르지만 맞는 것 같습니다. 그런데 궁금한 것이 있습니다. 형님은 왜, 조선의 신분제도 폐지와 같은 어려운 일을 하십니까? 큰 처벌을 받을 수 있는데…. 편하고 쉬운 길을 선택할 수 있는데요?"

"먼저 내가 좋아서 하는 일이고, 다음으로는 옳다고 믿고 내가 해야 할 일이라고 생각하기 때문이지. 도공이나 화공이 필생의 작품을 만들거나, 학자들이 큰 학문을 끝까지 추구하는 것도 이와 비슷할지도 몰라.

어떤 사람은 이런 일을 통해 높은 자리를 얻어 보려는 경우도 있기는 하겠지만, 나는 벼슬자리를 생각하면 집안 뜻대로 무과나 문과 시험을 보는 것이 쉽지. 그렇지만 그 길로는 내 뜻을 이루지 못할 것 같고, 내가 하고 싶은 일도 아니지."

"형님, 생각이 맞습니다. 저도 이 일이 어렵고 불확실해도, 즐겁고 또 옳다고 믿는 일이지요. 꼭 할 것입니다. 또 남들이 많이 가는 편한 길은 선택한다고 해도, 그 길이 계속 좋을지는 모르는 일이구요."

"존창 아우, 생각을 같이 해줘서 고마워, 우리 둘이 같이 하면 이 어려운 일도 이룰 수 있을 것 같아. 희망이 생겼어. 이번 겨울 녹암정사 강학회에서 나의 계획을 발표할 생각이야. 존창 아우도 한 부분을 맡아서 발표해줘. 내가 권철신 선생님께 말씀드리려고 해."

"제가 녹암정사에 온 지 겨우 3년 지났는데 감히 발제를 할 수 있을까요. 조심스럽습니다."

"3년이면 충분하고, 내가 녹암정사에서 만난 사람 중 존창 아우만한 학재를 가진 사람은 없어. 어쩌면 아우는 조선 최고의 학문적 재질을 가졌는지도 몰라. 자신감을 가져."

"네, 알겠습니다. 가끔 보았지만 한강 주변 풍광이 오늘은 더 아름답네요. 또 한강은 여사울의 삽교천이나 무한천보다 훨씬 강물이 깊고 힘차게 흐르네요. 저에게는 언제나 새롭고 힘을 줍니다."

"이 아름다운 나라에 사는 사람들이 마음 편하게 살 수 있는 세상을 만들기 위해 우리 둘이 시작하는 거야."

"유비, 관우, 장비의 도원결의가 아니고 형님과 저의 선상결의이네요."

"맞아 선상결의이지. 그리고 사람 인人 자는 사람이 혼자서는 서지 못하고 누군가 받쳐주어야 바로 서서 사람 노릇을 한다는 뜻이라고 들었어. 우리 둘이 서로 받쳐주면서 꿈을 이루어 나가자구. 존창 아우!"

"예, 형님! 제가 끝까지 받쳐드리고, 같이 꿈을 이루도록 열심히 노력하겠습니다."

둘이 이런 이야기를 하다 보니 어느덧 배가 양근에 도착한다.

존창은 시간이 지나면서 배우고 깨우치는 것이 많아진다. 보다 성숙한 인간이 되어간다. 세상을 보는 눈이 넓어지면서 생각도 많아진다. 보람차고 행복하지만, 다른 한편으론 불안하고 두렵다. 세상의 부조리와 해결 방안을 고민하다가도 자신의 한계를 생각하곤 한다. 항상 흔들리며 살고, 불완전한 것이 인간인 듯하다.

2
주어사 강학회와 동지회 결성

녹암정사에서는 특별한 일이 없으면 매년 겨울 천진암이나 주어사에서 강학회를 연다. 강학회는 학사들이 자신이 깊이 공부한 분야에 대해 주제를 발표하고 토론하는 모임이다. 열흘정도 진행된다. 이번 강학회는 주어사에서 이벽이 "조선의 개혁사상과 과제"라는 큰 주제로 발표를 하기로 한다. 존창도 녹암정사에 와서 네 번째 참가하는 강학회이기 때문에 이벽의 권유로 한 꼭지 참여한다. 여사울 농장을 사례로 한 "조선 백성의 생활수준을 높이고 나라를 부강하게 할 수 있는 방안"이다. 권철신·일신 선생과 학사들은 인근 녹암정사에서 강학회 장소인 주어사로 바로 가고, 이벽은 광주에서 집안일을 보고 저녁때까지 오기로 한다.

주어사에서 모여 강학회 준비를 해놓고 저녁 먹을 때쯤 눈이 쏟아진다. 이벽은 어찌된 일인지 저녁때가 한참 지나서까지 소식이 없다. 사람들이 걱정을 하고 잠자리에 들었는데, 새벽녘에 이벽이 천진암 승려들과 함께 도착한다. 강학회 장소를 천진암으로 잘못 알았다고 한다. 밤새 눈길을 뚫고 온 것이다. 아침식사 후 이벽의 주제 발표를 시작으로 뜻 깊은 강학회가 열린다.

철신 선생의 강학회 개회 선언에 이어 이벽의 사자후가 참가자들을 뜨겁게 한다.

"이 나라 조선은 개혁이 절실할 때입니다. 일부 사대부는 소중화니 하면서 조선을 대단하게 생각하고 있지만 백성들의 삶은 계속 어렵고 나라는 약해지고 있습니다. 사신단에 참여하여 중국이나 왜에 다녀온 사람을 만나보면 청나라는 모든 면에서 비교할 수 없을 정도로 우리를 앞서고, 왜도 큰 도시는 조선을 압도하고 있다고 합니다.

임진년, 병자년의 양란을 거치면서 얼마나 많은 사람들이 죽고 타국으로 끌려가고, 집과 재산을 잃었습니까? 이어 경술년과 신해년에 연이어 대기근이 발생하고, 양란때 보다 더 많은 사람이 굶어서 죽었습니다. 굶주림에 지친 사람들은 자식을 팔아넘기는 일도 많았습니다. 참혹한 일이 계속되었지요.

요 근래는 다행히 날씨가 크게 나쁘지 않아 농사가 잘 되고 있는 편입니다. 과거와 같은 참사는 발생하지 않고 있지만 아직도 많은 사람이 굶주리고 헐벗고 있습니다.

농지를 못 가진 사람들이 대표적입니다. 앞으로도 큰 가뭄이나 냉해가 오면 경신 대기근과 같은 일이 또 발생할 수 있습니다. 백성들이 굶주리는 것이 자연재해에 의한 것일 수도 있지만, 나라의 정치가 잘못되서 더 나빠지는 경우가 많습니다. 경신 대기근 시에 수많은 사람들이 굶어 죽었지만, 한양의 높은 벼슬아치와 부자들의 사치는 계속되었습니다. 그래서 굶주림에 분노한 백성들이 한양으로 몰려들었던 것이 아닐까 생각합니다.

지금도 굶주리고 생존에 위협을 받는 사람들이 많지만, 저는 한쪽에서는 아주 풍요롭게 사는 사람도 있다고 생각합니다. 좋은 나라는 많은 백성들이 시간이 지나면서 더 잘 살게 되어야 합니다. 나보다 자식과 손자들이 더 잘 살 것이라는 희망이 있어야지요. 그리고 백성들이 고향에서, 이 나라에서 오래오래 터 잡고 살기를 원해야지요. 그러나 이 나라 조선은 그렇지 못한 듯합니다. 서론이 길었습니다. 지금 이 나라 조선에서 꼭 필요한 개혁과제는 다섯 가지입니다.

첫째, 노비제도와 함께 사농공상 신분제도를 폐지하는 것입니다.

둘째는 조선이 성리학 유일사상 체계에서 벗어나는 일입니다.

셋째는 경자유전의 원칙에 맞게 토지제도를 개혁하는 것입니다.

넷째는 과거제도와 관직제도를 근본적으로 개혁하는 일입니다.

다섯째는 백성들을 좀 더 잘 살고, 나라를 더 부강하게 바꾸는 일입니다.

이번 강학회에서는 이 다섯 주제 중에 세 가지만 다루어 보려고 합니다. 첫째 신분제도와 둘째 성리학에 대한 과제는 제가, 다섯 번째 과제는 존창 학사가 발표할 것입니다. 세 번째와 네 번째 과제는 그간 여러 학자들이 많이 연구해 온 주제입니다. 해서 이번 강학회에서 다루지는 않고, 앞으로 관심을 갖고 공부할 사람을 결정했으면 합니다. 일단 여기까지 하고 잠시 쉬었다 하겠습니다. 지금까지 말씀드린 것에 대해 질문을 하시면 답변하겠습니다. 좀 있다 개혁과제의 구체적 실행방안에 대해 이야기 하려 합니다."

약전 학사가 질문을 한다.

"가슴을 울리는 발제로 깊은 감명을 받았습니다. 다섯 가지 개혁의 필요성에는 전적으로 동의를 합니다. 그렇지만 구체적 방안을 봐야겠으나, 실행 가능성은 아주 낮다고 생각합니다. 이는 완전히 새로운 나라를 만드는 것과 같은 개혁일 것입니다. 조선이란 나라를 그대로 두

고서는 힘 있는 사람이 반대가 심하여 가능할 것 같지 않다는 생각입니다. 이벽 학사님은 어떤 복안이 있으신지요?"

이벽이 답을 한다.

"예, 약전 학사님의 지적과 같은 생각을 많은 사람들이 갖고 있을 것입니다. 저도 이 개혁들이 매우 어렵다는 것에는 동의합니다. 그러나 이러한 개혁을 하지 못한다면 이 나라의 미래는 매우 어둡다고 생각합니다. 선왕께서 선정을 베푸셔서 백성들의 생활은 최악은 아니었습니다. 금상께서 선정을 베풀 것으로 기대하고 있습니다. 그렇지만 항상 선정이 이어질 수 없다고 생각합니다.

군주의 선정에만 의존하는 나라가 아니라 나라의 제도 자체가 백성을 살만하게 만들어 주어야 합니다. 옛 성현의 말씀대로 백성들이 왕이 누구인지 몰라도 잘 사는 나라가 제대로 된 나라라고 생각합니다. 어렵고 시간이 걸리더라도 나라를 바꾸어야 합니다. 그렇지 못하면 조선이라는 나라가 망해 없어질 수도 있을것 같습니다. 가능성이 없어 보여도 누군가 시작을 하면 따라 오는 사람이 있을 것이라고 믿습니다."

철신 선생께서 말씀하신다.

"이벽 학사의 발제는 이번 강학회를 아주 특별하게 만든 듯합니다. 제시한 개혁과제가 모두 큰 의미가 있으니 조금 열기를 식혔다가 들어보기로 합시다. 다른 학사들도 생각할 시간을 갖고 많은 토론을 합시다. 그러면 잠시 쉬었다가 강학회를 다시 시작하겠습니다."

학사들은 눈 덮인 산사 주변을 산책하며 이벽의 혁명적인 발제에 대해 생각해보고 몇 명은 옆 사람과 의견을 나누기도 한다.

조금 후 강학회가 다시 열리고 이벽의 열변이 이어진다.

"조선의 신분제도는 차별이 극심하고 복잡합니다. 신분은 크게 양인과 천인으로 구분되고, 천인에는 노비뿐 아니라 백정, 대장장이, 광대, 무당, 상여꾼 같이 험한 일을 하는 사람도 포함됩니다. 양인은 양반 중인 평민으로 구분되고, 이 안에서도 적자와 서얼의 차별이 심합니다. 또한 양인은 하는 일에 따라 사농공상으로 나누어집니다. 여기 계시는 분은 모두 최고 신분인 양반이고, '사'인 선비에 속하기 때문에 신분상 불이익을 받은 적이 없으실 것입니다. 그러나 대부분의 백성은 신분 때문에 고통을 겪고, 희망을 갖지 못하고 있습니다.

조선은 사대부라 불리는 양반이 지배하는 나라입니다. 벼슬길에 나가면 조정에서 대부가 되고, 벼슬을 물러나면 공부하는 선비가 되는 것이지요. 먹고 사는 일, 힘든 일은 직접 안 해도 되는 것이지요. 다 아랫것들에게 시킬 수 있지요. 사대부인 양반에게는 참 좋은 나라입니다. 그러나 양반도 같은 양반이 아닙니다. 지금 괜찮은 벼슬자리에 있거나 땅이 많아야 양반이 주는 특권을 오랫동안 유지할 수 있습니다. 그렇지 못한 양반은 쉽게 평민이 되고 잘못하면 평민보다 더 어렵게 살 수도 있습니다. 벼슬길을 끝내고 자손들이 다음에 벼슬살이에 오를 때까지 먹고살고 공부시킬 수 있을 땅이 없으면 양반도 살기 어려워집니다. 조선은 벼슬자리를 놓고 죽고 죽이는 싸움이 계속될 수밖에 없고, 벼슬자리에 가서는 땅을 늘리기 위해 가렴주구를 하여야 하는 구조인 것이지요. 양반도 특권층으로 계속 살아남기 위해 필사적으로 노력해서 과거에 급제하거나 땅을 늘려야 하는 것 이지요. 그런데 양반들의 이러한 노력이 나라나 백성들에게는 도움은 안 되고, 해가 되는 경우가 많지요. 다 아시다시피 많은 조선의 사대부들은 벼슬자리를 위해 당쟁에 몰두하고 있고, 백성들의 고혈을 빨아 땅을 늘리고 있기 때문입니다.

세상의 거의 모든 사람들은 자신의 이익을 위해 살고 있지요. 나라의 지도자인 사대부들도 자신의 이익을 위해 노력하고 싸우는 것이 정상일 것입니다. 그러나 사대부들의 이런 싸움이 백성들이 더 잘 살게 되는 것으로 연결될 수 있어야 합니다. 그래야 백성들이 잘 살고 나라가 부강해집니다. 나라를 그렇게 움직이도록 만들어야지요. 이를 위해 이 나라에서 우선 필요한 개혁은 두 가지입니다. 하나는 노비제도를 없애는 것이고, 다른 하나는 사농공상의 차별을 허무는 것입니다. 이것은 저보다 먼저 여러 학자들께서 주장한 내용이지만 더 이상 미룰 수가 없는 과제입니다.

먼저 노비제도를 폐지해야 합니다. 조선에서 평민들도 어렵지만 가장 힘들고 고통스러운 사람은 노비일 것입니다. 노비는 사람 취급을 받지도 못합니다. 말하는 개돼지와 같은 정도인 것입니다. 노비의 가격이 좋은 소나 말의 값 보다 못한 경우도 많지요. 노비는 사고 팔리는 물건과 같고 학대당합니다. 저희 집안도 노비가 많지만 같은 인간으로서는 할 수 없는 일을 저희가 하고 있는 것입니다. 노비는 산이나 들에서 자유롭게 사는 고라니나 산토끼보다 못한 신세로 보입니다. 노비 자식은 또 노비가 되어야 한다는 것이 맞는 말일까요? 동물인 것이지요. 그러면서 선비란 사람들이 세상의 옳고 그름을 이야기할 수 있을까요?

노비제도는 조선 사대부들이 상국으로 떠받드는 중국에도 없습니다. 중국에서 노비제도는 송□명 시대에 들어 사라졌습니다. 극소수의 천민은 존재했으나 이들은 범죄자였고, 그 신분이 세습되지 않는다고 합니다. 사람 취급을 못 받는 노비들에게 이 나라 조선은 어떤 의미를 갖겠습니까? 임진년과 병자년의 양란 기간 동안, 많은 노비나 천민들이 왜나 청의 편에 서는 것은 어찌 보면 당연한 일일 것입니다. 그리고 노비가 양인이 되면 더 열심히 일하고 세금도 내어 나라가 부강해집니다. 조선의 미래를 위해 노비제도는 그 무엇보다 먼저 폐지되어야 합니다.

 다음은 사농공상이라 하여 직업과 신분을 같이 묶어놓은 제도도 폐지하여야 합니다. 이런 제도 역시 중국에는 없습니다. 중국에서 양인은 사농공상 어떤 직업에 종사해도 문제가 없고 또 어떤 일을 하다가도 벼슬길에 오를 수 있습니다. 조선은 선비가 벼슬을 하지 않으면 생업에 종사하지 않으려 합니다. 일을 해서 이익을 취하는 것은 소인배의 길이고 군자의 길이 아니라고 보고 있는 것이지요. 특히 공업이나 상업에 종사하는 것은 금기시 했습니다. 공업이나 상업을 하는 사람은 천민과 비슷하게 취급하기 때문이지요.

 그렇기 때문에 많은 선비들은 벼슬길에 나가면 땅과 노비를 늘리는 일에 몰두하게 됩니다. 가장 빠른 방법이 공신이 되는 것입니다. 공신이 되면 땅과 노비가 한 번에 많이 생깁니다. 누군가를 역모로 잘 엮으면 공신이 될 수 있어, 거짓 역모 사건도 많아지게 됩니다. 또 역적으로 몰린 사람의 처자를 노비로 삼고 전답도 가질 수도 있습니다. 어제까지 조정에서 같이 정사를 논하던 동료의 처자를 노비로 삼는 것입니다. 이런 짓을 하는 사람도 인간이라 할 수 있을까요?

 양인과 천인의 구분이 없어지고 모든 사람이 자신의 호, 불호나 능력에 맞는 일을 하다 기회가 되면 출사를 하여 백성과 나라를 위해 봉사해야 합니다. 이래야 나라가 부강해집니다. 양반들이 출사하지 않을 때 공업이나 상업에 종사하면 물산이 풍부해지고 일자리가 늘어나 백성들이 더 잘게 되겠지요. 조선이 이러한 나라, 즉 사람살기 좋은 나라가 되었으면 합니다."

권철신 선생이 이벽의 발제가 숨 돌리는 틈을 타 끼어든다.

"이벽 학사의 열변이 한겨울 추위를 다 녹이는 듯합니다. 신분제도에 대해서는 이 정도로 마무리하고 잠시 열기를 식혔다가 토론을 한 다음, 다음 주제로 넘어갑시다. 괜찮겠지요? 이벽 학사!"

"예, 좋습니다. 선생님."

권철신 선생이 다시 말을 잇는다.

"신분제도에 대해 못다 한 이야기는 토론과정에서 더 하면 되겠습니다. 그리고 여기 계신 학사님들, 오늘의 강학회 내용에 대해서는 외부에 이야기하지 않아야 할 것입니다. 쉬었다 하겠습니다. 점심식사 맛있게 하고 다시 모이겠습니다."

학사들은 삼삼오오 눈 덮인 주어사 주변을 구경하며 산책을 한다. 눈 덮인 앵자산은 아름다움을 넘어 신비스럽고 스산한 분위기까지 든다. 학사들은 주어사 스님들이 준비해준 점심을 먹으며 이벽의 발제에 대해 의견을 나눈다. 점심식사 후 존창, 충억, 낙민은 주어사 요사채 마루에 앉는다. 전망이 좋고 남향이라 따뜻하다.

총억이 말을 꺼낸다.

"녹암정사 강학회에 네 번째 참가하는데 이번이 그중 나에게 의미가 있고 특별한 것 같아. 사농공상의 신분제도 폐지는 나도 항상 생각하고 말하고 있는 거지…. 존창 형한테도 언제인가 말한 것 같은데 사농공상의 구분은 없애야 양반도 살기 좋아질 것 같아. 벼슬길에 못나

가는 양반, 벼슬을 하지 않는 양반이 농토와 노비 없이도 가난하지 않게 살려면 사농공상의 구분이 없어져야 해. 이벽 학형이 생각을 많이 하고 준비도 잘한 것 같아. 존창이 형은 이벽 학형과 자주 만나는 것 같은데 같이 준비했지? 과제도 하나 발표하고…."

존창이 답한다.

"벽이 형님이 많이 준비했지. 나는 조금 도와주고. 나는 모레, 백성들이 가난과 굶주림에서 벗어날 수 있는 방안에 대해 발표할 거야. 노비제도와 사농공상의 폐지는 나라와 백성을 걱정하는 많은 사람이 공감하는 내용이지. 그런데 실행이 안 되는 것은 힘을 가진 사람들이 그 제도를 유지하고 싶어 하기 때문이지만, 한편으로는 신분제도를 폐지했을 때 제한된 땅을 놓고 싸움이 커지는 것도 이유가 될 거야."

말수가 적은 낙민이 조심스럽게 이야기한다.

"나는 운이 좋아 양반의 자식으로 태어났고, 또 우리 집안이 농토와 노비가 조금 있어 과거 준비를 하면서 그럭저럭 살아가고 있는데 근처 농민들을 보니 굶주리지 않고 헐벗지 않고 살아가는 건 엄청 어려운 일이더군. 특히 봄철 보릿고개 때에는 너무 힘들어. 소나무 속껍질이나 풀뿌리로 연명하는 사람도 많아. 나도 이번 일에 무언가 참여하고 싶어…."

존창이 답한다.

"낙민이 형, 생각을 같이 해서 고마워요. 여러 가지 참여할 방식이 있을 것이에요. 이번 강학회에서는 큰 방향에 대해서 이야기 하고, 좀 더 자세한 방책은 몇 명씩 조를 짜서 공부하고 만들어 갈 것입니다. 그

때 관심 있는 조에 참여하면 될 것 같아요."

낙민이 말을 잇는다.

"존창이 하고 총억이 하고, 우리는 참 깊은 인연이 있는 것 같아. 어렸을 때 덕산이라는 곳에서 만나 같이 공부하고, 놀고…, 좀 더 커서는 서로 다른 곳으로 이사를 갔지만 또 이렇게 만나 세상일을 같이 고민하고 공부도 하고, 앞으로 우리 앞에 무엇이 있을까?"

총억이 말을 잇는다.

"낙민 형하고 존창 형 만난 것이 나에게는 엄청난 행운인 것 같아요. 도움을 받는 것도 많고 배우는 것도 많고 특히, 무엇을 하며 살아야 할까를 알아가는 것 같아 좋아요. 그렇지 않으면 지금까지 방황만 하고 있었을 것이에요. 앞으로 두 분 형님 열심히 도와가며 살 거야."

존창이 말을 잇는다.

"낙민이 형, 앞으로 우리가 생각하는 것을 만들어 가려면 난관이 많을 것이고 고생도 많이 해야 할 듯해요. 형님이 중심을 잘 잡아줘요. 총억이도 같이 열심히 하자."

셋은 이야기를 계속하는데 목탁 소리가 들리고 권철신 선생의 사회로 강학회가 다시 시작한다.

"지금부터는 이벽 학사가 오전에 발제한 신분제도에 대해 토론을 시작하겠습니다. 질문이나 자기의견, 어떤 것이든 좋으니 자유롭게 말씀해주세요. 말할 사람이 많을 것 같으니 짧게 말해주시기 바랍니다. 자기 의견을 짧게 정리해 말하는 능력도 중요합니다. 강학회는 어제 시작이니 앞으로 시간이 많습니다. 모두에게 자기 생각을 말할 기회가 있을 것입니다."

총억이 먼저 손을 들고 이야기를 시작한다.

"이벽 선배님의 설득력 있는 설명 잘 들었습니다. 이 나라 조선에서 문제가 크게 될 수 있는 과제를 당당히 발표하신 용기 또한 대단하시다고 생각합니다. 존경스럽습니다. 그리고 발표하시는 내용을 적극 지지합니다. 저도 비슷한 생각을 갖고 있지만 아주 친한 사람을 제외하고는 말하는 것이 조심스러웠습니다. 신분제도의 철폐는 강상의 원칙을 깨는 것으로 대역죄 다음으로 중하게 처벌을 받을 수 있다고 알고 있습니다. 이제 저도 주변에 더 적극적으로 이야기하고 이벽 선배님을 도와 그 실천을 위한 행동에도 나설까 합니다. 다시한번 이벽 선배님의 노고와 용기에 감사드립니다."

이벽이 말을 받는다.

"과찬입니다. 총억 학사, 누군가가 해야 할 일을 한 것입니다. 앞으로 함께 할 일이 많을 것입니다. 같이 만들어 가지요."

몇몇 다른 학우가 비슷한 의견을 이야기한다.
권철신 선생이 잠시 끼어든다.

"발제에 대한 깊은 토론을 위해 보완할 점이나 다른 시각에서 봐야 한다는 의견이 있었으면 좋겠습니다."

김한성 학사가 주저하다 손을 들고 조심스럽게 말을 한다.

"조선 사회를 어렵게 하는 근본 문제가 신분제도와 노비제도에 있다는 이벽 학사의 지적을 저도 전적으로 동의합니다. 그리고 노비제도 폐지는 몇몇 뜻 있는 선비들이 오래 전부터 주장했던 과제입니다. 그렇지만 이에 대한 조정의 공식 의견은 당연히 노비제도를 유지하는 것이었습니다.

논거는 조선과 중국의 제도나 문물이 모두 같을 필요가 없고 실제 다른 것도 많다. 노비제도가 대표적이다. 중국에 없는 것이 조선에 있다고 문제되지 않는다. 이렇게 노비제도를 논리도 없이 옹호해왔고, 여기에 대해서는 벼슬자리에 있는 양반뿐 아니라 사림의 선비들도 별로 반대하지 않았습니다. 자신들이 노비제도로부터 얻는 이익이 많기 때문일 것입니다.

조선에서 지식인이고 영향력 있는 사람들은 거의 모두 마음속으로는 노비제도나 신분제도의 유지를 바라고 있다고 봐야 합니다. 이를 폐지하라고 강력히 주장하면 조정과 선비들은 여러 가지 방식으로 탄압하고 압박할 것입니다. 어쩌면 우리가 살아남기가 어려울 수도 있다고 생각합니다. 조심스럽게 추진해야 하고, 실현할 수 있는 구체적 계획을 잘 만들어야 한다고 생각합니다."

몇몇 학사들이 비슷한 의견을 말한다. 노비제도와 신분제도의 개혁이 절실하지만 실행은 거의 불가능하기 때문에 노비들을 인간적으로 대해 주는 것이 최선의 현실적 방안이라고 한 학사도 있다.

이벽이 답한다.

"김한성 학사님과 다른 분들이 지적하신 노비제도 폐지가 불가능에 가깝고 어렵다는 것은 저도 전적으로 동의합니다. 또 노비들을 인간적으로 대해 주는 것이 현실적인 대안일 수 있습니다. 여기에다 신분제도의 개혁을 추진하면 우리가 집안에서 쫓겨나고 벼슬길이 막히는 것뿐 아니라 목숨마저 위태로울 수 있다는 것도 잘 알고 있습니다. 그러나 신분제도의 개혁이 없다면 이 나라 조선은 머지않아 망해 없어질 수 있다고 생각합니다. 임진 병자년의 난과 비슷한 외세침략이 다시 있다면, 아니 그 보다 훨씬 작은 침략이 있어도 이 나라가 살아남기 어려울 것이라고 봅니다. 나라는 천민을 포함 온갖 백성들의 힘이 모두 모아져야 강해지는 것이라고 생각합니다. 조선과 같이 작은 나라는 더 그렇습니다.

우리가 사는 조선의 미래를 위해, 왕실과 조정을 위해, 우리 양반을 위해, 마지막으로 백성을 위해 신분제도의 개혁은 꼭 필요하다고 생각합니다. 특히 이번 강학회에서는 신분제도 개혁이 말잔치로 끝나지 않게 하기 위해, 다섯째 개혁과제인 백성들을 좀 더 잘 살고 나라를 더 부강하게 바꾸는 방책을 포함하였습니다. 존창 학사께서 발제할 것입니다."

권철신 선생이 슬쩍 끼어든다.

"노비제도를 포함 이 나라 신분제도는 확실히 문제가 아주 많습니다. 우리가 시간이 더 있으니 계속 논의해 나가도록 하고 권일신 선생의 말씀을 듣고 1차 토론을 마치겠습니다."

일신 선생이 말을 받는다.

"이벽 학사의 발제와 다른 여러 학사의 토론을 잘 들었습니다. 고양이 목에 방울을 다는 일처럼 누군가 해야 할 일을 이벽 학사가 시작했다고 생각합니다. 노비제도는 하늘의 섭리와 인간의 도리뿐 아니라 공자님 말씀에 비추어 봐도 있어서는 안 될 폭압적인 제도라고 생각합니다.

논어 위령공 편에서 자공이 공자께 '평생토록 잊지 말고 이행할 만한 한마디 말이 있다면 무엇인지요?'라고 물었을 때, 공자께서 말씀하시길 '그것은 어질고 동정하는 마음인 서恕를 실천하는 것이다. 구체적으로는 기소불욕己所不欲 물시어인勿施於人'이라고 했습니다. 다시피 '자기가 하고 싶지 않은 일을 남에게 시키지 말라.'입니다. 그런데 우리 양반들은 자기가 하기 싫은 일을 노비에게 시키고 있는 것이지요. 그것도 아무런 대가 없이, 단지 양반으로 태어나고 노비로 태어났다는 것만 갖고…. 참 어이없는 일을 하고 있는 것이지요."

한숨을 쉬고 말을 잇는다.

"왕후장상의 씨가 따로 있느냐는 말이 있지요. 아마 대표적인 사례가 홍무제라 불리기도 하는 명황제 주원장일 것입니다. 주원장은 조선 선비들이 중화의 최고 문명 국가라 하고, 오랜 사대의 대상인 명나라를 건국한 사람입니다. 주원장은 찢어지게 가난한 농민의 아들로 태어났지요. 기근에 가족을 잃고 부랑아가 되었다가 먹고 살기 위해 승려도 되었다가 나중에는 홍건적이라는 도적의 무리에 합류하였습니다. 그러나 결국에 가서는 원나라를 북쪽으로 몰아내고 중국대륙을 통일하며 명나라를 건국했지요. 이렇게 보면 출신 신분은 사람의 능력이나 미래에 무엇을 할 것인가와 관계가 없다는 것이 확실합니다.

그러나 조선에서 사농공상의 차이를 허물고 노비제도를 폐지하는 것은 당연한 일이나 실제 이루어지는 것은 여러 학사들이 지적했듯이 거의 불가능해 보입니다. 제 생각으로는 세상의 큰일은 거의 모두 처음 시작할 때는 불가능해 보였을 수 있습니다. 그리고 그 일을 처음 시작한 사람은 성취하지 못 하는 경우도 많았을 것입니다. 그렇지만 뜻을 이을 사람들이 나오고 열심히 하면 그 일이 완성될 수 있는 것이지요. 이벽 학사가 주장하는 신분제도 개혁도 지금은 불가능해 보이지만 시작하면 누군가 뒤를 이을 것이고 언젠가 꼭 이루어질 것이라고 믿습니다."

권철신 선생께서 뒤를 잇는다.

"조선은 나라가 없어질 수도 있는 두 번의 큰 전란을 겪었지만 결국은 400년 넘게 나라를 유지해 오고 있습니다. 중국의 여러 왕조에 비해서는 아주 긴 시간입니다. 왕조가 길었다는 당과 명나라도 300년이 안 되고, 원나라는 100년 정도 만에 망했습니다.

조선왕조가 중국에 비해 오래 지속되는 것이 나라와 백성에 좋은 것일까는 고민을 해봐야 하는 문제라고 생각합니다. 왕조가 망하면서 당시 사회의 모순과 부조리가 쉽게 개혁되기도 하기 때문이지요. 그러나 더 중요한 것은 나라가 잘 망하느냐 잘 못 망하느냐 일 것입니다. 저는 모든 사람이 죽듯이, 조선을 포함 모든 나라도 언젠가 없어지는 유한한 존재라고 생각합니다. 사람이 잘 죽어야 하듯, 나라도 어떻게 망해야 잘 망하는 것이냐에 관심을 가져야 합니다.

고구려나 백제와 같이 외세에 의해 망한다면, 풀이 뿌리 뽑혀 여기저기 던져지듯 백성들은 흩어져 고생하며 죽을 것입니다. 그리고 나라는 역사마저 잃어버릴 수 있습니다. 신라나 고려처럼 같은 민족이나 나라 안의 다른 세력에 의해 망한다면 지배층만 바뀌고 다수 백성의 삶은 오히려 좋아질 수도 있다고 봅니다.

이 나라 조선이 앞으로 어떤 길을 갈 것이냐는 알 수 없지만 우리가 주장하는 개혁이 조선의 미래를 좋은 방향으로 바꾸는 역할을 조금이나마 했으면 좋겠습니다. 첫째 과제에 대한 토론은 여기서 끝내고 내일 이벽 학사의 두 번째 과제에 도전해 보겠습니다. 조금 쉬었다 저녁

드시고 미진한 분들은 더 토론하여도 좋습니다. 오늘 강학회를 마치 겠습니다. 수고하셨습니다."

학사들은 주어사 스님들이 차려놓은 저녁 공양 후 삼삼오오 모여 신분제도에 대한 자신의 생각을 이야기한다. 이벽과 존창은 주어사 주변을 산책한다. 흰 눈 덮인 산속에 어둠이 천천히 밀려온다.

존창이 먼저 말을 꺼낸다.

"벽이 형, 오늘 새벽에 도착해 쉬지 못해 많이 피곤할 텐데…, 발제 참 잘 하셨습니다."

이벽은 말을 받는다.

"몸은 괜찮아. 오늘 푹 자면 내일은 가뿐할 거야. 근데 발제를 했지만 마음은 불편해. 나의 모든 것을 걸어야 할 것이고, 그래도 많은 사람이 걱정하듯 될 것 같지 않아. 어려워도 해봐야지. 내가 좋아서 하는 일인데. 인생에서 이룰 목표가 있다는 것 자체가 행복한 것일 수 있어. 많이 도와줘. 지난번 이야기한 대로 내가 존창 아우를 알고부터 자신감이 많이 생겼어. 여러모로 고마워. 아무리 어려운 일도 믿는 사람과 같이 하면 훨씬 편해져."

존창이 답한다.

"저도 녹암정사에 와서 많이 배우고 형님을 만나 크게 깨우치고 있습니다. 그간 방황도 많이 했으나, 세상을 보는 눈이 넓어지면서 해야 할이 확실해지는 것 같습니다. 어려운 길인 것은 분명하지만 형님과 같이 갈 수 있어 행복합니다."

"그래 고마워. 이제 쉬고 내일 또 열심히 해보자. 나도 든든하다."

둘은 숙소로 들어간다. 다음 날은 하늘이 구름 하나 없이 맑다.

이벽은 아침부터 더 열정적인 모습으로 발제를 한다.

"어제 신분제도 개혁에 대해 말씀드렸습니다. 오늘은 이와도 관계가 있는 조선의 학문과 사상에 대해 이야기하겠습니다. 우리 조선도 이제는 성리학 유일 사상체계에서 벗어나야 한다는 것입니다. 성리학은 다 아시다시피 공자, 맹자의 유교사상을 남송시대의 주희 선생께서 해석하고 정리한 학문입니다. 또한 공자 맹자의 사상은 2300년 전, 중국이 여러 나라로 갈라져 서로 다툰 춘추전국 시대에 제자백가라 불리는 많은 학자들의 학설 중 하나입니다. 당연히 공자맹자의 사상에 대한 해석도 여럿이 있고 시일이 지나면서 변해왔습니다. 주희 선생은 주자라 불릴 정도로 뛰어나시지만, 틀릴 수도 있는 불완전한 인간이라고 생각합니다. 제가 아직 배움이 충분치 못하지만 성리학만이 완전한 학문이고 주자의 해석이 항상 맞는다는 주장은 받아들이기 어렵습니다.

성리학은 현실과 많이 떨어진 듯하고 어렵고 추상적입니다. 특히 성리학의 기본원리라고 하는 이기론理氣論은 읽을 때는 아는 듯한데 돌아서면 무슨 말인지 알 수 없습니다. 우주와 인간의 존재구조와 그 생성원인을 설명하는 이론이라고 하는데 모호해서 피부에 와 닿지 않습니다. 이기론에 의하면 세상의 모든 현상은 '이'와 '기'로 구성되어 있고, 또 '이'와 '기'로부터 생성된다고 합니다. 즉 모든 유형적인 실체는 '이'와 '기'라는 무형의 원리에 의해 생기고 변화한다고 보는 것이지요. 여기서 이는 사물생성의 근본이고, 기는 모든 구체적 사물의 기본 형질이라고 합니다. 이와 기는 서로 떠나있지 않지만 이가 기를 선행한다고 합니다. 이렇게 복잡하고 모호한 이기론으로 세상의 존재와 생성 문제뿐 아니라 인간 내면의 심성까지도 설명하고 있습니다.

그리고 이기론에 대해서는 조선에서도 오래전부터 많은 연구가 있어 태극설, 이기일원론, 입학도설, 천명도설, 사단칠정론 등이 있었습니다. 특히 이황 선생과 이이 선생께서 이에 대해 아주 많은 연구를 하여 이기호발설과 기발이승일도설으로 발전시켰습니다. 이후에도 많은 학자들이 연구하고 보완하였지만 저에게는 여전히 어렵고 복잡합니다. 더 한 것은 이렇게 복잡한 학설이 세상에 무슨 도움이 될까 하는 생각입니다. 선비들이 무료함을 달래기 위한 고급스러워 보이는 정신적 유희일 듯합니다.

조선의 훌륭한 성리학자들은 실제 행동으로는 그 학문의 시조인 공자 말씀을 잘 지키지 않는 경우가 많습니다. 어제 권일신 선생님이 '자기가 하기 싫은 일을 남게 시키지 말라'라는 공자님 말씀을 설명해 주셨는데, 많은 선비들은 이를 노비에게 시키고 있습니다. 이것이 왜 그럴까요? 성리학만이 조선의 유일한 학문이어서 그럴지도 모르겠습니다. 다른 사상이나 학문과 경쟁할 필요가 없으니, 선비들이 성리학을 자기 멋대로 해석하고 행동하는 것일 수 있습니다. 조선에서 성리학이 중요한 학문이고, 대접받아야할 필요도 분명 있습니다. 그러나 조선에서 성리학이 학문과 사상의 전부가 되어서는 안 된다고 생각합니다. 성리학이 아닌 다른 학문을 받아들이면 사문난적이라 하며 대역죄에 버금가는 처벌을 받는 일도 없어져야 합니다.

성리학이 고려 말의 타락한 불교를 대체해 새로운 나라 조선의 기강을 세우고 나라를 발전시키는데 큰 기여를 한 것은 의미 있는 일입니다. 그러나 고려의 불교처럼 성리학도 운명이 다 되어 가는 듯합니다. 조선에 새로운 학문과 사상이 들어와 성리학과 경쟁해야 한다고 생각합니다. 제가 양명학을 잠시 공부해봤지만 지행합일을 주장한다는 면에서는 성리학 보다 현실적인 면이 있습니다. 그러나 뿌리가 유학이라는 점에서 큰 차이를 느끼지 못하였습니다. 나라를 근본적으로 바꾸기 위해서는 보다 새로운 학문과 사상이 필요합니다.

제가 아직 깊이는 공부를 못해봤지만 서학이 좋은 대안이 될 수 있다고 생각하고 있습니다. 서학이 아직 그럴만한 가치가 있는 학문인지 확신은 없습니다. 그렇지만 성리학은 물론 양명학, 불교와 도교에 이어 서학까지 자유롭게 공부하고, 자신의 사상을 가질 수 있어야 합니다. 그리고 이렇게 다양한 학문과 사상을 가진 사람들이 조정에 들어와 일을 해야 나라가 발전하는 것 아닐까요? 아직 부족함이 많습니다. 여러분들의 많은 질책을 받겠습니다. 이것으로 제 두 번째 발제를 마치겠습니다."

권철신 선생이 말을 받는다.

"이벽 학사의 발제는 갈수록 근본 문제를 때리고 격렬해집니다. 이번 발제는 조정 뿐 아니라 사림 전체에 어마어마한 충격을 주는 사안이라고 생각합니다. 수고 많으셨어요. 이벽 학사의 발제에 대해 자유롭게 토론하시지요. 세상의 본질과 관계된 부분도 있어 할 이야기가 많을 듯합니다. 다 잘 알고, 잘 하고 계시지만 다시한번 말씀드립니다. 강학회의 발제와 토론 내용은 외부에 이야기하지 말아야 합니다. 이 나라 조선에 우리 강학회와 같은 자유로운 토론 공간이 있어야 나라의 앞날이 밝아진다고 생각합니다."

숙연하던 분위기가 깨지며 학사들이 웅성거리고 계속 말을 하기 시작한다.

권상학 학사가 먼저 손을 들고 이야기한다.

"이벽 학형의 의미 있는 발제를 잘 들었습니다. 저도 성리학이 사대부 중심의 학문이라는 점, 너무 사변적이어서 현실생활과 동떨어져 있다는 점 등을 잘 알고 있습니다. 그러나 성리학이 불교와 도교에 비해서는 합리적이고, 법가주의 사상에 비해서는 도덕적이어서 현실 적용성이 높은 꽤 괜찮은 사상체계라고 생각합니다. 또한 중국과 우리나라에서 오랫동안 공부하고 발전시켜 와서 나름 체계가 잡힌 학문이 된 듯합니다. 서학에 대해서는 제가 잘 모르지만 성격이 불교나 도교에 가까워 보입니다. 국가 운영의 사상체계로서는 적당하지 않을 수 있다고 생각합니다. 그리고 한 나라에 여러 사상체계가 동시에 기본 질서 역할을 한다면 혼란스러울 수도 있을 것 같습니다. 다만 성리학 이외의 학문을 공부하거나 이야기했다고 벌을 받는 것은 잘못된 일이라는 것에 전적으로 동의합니다."

여러 학사들이 불교와 도교의 문제점, 성리학의 장단점 등에 대해 이야기한다. 권 학사의 의견과 비슷한 내용이 대부분이다.

많은 사람들의 이야기를 들은 후에 이벽이 답변을 한다.

"권상학 학사와 다른 학우들께서 말씀하신 내용을 잘 들었습니다. 대부분 옳은 지적입니다. 큰 틀에서는 제 생각과 거의 같은 듯하지만 제 의견을 좀 더 명확히 하기 위해 몇 가지를 추가로 설명하고자 합니다.

먼저 세상에는 성리학, 불교, 도교뿐 아니라 서학이라 불리는 천주학까지도 그것만이 세상의 유일한 진리라고 믿는 사람이 꽤 있습니다. 또 우리가 모르는 어떤 나라에서는 아주 다른 믿음이 있고 이것만을 진리라고 믿을 수 있습니다. 이것을 어떻게 봐야 할까요. 어떤 나라에서는 맞는 것이고, 또 다른 나라에서는 틀린 것일까요? 그렇다면 나라에 따라 달라지는 학문이나 사상은 진정한 진리는 아닐 것입니다.

　세상에서 하나의 학문만이 진리일 것 같지는 않습니다. 다른 학문도 존재할 이유가 충분히 있고 진리가 될 수 있다고 생각해야 합니다. 또 어떤 학문이건 세상에 도움이 된다면 공부해야 합니다. 성리학의 충효, 불교의 자비, 도교의 무위자연, 천주교의 이웃에 대한 사랑 등은 모두 우리가 배울 가치가 충분한 가르침일 것입니다. 이런 것들을 모두 받아들일 수 있는 나라가 좋은 나라이고, 다양한 생각이 모일 수 있어야 나라가 더 발전할 수 있습니다. 저도 아직 어떤 것이 저에게 최고인지 모르겠습니다. 저는 앞으로 서학 즉, 천주학을 공부해 보겠지만 천주학이 모든 것을 해결해 줄 것이라고 생각하지도 않습니다. 사람은 모르고 궁금한 것을 계속 배워 채워나가야 성숙한 인간이 됩니다. 그리고 나라는 잘못된 부분을 계속 고쳐나가면서 발전한다고 생각합니다."

　권철신 선생이 말을 받는다.

　"이벽 학사의 자유로운 영혼, 새로운 것에 대한 꾸준한 탐구, 세상을 바꾸려는 의지 세 가지 어느 하나도 나무랄 데 없는 발제였습니다. 참 좋습니다. 그리고 다른 학사들의 토론도 활기차다고 생각합니다. 일신 선생께서 종합정리 겸 한말씀 해주시지요."

　일신 선생이 말을 받는다.

　"발제한 이벽 학사와 토론에 적극 참여하신 여러 학사들 수고 많았습니다. 우리 녹암정사의 학사들이 갖고 있는 문제의식과 열정이 참으로 대단하다고 생각합니다. 저는 어떤 사상이 한 시대의 진정한 주류가 되기 위해서는 그 시대가 갖고 있는 문제를 해결할 수 있어야 한다고 생각합니다. 고려 말 조선 초, 삼봉 정도전 선생 등의 성리학은 그 시대의 문제 해결을 위한 시대정신이었을 것입니다. 반대로 어떤 사상이 한 시대의 주류 노릇을 하고 있더라도 그 시대의 문제를 해결하는데 도움이 되지 못한다면 그 사상은 주류에서 퇴출되어야 한다고 생각합니다. 지금의 성리학은 지금 당면하고 있는 우리의 문제를 해결할 수 있을지 고민해봐야 합니다.

조정이나 사림에서 사문난적이란 말을 자주 쓰는 것은 성리학을 수호하기보다는 반대파를 공격하거나 새로운 사상을 억누르려는 의도가 더 클 듯합니다. 성리학은 이제 문제의 해결보다는 현상을 유지하고, 기득권을 지키는 사상이 된 것이지요. 새로운 사상이 필요합니다. 이에 대해 고민하는 사람이 많은 것도 사실입니다. 그러나 모래알처럼 흩어져 있어 제가 보기에는 성리학을 대체하는 새로운 사상이 나오기는 요원해 보입니다. 특히 천주교나 서학은 우리가 아는 것이 너무 부족합니다, 저도 천주실의 등을 조금 보았지만 잘 모르겠습니다. 그러나 서학과 천주학이 주류 사상인 구라파가 나라 수는 많지만 서로 경쟁하며 중국 이상 잘 살고 있다고 합니다. 서학이 성리학의 대안으로 공부해 볼 만한 가치는 충분하다고 생각합니다.

마지막으로 학문이나 사상은 나라의 기본 틀이 되기도 하고, 사람들의 생활이나 행동을 결정하는 사고의 기준이 된다는 점에서 일차적인 의미가 있을 것입니다. 그러나 기본적으로는 학문과 사상은 지식인들의 지적 놀이 수단에서 출발하였다고 봐야 할 것입니다. 따라서 학문이나 사상이 사변적으로 흘러가는 것에 대해 너무 불편해 할 필요는 없다고 생각합니다. 다만 일부 지식인들이 특정 학문이나 사상을 자신들의 이익을 지키고 백성들을 통제하기 위한 수단으로 사용하는 것은 분명 잘못된 것입니다."

권철신 선생이 말을 잇는다.

"일신 선생은 항상 깊이 새겨들어야 할 말을 해주십니다. 고맙습니다. 이벽 학사가 마무리 말을 해주시고 추가 발제 내용에 대해서도 설명해주세요."

이벽이 말을 받는다.

"두 분 선생님의 좋은 지적을 마음 깊이 새기겠습니다. 어떤 소용이 될지는 알 수 없으나 일단 제가 서학에 대해 좀 더 공부해 보고자 합니다. 신분제도 폐지와 성리학 유일사상의 극복 문제는 제가 주도적으로 하겠지만 도움이 필요합니다. 같이 할 학사님들이 계시면 지원을 받겠습니다. 그리고 토지제도와 관직제도의 개혁은 마재에서 오신 약전 학사님과 형제분들이 주도적으로 해주셨으면 하는데 어떠신지요? 약전과 약종 약용 학사님들은 학문뿐 아니라 세상사의 문제의식까지 아주 뛰어난 인재들입니다. 저희 누님이 그 댁으로 시집을 가 잘 알고 있습니다. 약전 학사님 부탁드립니다. 아시다시피 유형원 선생의 반계수록에 토지제도 개혁 등에 대한 기본적 내용이 잘 정리되어 있어 도움이 될 것입니다.

그리고 마지막 남은 가장 중요한 과제입니다. 백성들이 더 잘 살고, 나라가 부강해져야 합니다. 그렇지 않으면 백성들이 나라를 떠나고, 나라는 언제든 외세의 침입에 무너질 수 있습니다. 이를 위해서는 농업 공업 상업이 계속 발달하고 생산이 늘어야 합니다. 이는 신분제도 폐지를 위해 앞서 해결되어야 할 중요한 과제이나, 우리 양반들에게는 생소하고 관심이 적었던 주제입니다. 다행히 존창 학사께서 충청도 여사울에 있는 집안의 경험을 바탕으로 내일 귀중한 발제를 해주실 것입니다. 제 이야기는 이것으로 끝내겠습니다."

권철신 선생이 마무리 이야기를 한다.

"오늘 남은 시간은 자유토론을 하겠습니다. 그리고 주제별로 이벽 학사를 도와줄 사람은 언제라도 자원해주시기 바랍니다."

학사들은 몇몇이 모여 신분제도, 토지제도, 관직제도, 서학 등에 대해 이야기 한다. 신분제도 폐지는 충억, 성리학과 서학에 대해서는 낙민이 참여하기로 하고, 토지제도와 과거 및 관직제도는 이벽의 부탁대로 마재의 약전 형제들이 하기로 한다.

다음 날 아침식사 후 존창이 조심스럽게 발제를 시작한다.

"충청도 천안 여사울에서 온 이존창입니다. 녹암정사에 와 3년이 조금 지난 제가 존경하는 두 분 선생님과 훌륭하신 학사님들을 모시고 발제를 하게 되어 영광입니다. 제가 발표할 과제는 '어떻게 하면 백성들이 보다 잘 살고, 나라가 부강해질 수 있느냐' 입니다.

대부분의 백성이 농사에만 의존하는 지금의 방식을 유지하면서 신분제도가 철폐되면 일반 백성들의 생활은 더 나빠질 수 있습니다. 한정된 농지를 두고 양반까지 가세하여 더 많은 사람이 다툼을 하기 때문입니다. 물론 바닷가나 강변, 산자락 등을 개간해 농지를 넓히면 조금은 도움이 됩니다. 그러나 이것은 지금도 하는 것이라 한계가 있습니다. 그러면 어떻게 해야 되는지 기본방향과 원칙 중심으로 말씀드리겠습니다.

먼저 백성들이 어제보다 내일 더 잘 살려면 무엇이 어떻게 되어야 하는지 생각해 봐야 합니다. 정치를 잘하고 날씨가 좋은 것도 중요하고 가진 것을 골고루 나는 것도 큰 의미가 있습니다. 그러나 기본적으로는 한 사람이 만들어낼 수 있는 물건이 어제보다 내일 더 늘어나야 사람들이 더 잘 살 수 있습니다. 여기서 물건은 사람이 필요로 하는 모든 것이지요. 쌀, 소채, 과일, 육고기와 생선, 옷감과 옷, 가구와 집, 책과 종이, 과자와 술 등뿐 아니라 군인들의 무기까지 포함되는 것입니다. 같은 사람들이 만들어 내는 물건의 양이 많아져야, 나누어 가질 것도 많아지는 것이 당연한 일이지요.

한 사람이 만드는 물건이 늘어나려면 무엇이 필요할까요? 아시다시피 좋은 도구를 쓰면 더 많이 만들 수 있습니다. 농사에서 맨손으로 하는 것보다 호미나 괭이, 낫을 쓰면 훨씬 편하고 더 많은 일을 할 수 있습니다. 소가 끄는 쟁기를 쓰면 괭이를 쓰는 것보다 훨씬 빠릅니다. 소 두 마리가 끄는 쟁기는 나무뿌리까지 뽑을 수 있어 산자락도 쉽게 개간할 수 있게 합니다. 농사 이외 다른 분야도 같습니다. 물건을 나를 때 수레를 쓰면 등짐보다 편하게 더 많이 나를 수 있습니다. 당연히 소와 말이 끄는 수레는 더 많은 일을 할 수 있지요. 집을 지을 때도 흙으로 짓는 것보다 벽돌을 쓰면 쉽게 튼튼한 집을 지을 수 있습니다. 조선이 잘 살려면 수레와 벽돌과 같이 중국의 앞선 도구와 새로운 기술을 받아들여 널리 활용해야 한다는 주장을 하는 학자들이 있는 것으로 알고 있습니다. 이것은 당연히 옳은 말이고 하면 효과가 분명 있지만, 이것만으로는 충분하지 않습니다. 그러면 무엇이 더 필요할까요.

무엇보다 중요한 것은 새로운 도구와 기술들이 멀리 퍼져 실제 생산 활동에 많이 쓰여야 합니다. 또 계속 새로운 도구와 기술들이 생겨나야 합니다. 이게 실현되기 위해서는 이러한 생각을 가진 사람과 도구를 구입하고 쓸 수 있는 능력을 가진 사람들이 농업이나 공업에 직접 참여해야 합니다. 지금처럼 조정의 관리나 뜻 있는 지식인들이 알려주거나 시범을 보이는 것만으로는 효과가 별로 없다고 생각합니다. 특히 선비들과 같은 나라의 지도층이 직접 이러한 일을 많이 하여야 합니다. 새로운 도구와 기술을 쓰는 일을 일반 백성보다 많이 배운 선비들이 더 잘 할 수 있습니다. 이를 위해서는 사농공상의 신분제도가 없어지고 선비들이 어떤 일이든 자기가 좋아하는 일을 자유롭게 할 수 있어야 할 것입니다. 그리고 당연히 공업과 상업에 대한 천시도 없어져야 합니다.

다음으로는 무언가를 만들어내는 농업이나 공업의 발전과 함께 중요한 것이 또 있습니다. 나라가 더 잘 살려면 만들어진 물건이 남는 지역에서 부족한 지역으로 잘 흘러가야 합니다. 이것은 상업 즉 상인의 몫이지요. 또 나라 전체에서 물건이 남으면 중국이나 왜에 물건을 팔 수 있습니다. 그러면 중국이나 왜에서 필요한 물건을 더 많이 사올 수 있습니다. 백성들이 더 잘 살 수 있게 되는 것이지요. 만약 예전 임란이나 호란보다 더 참혹했다는 경신대기근 때 식량을 중국에서 사올 수 있었다면 그렇게 많은 사람이 굶어 죽지는 않았을 것입니다.

지금부터는 새로운 기술을 많이 쓰고, 공업과 상업을 발전시킬 수 있는 조금 더 구체적인 내용을 말씀드리겠습니다.

첫 번째는 자금 부족 문제를 해결하는 것입니다. 누군가 농장이나 공장을 잘 운영할 생각은 있지만 필요한 돈이 없는 경우가 많습니다. 이에 대한 자금을 빌려주는 제도나 빌려줄 수 있는 사람이 있어야 합니다. 필요한 자금을 빌려주는 곳이 없으면, 여유 돈이 있는 사람만 새로운 농장이나 공장을 시작할 수 있습니다. 그러면 공장이나 농장이 늘어나기 어렵지요. 능력과 의지는 있지만 돈이 없는 사람도 농장이나 공장을 새로 할 수 있어야 생산이 늘고 나라가 더 부유해질 것입니다.

필요한 자금을 빌려주고 다음에 이자를 쳐서 돌려받는 제도는 그냥 주어버리는 것이 아니기 때문에 부정의 소지도 적고, 적절하게 운영하면 나라 살림살이에도 도움이 됩니다. 한양에는 돈 있는 사람들이 참 많은 것 같습니다. 이들은 주로, 큰 어려움에 빠진 사람들에게 높은 이자로 돈을 빌려주는 고리대금업을 하고 있습니다. 아니면 집을 더 사 세를 놓고 있지요. 조금 연구해보면 이들이 갖고 있는 돈을 농장이나 공장을 하려는 사람에게 이자를 적당히 받고 빌려줄 수 있는 방법을 찾을 수 있을 것입니다. 돈이나 물건이 나라 전체에 잘 돌아야 백성들이 더 잘 살 수 있습니다.

둘째는 젊은이들을 뽑아 중국과 왜, 구라파에 보내 새로운 문물을 배우고 익히게 해야 합니다. 특히 구라파에 많이 보내야 합니다. 구라파에는 많은 나라가 있고, 이들의 학문과 기술이 크게 앞서 있는 듯해 우리가 배울 것이 많을 것입니다. 이들의 앞선 기술뿐 아니라 이들이 어떻게 해서 학문과 기술을 발전시켰고, 나라가 부강하게 되었는지도 배워야 한다고 생각합니다. 우리가 구라파에 대해서는 아는 것이 부족해 많이 공부해야 합니다. 저도 구라파에 가보고 싶습니다.

셋째는 농장이나 공장을 하거나, 일할 기술을 가진 사람을 가르치는 학교를 만들어야 합니다. 지금은 어떤 물건을 만드는 기술이 주로 집안에서 자식들에게 이어지고 있습니다. 이것은 두 가지 큰 문제가 있습니다. 하나는 기술이 몇 안 되는 가족 간에 이어져 더 발전하기 어렵다는 것입니다. 또 다른 하나는 그 일을 하고 싶지 않은 사람도 해야 하고, 하고 싶은 사람은 하기 어렵다는 것입니다.

나라에서 학교를 세우고 각 분야별로 뛰어난 장인을 몇 명씩 모아서 원하는 사람에게 기술을 가르치고 연구하면 기술자도 많아지고 기술도 발전할 것입니다. 특히 무명이나 삼베, 모시 같은 옷감을 짜는 베틀 일을 마을에서 부녀자들 사이에서 기술이 이어지고 있습니다. 일이 힘들고 아주 오래 일을 해야 옷감을 조금 짤 수 있습니다. 이러니 많은 백성이 헐벗게 되고 이불 한 채로 한 가족이 살아가는 경우도 많습니다. 옷감이나 천을 보다 쉽게 많이 만들 수 있는 공장이 생겨나면 많은 사람들이 겨울에도 훨씬 따뜻하게 지낼 수 있을 것입니다.

　넷째는 농장이나 공장이 잘되면, 돈 버는 사람들이 많이 생겨날 것입니다. 이들이 자신이 번 돈을 지킬 수 있게 해주는 것도 매우 중요합니다. 근처에 돈 버는 사람이 있으면 지금은 양반이나 아전, 관아 등에서 여러 명목으로 돈을 빼앗아 가거나, 때에 따라서는 나라에서 한순간에 모든 재산을 가져가곤 합니다. 이렇게 되면 농장이나 공장을 오랫동안 열심히 운영하려는 사람이 별로 없을 것입니다. 나라에다 정해진 세금만을 낸 다음 나머지는 돈을 번 사람이 자유롭게 쓰고, 갖고 있을 수 있게 하여야 합니다. 실제로는 이것이 가장 중요한 것인지도 모르겠습니다.

　다섯째는 농장이나 공장에서 일하는 사람의 대우가 너무 나빠지거나 위험에 빠지지 않게 하는 것입니다. 이는 당장의 일은 아니고 좀 시간을 갖고 지켜보면서 할 일이지만 관심을 가져야 합니다. 농장이나 공장을 하는 사람은 더 많은 돈을 벌기 위해서 일하는 사람에게 돈을 적게 주거나 위험한 일을 마구 시킬 가능성이 크기 때문입니다. 지금 조선의 백성들은 먹고살기 어려워 돈을 조금 받아도 또 위험한 일이라도 하려는 사람이 많습니다. 나라에서 어떤 기준을 만들어 줄 필요가 있는 것 같습니다. 농장이나 공장이 많이 생겨나고 물건도 많이 만들어내도록 하는 것은 결국 백성들이 잘 살게 하기 위한 것인데 농장이나 공장 주인만 너무 잘 살게 해서는 안 된다고 생각합니다.

　제 발제는 이것으로 마무리하겠습니다. 여러 학사님들께서 생소하고 관심이 없을 분야인데 경청해주셔서 감사합니다."

철신 선생이 말을 받는다.

"존창 학사의 발제는 과거 우리 강학회에서 접할 수 없었던 아주 특별한 내용입니다. 또한 큰 의미도 있고…. 많은 학사들은 자유롭게 의견을 말씀해주세요."

총억이 바로 손을 들고 이야기한다.

"저는 사농공상의 구분이 없어져 양반도 다른 일을 자유롭게 할 수 있게 되면, 농장이나 공장을 만들어 보고 싶습니다. 제가 아둔하여 과거공부에 흥미가 없기 때문이기도 하지만 출사하여 벼슬살이를 하는 것은 사람이 할 짓이 아닌 경우가 많아서입니다. 성군을 만나면 벼슬살이가 그나마 낫지만 그렇지 못할 경우 벼슬살이는 편 갈라 상대편을 구렁텅이로 빠뜨려야 자신에게 기회가 생기는 일인 듯싶습니다. 이에 비해 농장이나 공장을 만드는 일은 사람들이 필요로 하는 물건을 만들고 어렵게 사는 백성들에게 일자리를 만들어 주는 일이지요. 또 나도 여유롭게 살 수 있는 길인 것 같습니다. 존창 학형의 뜻이 이루어지는 나라가 꼭 되었으면 합니다. 적극 지지합니다."

총억의 말 이후 다른 학사들의 발언은 없고 반응도 별로인 듯하다. 이때 이벽이 손을 들고 이야기한다.

"존창 학사의 발표가 여기 계신 많은 분들이 전혀 생각해본 적이 없고 생소했을 것입니다. 앞으로 더 많은 논의가 필요한 주제일 것입니다. 제가 보충 설명을 하겠습니다. 모두 잘 아시다시피 사농공상의 신분제 폐지는 우서라는 책을 쓰고 참혹한 일을 당하신 유수원 선생을 필두로 여러분이 주장하였습니다. 저는 신분제도의 폐지가 당연히 필요하지만 폐지했을 때는 생각해보면 걱정도 많이 됩니다. 농지를 차지하려는 싸움이 심해져 힘없는 사람들이 더 어려워질 가능성이 커지기 때문입니다. 경자유전의 법칙을 엄격히 적용하는 토지개혁을 잘하면 상황이 좋아질 수 있으나, 토지개혁은 신분제도 폐지 이상 어려울 수 있습니다. 또 토지개혁을 해도 시간이 지나면 토지는 권력이나 부에 따라 또다시 소수의 사람에게 모아질 수 있습니다.

이렇게 볼 때, 백성이 잘 살고 나라가 부강해질 뿐 아니라 신분제도의 폐지가 성공하기 위해서도, 공업과 상업이 부흥해야 한다고 생각합니다. 저도 저희 집안 전장이 있는 포천의 야산을 개간해 뽕나무를 심어 누에를 치고 비단 짜는 일을 제대로 해보고 싶습니다. 요즈음 양잠과 비단 짜는 일을 공부해보고 있는데 어렵습니다. 복잡하고 일손이 많이 가는 종전의 방식이 아니라 사람을 적게 쓰면서 질 좋은 비단을 만들 수 있는 기술을 연구하고 있습니다. 그래야 우리가 중국 비단을 이길 수 있지요. 시간이 많이 걸릴 것 같습니다.

제가 존창 학사의 집안에서 운영하는 충청도 여사울의 농장을 가보고 신분제도를 폐지해도 백성들의 살림살이가 나아질 수 있다는 자신감을 갖게 되었습니다. 존창 학사의 발제는 이 나라 조선이 다시 도약할 수 있는 실질적인 방안을 제시했다고 생각합니다. 제 말이 너무 길어진 듯합니다. 이만 마치겠습니다."

권철신 선생이 말을 받는다.

"존창 학사의 발제는 생소하니 앞으로 계속 논의하면서 발전시켜 나가도록 하지요. 저도 이 년 전에 이병휴 선생님의 산소에 갔다가 존창 학사 집안의 농장을 들렸는데 깊은 감명을 받았습니다. 토론을 끝내기에 앞서 일신 선생의 평을 들어보겠습니다."

일신 선생이 천천히 일어나 이야기한다.

"존창 학사의 의미 있는 발제, 잘 들었습니다. 요즘 북경에 다녀올 기회가 있는 일부 의식 있는 젊은 학자들을 중심으로 중국의 선진 기술을 배워야 이 나라가 잘 살 수 있다는 주장이 있습니다. 맞는 말인 듯하나 무엇인가 부족하다는 생각이 늘 있었습니다. 오늘 존창 학사의 발제를 들으니 무엇이 부족한지를 알겠습니다. 그들의 주장이 필요하기는 하지만 충분하지는 못 한 것이지요. 더욱이 우리 녹암정사의 학사가 북경까지 다녀오고 조선에서 뛰어나다는 학자들 보다 생각이 깊고 문제해결 능력이 앞서가는 것을 보여줘 아주 흐뭇합니다. 존창 학사 수고 많았습니다.

다음으로 누가 세상과 백성들을 실제로 이롭게 하는지 행각해봐야 합니다. 다 아시다시피 벼슬자리 수는 그대로인데 벼슬하려는 사람은 늘어나 과거시험과 벼슬살이가 점점 어려워지고 혼탁해질 수밖에 없습니다. 총억 학사와 같은 생각을 가진 사람들이 농장이나 공장을 만들어 부를 이루고 백성을 잘 살게 만들면 당연히 나라가 더 부강해질 것입니다. 이것이 나라의 지도자들이 자신의 이익을 쫓으면서도 나라와 백성을 위하는 길이라 생각합니다. 이렇게 보면 벼슬아치보다 농장이나 공장을 경영하는 사람이 백성들의 실제 살림살이에 더 큰 도움을 주는 것이지요.

성리학에서는 이익을 추구하는 것은 소인의 일이라 치부하고, 군자나 대인은 이를 가까이 해서는 안 된다고 가르치고 있지요. 이 때문에 양반들이 농장이나 공장을 하는 것을 피할 것입니다. 성리학의 가르침을 따르는 선비들이 땅과 노비를 늘리려 하고, 벼슬아치들이 더 높은 자리로 가려는 것도 자신의 이익을 추구하는 일일 것입니다.

　이렇게 보면 성리학이 잘못된 것인지, 선비들이 성리학을 잘못 실천하고 있는 것인지 둘 중의 하나일 것입니다. 여기에다 꽤 많은 선비들은 이 나라 조선이 소중화라 여기고 지금 상태에 아주 만족하고 있습니다. 자신들의 삶은 부족함이 없을지 몰라도 대다수 백성들은 참으로 어렵게 사는데도 말이지요. 현실의식과 문제의식이 없는 선비들이 많다고 생각합니다.

　이번 강학회는 신분제도, 성리학, 백성들의 살림살이 등 조선의 근본문제를 고민해보고 구체적으로 해결해보려는 기회라고 생각합니다. 참으로 뜻 깊은 강학회일 것입니다. 제 이야기가 길었습니다. 모든 학사님들 수고 많으셨습니다."

　철신 선생이 말을 받는다.

"일신 선생의 열변, 항상 우리의 마음을 뜨겁게 합니다. 이벽 학사와 존창 학사의 발제는 훌륭하고 신선했으며, 여러 학사들의 토론은 진지했습니다. 제가 가끔 한양에 가면 북경에 다녀온 젊은 선비들을 만날 때가 있습니다. 이들은 대부분 좋은 집안의 자제인데 중국의 앞선 문물을 받아들여 이 나라를 개혁하자고 이야기합니다. 또 일부는 우리말 대신 중국말을 나라말로 써 중국문물을 쉽게 받아들이자는 주장도 하지요. 이들의 주장이 조금은 도움이 되겠지만, 근본적인 개혁과는 거리가 멀다는 것을 오늘 확인할 수 있었습니다. 그리고 우리 녹암정사 학사들이 얼마나 뛰어난 자질을 가졌는지도 다시 알게 되었습니다. 기쁘고 자랑스럽습니다.

　지금 주상은 진정으로 백성을 보듬으려 하고, 인재를 널리 찾아 쓰려고 합니다. 우리 강학회에서 논의된 내용이 정사에 반영될 수 있고,

녹암정사의 학사들이 출사할 기회가 많아질 것입니다. 우리는 각자 열심히 공부하면서 준비하고 주상 전하의 건강과 선정을 기원하면 됩니다. 이번 강학회의 발제를 끝내고 지금부터 남은 기간 동안 발제 내용과 관련된 미진한 부분, 앞으로 더 연구할 것 등에 대해 자유롭게 토론하며 지내겠습니다. 이번 강학회는 녹암정사의 역사에 남는 강학회가 될 것입니다. 오늘은 이만 마치겠습니다."

박수와 서로 수고했다는 덕담으로 강학회의 1부는 마무리 된다. 열흘간의 열띤 토론과 사색이 이어진 강학회를 끝내고 학사들은 각자 집으로 돌아간다.

존창은 철신, 일신 선생을 모시고 녹암정사로 돌아가 며칠 있다 여사울 집으로 간다. 늘 그러하듯 여사울과 양근을 왕래하면서 공부하고, 일하고, 사람을 만나고, 고민하면서 지낸다. 또 한양에 가끔 가서 다양한 사람을 만난다. 이벽의 소개로 양반집 젊은이뿐 아니라, 역관 의원 등 중인 집안사람들과의 교류도 넓힌다. 인근 마재에 사는 약전 형제들과도 가끔 만난다. 약전, 존창, 약종은 각각 한 살 터울이라 벗처럼 지내고, 막내인 약용은 존창 보다 세 살 어리지만 자리를 같이 한다. 약용은 명석할 뿐 아니라 지적 호기심도 많아 형제들이 하기로 한 토지제도와 관직제도 개혁 뿐 아니라 백성들이 잘 살고 나라가 부강해지는 여러 방안에 대해 관심이 많다.

뜻 깊었던 강학회가 있고, 4년쯤 지난 가을에 이벽이 녹암정사에 와 존창에게 같이 마재에 가자고 한다. 마재에서 약전 형제들과 세상이야기를 한다.

먼저 이벽이 그간의 고민을 길게 털어 놓는다.

"4년 전 강학회에서 발제한 이후, 일부라도 실제 해보려고 노력을 많이 했으나 별 실적이 없습니다. 그간 사람들도 많이 만났지요. 존창 아우와도 여러 번 자리를 같이 했고, 그중 박제가라고 있지요. 노론 집안의 똑똑한 자제인데 서얼입니다…. 북경도 다녀오고 자신의 신분 때문이기도 하지만 신분제도 등 조선의 개혁에 관심이 있지요. '북학의'라는 요즘 인기 있는 저서도 있고. 우리와 많은 생각을 공유할 수 있는 사람인 듯합니다. 이러한 사람들과 교류를 확대하고, 연대하고 있지만 영향력을 갖는 세력으로 만드는 데는 아직 턱없이 부족한 듯해요. 앞으로 계속 해야겠지만, 성과가 나는 데는 시간이 많이 걸릴 듯합니다.

다음으로 존창 학사의 집안을 본보기로 해서 저도 포천의 집안 전장에 양잠과 함께 비단 짜는 조그만 농장을 만들어 보고 있어요. 근처 양잠을 하는 농가들과 협력도 하여 농장을 하고 있는데 쉽지 않습니다. 누에를 키우는 것, 누에에서 비단실을 뽑는 것, 실로 비단을 짜는 것, 모두가 많은 기술이 필요한 것 같아요. 이것들을 효과적으로 관리할 능력이 있어야 하고, 농장에 생산된 비단을 팔고 돈을 버는 실력도 필요합니다. 이건 실력과 의욕을 가진 사람이 있어야 하는데 없어요. 제가 직접 하자니 다른 것을 못할 것 같고 어쨌든 계속 하면서 사람을 찾고 또 다른 방법이 있는지 알아보고 있습니다. 더 많은 물건을 만들고 일자리를 만들고 돈을 버는 것이 참으로 어렵다는 것을 알게 되었지요.

마지막으로 서학에 대한 공부도 아직 미진합니다. 제가 지금까지 조선에 와있는 많은 책을 보았지만 충분하지 못해요. 서학의 핵심인 천주학을 불교나 도교와 같은 하나의 종교로서 접근하는 것이 필요하다고 봅니다. 천주실의 등 천주학 관련 서적을 보면 불교에 대한 비판이 많지요. 이는 성리학이나 유교와의 관계를 좋게 하고 서로 보완

될 수 있는 사상이라는 것을 알리려는 의도일 것입니다. 그러나 종교로서 불교를 경쟁상대로 본 것이 아닌가 생각도 들어요. 천주학을 종교로서 받아들이면 더 깊이 알 수 있고 종교모임을 통해 생각이 비슷한 사람끼리 모임도 자연스럽게 만들 수 있어 좋을 듯합니다.

이를 위해 북경에 우리 사람이 다녀와야 할 것 같아요. 금년 동지사 사신단에 약전 학사의 매형인 이승훈 학사가 자제군관으로 참여할 듯합니다. 제가 우리의 벗 승훈 학사에게 부탁할 생각인데 약전 학사가 좀 거들어 주십시오. 천주학 관련 서적이나 종교의식에 필요한 물건을 구입하는 비용은 제가 충당할 생각입니다."

약전이 말을 받는다.

"집안에서 서학에 관심을 갖는 것을 좋아하지 않는 분위기이나, 제가 자형께 말을 거들겠습니다."

존창이 말을 잇는다.

"좋은 생각입니다. 그런데 사신단에 참여할 때 돈이 많이 필요하다고 들었습니다. 저도 조금이나마 비용을 보태겠습니다. 그리고 조선이 중국으로부터 비단을 많이 수입하고 있어 우리도 양잠을 많이 하고 비단을 좀 더 잘 짜면 좋을 것입니다. 저도 관심은 있지만 쉽지 않은 일이라, 생각만 하고 있었습니다. 누군가 전념할 사람이 있어야지요. 시간을 갖고 계속 찾으면 좋은 결과가 있을 것입니다. 중국 비단과 경쟁할 수 있는 좋은 비단을 만들려면 양잠부터 비단실 만들기와 비단 천짜기 까지 많은 부분에 대한 공부와 나라의 자원이 필요할 것 같습니다."

이벽이 말을 받는다.

"존창 아우, 말은 고맙지만 이번 비용은 내가 부담할 거에요. 앞으로 우리가 북경에 사람을 보내야 할 일이 많이 생길 것입니다. 그때 도와주시면 됩니다. 약전 아우, 마재에 왔으니 조카들을 보고 갈게요. 누님이 갑자기 돌아가셔서 조카들이 많이 힘들어 할텐데."

약전이 말을 받는다.

"조카들이 외삼촌을 보면 좋아할 것입니다. 저도 조카들을 볼 때마다 마음이 아픕니다. 형수님이 몸을 아끼시지 않고 집안 어른 병구완하다 갑자기 큰일을 당했습니다."

이벽은 한양으로 돌아가 특유의 추진력으로 승훈을 설득한다. 사신단 참여는 혹독한 추위와 더위, 야생 동물의 공격을 견디며 먼 길을 가야 하는 매우 힘든 일이다. 승훈은 북경에 도착하고, 며칠이 지난 다음 성당을 찾는다. 처음에는 수학공부를 청하고 좀 친해진 다음 천주교 교리를 배우고 세례까지 받는다. 세례명은 조선 천주교의 반석이 되라고 베드로로 하였다. 승훈의 세례를 적극 지지한 그라몽 신부로부터 많은 교리서적과 전례집, 성인전기, 십자고상, 묵주, 성화 등을 받아 조선에 돌아온다.

이벽은 승훈의 귀국을 손꼽아 기다린다. 다음해 봄, 승훈이 한양에 오자마자 이벽은 교리서적 등을 받는다. 빈집을 얻어 천주실의와 칠극 등 기존 천주교 서적과 새로 가져온 서적을 연결하여 깊이 탐구한다. 천주교의 교리를 어느 정도 이해하고, 자신의 논리를 갖춘 다음 승훈을 찾아간다. 이벽은 승훈에게 북경에서 받았던 방식대로 자신에게 세례를 해달라고 한다. 이벽은 한국 천주교의 길을 내는 사람이 되기 위해서 자신의 세례명을 세례자 요한으로 한다.

그리고 이벽은 자신의 천주교에 대한 지식과 논리에 대한 확신을 갖기 위해 당시 조선 최고의 천재로 불리고, 서학에도 조예가 깊은 이가환과 토론을 한다. 이가환은 충청도 덕산 사람으로 성호 이익의 종손이다. 이벽과 이가환의 토론은 사흘 간 여러 선비들의 입회하에서 공개적으로 이루어진다. 이가환은 머리뿐 아니라 언변도 좋아 승리를 예상했으나, 이벽의 논리에 무너진다. 다음에는 이기양이 대상자가 되었다. 두 번째 토론은 더 빨리 이벽의 승리로 끝난다. 자신감을 얻은 이벽은 녹암정사로 간다.

철신 일신 선생과 존창 약전 창현 총억 낙민 황검 등에게 그간의 일을 설명하고 교리를 설파한다.

"우리의 벗 승훈이 북경에 가서 서양 신부들과 교유를 하고 세례까지 받고 얼마 전에 돌아왔습니다. 많은 교리 서적과 성물을 함께 가져와서 제가 받아 열심히 공부했습니다. 천주실의와 칠극 같은 책으로 부족했던 천주학에 대해 많은 것을 알게 되었습니다.

천주님이 전지전능함만 받아들인다면 세상의 섭리와 자연의 신비까지 자연스럽게 이해할 수 있습니다. 존창 아우가 오래 고민하던 것도 해결될지 모르겠어요. 또 천주님은 우리들이 어려움에 처했을 때 무심코 찾는 하느님과도 비슷해 보입니다. 저에게는 천주의 전지전능함이 이理와 기氣, 음양의 조화나 전생과 윤회보다 받아들이기 쉬웠습니다. 그리고 교리가 단순하고 명료하여 일반인들도 쉽게 배우고 익힐 수 있습니다. 특히 교인들이 지켜야 할 십계명은 천주교의 기본 계율이면서도 조선의 현실에 꼭 필요한 듯합니다.

첫째의 '천주 이외의 신을 섬기지 말라'부터 둘째 '우상을 만들지 말라' 셋째 '신의 이름을 함부로 부르지 말라' 까지는 천주에 관한 것입니다. 넷째부터 열 번째까지는 사람들이 생활 속에서 지켜야 할 것입니다. '안식일을 지켜라, 부모를 공경하라, 살인을 하지 말라, 간음을 하지 말라, 도적질을 하지 말라, 거짓 증언을 하지 마라, 네 이웃의 집과 재물을 탐하지 말라'이지요. 모두 단순 명료하면서 의미가 있다고 생각합니다. 사람들이 이것만 잘 지켜도 세상은 참으로 좋아질 듯싶습니다.

네 번째인 '안식일을 지켜라'는 칠일 중 하루는 일하지 말고 쉬면서 천주님을 경외하라는 것입니다. 힘든 노동에 시달리는 조선의 백성들에게 쉴 수 있는 날을 주는 것이어서 꼭 필요합니다. 제가 교리서적을 많이 가져왔습니다. 나누어 읽어보고 필요한 것들은 필사를 했으면 합니다. 필사본 한 부는 녹암정사에 두고 개인적으로 더 필요한 것은 필사를 해서 갖고 있으면 됩니다. 그리고 시간 나는 대로 언문으로 옮기어 일반 백성도 천주교를 쉽게 접할 수 있게 하겠습니다."

권철신 선생이 묻는다.

"천주교는 성리학과 달리 천주를 제외하고는 사람을 모두 평등하다고 보는데 이것이 왕과 양반, 백성이 같은 것으로 해석되는 것 아닌가요? 왕조국가인 중국이나 조선에서 자리 잡기 어려울 수 있다고 생각됩니다. 이 문제를 피해갈 방법이 있는지?"

이벽이 답한다.

"천주를 제외한 사람은 모두 평등하다는 생각을 나라별로 적용해 보면 어떨까 합니다. 즉 나라에서 황제와 왕을 제외한 모든 사람 즉, 양반부터 천민까지 평등하다고 보는 것이지요. 이렇게 생각하면 왕조

국가에서도 신분제도를 폐지할 수 있을 것 같아요. 구라파라 불리는 서방의 여러 나라도 천주교를 믿으면서 왕이나 황제가 있지요. 천주교와 왕조는 같이 갈 수 있는 것 같습니다. 몇 년 전 주어사 강학회에서 제가 발제한 이 나라 개혁방안이 천주교를 통해서 실현될지도 모르겠습니다. 우리 같이 천주교를 공부하고 믿어보면 어떨까요? 저는 벗 승훈으로 부터 세례를 받아 신자가 되었습니다."

존창 창현 항검 총억 낙민 등은 쌍수를 들고 환영하고, 철신 일신 선생은 일단 공부하면서 생각해보기로 한다. 일동은 한 달여 동안 이벽을 중심으로 천주교 공부에 몰두한다, 존창은 천주교에 깊은 흥미를 느끼고 빠르게 이해해 나가며 수시로 이벽과 토론을 한다.

존창이 이벽에게 묻는다.

"형님, 천주께서 전지전능하여 해와 달을 포함하여 이 세상을 6일 만에 만들고, 예수님이 처녀의 몸에서 나고, 또 죽은 지 사흘 만에 다시 살아난 것을 믿으시는지요?"

"아직은 다 믿지 못하지만 믿으려고 노력하고 있고, 앞으로 믿을 수 있을 것 같아. 존창 아우는 논리적이고 세상일에 의문이 많으니 더 믿기 어려울 것 같은데…, 어때?"

"저도 아직 완전히 믿지는 못하지만, 저도 곧 믿을 수 있을 것 같습니다. 현실성이 없어 보이는 부분이 있지만 세상에는 기적과 같은 일도 항상 있으니까요. 또한 믿는 것이 여러모로 편하고 합리적일 수 있다는 생각이 듭니다. 우주와 삼라만상이 어떻게 만들어지고 이 세상을 움직이는 섭리는 무엇인지? 죽을 때까지 생각하고 또 생각해도 답을 못 찾을 것 같습니다. 앞서간 많은 성현께서도 노력했지만 충분한 답을 얻지 못했지요. 아무리 노력해도 알 수 없는 것은 믿어버리는 것이 답일 것 같기도 해요. 많은 사람이 믿고 있고, 또 믿을 만하기도 하고요. 형님의 말씀대로 천주의 전지전능함과 관련된 몇 가지만 제외하면 나머지는 참 훌륭한 교리라고 생각합니다. 제가 오래 전에 읽었던 칠극은 성리학의 그 어떤 수신서 보다 깨우침을 많이 주었습니다."

"존창 아우, 많이 생각했구만. 나와 거의 생각이 같아. 그리고 천당과 지옥에 대해서는 어떻게 생각해?"

"천당과 지옥은 천주님의 전능함보다는 인간의 문제에 가깝다고 생각합니다. 인간이 죽은 다음에 어떻게 될까? 많은 사람이 갖고 있는 의문이지요. 그런데 누가 어떤 주장을 해도 그 주장이 사실인지 거짓인지 확인할 수는 없지요. 예수님 빼고는, 죽었다가 살아 돌아온 사람은 없으니까요.

죽은 뒤에 아무 것도 없이 모두 없어져 버린다는 것은 너무 허망한 것 같습니다. 무엇인가 남아 있어야지 이 세상에서 사는 삶이 조금이라도 더 가치 있을 것 같아요. 이 세상에서 착하게 살면서 억울함을 당하고 고생하는 사람이 죽어서라도 보상을 받아야 할 것입니다. 이런 믿음을 가진다면 사는 것이 덜 힘들 것 같구요. 그리고 최후의 심판이 있고 천당과 지옥으로 나눈다는 생각이 불교의 윤회설 보다는 더 단순하고 작동하기 쉬울 것 같습니다. 천주는 전지전능하여 더 복잡한 일도 잘 정리하실 수 있겠지만, 동물세계까지 포함하는 윤회설은 너무 복잡해 천주님도 하기 어려울 것 같구요."

"후후, 존창 아우는 종교도 논리로 믿으려 하는구만. 실은 나도 그런 면이 있지. 종교는 그냥 믿어야 하고, 믿으면 편해질 터인데. 아무

튼 천당과 지옥이 없으면 이 부조리하고 답답한 세상을 어떻게 설명할 수 있을까? 있는지 없는지 알 수 없더라도 죽은 다음의 천당과 지옥을 통해서라도 세상살이의 균형을 맞추어야 한다고 생각해. 우리 천주교를 열심히 믿어 보고, 천주교가 우리가 꿈꾸는 사회의 바탕이 되게 하자구. 이 세상을 바꾸는데 천주교가 조금은 도움이 될 듯해."

"예, 좋습니다. 형님, 저도 세례를 받고 싶습니다. 세례를 받으면 더 열심히 믿을 수 있을 것 같습니다. 형님의 세례명이 세례자 요한이니 많은 사람에게 세례를 해주는 것이겠지요. 저도 세례명을 생각해 둔 것이 있습니다."

"내가 세례를 주는 것이 맞는 일인지 모르겠으나, 누군가는 해야 하니…. 내가 벗 승훈 베드로에게 받은 방식대로 하면 되지 않을까 해. 가능하면 다른 분들과 함께 받으면 더 좋을 것 같은데, 다른 분들이 어떨지."

이벽은 며칠 후 존창 총억 낙민 창현 낙질 약전 항검 그리고 철신 일신 선생님과 다시 모임을 갖는다.

"공부해보니 천주교가 어떤가요? 계속 관심을 갖고 믿을만한 종교인지요? 존창 학사와는 그간 많은 이야기를 나누고 같이 계속 공부하면서 믿어보자고 했습니다. 존창 학사는 세례를 받고, 진짜 믿고 싶다고 하는데 다른 분은 어떠신가요? 날을 잡아 같이 세례를 받으면 더 의미가 있을 것 같아서입니다."

창현 총억 낙민 약전 항검은 아주 좋은 생각이라고 한다. 철신 선생은 좀 더 생각해본 다음 결정하겠다고 하고, 일신 선생은 잠시 머뭇거리고 고민하는 듯하다 자신도 같이 세례를 받겠다고 한다.

이벽이 다시 설명한다.

"세례를 받을 때 각자 세례명이라 하여 새로운 이름을 갖게 됩니다. 세례명은 자신이 닮고 싶은 성인이나 덕목으로 정하면 됩니다. 저는 아시다시피 예수님에게 세례를 준 세례자 요한이고, 존창 학사는 생각해 놓은 세례명이 있다고 했지요?"

존창이 답한다.

"예, 루도비꼬로 정했습니다. 루도비꼬는 구라파에 있는 불란서라는 나라의 왕 이름입니다. 그분은 깊은 믿음을 갖고 불란서를 부강한 나라를 만들었을 뿐 아니라, 생활이 비참한 농민들까지 보듬어서 많은 사람을 잘 살게 하였다고 합니다. 우리 조선에 그러한 왕이 필요한 것 같아 세례명으로 택했습니다."

이벽이 말을 잇는다.

"각자 자신의 세례명을 교리서나 성인열전 등에서 찾아보시면 됩니다. 예수님의 제자 중에서 골라도 되고, 찾기 어려우면 저랑 상의해도 됩니다. 이레 후 세례식을 갖고 우리 모임의 이름이나 방향을 정하겠습니다. 그리고 가능하면 그날 우리의 벗 이승훈 베드로도 참가하도록 하겠습니다"

일신 선생이 말을 받는다.

"이벽 학사는 역시 추진력이 뛰어납니다. 좋아요. 그렇게 합시다."

이레 후 이벽은 존창, 총억의 도움을 받아 일신 선생 댁에 세례식 자리를 조촐하게 만들고, 이벽과 승훈이 함께 세례식을 거행한다. 그간 몇 번 모임에 참여했던 약용도 같이 세례를 받는다. 세례명은 일신 선생은 사베리오, 존창은 루도비꼬, 총억은 요셉, 약전은 야고보, 약용은 요한, 낙민은 루가, 항검은 아우구스티노, 창현은 요한으로 하였다. 세례식을 끝내고 간단히 준비한 떡과 차를 마시며 이야기를 나눈다.

　이벽이 말을 연다.

　"조선 역사에서 진짜 의미 있는 일이 오늘 양근의 녹암정사에서 이루어졌습니다. 이와 관련 앞으로 우리에게 얼마나 큰일이 닥칠지는 모르겠습니다. 아마도 많은 시련이 있을 것입니다. 오늘 세례식을 비밀로 했으면 합니다. 여러 가지를 생각해본 결과, 앞으로 7일에 한 번씩 하는 예배모임과 세례식은 한양에서 하는 것이 좋을 듯합니다. 제가 여기 오기 전에 천주교에 대해 몇몇 사람들과 이야기를 나누었습니다. 조선 밖의 일에 대해 많이 아는 역관들의 반응이 뜨거웠습니다. 그중 한 분이 명례방에 있는 자신의 집을 모임장소로 내놓기로 했습니다. 앞으로 모임은 명례방에서 하고 이곳 녹암정사는 뿌리로 남겨 놓도록 하겠습니다. 우리 모임의 이름을 만들었으면 하는데…, 무엇으로 할까요? 천주교나 서학과 직접 관련된 이름을 쓰지 않았으면 합니다."

　존창이 말을 받는다.

　"우리 모임의 이름에 대해 생각해보았습니다. '동지회'가 어떨까요? 동지는 낮의 길이가 가장 짧은 날이지만, 동지를 지나면서 날이 길어져 희망이 보이기 시작하는 날이기도 합니다. 예수님의 탄생일도 동지 사흘 후라 하고, 우리 농촌에서 한 해를 마무리하는 모임인 동제를 동지쯤에 많이 하지요. 간접적이긴 하나 천주교와 우리 전통과 모두 연결됩니다. 여기에다 한자를 달리 쓰면 뜻이 같은 사람의 모임도 되고, 우리끼리 동지라고 부를 수도 있고, 어떠신지요?"

다들 좋다고 한다.

일신 선생이 말을 잇는다.

"동지회. 평범하면서도 참 좋네요. 모임이 생겼으니 간단하나마 조직을 갖추는 것이 좋을 듯합니다. 회장은 이벽 학사가, 부회장 겸 총무는 존창 학사가 적임자라 생각하는데 다른 분들의 의견은 어떠신지요?"

모두들 좋다고 한다.

이벽 학사가 일어서 이야기한다.

"모두 그렇게 생각해 주시니 고맙습니다. 제가 시작한 일이니 부족하더라도 제가 중책을 맡겠습니다. 존창 학사가 도와주신다면 더 잘 될 것 같습니다. 그리고 일신 선생님께서 고문을 맡아 저희를 계속 지도해주셨으면 합니다."

일신 선생과 존창은 흔쾌히 수락한다. 모두 기쁘고 뜨거운 마음으로 밤늦게까지 앞으로의 일과 포부에 대해 이야기하며 행복한 시간을 보낸다. 다음날 존창은 이벽과 함께 한양으로 가 창현과 함께 명례방에 사는 김범우를 만난다. 이벽은 김범우 등과 한양에서 동지회를 키워나가고 존창은 여사울로 간다.

여사울에 온 존창은 다음날 이른 저녁을 먹고 법희 형님 댁으로 가 오랜만에 그간의 일을 이야기한다.

"형님, 혼자 농장을 끌어가시느라 많이 힘드셨겠습니다. 저는 공부한다는 핑계로 밖으로 나돌아 다니기만 하고…, 죄송합니다. 형님과 형수님 덕분에 저희 집사람이 잘 지내고, 성미도 무럭무럭 크고 있습니다."

"농장은 이제 틀이 잡혀 그리 힘들지 않다. 수입도 꾸준하다. 제수씨가 심성이 착하고 성미도 아이들과 잘 어울려 모두가 잘 지내고 있다. 특별한 걱정이 없는 때가 행복한 때인 듯하다. 오히려 네가 객지에서 공부한다고 먹는 것도 시원치 못할 테고 고생할 듯하다. 그래 공부는 어떻게 하고 있나, 할만 한가?"

"예, 형님. 훌륭한 선생님들을 만나 공부를 잘 하고 있습니다. 같이 하는 사람들도 좋아 여러 가지를 많이 배우고 있습니다. 그런데 공부를 해서 무엇을 할까? 앞으로 어떻게 살아야 할까에 대해서 고민을 많이 하고 있습니다."

"존창이 너는 언제나 여러 가지를 짚어보고 좋은 결정을 내리니 나는 걱정을 안 한다. 네가 잘 생각해서 살고 싶은 인생을 살면 된다. 나는 깊이 생각하지 않고 그냥 하루하루 최선을 다 하면서 살고 있다. 그리고 주변 사람들에게 고마움을 느끼며 살려고 하지."

"저도 부모님과 형님께 깊은 고마움을 갖고 있고, 주변 사람들에게 큰 신세를 지며 산다고 항상 생각하고 있습니다. 고민했던 것은 제가 과거에 응시해야 하는 지였습니다. 공부를 더 열심히 하면 과거에 응시해 볼 만한 실력은 될 듯합니다. 물론 합격할 지는 모르구요. 과거급제는 실력 이외에 운과 연줄이 많이 작용한다는 것을 알았습니다. 그리고 과거시험을 보려면 녹명이라 하여 제 이름과 본관 이외에도 3대

조와 외조부까지의 성함과 무엇을 하셨는지를 써야 합니다. 이것은 우리 집안의 굴곡을 다 들어내야 하는 일이지요. 저는 할아버지들과 아버님, 어머님을 존경하고 자랑스럽게 여기고 있지만, 조정에서 벼슬하는 사람들의 눈에는 어떻게 비칠지 모르겠습니다.

어떻게 어떻게 하여 과거에 급제하고 벼슬길에 나간다 하더라도 순탄할 수 없을 것 같습니다. 벼슬살이를 잘 하려면 어느 당파에 속해야 하는데 지금 조정에서 주도권을 잡고 있는 노론과는 전혀 연이 없습니다. 제가 그나마 학연이 있는 남인도 좋은 집안은 거의 모두 혼인 등으로 혈연관계를 맺고 있지요. 그럼에도 이들의 벼슬살이도 순탄치 않습니다. 항상 가시방석에 앉아있는 상태라고 해요. 그래서 몇 년 전 저희 집에 왔었던 이벽 공이나 제가 스승으로 모시는 권철신, 권일신 선생님은 실력도 있고, 집안도 좋은데도 벼슬길에 나서지 않는 것입니다. 이러저런 이유로 해서 저는 과거를 하지 않고 다른 길을 찾고 있습니다. 입신양명하여 집안을 빛내기를 바라셨던 부모님 말씀이나 형님의 뜻을 받들지 못해 죄송합니다."

"사람은 자기의 인생을 살아야 행복할 수 있다고 생각한다. 너도 네가 원하는 인생을 사는 것이 좋을 것 같구나. 네가 높은 자리에 올라 우리 집안이 명문대가가 되는 것도 좋겠지만 나는 지금도 부족함이 전혀 없다. 우리 가족 먹고 살기에 충분하고 주변에 베풀 수 있고, 남한테 좋은 소리 듣고. 더 바랄 것이 무엇이 있나 생각한다.

그리고 나는 조금 지나 힘이 빠지면 도고산 법황사에 들어가거나 근처에 살면서 불가의 제자가 되려고 한다. 법황사 큰스님이 나는 중이 되어야 어려움이 없다고 말씀하셨는데 부모님이 장남이라고 반대하셨지. 그래서 이름이라도 스님 이름처럼 지어야 한다고 해서 내 이름이 법희가 된 것이야. 몸은 속세에 살지만 마음속에는 부처님을 항상 모시고 있다. 틈틈이 절에 가고, 또 조금씩 법황사에 시주도 해놓았다. 참 큰스님께서 너는 세상에서 중요한 일을 하고 이름이 빛날 것이라 하여 네 이름을 존창이라고 지어주셨다. 네가 어떤 길을 선택하던 너는 세상에 의미 있는 일을 할 것이야. 걱정 말고 네가 원하는 길로 가거라. 그리고 농장의 바쁜 일이 마무리 되면 법황사 큰스님께 같이 인사 다녀오자."

"예, 형님. 그렇게 하시지요. 저도 큰스님을 뵙고 싶습니다. 그리고 농장일은 어떤가요? 특별한 어려움은 없는지요?"

"농장에 일하시는 분들이 열심히 해줘서 사업은 잘 되는데, 귀찮게 하는 사람이 많아지는구나. 군수, 아전, 서원, 향교뿐 아니라 이제는 감영에서도 이것저것 요구하는구나. 우리가 돈을 많이 번다고 생각하고 요구하는 금액이 점점 커진다. 농장을 더 크게 키워볼까 하다 이런 것을 생각하면 포기하게 되는구나. 모아놓은 돈이 조금 있는데 어떻게 해야 될지 모르겠다."

"예, 형님. 어려움이 많으시겠습니다. 이런 지방에서는 그나마 돈을 버는 사람이 많지 않고, 땅 많은 양반집 세도가한테는 돈을 얻어내기 어렵지요. 그러니 우리 같은 집안한테 더 심할 것입니다. 농장을 크게 늘리면 요구가 더 심해지겠지요. 어쩌면 우리가 감당할 수 없는 수준까지 커질지도 몰라요. 농장을 키우면 근처 사람이 살기 좋아질 것인데, 탐관오리들 때문에 주민들의 생활이 나아지기 어려운 것 같습니다.

제 생각은 우리 집안의 사업을 여기 여사울에서는 지금 정도만 하고, 한양에서 늘려가는 것이 좋을 듯합니다. 사업도 한양이나 한양에서 가까운 곳에서 해야 기회가 많을 것입니다. 또 한양에는 사업을 크게 하는 사람이나 부자가 많아 우리 집안 정도는 눈에 띄지도 않을 것입니다. 그리고 저도 앞으로 양근의 녹암정사 보다는 한양 쪽에서 일이 많을 듯합니다. 제 몫으로 받아놓은 돈으로 한양에 집을 한 채 살까 합니다. 사대문 안은 어렵구요. 삼개나루에서 멀지 않은 애오개나 큰고개 밑 쪽에서 알아보려 합니다. 한양 근처에서는 2-3마지기 정도의 밭에 무, 배추, 파, 오이 등 소채 농사만 잘 지어도 한 가족이 충분히 먹고 살만 하다고 합니다."

"그래, 네 생각이 맞는 듯하다. 그리고 성준이와 성민이도 이곳 여사울 보다 한양에서 기회가 더 많을 듯하구나. 나 보다 아이들의 미래가 더 걱정이지. 부모님이 걱정하고 노력해서 우리가 이만큼 잘 사는 것이고, 우리는 아이들을 더 잘 살게 도와줘야지."

"네, 형님 말이 맞습니다. 우리보다 아들, 손자들이 더 잘 살아야, 집안이 발전하고 나라도 발전하는 것이지요. 우리나라는 사람 사는 것이 앞으로 좋아질 것 같지가 않아요. 잘못하면 나라 전체가 망해 없어질 지도 모르겠어요. 저는 우리 아이들이 자기 하고 싶은 일을 하면서 굶주리지 않고 헐벗지 않는 나라가 되었으면 합니다. 태어난 신분에 따라 차별 받지 않는 나라, 어떤 것을 믿고, 어떤 생각을 말해도 괜찮은 나라를 만들고 싶습니다. 이런 나라에서 제 자식들과 손자 손녀가 살았으면 합니다. 매우 어려운 일이란 것을 잘 알고 있지만 해보려고 합니다."

"그래서 존창이가 과거를 응시하지 않겠다고 한 것이구나. 더 크고 어려운 일을 하려고…, 괜찮다. 우리의 할아버지와 할머니, 부모님도 당시에 전혀 가능성이 없어 보이는 일을 시작하신 것이지. 남의 것을 빼앗지 않으시면서, 당신들의 엄청난 노력으로 대단한 일을 이루신 거지. 그 덕분에 우리들이 이만큼 살고 있는 것이고. 너도 어렵겠지만 열심히 해서 네 뜻을 이루어 봐라. 한번 사는 인생인데 자기가 하고 싶은 것을 해야지."

"예, 형님. 고맙습니다. 제 생각을 이해해주셔서. 고난이 있을 텐데 모든 것을 제가 받아들이고 집안이나 주변에 피해가 없도록 최선을 다 하겠습니다. 형님 이만 건너가겠습니다. 피곤하실 터인데 제 이야기를 너무 많이 했습니다. 편히 쉬십시오."

"아니다. 너와 이야기하는 것은 항상 좋다. 무언가 배우는 것도 있고, 성준이와 성민이를 잘 챙겨줘라. 이제 건너가서 쉬거라."

며칠 후 법희와 존창은 떡과 음식을 장만해서 새벽녘에 도고산 법황사로 간다. 법황사는 도고산 독막골 위 아주 높지 않은 곳에 자리 잡아 여사울에서 반나절 길이다. 둘은 점심 전에 절에 도착한다. 법황사는 조그만 절이다. 아담한 대웅전이 있고, 오른쪽에 방 세 칸과 부엌을 둔 요사채가 있고, 왼쪽 위로는 산신각이 있다. 명봉 큰스님은 많은 나이에도 불구하고 여전히 정정하시다.

법희와 존창은 합장하고 큰스님께 인사를 한다.

"명봉스님, 무탈하시지요?"

명봉스님이 합장하면서 답한다.

"법희와 존창, 두 분 시주님, 어서 오세요. 반갑습니다. 빈손으로 오셔도 되는데 무거운 짐을 높은 데까지 지고 오시느라 힘드셨겠어요. 법희 시주님은 가끔 뵙는데 존창 시주님은 오랜만입니다. 어디 멀리 공부하러 가셨다고 들었습니다. 공부에 큰 성취가 있었겠지요."

존창이 말을 받는다.

"경기도 양근이라는 곳에 있는 녹암정사에서 몇 년째 공부하고 있습니다. 아직도 모르고 궁금한 것이 많습니다. 큰스님의 가르침이 더 필요합니다."

법희가 말을 잇는다.

"존창이 세상 고민이 많은 듯합니다. 저도 요즘 마음이 복잡합니다. 스님이 허락하신다면 오늘 여기서 자고 가르침을 받고 싶습니다."

명봉스님이 답한다.

"두 분 시주님, 오늘뿐 아니라 언제든 편하게 오셔서 얼마든지 머물다 가셔도 좋습니다. 그리고 산속에 사는 소승이 무슨 도움이 될지 모르겠지만 고민거리가 있으면 같이 이야기해 보지요."

법희와 존창은 대웅전에 들어가 부처님께 예를 올리고, 법황사에 오면 늘 하던 대로 오체투지로 108배를 한다. 명봉 큰스님과 점심 공양을 하고, 주변 산책을 한 다음 큰스님의 가르침을 받는다.

명봉스님이 말문을 연다.

"존창 시주의 이야기를 먼저 듣지요. 오랜만이고 그간 새로운 경험도 많이 했을 거고, 소승도 궁금한 게 많아요."

존창이 답한다.

"예, 스님. 저는 그간 주변 분들이 많이 도와주시고 학운이 좋아서인지 좋은 선생님들을 모시고 배울 기회가 많았습니다. 홍유한 선생님, 이병휴 선생님, 이기양 선생님의 가르침을 받았습니다. 그리고 양근에 가서는 권철신, 권일신 선생님께 배우면서 뛰어난 인재들과 교유할 기회까지 갖고 있습니다. 저는 과분한 혜택을 누렸다고 생각합니다. 양근의 녹암정사에서 공부하면서 벼슬길 가까이 있는 사람들을 만나 여러 가지 이야기를 나누고 생각해보았는데…, 결론은 과거를 해서 벼슬살이를 하는 쪽의 인생은 포기하는 것이 좋겠다는 것이었습니다."

명봉스님이 조금 생각하더니 말을 한다.

"잘 선택한 듯합니다. 소승의 생각으로는 존창 시주의 성격은 벼슬아치와 잘 맞을 것 같지 않아요. 존창 시주는 새로운 것을 찾아내는 창의성과 옳고 그름을 구분하는 분별심이 아주 뛰어납니다. 반면에 그때그때 상황에 따라 말을 빠르게 바꾸는 능력은 부족해요. 변하는 상황에 맞추어 사람들이 듣고 싶어 하는 말을 그럴 듯하게 이야기하는 능력이 벼슬살이에는 매우 중요할 것입니다. 한데 존창 시주는 그런 것을 잘 못하지요. 분별심이 큰 사람들이 거의 그래요. 자신이 하는 말까지도 옳은지 그른지 생각하게 되고, 그러다 보면 상황에 맞는 이야기를 잘 못하게 되는 것이지요. 그리고 벼슬살이를 잘못하면 많은 벼슬아치들이 그렇듯 본인과 집안이 고난에 빠질 수도 있어요. 분별심 때문에 참지 못하고 큰 화를 부르는 길로 가기 쉽지요. 실제 그런 사람이 많구요. 그래서 대신 무얼 하려 해요?"

존창이 답한다.

"예, 스님. 허황돼 보일지 모르지만 사람 살만한 세상 만드는 일을 해보려 합니다. 양반과 노비의 차별을 없애고 사농공상의 신분 구분이 없고, 누구나 열심히 일하면 굶주리지 않고 자식을 키우며 살아갈 수 있는 세상을 만들어 보고 싶습니다. 이를 위해 뜻을 같이 하는 사람들과 모임도 만들고, 성리학 대신 서학인 천주학을 배우고, 천주님을 믿어 보려고 하고 있습니다. 제가 너무 황당하고 실현가능성 없는 일에 매달리고 있는 것 같지요, 큰스님…."

명봉스님이 답을 한다.

"아니지요. 과거해서 벼슬살이로 나가는 것보다는 더 좋은 선택을 한 것 같습니다. 고난이 많을 것이고, 이룰 가능성이 적어 보이지만 사람으로 태어나서 한번 도전해 볼 만한 것 같아요. 부처님이나 공자님은 큰 뜻을 가졌고, 아주 어렵게 그것을 이루신 분들이지요. 원효대사와 같이 중생의 삶을 고민하셨던 큰 스님들도 같은 마음을 가졌을 것이라고 보지요, 소승도 젊었을 때 그런 길을 가고 싶었지요. 지금은 조그만 절만 지키고 있지만…, 소승이나 존창 시주 말고도 비슷한 생각을 가졌던 사람이 많았을 것이에요. 이 도고산에도 있지만 조선 땅의 높은 산에 올라보면 국사봉이라 불리는 봉우리들이 많이 있어요. 사람들이 세상을 못 바꾸어도 나라의 스승 정도는 되어보고 싶어, 산 이름을 그렇게 지은 것이 아닐까 생각해보았어요.

그건 그렇고 존창 시주는 과거 준비하지 않더라도, 다른 선택을 할 수 있는 여유가 있는 사람이라고 생각되는데요. 먼저 법희 시주님이랑 하시는 일을 크게 해서 돈을 많이 벌고 어려운 사람을 도와주고 가르침을 줄 수도 있을 텐데요. 편안한 길이고 가능성이 높아 보이는데…, 왜 이 선택을 하지 않았지요?"

법희가 말을 받는다.

"저도 지금 하는 일을 적절히 마무리 하고 쉬고 싶습니다. 힘이 들기도 하지만 앞날의 사업이 불안하기 때문입니다. 지금까지는 농장이 잘 되는 편인데 몇 가지 문제가 있습니다. 첫째는 관이나 주변 힘 있는 사람들이 저희 농장에서 이것저것 뜯어갑니다. 앞으로는 암탉이 낳은 달걀을 나누는 정도를 넘어 암탉을 잡아야 할 정도로 뜯어가는 규모가 커질 것 같아요. 둘째는 같이 일하는 분들에게 후하게 대하고 이분들도 열심히 일하고 있는데, 이를 계속할 수 있을지 모르겠어요. 한편 이분들이 좋은 대우에 익숙해져 저희 농장을 그만두면 살아가기가 힘들어질 수도 있을 듯합니다. 저희와 비슷한 대우를 해주는 농장이 많이 생겨야 하는데 그렇지 못하기 때문이지요. 셋째는 제가 늙어 사업을 못 하고 자식이나 다른 사람이 맡아야 하는데, 이들이 잘 할 수 있을지 모르겠습니다. 제가 사업을 그만두어야 하는 것은 시간의 문제이지 곧 닥쳐올 것이 확실합니다.

저희 부모님과 저희 형제가 모든 것을 바쳐 만들어 온 여사울 농장도 다른 인간사와 마찬가지로 제행무상 안에 있나 봅니다. 부처님의 말씀대로이지요. 그리고 개인적인 문제이긴 하나 제 아들들이 글공부도 시원찮고 농장일도 무심합니다. 아우 존창이는 글공부도 열심히 하고, 공부 끝나면 바로 농장에 와서 늦게까지 일하고 나무랄 데가 없었는데…, 제 자식들은 글공부 대충 끝내고 놀러 다니기 바쁩니다."

명봉스님이 허허 웃으며 말을 받는다.

"여유로워 보이는 법희 시주님도 마음고생이 많군요. 인생이 고해라는 부처님 말씀이 맞는 것 같네요. 자식은 무한한 기쁨을 주기도 하지만 한편으로는 세상일이 뜻대로 되지 않는다는 것을 알려주기도 하지요. 특히 힘 있는 사람들에게 그렇지요. 선왕이 자신의 아들이고 금상의 아버지인 사도세자를 죽일 수밖에 없었던 것도 비슷한 일이 아닐까요. 법희 시주님은 앞으로 무엇을 하며 사실 생각이세요?"

법희가 답을 한다.

"농장은 시간을 갖고 맡아줄 사람을 찾아보려 합니다. 두 아들은 공부는 그만두게 하고 독립시켜 세상을 배우게 하구요. 저는 농장이 정리되면 스님께 말씀드렸던 대로 이곳 법황사에 들어와 살고 싶었는데, 집사람이 반대를 해서 독막골과 이어지는 감밭 끝자락에 조그만 집을 짓고 살 생각입니다. 땅은 봐두었습니다. 부모님 산소가 있는 버들골과도 가깝고 해서 좋지요. 법황사에 스님을 뵈러 자주 올 수 있을 것입니다."

명봉스님이 웃으며 말을 잇는다.

"법희 시주님 덕에 소승이 노년에 즐겁게 지낼 듯합니다. 두 분 시주님들 그간 생각 많이 하시고 좋은 선택을 하셨다고 생각됩니다. 부디 품은 뜻을 이루시길 바랍니다."

대화를 끝내고 명봉스님은 선정에 든다. 법희와 존창은 주변을 돌아본 후 저녁 공양을 하고 일찍 잠자리에 든다. 다음 날 새벽 명봉스님과 법희는 예불을 하고 존창은 십계명의 '나 이외 신을 섬기지 말라'를 생각하고 예불에 참석하지 않는다. 아침 공양을 하고 명봉스님께 작별인사를 하러 찾아뵙는다.

존창이 스님께 묻는다.

"스님, 여쭈어 볼 것이 하나 있습니다. 제가 요즘 관심을 갖고 믿어 보려는 것이 천주교인데 천주교에서 지켜야 할 계율 열 가지가 있습니다. 그중 첫째가 '나 이외의 신을 섬기지 말라'입니다. 절에 와 부처님께 절하고 예불 드리는 것이 망설여집니다. 어찌해야 할까요?"

명봉스님이 답을 준다.

"모든 종교에는 지켜야 할 계율이 있지요. 불교에서도 법명을 받을 때 수계식이라는 것을 하지요. 각 종교의 계는 지켜야지만 글자 그대로 지키는 것은 맞지 않을 수 있어요. 부처님이 불교를 믿더라도 불마에 빠지지 말라는 말을 하셨는데 그런 뜻일 것이에요. 그리고 무엇보다 부처님은 신이 아니고 깨달은 인간입니다. '나 이외 신을 섬기지 말라'와는 관계가 없어 보이기도 합니다. 부처님같이 진정 깨달은 인간은 온갖 신을 포용하는 것이지요. 우리 절도 대웅전 옆에 산신령을 모시는 산신각이 있지 않나요. 앞으로 불교와 천주교가 친해지면 대웅전 옆 다른 곳에 천주님을 모시는 전각이 생길지도 모르지요. 허허허.

무엇보다 절에 와서 부처님께 삼배를 올리는 것은 남의 집을 방문해서 주인께 인사드리는 것 정도로 편하게 생각하면 쉽지요. 나는 어떤 것을 믿고 안 믿는 것은 절과 같은 행동이나 예식보다는 마음속 더 깊은 곳에 있다고 생각합니다. 마음속 깊이 확고한 믿음을 가진 사람은 행동이 자유롭다고 생각합니다. 원효 대사님이 깨달음을 얻었다는 '일체 유심조'란 말도 이런 의미이겠지요. 존창 시주님의 생각과 믿음이 중요하다고 생각합니다."

존창이 말을 잇는다.

"스님, 가르침 고맙습니다. 평생 간직하겠습니다."

법희와 존창은 큰스님께 작별인사를 하고, 온 길을 되짚어 여사울로 돌아간다. 내리막길이라 한결 수월하다. 큰스님의 좋은 말씀을 들어서인지 마음도 편하다.

법희가 존창에게 말을 건다.

"존창아, 올라올 때는 짐도 무겁고 정신이 없어 못 보았는데, 여유를 갖고 내려가면서 주변을 보니 전망이 참 좋구나. 가을이 지나 겨울이 오니 나뭇잎도 없어 더 잘 보인다. 인생도 여유 있게 뒤돌아보면서 마무리할 때가 황금기가 될 수 있구나 생각한다. 명봉 큰스님 좋은 말씀을 들어서 마음속이 꽉 찬 것 같다. 좋구나."

"형님, 나무는 봄에 싹을 틔우고 잎이 나고, 여름에는 산을 뒤덮다가 겨울에는 앙상한 나뭇가지만 남지요. 인생하고 비슷한 듯합니다. 형님 말대로 무성하던 잎은 다 떨어져 버리고 꼿꼿하게 서 있는 나무들이 아름답습니다. 가진 것 없이 발가벗은 모습이 되어서도, 보기 좋고 힘 있어야 훌륭한 사람인 것 같습니다."

"존창아, 너는 나무를 통해서도 인생을 보고 사람을 아는구나. 생각이 깊고 지혜롭다. 네가 좋은 집안에서 태어났으면 입신양명하고 큰 인물이 될 터인데…."

"저는 지금도 충분히 좋은 집안에서 태어났다고 생각합니다. 그리고 지금 이 나라의 벼슬살이는 사람이 할 짓이 아닌 것 같습니다. 불의를 정의라 해야 할 때가 있고, 또 상대 당파 사람들을 구렁텅이에 빠뜨리지 않으면 자신이 출세하기 어렵습니다. 저는 못할 듯합니다. 혹시 운이 좋아 편안히 벼슬살이를 한다 해도, 청렴하게 지내 모아 놓은 재산이 없으면 자손들의 생활이 곤궁해질 수밖에 없습니다. 벼슬살이가 아니고는 다른 할 일을 찾기 어려운 사람은 어쩔 수 없이 벼슬살이를 해야겠지만, 저는 다른 할 일이 있어 행복합니다. 또 그 길을 큰스님이 해보라 하니 마음이 한결 여유롭습니다."

"그래, 오늘은 참 좋은 날이다. 너도나도 앞으로 할 일을 정했으니…. 언제 공부하러 또 가니?"

"일이 많지 않을 때라 곧 떠나려 합니다. 앞으로 양근보다는 한양에 주로 있을 듯합니다. 이번에 한양에 가 적당한 집이 나와 있으면 사려 합니다."

"이번 한양에 갈 때, 성준이와 성민이를 데리고 가렴. 아이들이 너를 잘 따르고 한양 생활을 꿈꾸고 있다. 자기들 인생을 개척할 기회를 줘야지. 좋은 곳이 있으면 소개해줘라. 일 배우면서 살아가는 것이 중요한 듯하다. 그리고 우리 막내인 금순이만 시집보내면 나는 자유로워질 텐데…, 금순이 혼처는 여기저기 알아보고 있다. 너는 이제 시작이라 할 일이 많겠구나. 성미는 한참 커가고, 또 아이들이 생길 것이고…."

"형수님과 금순이 덕에 성미가 잘 크고 있어 기쁩니다. 저도 부모님과 형님 덕에 지금까지 공부에 전념할 수 있었습니다. 이번에 한양에서 집을 사면 자립해 보려고 합니다."

"존창이 너는 이미 자립한 것이나 진배없다. 농장이 여기까지 오는데 많은 도움을 주었다. 또 틈나는 대로 농장에서 일하고 있지 않으냐. 농장은 부모님 유산인 데다 네 노력이 많이 들어가 있다. 네 몫이 있는 거지. 또 제수씨도 농장 일을 많이 돕고 있지. 조금씩 용돈을 주고 있는데 하는 일에 비해서는 많지 않다. 이번 한양에서 집 살 때 네 몫은 넉넉히 줄 생각이다."

"고맙습니다. 형님 덕에 맘 편하게 제 일을 할 수 있습니다."

법희와 존창은 여사울로 돌아와 농장 일을 마무리 한다. 존창과 부인 그리고 성미는 일을 마치고 농장에서 만든 죽을 갖고 집으로 가며 대화를 한다.

존창이 먼저 딸, 성미에게 말을 건다.

"성미는 농장에서 재미있게 지냈니?"

"예, 아버님. 금순이 고모가 잘 해주고, 동네 친구랑 잘 놀았어요."

존창이 부인에게 말을 한다.

"부인은 일이 힘들지 않았소?"

"이제 많이 익숙해져 여유까지 생겨요. 일 잘 한다고 칭찬도 받고. 호호."

"형수님이 담근 청주도 좀 얻어오지 그랬소. 오랜만에 둘이 한잔 하게"

"술은 형님한테 배워서 집에 담아 놓은 청주가 있어요. 맛은 어떨지 모르겠지만…. 그리고 새벽에 장어도 손질해 놨어요."

"오늘 저녁은 기대가 되오. 가족들과 같이 맛있는 음식을 먹을 때가 가장 행복한 순간인 것 같소."

"예, 맞아요. 시집오기 전에는 아무리 열심히 일해도 하루 세끼 밥

먹기가 어려웠는데 여기서는 제가 조금만 열심히 하면 가족이 충분히 먹고 저축을 할 수 있어요. 농장에서 일하는 다른 사람도 다 비슷해요. 예전에는 부잣집에서 태어나지 못한 사람은 아무리 애써도 먹는 것조차 얻기 힘든 것이구나 생각했어요. 부잣집이 부럽고 질투도 생기고 했는데 요즘은 그렇지 않아요. 무언가 바뀌면 같은 일을 해도 잘 살 수 있구나 하는 자신도 생기구요. 우리 농장 같은 곳이 많이 생겨 굶주리는 사람이 줄었으면 해요. 저는 지금이 행복해요. 아이가 생기면 더 좋을 것 같기도 하구요."

집에 도착해 존창 부부와 성미는 저녁을 먹으면서 대화가 이어진다.

"성미는 농장에서 금순이 고모랑 놀고, 또 무엇을 해?"

성미가 답한다.

"예, 요즘 어머님한테서 언문과 천자문을 배우고 있어요. 어머님이 여자도 커서 편지 정도는 쓰고 읽을 줄 알아야 한다고 해서요."

존창이 묻는다.

"글공부가 할 만하고 재미있니?"

성미가 답한다.

"예, 재미있어요. 빨리 배워서 편지도 쓰고 책을 마음대로 읽었으면 좋겠어요."

존창 부인이 말을 거든다.

"금순이 아가씨가 글공부를 안 했더라구요. 배우고 싶어 해서 성미를 가르칠 때 같이 하자고 했어요. 좋아하고 금방 배우네요."

존창이 말을 받는다.

"나와 형님이 무심했소. 금순이도 글공부를 시켰어야 하는데, 당신이 우리가 못한 것을 하고 있어요. 참 고맙소. 성미야! 어머니한테 배우는 글공부 끝나고 더 공부하고 싶으면 아버지가 집에 올 때마다 같이 공부하자."

성미가 기쁘게 웃으며 답한다.

"예, 아버님."

저녁을 먹고 성미는 들어가 자고, 존창 부부는 더 이야기한다.

"부인, 며칠 전 집에 와 잠깐 이야기도 했지만, 어제 오늘 형님 모시고 법황사에 가서 큰스님과 내 장래에 대해 많은 이야기를 했어요. 이제 살아갈 방향에 대해서 어느 정도 정했소. 과거를 하지 않을 것이오. 대신 나라를 바꾸어 보는 일을 해보려 하오. 가능성은 매우 적지만 이룬다면 내 진정 행복한 길일 것이오. 몇 년 전에 우리 집에서 유숙하고 가신 벽이 형님과 녹암정사에서 공부하는 몇 분들과 같이 하고 있소. 혼자 가는 길이 아니니 든든하고 외롭지 않소. 그리고 법희 형님도 이곳 농장 일을 조금씩 정리해 나갈 듯싶소. 이제 쉬실 때도 가까이 되고 있으니….

성준이와 성민이는 한양에서 자신의 사업을 할 듯하오. 우리도 자립을 준비해야 하오. 나는 며칠 내로 한양에 가서 도성 밖 멀지 않은 곳에 밭이 붙어 있는 집 한 채를 사려 하오. 거기서 앞으로 소채를 길러, 먹고 사는 문제를 해결할까 하오. 한양 근처에서 밭 두세 마지기에 소채 농사를 지으면 한 가족이 먹고 살 수 있다고 하오. 당신도 소채 재배에도 관심을 가져주었으면 좋겠소. 특별한 기술이 없는 농촌 사람들이 쉽게 할 수 있다고 해서 해보려고 하오. 맨몸으로 한양에 가 먹고 살아야 하는 사람에 비해 우리는 부모님과 형님 내외분 덕분에 어렵지 않게 자립할 수 있을 것 같소. 그리고 나는 이제 양근보다는 한양에 주로 있고, 틈나는 대로 이곳 여사울에 올 것이오. 한양 부근에 집을 사면 당신도 성미와 와서 지내면서 한양 구경도 하면 좋을 듯하오."

존창 부인이 말을 받는다.

"예, 서방님. 한양살이가 기대도 되고 걱정도 되고 그래요. 저는 서방님이 있으면 세상 걱정이 없어요. 소채 재배는 시집오기 전부터 텃밭에 재배해봐서 조금은 알지만 더 배워볼게요. 과거에 급제해 벼슬살이를 하는 것이 시골 양반에게는 얼마나 어렵다는 것은 친정이나 시집간 언니 집을 보면 잘 알 수 있어요. 친정아버님도 진짜 공부열심히 하셨고 형부도 지금 그렇게 하고 있지요. 그런데 가족은 고생하고 성과는 없고….

저는 가끔 친정이 잘 살거나 세도가 있는 집안이었으면 할 때가 있어요. 그러면 서방님이 과거도 쉽게 하고 더 편한 길을 갈 수 있지 않았을까 생각해요. 그리고 저도 정경부인 소리 한번 들어보고 싶기도 하구요. 그렇지만 지금 서방님이 하신 선택이 더 좋은 것 같아요. 저는 서방님이 어떤 길을 가든 같이 할 마음의 준비가 되어 있어요."

존창이 말을 받는다.

"부인 고맙소. 그러나 내가 결정한 것을 당신이 무조건 따를 필요는 없다고 생각하오. 당신의 뜻과 다르고 우리 가족이 살아남기 위해서

라면 당신은 다른 길을 가도 좋소. 내 앞길이 매우 험난할 지도 모르기 때문이오. 이제 그만 쉽시다."

며칠 후 존창은 조카 성준, 성민을 데리고 한양에 간다. 이벽을 만나 한양 근처로 이사할 계획을 이야기한다. 역관 출신이며 상재가 뛰어난 최한기 집안의 상점에서 성준과 성민이가 일하며 장사를 익히게 한다. 그리고 지인들의 도움을 받아 큰 고개길과 애오개길이 만나는 공덕 근처에서 밭 두 마지기 정도가 딸린 집을 산다. 집은 본채로 기와집 세 칸, 행랑채로 초가집 두 칸이 있고 얼마 전까지 노부부가 살던 집이다. 한양 도성 내 기와집 한 채 값보다 조금 더 쳐줬지만 넓은 밭이 있어 소채 농사를 지으면 한 가족의 생계를 꾸릴 수 있다.

명례방에서 7일에 한 번씩 예배를 하고, 예배 후에는 동지회 모임도 갖는다. 동지회 회원은 천주교 신자 중에서 기존 회원의 엄격한 추천에 의해 가입시키고 있다. 천주교 신자들이 늘어난다. 새로운 신자는 역관, 의원, 약사 등 중인들이 많다.

동지회가 결성되고 1년 가까이 지나 명례방 예배가 한창 잘 되고 있을 때 사단이 생겼다. 형조의 관리들이 도성 내 순찰을 돌다 저녁 늦은 시간에 많은 사람들이 집안에 모여 있는 것을 보고 이상하게 생각하고 들이닥친 것이다. 처음에는 도박을 하는 줄 알았는데 조사를 해 보니 천주교 모임인 것이다. 형조는 양반의 문제는 다루지 않는 것이 원칙이므로, 집주인이며 중인 신분인 김범우만 체포하고 성상과 성화, 천주교 서적을 압수해 간다.

다음 날 이벽 권일신 이승훈 정약전 이존창 이총억 등 명례방 모임에 참석했던 사람들이 모여 대응 방안을 상의하고, 형조에 찾아가 김범우의 석방과 성물, 서적 등을 돌려달라고 요구한다. 이때 형조판서는 정감록의 참설과 관련된 역모사건에 몰두하고 있어, 명례방 사건을 확대하지 않으려 한다. 양반들에게는 다시 예배를 못 드리게 강력한 주의를 주고, 천주교 서적과 성물은 불태워 없앤다. 다른 중인들도 죄를 묻지 않기로 한다. 다만 김범우에 대해서는 사건의 주모자로 보고 곤장을 때린 다음 단양으로 귀양 보내는 것으로 사건을 마무리한다. 범우는 귀양지에서 바로 죽는다.

명례방 사건이 있고 한 달쯤 지나 이벽이 존창을 찾아온다.

"존창 아우, 어떤가? 정신이 없었지."

"형님, 제겐 별일 없는데 형님은 어떠신지요? 또 다른 분들은?"

"이번 사건은 김범우 동지로 끝날 듯해. 중인 신분이고 장소를 제공했기 때문이지. 자연스럽게 주모자로 몰린 것이지. 나머지 분들은 괜찮을 것 같아. 형조에서는 정감록과 연관된 역모사건도 있고, 명례방 참여자들이 남인 쪽 주요 집안사람들이라 부담이 컸을 것이야. 같은 일을 해도 신분에 따라 처벌도 달라지는 것이 이 나라지. 엄벌하라는 상소도 있지만 조정에서 공식화하지 않고 사건을 덮을 것 같아. 그렇지만 후폭풍은 아주 클 듯해."

"조정에서는 마무리되었는데, 어떤 후폭풍이 있을까요?"

"남인 집안 쪽 어른들이 각 집안에서 조용하게, 그러나 엄격하게 해결하도록 강한 압력을 넣을 것이야. 남인 집안에서 조정에 출사하고 벼슬살이를 잘 하려면 천주교 문제를 스스로 정리해야 한다고 할 것이지. 이제 남인들도 벼슬 기회가 조금씩 늘어나는데 천주교 때문에 포기할 수 없겠지. 조선 사회에서는 집안 가문 문중이라 불리는 혈연

공동체가 강력한 힘을 갖고 있지. 과거시험 볼 때 내는 녹명에는 3대 조와 외할아버지까지 성함과 직함을 쓰지. 사람들을 가문에 묶어놓기 위한 것이야.

  큰 가문은 한양에서, 작은 가문은 지방에서 나라를 좌지우지하고 있지. 이 나라는 가문이라는 혈연공동체가 너무 강해 건전한 다른 공동체가 생기기 어려운 듯도 해. 또 가문에서 가장 중시하는 것은 집안사람들이 출사하여 벼슬 한자리하는 것이지. 사람들은 족보에 어떤 벼슬살이 했다고 한줄 적는 것이 인생의 가장 중요한 일이 되어 버렸어. 세상에서 어떤 의미 있는 일을 했는지는 관심이 없고."

  "예, 형님 말이 맞습니다. 저도 한 때 과거에 관심을 가졌던 것이 제 입신양명도 있지만, 집안을 일으켜 세우기 위한 것이 컸지요."

  "들어나지는 않지만 지금 각 집안마다 사정이 복잡할 듯해. 우리 집은 아버님이 크게 노여워하고 집안 어른들의 압박도 대단하지. 승훈 동지나 약전 동지의 집안도 큰 차이가 없을 것이야. 내가 아버님의 성격을 잘 알고 있지. 잘못하면 아버님과 나 둘 중 하나는 부러져야 할지도 몰라. 그렇게 된다면 내가 부러져야 되겠지만….

  앞으로 어떤 일이 일어날지 모르겠어. 내가 지금까지 일이 잘 풀려 세상일을 너무 쉽게 생각한 것 같아. 어렵고 나쁜 일이 항상 발생할 수 있다는 것을 상정하고 일을 준비해야 하는데 큰 실수를 한 것이지. 이것이 인간의 한계이기도 하지."

  "형님, 지난 일은 나빠도 지났으니 어쩔 수 없지요. 앞으로 어떻게 해야 하는지가 중요할 것 같아요. 저는 세상일에 아직 어두워, 걱정만 되고 어떻게 해야 할지 모르겠어요."

2 주어사 강학회와 동지회 결성

"나를 포함 대부분의 사람들은 세상이 계속 비슷할 것이라고 생각하고 살아가지. 가끔은 세상이 크게 바뀌기도 하는데, 완전히 바뀌기 전까지는 사람들은 그냥 살게 되지. 나도 앞으로 일은 잘 모르겠어. 더욱이 우리가 어떻게 대비하느냐에 따라 미래가 바뀔 수도 있으니 미래를 알기는 더 어렵지. 알 수 없는 미래에 대해 계속 고민하고 변하는 미래에 맞추어 그때그때 바르게 변신하며 사는 것이 인생인 듯도 해.

세상이 어때도 우리는 뜻을 지키면서 살아남아야 한다고 생각해. 살아 있어야 무엇이든 할 수 있고, 동지회를 이어갈 수 있고. 또 나중에 우리 생각이 옳았는지 확인할 수도 있겠지. 아버님 성격이 워낙 강하셔서 걱정은 많이 되지만 나도 어떻게든 살아남는 길을 택할 것이야. 김범우 형제처럼 돼서는 안 되지.

존창 아우도 끝까지 살아남아 우리 동지회를 지키도록 해. 잘 할 것이라 믿어."

"저도 살아남아야겠지만 형님은 더욱 더 살아남아야 합니다. 동지회와 이 나라의 장래가 형님께 걸려 있지요. 마지막인 듯 말씀하시는 것이 너무 마음이 아픕니다."

"인명은 천주의 뜻에 달려 있지. 천주의 아들이신 예수님은 서른세 살에 돌아가실 수밖에 없었지. 물론 부활하시고 그 뜻이 이 세상에 퍼지고 있지만…, 이제 내 나이가 곧 서른셋이니 살 만큼은 살았어. 그리고 이것은 천주교에 대한 내 생각을 언문으로 정리한 책이야. 아직 완성되지 않았지만 존창 아우가 갖고 있어. 만약 내게 무슨 일이 생기면 없어질 가능성이 커."

"형님, 앞으로 동지회나 제가 어떻게 해야 하는지 조금 더 자세히 말씀해주세요."

"존창 아우가 잘 할 것이라 믿어. 내가 사족을 덧붙인다면 앞으로는 길게 보고 동지회의 목표나 우리의 뜻이 많은 백성들에게까지 퍼질 수 있게 하는 것이 중요하다고 생각해. 지금까지는 의식 있는 일부 양반과 중인들에게 우리 뜻을 알리는 것이었는데, 바꿀 필요가 있다고 생각해. 양반이나 돈 많은 중인들은 가진 것이 많고 지킬 것이 있어 마음을 바꾸기 쉬워. 나도 그렇기 때문에 잘 알지. 그리고 동지회도 회원 늘리는 것은 당분간 안 해도 될 듯하고.

백성들은 어려운 삶을 살며 세상이 바뀌어야 한다는 것을 머리로는 잘 생각하지 못하지만 몸으로 직접 느끼고 있지. 백성들은 우리의 생각을 한번 받아들이면 오래 지킬 것 같아. 그리고 세상을 바꾸는 데는 소수의 선각자도 필요하지만 결국 다수 백성의 뜻이 더 중요하다고 봐. 그러려면 천주교 교리나 우리의 생각을 언문으로 된 책으로 내야 해. 언문은 한문과 달리 우리가 늘 쓰는 말이라, 글로 옮기는 것이라 쉬울 것 같았는데, 막상 해보니 어렵네. 존창 아우가 나보다 잘 할 것 같아. 내가 준 책을 마무리 해줘."

"저도 비슷한 생각을 했었는데 형님 말씀을 들으니 확실해지는 듯해요. 그리고 남자 뿐 아니라 여자들에게도 우리가 다가가야 한다고 생각하고 있습니다. 사람의 절반이 여자인데, 여자들이 남자보다 대부분 더 힘들게 살지요. 천주교 교리나 우리의 생각을 언문으로 옮겨 책으로 만드는 일은 제가 열심히 해 완성하겠습니다. 어떤 일이 있어도 형님이 살아남으셔서 동지회를 이끌어 주셔야 합니다. 아직 동지회가 많이 부족합니다."

"혹시 내게 일이 생겨도 존창 아우가 잘 할 것이라 봐. 존창 아우는 겸손하고 표현을 잘 안 해서 그렇지 이미 마음속으로는 생각이 차 있다는 것을 내가 잘 알아. 우리가 서로 알고 같이 고민한 지가 벌써 10년 가까이 되었잖아. 내가 존창 아우를 모를 리없지. 일찍이 홍유한 선생님이나 이병휴 선생님이 아우의 재질을 알아봤고, 또 나보다 더 다양한 세상을 접해보았기 때문에 잘 할 수 있으리라 믿어. 그리고 나에게 아무 일도 없을 지도 몰라. 너무 걱정 말고 또 일신 선생님과 다른 분들도 계시니…. 나는 이제 집으로 돌아가 볼게. 집에서 한창 찾을 거야."

이벽이 떠나고 존창은 집 앞 밭에서 소채를 키우며 지낸다. 가끔 도성 안에 들어가 창현, 한기 등을 만나 소식을 듣는다. 이벽은 집 밖으로 한 발짝도 못 나온다는 소문뿐이다. 두 달쯤 뒤 밖이 갑자기 컴컴해지면서 한여름 대낮에 천둥과 벼락이 치고 폭우가 쏟아진다.

다음 날 아침 창현이 이벽이 돌림병으로 갑자기 사망했다는 소식을 전한다. 돌림병으로 죽어 조문도 받지 않고 바로 포천 선산에 장례를 치를 것이라 한다. 존창에게는 하늘이 무너지는 듯한 소식이다.

3
이벽의 죽음과 천주교의 확산

이벽의 사망을 확인하고 한 달쯤 지나 동지회 회원들이 양근의 녹암정사에 모였다. 승훈 등은 집안 문제 등으로 참석하지 못했다. 모두 어두운 표정이다.

존창이 어렵게 말을 꺼낸다.

"다들 힘든 걸음 하셨습니다. 일신 선생님께서 회의를 이끌어 주셨으면 합니다."

일신 선생이 말을 받는다.

"모두 아시다시피 이벽 회장이 급작스럽게 타계했습니다. 사인이 돌림병이라 하여 집안에서 조문도 못 하게 했습니다. 더 아쉽고 슬픕니다. 저도 충격이 커서 용문사로 잠시 피정을 다녀왔습니다. 먼저 우리 함께 기도와 묵상으로 이벽 회장이 천주님 곁에서 편히 쉬도록 빕시다."

기도와 묵상이 끝나자 일신 선생이 말문을 연다.

"이벽 회장의 죽음은 너무 황당한 일이고, 영문을 모르겠어요. 정신적, 육체적으로 아주 강건했던 사람인데 갑자기 참혹한 일을 당하다니, 혹시 이벽 회장의 죽음과 관련하여 더 아는 분이 있으면 이야기해 주시지요."

창현이 조심스럽게 이야기한다.

"제가 이벽 회장이 돌림병으로 돌아가셨다는 말을 듣고 수소문을 해보았습니다. 그 때를 전후해서 회장님 댁이 있는 수표교 인근뿐 아니라 한양 어디에서도 돌림병으로 죽은 사람이 있다는 이야기는 없었습니다. 또 회장님 댁에서도 죽은 다른 사람도 없었습니다. 돌림병 때문에 돌아가신 것 같지는 않습니다. 제가 장례 후 중간에 사람을 넣어 알아보니 회장님의 원래 얼굴은 옥처럼 희었는데, 돌아가신 뒤의 얼굴은 시커멓게 되었다고 합니다. 독약을 먹고 자살을 한 것일지 모른다는 생각을 해보았습니다."

존창이 조심스럽게 말을 받는다.

"이벽 회장님이 돌아가시기 두 달 전쯤에 공덕의 저희 집에 갑자기 들르셨습니다. 그때는 걱정거리는 많아 보였지만 건강에는 이상이 없는 듯했습니다. 오셔서 동지회의 앞날을 고민하면서 세 가지 정도를 말씀하셨습니다. 그중 가장 강조했던 것이 김범우 동지처럼 뜻하지 않게 갑자기 죽어서는 안 된다는 것이었습니다.

우리 동지회의 뜻이 이루기 어렵기 때문에 동지 모두가 몸과 마음을 잘 보살펴 가능한 오래 살아남아야 하고, 또 할 수 있는 것을 계속해 나가야 한다고 말씀하셨지요. 당신도 집안에서 어려움이 많지만 조심조심 살아남아 가던 길을 계속 갈 것이라고 강조하셨습니다. 하신 말씀을 생각해 보면 자살은 아닌 듯싶습니다.

나머지 두 가지 말씀은 첫째는 앞으로는 가능한 많은 백성들과 우리의 뜻을 같이 해야 하고, 둘째는 이를 위해 언문으로 된 교리서를 만들어야 된다는 것이었습니다. 쓰고 있던 천주요지라는 언문 교리서를 저에게 맡기고 가셨습니다. 마무리를 부탁하셨습니다. 불행한 일을 예상하고 계신 듯도 하고요."

일신 선생이 말을 받는다.

"이벽 회장이 개인적으로 어려움이 컸겠지만 자살할 정도로 마음이 약하지는 않았다고 생각합니다. 더욱이 천주교를 믿는 사람으로 자살하지는 않았을 것입니다. 창현 동지와 존창 동지의 이야기를 들어보니 죽음이 간단해 보이지는 않습니다. 집안을 지킨다는 명분으로 이벽 회장이 희생되었을지도 모르지요. 그렇다면 더 황망한 일이지요. 어찌 되었든 돌아가신 건 사실이니 경황이 없겠지만 앞으로 우리가 어떻게 해야 하는지에 대해 논의해야겠습니다. 어떤 이야기건 자유롭게 해주십시오. 먼저 부회장이고, 이벽 회장을 마지막에 만나 많은 이야기를 나눈 존창 동지부터 말씀하시지요."

존창이 말을 받는다.

"예, 선생님. 무엇보다 이벽 회장의 말씀대로 우리 동지회와 동지들이 오래 살아남아 가진 뜻을 세상에 펼치는 것이 중요하다고 생각합니다. 이벽 회장님의 어려움에서 보듯 다른 동지들도 집안에서 크고 작은 문제들이 많을 것입니다. 앞으로는 우리의 행동과 말이 사람들의 관심을 덜 받는 것이 좋을 것입니다. 이를 위해 동지회 일은 밑에서 조용하게 하는 것이 어떨까 생각합니다. 신분제 폐지나 성리학에 대한 공격보다는 천주교를 조용히 전파하는 데 중점을 두는 것도 갈등을 줄일 수 있을 듯합니다. 그리고 우리가 주로 한양에서 모여 활동을 했는데 여러 지역으로 나누어 활동하는 것도 눈에 덜 띄고 동지회가 더 오래 살아남는 데 도움이 될 것 같습니다. 이벽 회장님의 유지대로 우리가 백성 속으로 들어가는 방법이기도 하구요. 우선 저는 고향인 내포 지역으로 돌아가 천주교를 전파하면서 우리의 꿈을 천천히 그러나 꾸준히 실현시켜 보려 합니다."

일신 선생이 말을 잇는다.

"존창 동지의 의견이 어려움에 처해 있는 우리 동지회가 살아남기 위해 선택할 수 있는 길일 것 같습니다. 선비들은 한양에 살 수만 있으면 살려고 하고, 한번 한양에 살게 되면 어떻게든 떠나지 않으려 합니다. 어쩔 수 없이 한양을 떠날 때 쓰는 말이 낙향이지요. 낙향이란 말의 어감이 안 좋아 저는 안 씁니다. 그냥 어디로 이사 갔다고 하면 되는데, 왜 떨어질 '낙'자를 그 좋은 고향에 붙여 쓰는지 모르겠습니다. 이렇게 보면 존창 동지가 더 어려운 결정을 해주신 것입니다. 다른 분들도 의견을 자유롭게 말씀해 보십시오."

총억이 말을 받는다.

"이벽 회장의 죽음은 청천벽력과 같은 소식입니다. 제 가슴이 메어지는 듯합니다. 존창 부회장님의 의견에 전적으로 동의합니다. 그런데 한 가지를 더 추가했으면 합니다. 저는 동지회의 활동과 천주교를 믿는 것은 본가와 처가가 모두 이해해주셔서 어려움이 적지만 그렇지 못한 동지들이 많을 것입니다. 저는 아니지만 집안에서 갈등을 줄이기 위해 여건이 되는 동지는 과거에 응시하고 출사도 해야 한다고 생각합니다. 또한 우리 동지들이 다양한 분야에서 활동해야 동지회의 뜻을 펼치기 쉬워질 수 있을 것 같습니다."

약전이 말을 받는다.

"총억 동지가 고양이 목에 방울을 다는 어려운 이야기를 해주었다고 생각합니다. 우리 동지회 회원들은 암묵적으로 철신, 일신 선생님과 같이 벼슬길에 나서지 않는 것이 좋다는 입장일 듯합니다. 이는 다시 생각해봐야 한다고 생각합니다. 우리 동지들이 벼슬길에 나서는 것은 좋은 점도 꽤 있습니다. 동지들이 영향력 있는 자리에 가면 조심스럽겠지만 우리의 뜻을 널리 알릴 수 있고, 또 직접 뜻을 펼칠 수도 있지요. 그리고 동지들에게 도움을 줄 수 있는 기회가 생길 수도 있을 것 같습니다. 무엇보다 집안에서 우리들을 적대시 하는 시각을 많이 누그러뜨릴 수 있다는 장점이 있습니다.

저희 집안을 예로 들면 사형제 모두 출사에 관심이 없어 걱정이 많습니다. 약현 형님은 장남으로 거친 사화로부터 집안을 지키기 위해 벼슬길을 포기하셨고, 저는 벼슬길이 그냥 싫고, 제 밑 바로 아우인 약종은 요즘 노장의 무위자연에 푹 빠져 있습니다. 약종이는 호기심이 많기 때문에 조만간 천주교에도 관심을 가질 것이지만, 벼슬길에는 나서지 않을 가능성이 큽니다. 여기 같이 온 막내 약용은 재주가 많아 집안에서 기대가 크지만 본인은 방황을 하고 있는 듯합니다. 약용 아우가 희생정신을 발휘해 과거 공부에 열중한다면 다른 형제들은 자유롭게 할 일을 하기 쉬울 듯합니다. 약용 아우, 한마디 하지요."

약용이 조심스럽게 입을 연다.

"저에게 많은 깨우침을 주시던 이벽 회장님이 갑작스럽게 세상을 떠나 무어라 표현할 수 없을 정도로 슬픕니다. 몇 년 전에 이벽 회장님이 중용에 대해 새로운 시각으로 해석할 수 있는 가르침을 주셔서 제가 성균관에서 좋은 발제를 할 수 있었습니다. 그리고 제 큰 형수님은 이벽 회장의 누님이었는데 제가 어렸을 때 저를 잘 돌봐주셨습니다. 집안 어른들 병구완을 하시다 형수님이 일찍 돌아가셨습니다. 두 분 생각을 하면 정신이 아득해집니다. 제가 지금 어떤 말을 드려야 할지 잘 모르겠습니다. 저 역시 벽이 형님, 약전 형님, 존창 형님과 같이 세상을 바꾸는 일에 조그만 힘이나마 보태고 싶습니다만, 오늘 많은 분들의 이야기를 들으니 각자 자신의 길에서 살아남고 어떤 성취를 이루는 것도 중요하다는 생각이 듭니다. 지금 당장 결정을 못 할 것 같고 앞으로 더 고민해보겠습니다."

일신 선생이 말을 받는다.

"약용 동지는 집안뿐 아니라 남인 전체에서 채제공 뒤를 이을 재목으로 기대가 큽니다. 학문적인 자질뿐 아니라 현실 적응력도 뛰어나 벼슬길을 잘 헤쳐 나갈 듯해요. 더욱이 시와 문장, 글씨에 모두 능해 어디 하나 부족한 것이 없지요. 마음을 다잡고 대과까지 빨리 끝내 벼슬길에서 승승장구하길 바랍니다. 동지들을 위해 희생한다고 생각하면 마음이 한결 편할 것입니다. 이벽 회장도 하늘에서 약용 동지의 길을 지지할 것입니다."

항검이 말을 잇는다.

"제가 녹암정사에 와 공부하면서 많은 분들을 접해 봤는데 약용 동지와 존창 동지의 학문적 자질이 아주 뛰어나다고 느꼈습니다. 아둔한 저로서는 참으로 대단한 분들이라고 부러워했습니다. 약용 동지께서는 여러분의 의견대로 계속 공부하셔서 출사하고 학문을 닦았으면 좋겠구요. 존창 동지께서는 어떤 길을 선택하시던 잘 하실 것이라 생각되지만, 내포에 내려가셔서 천주교와 동지회의 뿌리를 내리게 하겠다는 말에 제가 큰 감명을 받았습니다. 제 갈 길을 알려 주신 듯합니다. 저도 제 터전인 전주로 내려가 천주교와 동지회의 뜻이 이루어지도록 작은 힘이라도 보태려고 합니다."

낙민이 말을 잇는다.

"저는 집안의 반대가 심해 당장 실행하기는 어렵지만 장기적으로 충주로 내려가는 일을 고민하고 있습니다. 충주에서 새재를 넘으면 경상도이기 때문에 경상도에 사는 일가들도 접촉해보려 합니다. 제가 어렸을 때 내포 지방에 살았고 그 쪽에도 연고가 있습니다. 존창 동지를 도와줄 수 있을 듯합니다."

총억이 말을 받는다.

"저도 몇 년 전에 내포 쪽에 살면서 낙민이 형과 존창이 형과 같이 공부했습니다. 저는 이곳 양근과 저희 집이 있는 남천, 내포와 충주 등을 오가며 여러분을 도와드리겠습니다. 그리고 교리서는 언문으로 번역하는 일에 적극 참여할 생각입니다."

일신 선생이 말을 받는다.

"동지 여러분이 큰 어려움에도 꿋꿋하게 길을 잡아주셔서 고맙습니다. 그리고 잘 하시겠지만 노파심에서 말씀드리겠습니다. 고향이나 연고지에서 각자 활동하시는 것은 우리가 한양에서 모여 활동하는 것보다는 눈에 덜 띄겠지만, 여러분은 각 지역에서 뛰어나고 알려져 있는 분들이기 때문에 조심하셔야 할 것입니다. 즉 지역 상황에 맞게 지역민과 어울리면서 우리 뜻을 펼쳐 나가야 할 것입니다. 그리고 생각이 바뀌고 기회가 되면 누구든 과거에 응시하고 출사해도 괜찮다고 생각합니다. 하나 더 결정해야 할 것은 가장 중요한 지역이라 볼 수 있는 한양을 누가 맡아서 할 것이냐 입니다."

사람들의 반응이 없고 잠시 침묵이 흐른다. 존창이 조심스럽게 말을 꺼낸다.

"한양은 중요하고 이목이 집중되는 곳인데다 범우 동지의 불행한 일도 있고 해서 부탁드리기 조심스럽습니다. 그렇지만 앞으로의 어려움을 감당하실 수 있다면 창현 동지께서 한양을 맡아주셨으면 합니다."

창현이 조심스럽게 답을 한다.

"한양은 이 나라의 수도입니다. 제가 맡기에는 신분도 그렇고, 좀 어쩐지 어색해 보입니다. 저보다 훌륭하신 분이 있을 것 같습니다."

일신 선생이 바로 말을 받는다.

"우리 동지회의 나아갈 길의 하나가 이 나라에서 신분제도를 타파하는 것입니다. 창현 동지는 인품과 능력, 열정 모든 면에서 부족함이 전혀 없다고 생각합니다. 단지 범우 동지의 일이 다시 일어난다면 신분 때문에 피해가 더 클 수 있어 강권은 못 하겠습니다. 그래도 한양을 맡아줄 사람이 있어야 하는데…"

창현이 얼른 말을 받는다.

"범우 동지와 같은 일이 두려워서는 절대 아닙니다. 다만 제가 한양을 맡으면 불편해 할 분이 있을 지도 몰라서입니다."

존창이 말을 받는다.

"창현 동지의 걱정은 충분히 이해가 됩니다. 그런데 우리 동지회가 앞으로는 정치나 조정에 관련되는 부분보다는 이벽 회장의 말씀대로 일반 백성의 생활 속에서 할 일을 더 찾아야 할 듯합니다. 이렇게 본다면 창현 동지가 한양을 맞는 것이 문제가 되지 않을 것입니다. 어렵지만 한양을 맡아주시길 부탁드립니다. 다음으로 녹암정사는 동지회가 오래 살아남기 위해서 우리의 뿌리로 오랫동안 잘 지켜야 한다고 생각합니다.

그러기 위해서는 오늘 모임을 포함, 이곳 녹암정사에서 있었던 동지회의 일을 밖에 이야기하지 말아야 합니다. 또한 앞으로 전체 모임은 다른 곳을 찾아 하는 것이 좋을 듯합니다."

일신 선생이 말을 잇는다.

"창현 동지, 어렵겠지만 한양을 맡아주세요."

창현이 말을 받는다.

"예, 알겠습니다. 선생님, 미력하나마 최선을 다하겠습니다. 그리고 존창 동지의 말대로 이곳 녹암정사는 우리가 커왔고, 끝까지 지켜나가야 할 둥지와 같은 곳이라고 생각합니다. 제가 이제 둥지에서 나와 일신 선생님의 가르침과 이벽 회장님의 유지를 받아 한양에서 동지회의 뜻을 펼칠 수 있도록 최선을 다하겠습니다."

일신 선생이 말을 잇는다.

"창현 동지가 어려운 결정을 해주셨습니다. 앞으로 우리 모두가 언제든 범우 동지나 이벽 회장께서 겪었던 고초를 받을 수 있다고 생각합니다. 동지 여러분이 녹암정사를 지켜주려 하셔서 고맙습니다. 녹암정사의 안위도 중요하지만 동지 여러분 한 분 한 분이 더 중요하다고 생각합니다. 서로서로를 지켜주면서 동지회의 뜻을 앞으로 계속 펼쳐 나갔으면 합니다. 마지막으로 이벽 회장이 돌아가셨기 때문에 동지회의 새로운 회장을 선출해야 하는데…. 추천을 해주시기 바랍니다."

모두 조용히 생각에 잠긴다. 잠시 시간이 흐른 뒤, 일신 선생이 다시 말을 잇는다.

"추천하는 분이 없으면 제가 추천하겠습니다. 그간 부회장을 맡아 이벽 회장과 호흡을 맞추어 왔던 존창 동지가 적임자라고 생각합니다."

총억과 낙민이 좋다고 한다. 존창이 말을 받는다.

"저는 회장을 맡기에는 아직 부족한 점이 많습니다. 뒤에서 열심히 도와주는 것이 제 역할에 맞는 듯합니다. 지금 동지회는 큰 어려움에 처해 있어 굳건한 정신적 지주가 필요할 때라고 생각합니다. 일신 선생님께서 어렵더라도 고문과 회장직을 겸직해주셨으면 하고 부탁드립니다. 그리고 제 개인적인 생각인데 부회장을 몇 명 더 선임하여 선생님을 보다 잘 보좌하는 것이 어떤가 합니다. 부회장 후보로는 한양을 맡으신 창현 동지, 호남을 맡으실 항검 동지, 이곳 양근과 가까이 사는 약전 동지가 적임자라고 생각해 보았습니다. 선생님과 동지들의 의견은 어떠신지요?"

일신 선생이 말을 받는다.

"존창 동지가 많은 생각을 했군요. 제가 여기서 회장 제의를 거절하는 것은 어려움에 처해 있는 동지회를 생각할 때 책임 있는 사람으로서 도리가 아닐 듯합니다. 제가 당분간 회장과 고문을 겸직하다가 적절한 시기에 회장 자리를 넘기겠습니다. 그리고 부회장 수를 늘리는 것도 좋은 생각이라고 보여 집니다. 창현 동지, 항검 동지, 약전 동지, 세 분의 부회장 후보는 괜찮으신지요?"

모두 박수로 찬성을 표시한다. 일신 선생이 말을 잇는다.

"우리 동지회가 틀을 잘 잡아가는 것 같습니다. 세 분 부회장님, 일어나 인사 말씀을 하시지요."

창현, 항검, 약전이 일어나 회장님을 보필하여 열심히 하겠다는 말을 한다.

존창이 말을 잇는다.

"선생님, 늘 그렇지만 어려운 결정을 해주셔서 감사합니다. 그리고 존경합니다. 어려운 자리를 같이 해주신 동지 여러분들도 고맙습니다. 항검 부회장님께 부탁이 하나 있습니다. 집안사람 중 하루에 천리는 못가도 삼백리는 걸을 수 있는 사람이 있다고 예전에 말씀하신 듯합니다. 가능하시면 그분을 통해 정기적으로 우리 동지회의 소식을 서로 알렸으면 합니다. 전주에서 여사울, 한양, 마재와 양근을 거쳐 한 번 돌면 한 이레 정도 걸릴 듯한데 어떨까요?"

항검이 대답한다.

"예, 저희 집안에 하루에 삼백리는 거뜬히 걷는 사람이 있지요. 좋은 생각인 듯합니다. 서로 안부도 알리고 급한 소식도 전하고, 우리 동지회가 일체감을 갖고 나갈 수 있는 수단 중 하나라고 봅니다. 제가 존창 부회장님과 상의해 꼭 시행하겠습니다."

존창이 말을 받는다.

"항검 부회장님, 고맙습니다. 덕분에 우리 동지회의 연락망이 갖추어져 어려움에 대처하기가 훨씬 쉬워질 것 같습니다. 선생님께서 마무리 말씀을 해주시면 좋겠습니다."

"존창 부회장과 여러 동지들 덕에 동지회가 어려움 속에서도 굳건히 앞으로 나갈 수 있을 것 같습니다. 존창 동지, 항검 동지, 낙민 동지, 총억 동지, 창현 동지, 약전 동지가 이 녹암정사에 공부하러 온 지도 십 년이 다 돼 갑니다. 이제 여러분들이 백성 속으로 들어가 우리가 함께 고민했던 것을 이루려는 노력을 할 때라고 생각합니다. 그 과정에서 많은 어려움이 있을 것입니다. 저는 세상에 중요한 것이 많지만 한 사람, 한 사람의 삶이 가장 중하다고 생각합니다. 우리 동지회도 그런 뜻에서 출발했을 것입니다. 세상의 사람들을 중하게 여기는 것은 자신을 중하게 여기는 것에서부터 시작합니다. 모두 자중자애 하시고 맡은 일을 해주시기 바랍니다. 저는 여러분을 통해 제 뜻을 펼치고 있다고 생각합니다. 동지회원 한 분 한 분에게 감사드립니다. 오늘 모임이 끝나고 시간 되시는 분은 녹암정사에서 하루 이틀 편하게 지내다 가셔도 좋습니다. 마무리하기 전에 이벽 회장과 김범우 동지를 생각하며 기도와 묵상을 다시한번 하겠습니다."

모임이 끝나고 약용 등 바쁜 사람은 먼저 떠나고 존창, 낙민, 총억은 녹암정사 주변을 산책한다.

존창이 말문을 연다.

"나는 하루 더 자고 내일 창현, 항검 동지와 한양으로 가 며칠 있다 여사울로 갈 계획이야. 우리가 여사울에서 함께 공부할 때가 많이 생각나. 홍유한 선생님과 이병휴, 이기양 선생님께 참 많은 것을 배웠어. 낙민이 형이 잘 이끌어 주어 재미있게 공부했던 것 같아. 이제 안온한 녹암정사에서도 나와 세상 속으로 들어가려니 걱정도 많이 돼."

낙민이 말을 받는다.

"공부만 계속하며 사는 것이 행복한 삶일 수도 있겠구나 생각해. 나도 이제 세상 속으로 가야하는데…, 조금 복잡해. 집안에서는 여전히 과거를 해서 출사하길 바라고, 내가 하고 싶은 일은 아니고…."

총억이 말을 받는다.

"낙민이 형은 벼슬길에 나서는 것도 괜찮다고 생각해. 나는 공부에 취미도 없는데다 집안에서 과거 공부하라고 강요하지도 않아. 그냥 진사까지만 하고 아까 이야기한대로 천주교 교리서와 우리 생각을 언문으로 옮기는 일을 열심히 할까 해. 내 생각에는 낙민이 형은 벼슬살이 하는 것도 좋을 듯해, 잘 할 수 있을 것이고. 또 우리들이 여기저기 흩어져 다른 분야 일을 해야 서로 도울 일도 생길 것 같아."

존창이 말을 더한다.

"낙민이 형은 일단 과거를 하는 것도 좋을 것 같아요. 그렇지만 한 번 어떤 방향을 정하더라도 인생이 그대로 계속 가는 것은 아닐 것이지요. 바꾸어야 할 때가 되면 바꾸어야지요. 지금 최선의 결정을 했다 하더라도 살다보면 여건이 바뀌어 그 결정을 바꿀 수밖에 없을 거고.

세상에 항상한 것은 없다는 말이 맞겠지요. 우리가 앞으로 많이 흔들리겠지만, 뒤돌아 봤을 때 후회를 적게 하는 길을 만들어봐야지요. 건강하고 가끔 연락하고, 만날 수 있으면 만나고…."

다음 날 존창, 창현, 항검은 녹암정사를 떠나 한양으로 간다. 삼개나루에 내려 주막에서 식사를 하고 공덕의 존창 집에 들렸다가 도성 안 초정골 창현의 집으로 가 하루를 유숙한다. 앞으로 한양 모임은 창현 집에서 하기로 하고, 존창과 항검은 각자 집으로 간다.

존창은 한양에서 일하고 있는 성준과 성민 조카를 만나본다. 여사울로 돌아오면서 지난 일을 생각한다. 작년 가을 세례를 받고 동지회를 만들면서 가슴이 벅차올랐다. 해가 바뀌어 공덕에 집을 사고, 많은 희망을 갖고 새해를 시작했다. 그러나 봄에 명례방 사건이 터지고 범우 동지가 죽었다. 여름에는 이벽 형님이 돌아가시어 모든 것을 잃은 듯 절망 속에 빠졌다. 그러나 산 사람은 살아가야 하고, 할 일은 해야 한다. 여사울에서 동지회의 뜻을 이어갈 것이다. 이런 생각을 하며 길을 걸으니 사흘길이 바로다. 밤늦게 집에 도착한 존창은 다음 날 아침 일찍 농장으로 간다.

법희 형님께 그간 있었던 일을 말씀드린다.

"형님, 존창입니다. 그간 별 일 없으셨지요. 한양에서 성준이, 성민이는 장사일 잘 배우고 열심히 살고 있는 것 같습니다. 형님 이제 조카들은 걱정 안 하셔도 될 때가 된 듯합니다. 저는 그간 많은 일이 있었습니다. 저랑 가까이 지내며 서로 도와 같은 일을 해오던 이벽 공이 갑자기 병으로 돌아가셨습니다. 다른 일은 천천히 말씀 드리겠습니다. 저는 당분간 여사울에 많이 있고, 한양에는 가끔 가려 합니다."

"그래, 잘 왔다. 건강하던 이 공자께서 갑자기 돌아가셨다니…, 너무 안 됐다. 잘 생긴 대장부이시고, 너랑 잘 맞는 듯했는데. 네 마음이 많이 아프겠구나. 세상일이 인간의 마음대로 되지 않는 게 많구나. 성준이, 성민이 소식은 가끔 편지를 보내와 조금 듣는다. 객지에 나가 살아보니 집 생각, 부모 생각을 더 하는 듯싶다. 한양 생활에 아주 만족하고 있더라. 네 덕이 크다. 그런데 벌써 자립하고 싶은 모양이더구나. 네 생각은 어떠냐?"

"성준이, 성민이는 언젠가 자기 장사를 해야 하고 지금 해도 잘 할 수 있겠지만 좀 더 배우는 것이 안전할 것 같습니다. 그리고 지금 시작한다면 처음에는 배우는 마음으로 조그맣게 시작하는 것이 좋을 것 같습니다."

"네 말이 맞다. 배우면서 스스로 키워 크게 만들어야 안전하고 장사하는 재미도 있다. 내가 그렇게 이야기하마. 또 성준이, 성민이가 네 말을 잘 들으니 너도 이야기 해줘라. 그리고 네 계획이 좀 바뀐 듯한데, 여사울에서 어떻게 지내려 하니?"

"예, 형님. 한양에도 가겠지만 여사울에다 제가 양근에서 공부하던 녹암정사와 비슷한 것을 작게 만들어 보려 합니다. 천주교와 함께 제가 이루려는 뜻을 이 근처 사람들과 나누는 장소가 될 것입니다. 또 제 생업이 될 수도 있을 것 같습니다."

"사람 살만한 세상을 만드는 것보다는 천주교를 알리는 것이 쉬울 것 같다. 그러나 조심해야 한다. 종교는 사람들의 마음을 빠르게 잡을 수 있는 수단이지만, 사람들이 외골수로 빠지기 쉽게 만들기도 한다. 종교를 통해서 어떤 일을 도모하는 것은 진짜 조심해야 한다. 나는 불교를 믿지만, 부처님 말씀대로 불마에 빠지지 않게 항상 조심하면서 믿고 있다."

"예, 알겠습니다. 형님."

"그리고 금순이 혼사 이야기가 잘 되고 있다. 혼처는 면천군수를 지내고 있는 김진후 집안의 둘째 아들 김택현이다. 김해 김씨 집안으로 이 근처에서는 아주 좋은 집안이지. 나는 사돈어른 될 분께 인사드리고 신랑감도 한번 봤다. 사람 됨됨이가 괜찮아 보이더라. 너도 한번 만나봐라. 일이 잘 진행되면 올해 가을걷이가 끝나고 바로 혼례식을 하려 한다. 그리고 부모님이 남겨 놓은 재산 중 면천 버그네에 있는 염전을 금순이에게 주어 시집보낼 생각이다. 금순이가 부모님 사랑을 못 받고 커서 늘 가슴이 아팠다. 괜찮겠지?"

"버그네 염전을 금순이에게 주시는 것은 참 잘 하신 일입니다. 저도 좋습니다. 사돈 되실 분과 매제 될 사람을 곧 만나보겠습니다. 김진후 군수 댁이 좋은 집안이라는 것은 저도 잘 알고 있습니다. 금순이가 좋은 집안에 시집을 가게 돼서 마음이 편합니다. 모두 형님이 잘 하신 덕입니다."

"금순이가 좋은 데로 시집을 갈 듯해 내가 마음이 가뿐하지만 섭섭하기도 하다. 네가 여사울에 주로 머문다니 나는 너를 자주 볼 수 있어 좋지만, 또 너는 많이 힘들겠지…. 세상일이 좋은 것과 나쁜 것이 같이 오는 법이니 마음 편히 받아들이고 일하자."

존창은 농장과 집을 오가며 여사울에서의 일상을 다시 이어간다. 먼저 부인과 딸, 성미, 금순이부터 천주교를 알리는 일을 시작한다. 금순이는 존창 부인으로부터 언문과 천자문을 끝내고, 내훈을 배우고 있다. 존창은 금순이와 성미가 공부하는 방에 들어가 말을 한다.

"금순이 표정을 보니 공부가 재미있는 모양이구나. 요즘 무슨 책을 보니?"

금순이가 답한다.

"지금 내훈을 공부하고 있어요. 오라버니, 공부가 너무 재미있어요. 책을 읽을 수 있으니 새로운 세상이 열리는 것 같아요. 시집가서 편지도 쓸 수 있으니 좋구요. 글을 가르쳐준 올케언니가 얼마나 고마운지 모르겠어요."

존창 부인이 말을 받는다.

"금순 아가씨는 명석해서 하나를 알려 주면 둘을 알아요. 언문, 천자문을 끝낸 지 오래됐고, 내훈도 거의 끝나 갑니다."

존창이 말을 잇는다.

"내훈 공부가 끝나 가면 소학도 공부할 만 하지. 내가 관심이 있는 천주교 책과 소학을 같이 줄 테니 공부해보고 다음에 모여 이야기하자."

존창은 금순에게 소학언해 1, 2권과 천주요지 필사본을 건넨다. 존창 부인이 말을 받는다.

"소학부터는 서방님이 가르치시는 것이 좋을 것 같아요. 제가 소학 공부를 안 해서 저도 배우고 싶고, 성미도 같이 했으면 해요. 성미도 명석하고 공부하는 것을 좋아하니 잘 따라올 것 같아요."

존창이 답한다.

"좋아요. 그렇게 하시오. 그런데 소학은 아이들에게 성리학의 기본 지침을 가르치기 위한 책으로 내용이 많고, 엄격히 지켜야 할 내용이 대부분이라 보기가 답답할 것이오. 금순이에게 준 소학언해 1권 입교 入敎 편과 2권 명륜明倫 편을 각자 읽고, 느낀 점을 서로 이야기하는 방식으로 공부해보려 하오. 그리고 서학인 천주요지도 읽고 비교해보는 것도 좋을 듯하오. 오늘 내 이야기는 여기까지 하고, 자! 하던 공부 계속하고, 나는 나가 보겠소."

열흘쯤 후 존창 부인은 금순이, 성미가 모였으니 소학을 공부하자고 한다.

존창이 말문을 연다.

"금순이는 소학을 어떻게 읽었니? 곧 시집을 갈 것이니 금순이 공부가 급하구나."

금순이가 답한다.

"예, 오라버니. 1권을 두 번 읽고, 2권은 한 번 읽었어요."

존창이 말을 받는다.

"열심히 했구나. 느낀 점이나 중요하다고 생각되는 내용, 자기 생각과 다른 부분에 대해 이야기하면 된다. 정답이 없는 것이니, 편하게 네 생각을 이야기하면 된다."

금순이가 답을 한다.

"예, 오라버니. 읽어보니 책에 좋은 말은 많이 있는데 좀 불편하고 유치하고, 제 생각과 잘 맞지 않은 것도 꽤 있어요. 대표적으로 '아이를 낳으면 첩이나 키울만한 사람 중에서 유모를 골라야 한다.'라는 글귀가 있는데…. 아이는 엄마가 키우는 것이 맞고, 엄마가 키울 수 없는 경우에 유모가 필요한 것 아닌가요. 그리고 첩이란 말도 이상하고…, 또 세상이 그렇기는 하지만 소학에서는 남녀 간 차별이 너무 심한 것 같아요. 같은 사람이고, 다 같은 자식인데…."

존창 부인이 말을 잇는다.

"저도 금순 아가씨와 비슷한 생각이에요. 어렸을 때 소학을 공부하지는 못했지만 아이들에게 중요한 책이라는 말을 들었어요. 지금 보니 공부하지 않은 것이 잘 한 것 같기도 해요. 그리고 소학에 고관대작의 맏아들을 가르쳐 그들의 성격이 곧으면서도 온화하게, 강하면서도 포학하지 않게, 대범하면서도 거만하지 않게 만들라고 했는데, 말은 참으로 좋은데 현실에서 그런 성격을 어떻게 만들 수 있을까요."

존창이 말을 받는다.

"그래. 금순이가 자기 생각을 갖고 공부를 하는구나. 좋구나. 부인도 같아 좋구요. 어떤 공부를 하던 책 내용을 그대로 받아들이지 말고 의문을 품으면서 공부를 해야 진정 자기 것으로 만들 수 있지. 그리고 남녀의 몸이 다른 것 이상으로 남녀 간의 차별이 큰 것이 세상의 현실이지. 이 나라 조선은 유독 심한 듯한데 아마 이 나라의 기본 학문으로 성리학이 너무 중시되기 때문인 듯해. 소학이 성리학의 기본서이니 더 그렇지요. 그러면 천주요지는 읽어보았는가? 어떤가?"

금순이 답한다.

"모두 처음 듣는 내용이라 신기하고 재미있었어요. 하늘과 땅, 세상 전체를 주관하는 천주님이 계시고, 천주님이 이 세상과 사람까지 만들어 내시고, 그 아드님이 우리를 구원하러 이 땅에 왔다가 죽임을 당하고, 다시 살아나 하늘나라로 돌아갔다는 것들이 신기해요. 의문이 드는 부분이 많이 있지만, 책 내용이 눈앞에 펼쳐지는 장면 같이 이야기 식으로 있어 읽기 편하고 재미있어요. 계율인 십계명도 단순하고 사람들이 꼭 지켜야 할 것들이라 까먹지 않고 지키기 쉬울 듯해요. 그리고 무엇보다 남녀차별도 소학보다는 훨씬 적은 듯해요. 천주교에 대해서 더 공부하고 싶어요."

존창 부인이 말을 잇는다.

"저도 처음 접하는 내용이에요. 잘 믿어지지 않을 정도로 신기하고 재미있어요. 천주님이 계시고 누구나 진정으로 천주님을 믿기만 하면 천당에 갈 수 있다는 가르침이 마음을 편하게 해줘요. 또 천주님이 제 마음 속에 있는 하느님과 같은 것 같기도 해요. 아직은 잘 모르지만 믿을 수 있을 것 같아요."

존창이 말을 받는다.

"천주교와 천주학은 중국 서쪽 멀리 있는 구라파라는 곳에 있는 여러 나라들이 믿고 공부하는 것이오. 생겨나기는 중국과 구라파 중간의 유대 지방이고. 아직 조선에서는 생소하지만 믿고 공부하는 사람들이 조금씩 생겨나고 있지. 나도 그렇고…, 이 책 *천주요지*는 돌아가신 이벽 형님께서 써놓은 것을 내가 조금 보완한 것이오. 조금씩 고쳐가고 있소. 사람들에게는 처음 공개하는 것이오."

존창 부인이 묻는다.

"천주요지는 책이 더 없겠지요. 제가 공부하면서 필사할게요. 보고 싶어 하는 사람이 많을 것 같아요."

존창이 답한다.

"필사하는 것은 좋은데 책이 밖으로 나가는 것은 아직 조심해야 될 듯하오. 이 나라에서는 성리학 이외 다른 학문을 공부하는 것은 벌을 받을 수 있지요. 아예 아무 공부도 안 하는 것은 괜찮지만…, 오늘 이만 합시다. 금순이도 건너가 쉬거라."

존창, 존창부인, 금순이, 성미는 사흘에 한 번씩 존창 집에 모여 소학과 천주요지를 공부한다.

얼마 지나지 않아 금순이 존창에게 말을 한다.

"오라버니, 제가 곧 시집을 가는데 시집가기 전에 세례를 받았으면 해요. 천주님을 제대로 믿어보고 싶어요. 또 시집가면 영영 기회가 없을 것 같기도 하구요."

존창 부인이 말을 받는다.

"저도 같이 세례를 받고 싶어요. 천주요지를 읽으면 읽을수록 천주님의 우리 인간에 대한 사랑이 참 깊다고 느껴져요. 저는 네 이웃을 네 몸처럼 사랑하라는 말씀이 가장 좋아요. 천주님을 진정 믿어보려 해요. 성미는 아직 어리니 다음에 해도 좋을 것 같구요."

존창이 잠시 생각하더니 답을 한다.

"그렇게 합시다. 이레 후에 우리 집에서 금순이와 당신 세례식을 합시다. 자, 공부는 계속하고⋯."

존창은 며칠 후 금순이가 시집갈 집안의 어른인 김진후 군수께 인사를 간다. 진후는 금순이 신랑감인 김택현의 아버지이고, 면천군수를 지내고 있다. 진후가 존창을 반갑게 맞는다. 존창이 먼저 인사말을 건넨다.

"어르신, 처음 뵙고 인사드립니다. 여사울에 사는 이존창이라 하옵니다. 금순이의 작은 오빠 되옵니다."

진후가 반갑게 말을 받는다.

"존창 선생, 어서 오세요. 반갑습니다. 내가 존창 선생이 이룬 학문에 대해서는 오래 전부터 익히 알고 있어요. 일찍이 이곳 내포지방의 최고 학자이신 홍유한, 이병휴 선생님으로부터 배웠고, 지금은 경기도 양근의 권철신, 일신 선생님 댁에서 공부하고 있고, 한양의 젊은 학자들과 많은 교유를 하면서 학문에 매진하고 있다고 들었습니다. 참으로 대단합니다."

존창이 말을 받는다.

"어르신, 과찬이십니다. 이제 조금씩 학문이 무엇인지 알아가고 있는 정도입니다."

진후가 말을 잇는다.

"존창 학사의 여동생을 우리 집 며느리로 맞게 돼서 아주 흐뭇합니다. 며느리 감이 존창 선생을 좇아서 공부도 많이 했겠지요?"

존창이 답을 한다.

"많이는 못했습니다. 언문과 천자문, *내훈*은 끝냈고, 요즘은 소학을 공부하고 있습니다."

진후가 말을 받는다.

"여자가 소학까지! 사실 소학에 사서삼경의 중요한 내용이 다 들어가 있지요. 송나라 주자께서 잘 엮어 놓은 책으로 한때는 뼈 있는 집안 자제들이 소학 공부를 열심히 했었지요. 요즘은 젊은이들이 과거 준비에만 매달려 등한시 하는 것 같아요. 아 참, 존창 학사는 과거는 어떻게 하나요?"

존창이 답을 한다.

"제가 양근으로 권철신, 일신 선생님께 배우러 간 것은 한양도 가깝고 하여 본격적으로 과거 준비를 할 생각이었습니다. 가서 공부해보고 여러분들을 사귀어 보니 벼슬살이가 제 갈 길이 아닌 듯하여, 지금은 여러 학문에 관심을 갖고 공부를 주로 하고 있습니다."

진후가 말을 받는다.

"내가 미관말직에 있어 잘은 모르지만, 벼슬살이는 노력한다고 뜻대로 되는 것이 아니고 참 많은 것에 영향을 받는 것 같습니다. 벼슬길에서 잘 나가다가도 한번 삐끗 하면 인생 전체가 잘못될 수도 있지요. 그래서인지 권철신, 일신 선생뿐 아니라, 이황 선생, 윤증 선생 같은 대학자도 조정에서 여러 번 불러도 벼슬살이를 안 했겠지요. 학문은 벼슬살이보다 자기가 노력한 만큼 성과가 나올 수 있고, 그 성과도 더 오래 갈 수 있는 듯합니다. 존창 선생도 이 내포지방에서 중심을 잡아주는 대학자가 되어 주었으면 해요. 존창 선생의 학재가 아주 뛰어나다는 이야기를 내가 여러 사람한테 들었어요. 부족한 우리 아이들을 잘 가르쳐 주실 것을 부탁드려요. 우리가 일가가 된 것이 참 잘된 일이라고 생각합니다. 우리 아이들을 만나봐야지요."

진후는 금순이의 신랑감인 택현과 형제들을 불러 인사시킨다.

"이분이 택현이 손위 처남이 될 이존창 선생이시다. 내가 알기엔 이 내포지방에서 최고의 학자이시다. 인사드리고, 앞으로 많은 배움을 청해라. 이쪽이 신랑감인 둘째 아들 택현이고, 이쪽은 큰아들 종현이고, 이쪽은 셋째 종찬입니다."

존창과 종현, 택현, 종찬은 반갑게 인사를 나눈다. 앞으로 자주 만나 형제처럼 지내자고 한다.

차담을 마치고 존창은 여사울로 와 법희 형님께 김진후 군수를 만난 이야기를 한다.

"사돈 어르신 될 군수님께 인사드리고 신랑감도 만나고 왔습니다. 어르신이 훌륭하시고, 신랑감이 반듯하여 금순이가 시집을 잘 가는 듯합니다."

"잘 다녀왔다. 사돈어른이 너에 대해 관심이 많았다. 금순이 혼례가 열흘 남았다. 집사람과 제수씨가 준비를 잘하고 있어 마음이 편하다. 금순이는 곧 시집을 가고 성준이, 성민이도 한양에서 자리를 잡아가고 있어 나는 이제 걱정이 없다. 네 덕이 크구나. 너는 이곳에서 새로운 생활을 할 만하니?"

"예, 금순이가 시집가고 나서 저는 한양에 잠깐 다녀온 다음, 이곳에서 차근차근 일을 만들어 가려 합니다. 일전에 잠깐 말씀을 드린 대로 양근에서 제가 공부하던 녹암정사 비슷한 것을 이곳 여사울에서 해 볼 계획입니다. 일단 조그맣게 시작하고, 하면서 키우려 합니다. 그리고 농장 일은 조금씩 줄여갈 생각입니다."

"그렇게 하거라, 나도 농장 일을 줄이려 한다. 선장 포구에서 객주를 하는 분이 농장을 인수할 생각이 있는 듯하다. 먼저 같이 해보다 괜찮으면 그 사람에게 넘기려 한다."

농장 일을 끝내고 부인과 집으로 돌아가는 길에 나무를 잘 다루는 소목장 집에 들려, 가지고 있던 십자고상을 주고 똑같이 만들어 달라고 부탁을 하고, 시간이 되는대로 계속 만들어 놓으면 다 사겠다고 약속을 한다. 며칠 후 집에서 소학과 천주요지 공부를 일찍 끝내고 부인과 금순이의 세례식을 조촐히 거행한다. 부인의 세례명은 엘리사벳, 금순이의 세례명은 멜라니아로 한다. 세례식 선물로는 십자고상과 천주요지를 준다.

세례식이 끝나고 존창은 여사울에 녹암정사와 비슷한 것을 만들어 학사들을 가르치는 일에 대해 부인과 상의를 한다.

"부인, 금순이가 시집을 가고 나면 형님이 농장 일을 줄여나갈 것이요. 나와 당신은 조만간 농장일은 안 해도 될 듯하오. 여기서 우리가 할 일을 찾아야 하오. 양근의 녹암정사 비슷한 것을 만들어 이 근처 학사들이 쉽게 과거 준비를 할 수 있게 하려 하오. 이름은 단원정사라 짓고 조그맣게 시작할 것이오."

부인이 말을 받는다.

"한양 변두리에서 소채를 재배하는 것보다 좋아 보이는데요. 제가 도울 수 있는 일은 도울테니 해보세요. 농장에서 10년 넘게 일하다 보니 일머리도 깨우치고, 일하는 것이 겁도 안 나고 그래요. 우리 일이라 더 즐거울 것 같아요."

 존창이 말을 받는다.

"지금까지 부인의 도움이 있어 내가 잘해왔소. 고맙고 든든하오. 단원정사는 숙식도 제공해야 할 것이기 때문에 부인을 힘들게 할 것 같아 미안하오. 우리 집은 노비가 없으니 동네에서 품값을 주고 도와줄 사람을 구해야 할 것 같소. 그리고 십계명을 지켜야 해서 이레에 하루씩은 학사를 쉴 생각이오. 공부하러 오는 사람은 거의 대부분 이 근처 사람일 테니 여섯째 날 오후부터는 각자 집으로 돌아가게 할 생각이오. 그래야 우리도 7일에 하루 쉬면서 예배를 볼 수 있소.

 내가 녹암정사에서 공부하면서 가끔 한양에 가면 성균관 아래쪽에 있는 반촌에 들렸소. 거기서 성균관 유생이나 많은 지방 선비들이 머물며 과거준비를 하는데 돈이 많이 드오. 한 사람이 반촌에서 자고 먹는 비용이 지방에서 한 가족 생활비 이상이오. 반촌에는 정보도 많고 공부모임도 있소. 또 과거시험에 나올 문제를 가르쳐 주는 선생들도 있소. 거기서 과거 준비를 하면 도움이 많이 되는데 비용이 문제이오. 지방의 가난한 선비들이 과거에 급제하기 어려운 이유가 학연 혈연도 문제이지만, 돈이 가장 큰 이유일 것 같소.

 내가 녹암정사에서 예전에 과거시험에 나왔던 문제와 모범답안을 필사해 놓은 것이 있소. 이곳 지방 선비들에게는 큰 도움이 될 듯하오. 그리고 내가 가끔 한양에 가면 반촌에도 들려 새로운 소식이나 정보를 얻어 올 것이오. 단원정사 학비는 비싸지 않게 정하고 이레 단위로 받을 생각이오."

부인이 말을 받는다.

"저는 서방님께서 과거시험보다는 다른 학문을 가르치는 것에 중심을 두는지 알았는데…, 과거 공부를 준비하는 곳을 만드시는 게 좀 이상해요."

존창이 말을 받는다.

"많이 생각해봤는데, 처음부터 과거 준비가 아니고 다른 학문을 공부하는 곳을 만들면 여러 면에서 어려움이 있을 듯하오. 과거 공부하러 왔다가 나처럼 방향을 바꾸는 사람이 있을 것이고 그렇게 스스로 결정을 내린 사람이라야 꿋꿋이 한 길로 갈 수 있을 것 같소."

며칠 뒤 여사울에서 금순이 혼례식이 열리고, 열흘 뒤 금순이는 신행을 간다. 친정 여사울을 떠나 시댁이 있는 면천으로 살러 가는 것이다. 신랑 택현과 시댁에서 신행을 서둘렀을 듯하다. 금순이가 시집을 가고, 존창은 근처 예산에 있는 대목장 집에 찾아가 20명 정도가 공부를 하고 책을 진열할 수 있는 집을 짓는 것을 상의한다. 겨울 동안 집 설계와 나무 준비를 마치고 이른 봄부터 짓기로 한다. 여사울 일이 어느 정도 정리되자 존창은 한양으로 간다. 겨울이라 쌀쌀하지만 걷기는 좋은 날씨다. 초전골 창현 집에서 동지회의 활동에 대해 이야기를 나눈다.

창현이 먼저 한양의 동지회 활동을 설명한다.

"한양은 소모임 중심으로 조심스럽게 나누어서 천주교를 예배드리고 공부하고 있습니다. 우리 집에서는 잘 아는 사람 열 명 정도가 모여 예배드리고, 성균관 반촌에서는 승훈 약용 등이 중심이 돼서 몇몇이 모여 공부하고 있어요."

"저는 내년 봄에 여사울에다 양근의 녹암정사 비슷한 학사를 작게 만들어 우선 제 생업 수단으로 하려 합니다. 그리고 천주교는 천천히 조심스럽게 알릴 생각입니다. 여사울의 학사는 근처의 지방 선비들이 돈을 덜 들이고 과거 준비를 하는데 도움이 되게 만들 것입니다. 지방은 과거에 대한 정보가 많이 부족합니다. 혹시 반촌에 아시는 반주인이 있으면 소개시켜 주시면 고맙겠습니다. 그리고 제가 주로 여사울에 있을 듯해서 공덕에 있는 집은 채마밭과 행랑채를 세놓았으면 합니다. 본채는 제가 한양에 머물 때 쓸 생각이구요. 제가 부탁만 많이 하고 있어 죄송합니다. 한양에 잘 아는 사람이 없어서요…."

"아이고, 별 말씀을…, 제가 할 수 있는 건 언제든 도와드릴게요. 제가 동반촌에 사는 김석태라는 반주인을 알아요. 천주교에 대해 관심이 있고, 성실하고 성격이 무던합니다. 약용 동지와 승훈 동지도 그 집을 많이 이용합니다. 제가 소개시켜드리겠습니다. 공덕의 집과 밭을 세 놓는 것은 주변 사람들을 통해 알아볼게요. 한양 도성 주변의 채마밭은 찾는 사람이 많아 세가 금방 나갈 것입니다. 그리고 시간이 되면 저희 집에서 천주교 모임이 있을 때 오셔서 가르침을 주세요."

"고맙습니다. 제가 가르침을 줄 정도는 아니지만 한양에 며칠 더 있으니 천주교 모임에 나가겠습니다. 그리고 시간이 되면 여사울의 저희 집도 바람 쐴 겸 꼭 오세요."

존창은 반촌의 반주인 김석태를 소개받고 여사울에서 하려는 학사에 대해 설명을 한다. 별시 등 갑자기 생기는 과거시험과 특별한 정보가 있으면 창현을 통해 알려 달라고 부탁을 한다. 또 여사울 학사에서 과거 보러 한양 오는 선비들이 김석태 집에 머물게 되면 잘 도와달라고 한다. 존창은 반촌에서 공덕의 집으로 돌아와 며칠 머물면서 한양 일을 정리한다. 성준 성민이도 만나 그간의 일을 설명하고 공덕에 있는 집을 가끔 가봐 달라고 한다. 존창은 천주교 모임이 있는 날 초전골 창현의 집에 방문한다. 안면이 있는 최한일과 최한기, 최필공 등 창현과 가까운 사람들과 예전 명례방 모임에 참석하던 사람들이다. 대부분 역관 의원 등 중인들이다. 서로 반갑게 인사를 하고 예배를 드린 후 천주교에 대해 이야기를 나눈다.

창현이 회의를 이끈다.

"오늘 멀리서 귀한 손님이 오셨습니다. 돌아가신 이벽 회장님과 함께 우리 모임의 기틀을 잡아주신 이존창 부회장님이십니다. 우리가 공부하는 천주요지를 쓰신 분이기도 합니다."

존창이 답을 한다.

"충청도 여사울에서 온 이존창이라 하옵니다. 최창현 부회장께서 과찬의 말씀을 하셨습니다. 천주요지는 이벽 회장께서 거의 완성하신 것을 제가 정리만 했을 뿐입니다. 한양에서 이렇게 예배를 드리고 공부하는 모임이 다시 자리 잡게 된 것은 최창현 부회장과 여러분의 노력, 그리고 천주님이 돌봄 덕이라고 생각합니다. 깊이 감사드립니다."

창현이 말을 받는다.

"우리의 공부에 대해 그간 궁금했던 것을 자유롭게 질문해주시지요. 존창 부회장께서 잘 답변해주실 것입니다."

최한일이 조심스럽게 질문을 한다.

"이존창 부회장님, 어려운 걸음을 해주셔서 고맙습니다. 저를 포함 여기 계신 많은 분들은 조선의 신분제도에 불만이 많고, 아마 이 때문에 성리학보다 천주학이나 천주교에 관심이 많을 듯합니다. 천주교는 신분의 귀천이나 남녀의 차별이 성리학보다 적은 것이 확실하나, 좀 들여다보면 신분 차별로 발전할 수 있는 뿌리가 있다고 생각합니다. 천주교에서는 천주님과 예수님, 천사들, 인간, 동물이 엄격하게 구분되어 있습니다. 이러한 위계가 사람 사는 세상에 연결되면 신분제도를 쉽게 받아들이는 역할을 할 수 있다고 생각이 드는데요. 부회장님의 생각은 어떠신지요?"

존창이 천천히 대답을 한다.

"한일 형제님이 근본적이면서 어려운 질문을 하셨습니다. 신분은 사상이나 종교에도 영향을 받겠지요. 그러나 무엇보다 자제하기 어려운 인간의 탐욕에 의해 만들어지는 것이라고 생각됩니다. 특히 기득권을 갖고 있는 세력이 신분을 제도화하면서 고착된다고 생각합니다. 신분에 대해 가장 자유로운 생각을 가진 종교는 불교일 것입니다. 모든 인간은 깨달으면 부처가 될 수 있고, 또 하찮은 미물까지도 불성이 있다고 생각합니다. 당연히 살생을 금지하며, 사람뿐 아니라 동물도 죽이지 못하게 합니다. 그러나 불교 국가였던 고려에도 신분의 구별은 있었습니다. 불교 정신과 관계없이 힘과 돈을 가진 사람들이 자신들의 이익을 대를 물려 지키기 위해 신분을 만들었던 것이지요.

조선은 성리학을 가지고 고려를 개혁한다고 했지만, 더 강력한 신분제 국가가 되었지요. 성리학은 기본적으로 충이나 효와 같은 상하관계의 질서와 예를 강조하기 때문에 더 쉽게 신분제를 강화할 수 있었던 것 같습니다. 이에 비해 천주교는 모든 사람이 천주 앞에서는 평등하고, 네 이웃을 사랑하라는 가르침이 있어 이 나라의 신분제의 문제를 해결하는 데 도움이 되는 것은 확실합니다. 그렇지만 한일 형제님이 말씀하신대로 천주교도 신과 인간, 동물의 관계에서는 구분과 질서가 있어 신분제도와 연결될 수도 있어 조심해야 합니다.

신분제도나 불평등을 해결하는 데는 종교와 사상이 도움이 되겠지만 한계가 있습니다. 신분이나 불평등을 없애기 위해서는 사람들의 오랜 노력과 그것을 나라의 제도로 만드는 힘든 과정이 있어야 한다고 생각합니다. 우리 공동체에서는 신분이나 벼슬, 재산 등과 무관하게 서로 형제자매로 나누면서 지내고 있습니다. 이것이 세상에서 실현되도록 노력하는 것도 우리의 천주님의 가르침에 따르는 우리의 일이라고 생각합니다. 신분제도를 없애는 것은 오랜 시간이 걸리겠지만 가능할 것이라고 믿습니다."

창현이 말을 받는다.

"존창 부회장의 좋은 설명 고맙습니다. 최한일 형제님, 답이 되었는지요."

한일이 답을 한다.

"제가 많이 궁금했던 것인데…, 설명이 논리적이면서도 현실에 바탕을 두어 쉽게 이해할 수 있습니다. 머리가 맑아지는 것 같습니다. 고맙습니다. 앞으로 시간이 되시면 이 모임에 자주 나와서 가르침을 주시기 바랍니다."

존창이 말을 받는다.

"과찬이십니다. 제가 가끔 한양에 오게 되니 자주 들르도록 하겠습니다."

 창현이 말을 받는다.

 "다른 질문해주시지요."

 뒤쪽에서 한 사람이 손을 들고 조심스럽게 말을 한다.

 "저는 반촌에 사는 김석태라 하옵니다. 저는 오래전부터 천주교에 관심이 있었지만 제 신분이 미천해 귀동냥만 하였습니다. 며칠 전 창현, 존창 두 분 형제님이 저희 집에 방문하셨을 때 모임이 있다고 해서 용기를 내어 참석했습니다. 오늘 공부를 하고 나니, 오길 참으로 잘했다고 생각합니다. 제가 반주인 노릇을 20년 넘게 했습니다. 서당개도 3년이면 풍월을 읊는다고 저희 집에서 과거 준비를 하는 선비를 보면 어느 분이 실력이 좋고 인품이 훌륭한가를 알 정도는 되었습니다. 그런데 과거에 급제하는 것은 실력이나 인품과는 별 관계가 없는 것 같았습니다. 과거에 붙은 다음에도 실력이나 인품이 좋은 분보다는 다른 능력이 뛰어난 분들이 벼슬살이를 잘하는 것 같았습니다.

 그리고 저 같은 반주인들도 그렇습니다. 반주인의 일이란 과거 준비하시는 선비들의 식사와 잠자리 등을 뒷바라지 하는 것이 주인데, 이것보다는 어떤 시험문제가 나올지 알 수 있게 시험관과 연결시켜주는 것이라든지, 과장에서 좋은 자리를 잡게 해준다든지 등을 잘하는 반주인들이 돈을 잘 법니다. 세상이 이상하게 돌아가는 것이지요. 천주님은 전지전능하신데 왜 이런 것들은 고치지 않고 그냥 두는지 궁금합니다. 저만 이런 생각을 하는지도 궁금하구요."

 창현이 말을 받는다.

"석태 형제님께서도 어려운 질문을 해주셨습니다. 존창 부회장님 답을 주실 수 있는지요?"

존창은 고개를 끄떡이며 천천히 말을 한다.

"석태 형제님의 고민과 궁금증은 당연한 것입니다. 저도 예전에 많이 궁금해왔습니다. 세상이 말이 안 되게 이상하고 부조리한 경우가 많아서 천주님이 계신지 조차 의문이 들 때가 있습니다. 오래전부터 많은 성현들이 이 문제의 답을 찾기 위해 노력했으나 결과가 시원치 않았습니다. 그러나 우리 천주님은 달랐으며 답을 주셨습니다. 천주님의 생각을 간단히 설명해 드리겠습니다.

세상이 부조리한 것은 우리의 조상이 천주님의 말씀을 듣지 않고 죄를 짓기 시작해서 그렇고, 이를 부추기는 마귀가 있어 더 그런 것입니다. 그럼에도 천주께서 바로 벌을 내리거나 바꾸도록 하지 않는 것은 사람에게 스스로 변할 기회를 주기 위한 것이지요. 천주님은 나중에 모든 사람의 잘잘못을 모두 모아 심판하실 것입니다. 그때 우리의 영혼은 천당과 지옥으로 나누어갈 것입니다. 이것이 천주님의 가르침입니다.

착하게 살라는 천주님의 말씀을 믿고 실천한 사람은 죽을 때 행복할 것이라고 생각합니다. 당연히 나중에 천당에 가겠지요. 반대로 죄를 많이 짓고, 남한테 나쁜 짓을 많이 한 사람은 죽을 때 후회가 클 것입니다. 나중에 심판을 받아 지옥에 갈 것이구요. 석태 형제님께 제대로 답변이 되었는지 모르겠습니다. 좀 더 자세한 내용은 앞으로 기회가 되는대로 같이 이야기하면 좋을 듯합니다."

석태가 답을 한다.

"친절한 설명 고맙습니다. 천주교를 믿어보도록 하겠습니다. 앞으로 마음이 편해지고 행복할 수 있을 것 같습니다."

몇 가지 질문이 더 있고, 창현이 모임을 마무리하려 한다.

"시간이 많이 지나 이제 오늘 예배를 끝내려 합니다. 마지막으로 꼭 하실 말씀이 있으신 분 있는지요?"

한일의 사촌인 한기가 손을 들고 이야기한다.

"저도 세례를 받고 제대로 천주님을 믿고 싶습니다. 언제 세례를 받을 수 있는지요?"

다른 여러 사람이 손을 들고 세례를 받겠다고 한다.
창현이 존창과 잠깐 상의한 다음 말을 한다.

"예, 좋습니다. 원하시는 분은 세례를 받을 수 있도록 하겠습니다. 존창 부회장께서 이레는 더 머물 수 있다고 하니, 다음 예배 때 존창 부회장님과 함께 세례식을 하겠습니다. 세례를 받으실 분은 제게 개별적으로 알려 주시기 바랍니다.

오늘 예배를 마치겠습니다."

존창은 창현의 집에서 자고 다음 날 아침 공덕 집으로 돌아와 이레를 더 머문다. 공덕 집은 창현집 노비 중에서 외거 나갈 사람이 맡아 소채재배를 하며 살기로 했다. 세는 주변 시세의 절반만 받기로 한다. 한양에서 세례식이 끝나고 존창은 여사울로 돌아와 학사의 설계를 마무리한다. 집짓기는 정월 보름이 지나고 땅이 풀리면 바로 시작하기로 한다.

존창은 설을 쇠고 잠시 시간을 내 전주의 항검 집을 방문한다. 새벽

3 이벽의 죽음과 천주교의 확산

에 길을 떠나 대흥을 지나 일박을 한다. 다음날 충화를 거쳐 양화나루를 건너니 전라도이다. 넓은 들이 펼쳐진다. 금마에서 하루 더 자고 초남이마을 항검의 집을 찾아간다. 근처에 와서 초남이마을 창검의 집을 물으니 바로 알려준다. 이 부근이 거의 모두 항검의 땅이라 하고, 항검 집안에 대한 칭찬이 대단하다. 반나절을 더 걸어 초남이마을에 도착한다. 항검의 집은 마을에서 가장 큰 집이라 금방 찾을 수 있다.

인기척을 하고 안내하는 사람을 따라 들어가니 항검이 반갑게 맞는다.

"어서 오십시오. 먼 길 힘드셨지요. 우리 집안의 천리인인 복돌 형제가 존창 부회장님이 설 지내고 바로 오신다고 소식을 주어서 기다리고 있었습니다. 며칠 푹 쉬었다가 가십시오."

존창이 답한다.

"고맙습니다. 금강을 건너니 들판이라 걷기가 쉬웠습니다. 가까이 오면서 사람들에게 들으니 항검 형제님의 인품에 대한 칭찬이 자자합니다. 듣던 것보다 집안의 논밭도 엄청나고 진짜 대단합니다."

항검이 말을 받는다.

"조상들로부터 물려받은 전장이 있어 이를 바탕으로 조금 베풀고 삽니다. 천주님을 믿게 되면서 더 많이 베풀려고 노력하고 있습니다. 그리고 베푸는 방식도 바뀌어야 할 것 같습니다. 이따 저녁식사를 같이 하면서 이야기 나누지요. 짐 풀고 씻고 좀 쉬시지요."

항검은 사랑채에서 나가고 존창은 손발을 씻고 편하게 쉰다. 저녁 때가 되니 식사가 잘 차려 나온다.

항검이 먼저 자리를 잡으며 이야기한다.

"이리 앉으시지요. 천주님 이야기, 세상 이야기하면서 오랜만에 즐거운 시간을 갖지요."

존창과 항검은 기도를 하고 성호를 긋고, 식사를 하면서 서로의 근황을 이야기한다. 존창은 여사울에서 녹암정사와 비슷하게 단원정사를 만들어 생업도 하고 천주교도 전파할 계획임을 설명한다. 항검은 자신이 이 지역의 힘 있는 양반이고 대지주이기 때문에 천주교 전파를 천천히 조심스럽게 한다고 말을 한다.

"저는 아시다시피 갖고 있는 논밭이 넓고 딸려 있는 식솔이 많아요. 마름과 노비, 소작인뿐 아니라 근처에 사는 사람들까지 제 눈치를 많이 봐요. 제가 천주교를 믿는다고 대놓고 이야기하고 주변에 믿으라고 말하면 많은 사람들이 믿을 것이에요. 그런데 이들이 천주교를 믿는 것은 이익을 보거나 적어도 손해를 보지 않기 위해서일 경우가 많을 것입니다. 진짜 천주교가 좋아서 믿는 사람은 적을 수 있어요. 그러다 보면 문제가 생길 수 있어 천주교를 조심스럽게 전파하고 있습니다.

지금도 우리 집안을 시기 질투하는 사람이 많아요. 저는 농민들의 생활에 가장 중요한 것이 소작료라 생각하고 있어 소작료는 4할만 받고 있습니다. 대부분은 5할을 받고 있고, 6할을 받고 있는 지주도 꽤 있지요. 이 근처 지주들은 나 때문에 소작료를 못 올린다고 불만이 많아요. 그리고 마름들이 소작인들에게 무리한 요구를 하는지 잘 살펴보고 있습니다. 원래 소작인들은 마름의 눈치를 봐야 하는데 우리 집은 소작료가 적기 때문에 마름의 힘이 더 셀 수밖에 없어요. 마름 관리를 잘못하면 욕은 내가 먹고 마름만 배불리는 수도 있지요."

"소작인들한테 마름이 큰 상전이고 마름들이 농간을 부려 소작료보다 더 많이 가져간다는 이야기를 많이 들었습니다. 부회장님이 마름들을 잘 관리하고 계셔서 여기 소작인들은 참 좋겠습니다."

"농토가 어느 정도 이상 되는 대지주가 되면 소작료를 낮추어도 수입이 충분해요. 농토가 늘어난다 해도 마름 쓰는 비용이나 식솔들이 먹고 사는데 드는 돈이 크게 변하지 않아요. 농토가 많으면 집안에 큰 문제만 없으면 재산이 저절로 불어나지요. 흉년이 들었을 때 소작료를 탕감해주고 주변의 굶주리는 사람들을 도와줘도 농토는 계속 늘릴 수 있어요."

"전답이 많지 않은 지주는 자식들한테 상속하면서 전답이 작아져 살기 어려워진다는데…. 전답이 아주 많으면 어려움이 없군요. 그래서 지주들이 땅을 더 늘리려고 혈안이 되는군요."

"네, 맞아요. 지주들은 어떻게든 땅을 늘려야, 쉽게 더 부자가 되는 것이지요. 그런데 그 과정에서 망하는 지주들도 꽤 있어요. 흉년이 들거나 해서 땅값이 떨어지면 고리대로 빚을 내 전답을 사는 경우가 많습니다. 빚을 많이 내 농토를 늘렸는데 연이어 흉년이 들거나, 그곳에 큰 비가 내려 농사를 망치면 빚을 갚을 수 없게 되지요. 또 자신들도 먹고 살기 어려워집니다. 이들은 자신들이 구입한 값보다 더 헐값에 농토를 팔 수 밖에 없어요. 그렇지 않으면 가족들에게 어떤 일이 닥칠지 알 수 없지요."

"그렇지요. 빚 때문에 노비가 되는 경우도 있지요. 그래도 양반들은 괜찮지 않나요? 고리대금업자가 상민 신분인 경우가 많아 양반 돈을 강제로 돌려받기가 쉽지는 않을텐데요."

"그렇지 않은 경우가 많아요. 고리대금업자가 자신들만의 자금으로 돈을 빌려주는 것이 아니라 여기저기서 자금을 모아 돈을 빌려줍니다. 그 뒷돈을 대는 사람에는 돈 많은 양반, 높은 벼슬을 하는 사람, 궁과 왕실 사람이 많이 섞여 있어요. 만약 그들의 돈을 못 갚으면 양반들도 큰 어려움에 빠지지요. 저는 흉년이 들었을 때는 가능한 전답을 늘리지 않지만, 악덕 고리대금업자의 돈을 써 사정이 아주 어려운 사람의 전답은 사주어야 해요. 그렇지 않으면 그들은 더 헐값에 전답을 빼앗기고 집에서 쫓겨 날 가능성이 커요."

"예, 오늘 형제님으로부터 많은 것을 배우고 있습니다. 고리대금업, 흉년에 전답을 사는 것, 소작료의 중요성과 같은 것들이 저에게는 모두 새롭습니다."

"그리고 노비문제도 단순히 노비신분을 없앤다고 해결되는 것이 아니라 이들이 경제적으로 자립할 수 있는 기반이 있어야 해요. 먹고 사는 것만 보면 노비보다는 자기 땅은 하나도 없이 전적으로 소작에 의존해 살아가는 사람들이 더 힘들 수도 있어요. 이런 사람들은 큰 흉년이 들면 자식들을 노비로 팔거나, 빚을 내 살다가 감당이 안 되면 스스로 노비가 되기도 하지요. 괜찮은 집안의 노비는 흉년이 들어도 굶어 죽지는 않아요. 존창 형제님이 주장하는 공업과 상업이 발전해 일자리가 많이 생겨야 노비제도 폐지와 같은 신분제도의 문제도 해결할 수 있다고 생각합니다. 지금과 같이 농사에만 의존해 나라를 끌고 가면 농지개혁을 해도 시간이 지나면 대지주가 생기고 소작농이 나올 수밖에 없는 것입니다. 그러면 또 다시 농지개혁을 해야 하는데 그게 계속 가능할지 모르겠어요."

존창이 맞장구 친다.

"항검 부회장님의 말에 전적으로 동의합니다. 신분제 폐지는 새로운 일자리가 생겨나야 실제 효과가 있다는 것이 제 지론입니다. 노비를 풀어주는 것도 비슷하구요. 노비들을 면천시키고 계시다는 이야기를 들었습니다. 어떻게 하고 계시나요?"

"제가 천주님을 믿고부터는 자랑하기 위해서가 아니라, 제 마음이 편해지기 위해 조금씩 하고 있습니다. 6-7년 전쯤인가, 주어사 강학회 때 생각이 많이 납니다. 이벽 회장과 존창 부회장의 발제가 감명 깊었지요. 그 뒤 제가 서학을 공부하고, 천주님을 믿고 세상을 바꾸려고 하면서 제 인생도 바뀌고 있습니다. 제가 해야 할 일을 찾은 듯하여 마음이 편하고 행복합니다.

천주님의 가르치심이신 '네 이웃을 네 몸처럼 사랑하라'를 실천할 수 있는 제 자신이 자랑스럽지요. 그 방법의 하나로 자립할 수 있는 기반을 갖추어 주면서 노비를 면천하고 있어요. 많이는 못해요. 저는 노비 면천보다 더 큰 꿈을 이루고 싶어요. 참 진리의 말씀인 천주교를 조선에서 자유롭게 믿고 전파할 수 있게 만드는 것입니다. 어렵고 큰 희생이 따를 것 같지만 꼭 해보고 싶습니다. 이 일을 존창 부회장님과 약전 약용 창현 형제님과 같이 뛰어나 재능을 가진 분들과 같이 하게 돼서 더 든든합니다."

"참으로 대단하시고 존경스럽습니다. 저도 예전 주어사 강학회와 이벽 회장님의 열정이 자주 생각납니다. 그 뜻을 동지회에서 시간이 걸리더라도 이루어 나가려 합니다. 항검 동지가 하시는 것을 보니 힘이 납니다. 저도 여사울에서 열심히 해보려고 합니다. 서로 자주 연락하고 도와가며 우리의 뜻을 이루어 갔으면 좋겠습니다."

둘은 밤늦게까지 동지회, 천주교, 농촌 이야기 등을 하며 같이 사랑채에서 잠을 잔다. 다음날 존창은 항검 가족들의 천주교 예배에 참석한다. 예배당은 집안의 끝 쪽인 안채 뒤, 외부 사람이 접근하기 어려운 곳에 있다. 점심은 항검의 동생 관검과 같이 하고, 오후에 관검의 안내로 마을과 주변을 둘러본다. 항검 집안의 전답은 아주 넓어 끝에서 끝까지 하루에 걷기가 어려운 정도이다. 관검은 요즘 녹암정사를 오가며 공부하는 중이라 한다. 존창은 항검, 관검과 저녁식사 후 일찍 자고, 다음날 새벽 전주를 떠나 여사울로 돌아간다. 가는 길은 올 때와 달리 나포나루를 건너 성주산, 오서산 자락을 돌아 금정역을 거치는 방향으로 잡는다.

여사울에 도착해 사흘을 지내고 단원정사를 짓는다. 바닥은 온돌 대신 두꺼운 나무마루로 하고 지붕은 볏짚과 주변 천변에 많은 갈대로 한다. 숙소는 사랑채를 달아내어 나무와 흙으로 짓는다. 존창도 인부들과 잘 어울리며 급할 때는 한몫 거든다. 기둥과 대들보 서까래 등 자재를 미리 부탁을 해 놓고, 목수와 토수들이 열심히 해서 대부분의 공사가 여름 장마 전에 마무리 된다. 단원정사가 완성되자 사람들이 공부하러 오기 시작한다. 금순이 남편 택현 형제들과 면천 덕산 대흥 온양 아산 공주 홍산의 선비들이다. 곧 숙소가 다 차 근처에 사는 사람들은 집에서 다니도록 한다.

공부하러 온 사람 중에 덕산의 부유한 양반 홍지영의 아들인 홍필주가 있다. 존창 부인의 사촌인 강완숙이 필주의 계모이다. 존창 부인과 완숙은 어려서 근처에 살며 친하게 지냈다.

존창은 식사 후 오랜만에 부인과 오붓한 시간을 갖고 대화를 한다.

"부인, 학사를 지으면서 목수와 토수, 일꾼들에게 밥해주느라 힘들었고, 지금은 공부하러 온 사람들 뒷바라지하느라 고생이 많을 것 같아 내가 미안하오."

"그렇게 힘들지 않아요. 형님네 농장에서 일할 때보다 일은 많지만, 내 일이라 그런지 덜 피곤해요. 힘들어도 공부하러 오는 사람들이 많은 것이 없는 것보다는 좋지요. 그리고 덕산에서 공부하러 오는 홍필주 선비의 계모인 완숙이가 제 사촌이에요. 완숙이가 전처소생인 아들을 엄청 챙겨요. 아들 식사가 부실할까봐 쌀이랑 마른 생선 같은 것을 갖고 자주 와요. 올 때 종을 데리고 와 일도 도와주고 가지요. 일 끝나면 제 방에서 차도 마시고 이야기도 하고 하는데 제 방에 있는 천주요지 같은 책에 관심이 많아요. 완숙이는 어려서부터 총명하고 세상일에 호기심이 많았어요. 또 저와 달리 사람도 잘 사귀고 말도 잘해서 남자로 태어났으면 무언가 큰일을 했을 것 같아요. 천주요지를 빌려가서 필사하고 돌려준다는데 어떻게 할까요?"

존창은 좀 생각하더니 답을 한다.

"빌려 주는 것도 괜찮을 것 같소. 여기서 공부하는 다른 사람들도 책을 필사해서 가져갈 수 있으니…, 이제는 천주교를 주변에 조금씩 알리려 하오. 그리고 이 학사를 관리할 집사가 있어야 할 것 같아 찾아보고 있소. 여기서 공부하면서 집사 일을 같이 하면 더 좋을 것 같소. 우리도 다른 집처럼 노비가 있으면 당신이 편할텐데... 내 고집 때문에 당신한테 미안하오. 이 나라 조선에서 노비제도는 없어져야 한다는 것이 내 지론인데 그러면서 노비를 둘 수는 없소. 당신이 이해해주길 바라오. 당신이 힘들면 언제든 품삯을 주고 사람을 쓰시오."

"당신의 뜻을 충분히 알아요. 노비가 있으면 좀 편하겠지만 쓸 생각이 없어요. 그리고 동네에서 우리가 품삯을 넉넉히 준다는 소문이 나서인지 일하겠다는 사람도 많아요. 저는 요즘 일이 조금 많지만 서방님이 곁에 있고, 사는 것에 대한 불안이 없어 행복해요. 성미도 잘 크고 있고, 서방님은 제 걱정을 안 해도 돼요.

그리고 성미가 금순이 아가씨를 잘 따랐는데 아가씨가 시집가고 많이 외로워했지요. 이제는 혼자 책 보고 잘 지내는데 생각이 많은 듯합니다. 성미가 총명하고 공부에 관심도 많은데 이 나라에서는 여자가 학문을 해도 쓸데가 없다는 것을 잘 아는 것 같아요. 그리고 얼마 전에 성미에게 친딸이 아니라는 것도 이야기해주었어요. 더 크기 전에 하는 것이 좋은 것 같아서…. 며칠 전에는 성미가 저도 세례를 받고 싶다고 그랬어요. 세례명을 금순이 고모와 같이 멜라니아로 해 달래요. 이름이 이쁘고 시집간 고모를 잊지 않으려 그런대요."

"성미가 생각이 많은 듯하오, 세례를 편할 때 날짜를 잡아 합시다. 세례식을 멋있게 잘해주어야겠소. 또 성미에게 친딸이 아니라고 이야기한 것은 잘한 것 같소. 언젠가 알아야 될 사실이니…."

며칠 후 마을에서 고리대금업 등으로 돈은 많이 벌었지만 구두쇠로 알려진 최씨 영감이 찾아와 자신이 양반이 아닌데 두 아들이 학사에서 공부할 수 있는지를 묻는다. 존창은 아들들이 공부에 뜻이 있으면 괜찮다고 대답하고 언제든 아들들을 데리고 오라 한다. 다음 날 최 영감은 아들 둘을 데리고 단원정사로 온다. 아이들 얼굴을 보니 낯설지 않다. 어려서 농장에서 점심을 먹었던 아이들인 듯하다.

최 영감이 말을 한다.

"제 아들 천명이와 억명입니다. 선생님께 인사드려라. 너희들이 어렸을 때, 엄마 따라가 점심을 먹던 농장의 작은 주인님이시고, 내가 알기엔 이 근처 내포지방에서 가장 학식이 높으신 분이다. 너희들을 잘 가르쳐 주실 것이다."

천명과 억명이 부끄러운 듯 꾸벅 인사를 한다.

"선생님, 안녕하셨어요. 최천명입니다."

"최억명입니다."

존창이 반갑게 맞는다.

"그래, 천명이 억명이 몰라보게 컸구나. 몇 살이니?"

천명이 억명이 답을 한다.

"열네 살이에요."

"열다섯 살이에요."

"연년생이라 어머니, 아버지께서 너희들 키우느라 힘들었겠구나. 서당은 다녔겠고, 공부는 어디까지 했니?"

천명이 답을 한다.

"서당에서 *천자문과 명신보감, 소학*을 공부했습니다. 세상에 궁금한 것이 많은데 서당 공부가 재미없어 가기 싫었어요. 또 서당의 양반집 아이들이 상놈 자식이 공부는 왜 하느냐고 놀려요. 저도 공부해서 어디서 쓸까 하는 생각이 있고, 가르치는 내용이 우리가 살아가는데 도움이 될 것 같지 않아요."

존창이 말을 받는다.

"천명이가 생각이 많구나. 억명이도 비슷한 생각인 듯하고. 그래 세상에 궁금한 게 많고 또 살아가려면 알아야 할 것도 많지…. 공부하고 싶은 것이 무엇인가?"

천명이 답을 한다.

"억명이 하고 가끔 이야기해보았는데 서당 공부보다는 날씨가 어떻게 될지, 농사 잘 짓는 법이라든지, 셈하는 법이라든지, 사람이 아플 때 치료하는 것 등을 배우고 싶어요. 이런 것들이 사람 사는데 더 도움도 되구요."

존창이 말을 받는다.

"그래 천명이 말이 맞다. 그런 것을 알면 세상사는 것이 많이 편해지지. 그와 관련된 책들이 우리 학당에 조금 있다. 너희들이 먼저 공부해보고, 나는 아는 것이 많지 않지만 조금은 가르쳐 줄 수 있다. 우리 학당은 각자 스스로 공부하고 의문 나는 것은 서로 토의하고 물어보면서 배워 가는 곳이다. 그리고 한양에는 더 많이 아는 분들이 있어 내가 모르는 것은 한양에 갈 때 배워서 가르쳐 줄 수 있다. 그런데 서당의 글공부도 의미가 없는 것은 아니지. 서당 공부 덕에 읽고 쓰는 것을 배우고 책을 읽으며 다른 사람의 생각을 알 수 있고, 이를 바탕으로 자신의 생각을 만들어 갈 수 있지. 너희 둘이 원하면 여기서 좋아하는 것을 공부할 수 있다. 여기서 하는 공부는 너희들이 나중에 더 넓은 세상으로 나갈 때 필요할 것이다. 그때 하고 싶은 일을 하기 위해 미리 준비하는 것이라고 생각하면 편하지."

천명이, 억명이가 좋다고 하자 최 영감이 조심스럽게 묻는다.

"학채는 얼마인지요? 서당이 보통 일 년에 쌀 한 섬인데 여기는 크고 시설이 좋으니 더 비싸겠지요. 입학금도 있을 거고."

존창이 답을 한다.

"여기서 먹고 자면서 공부하는 사람은 그 비용도 쳐야 하니 서당보다는 비쌉니다. 집에서 다니는 사람은 서당과 비슷하게 받고 있어요. 그런데 천명이, 억명이는 학채를 내지 않고 공부할 수 있는 방법이 있지요. 학사를 청소하고 정리하고 식사 준비하는 것을 도와주는 일인데 아침 일찍 오면 여기서 아침 먹고 점심과 저녁 먹고, 일도 도와주고 가면 되는 거야. 할 수 있겠니?"

최 영감이 얼른 말을 받는다.

"저희 같은 사람들에게도 맘 편하게 공부할 수 있게 해주고 세끼 밥 먹여주고, 학채도 안 받고, 선생님이 너무 고맙게 잘해주시네요. 얘들아 좋지?"

천명이, 억명이가 같이 좋다고 크게 대답을 한다.

둘은 다음 날 아침 일찍부터 학당에 와 청소를 하고 식사 준비하는 일을 거든다. 천명이와 억명이는 어려서 농장에서 밥을 많이 먹었기 때문에 존창 부인을 잘 따르고 서로 편하게 일을 한다. 학당은 안정되어 가고, 공부하겠다는 사람이 늘어나 항상 만원이다. 인근 지역에서는 접하기 어려운 학당이라 구경 오는 사람도 생겨난다.

존창이 십여 년간 사거나 필사해온 책이 많고 종류가 다양해 방문하는 사람들이 놀란다. 존창이 녹암정사에 처음 갔을 때 놀랐던 것과 비슷하다. 자연스럽게 천주교에 관심을 갖은 사람이 늘어난다. 또 단원정사에서 이레에 한 번씩 하는 예배에 참석하는 하는 사람도 늘어난다. 여사울에 천주교 공동체가 탄생한 것이다.

존창은 시간이 나면 가끔 한양에 가 동지회 사람들을 만나고 반촌에도 들려 새로운 소식을 얻고 책도 구입한다. 한양에서 구하기 어려운 책은 사신단에 참가하는 역관에 부탁해 북경 유리창 가게 책방에서 사온다. 유리창 가게에서는 세상의 거의 모든 책을 구할 수 있다. 의술 날씨 셈 동식물 기르기 수레나 기구 만들기 등의 책을 구입한다. 단원정사는 공부하러 오는 사람이 늘고, 자발적으로 도와주는 사람도 생겨나면서 활기를 띤다.

이른 봄에 동지회 연락망을 통해 한양의 창현집에서 모임을 갖자는 소식이 온다. 회원들이 모이고 나서 일신 선생이 회의를 주재한다. 약전의 동생이며, 약용의 형인 약종은 얼마 전 일신 선생으로부터 세례를 받고 동지회도 가입하여 열심히 활동하고 있다. 약종이 회원들에게 인사를 하고 이어 약용이 승훈 등과 지난 정미년에 반촌 김석태 집에서 천주교 예배를 드리고 공부해온 것이 문제가 됐던 것을 설명한다. 약용의 벗이었던 이기경이 이를 보고 주변에 알려 유생들이 상소하여 약용, 승훈 등이 곤경에 처한 일이다.

일신 선생이 말을 한다.

"걱정하던 일이 나오는 듯합니다. 우리에 대한 비판은 노론 쪽보다는 우리 편인 남인 쪽에서 더 심할 것이라고 생각해왔습니다. 우리 남인들이 가질 수 있는 벼슬자리의 몫은 아직 얼마 안 됩니다. 그간 기회가 없었기 때문에 하려는 사람이 아주 많지요. 누군가를 잡아내려야 자신에게 기회가 올 가능성이 생길 수 있으니 남인 내부에서 상대의 허물을 찾는 싸움이 벌어지는 것입니다. 노론 쪽에서는 이를 즐기면 되구요. 우리 동지회 회원 여러분은 조심하셔야 될 것입니다. 특히 벼슬 근처에 있는 사람과 그들과 연결된 분들은 신경을 곤두세우고 있어야 합니다."

약용과 승훈이 명심하겠다고 대답을 하고, 약전이 조심스럽게 말을 한다.

"제가 여러 책자를 살펴보고 북경에서 세례를 받고 온 승훈 형님과도 이야기해보고 고민하고 있는 내용입니다. 신자들에게 세례를 주고 예배를 집전하는 것은 일정한 자격을 갖춘 사람, 즉 신부들만이 할 수 있는 것 같습니다. 그러니 우리가 세례를 주고 예배를 집전하는 것은 천주교의 예법에 맞지 않을 듯합니다."

일신 선생이 말을 받는다.

"저도 비슷한 의문이 있었지만 확실치 않고 또 마땅히 다른 방법도 없고 해서 그대로 하고 있습니다. 다른 분들의 생각은 어떤지요?"

존창이 말을 받는다.

"약전 동지의 말이 맞는 것 같습니다. 그렇지만 정확한 것은 북경 성당에 사람을 보내 확인을 해봐야 할 일이라고 생각합니다. 북경에서 답이 올 때까지 세례를 주는 것과 예배를 집전하는 것을 중지하는 것이 어떨까 합니다."

창현, 항검 등 다른 회원들이 그렇게 하자고 한다. 일신 선생이 말을 받는다.

"북경에 사람을 보내는 일이 간단치 않습니다. 사신단에 끼어 가야 하는데 자리를 찾아야 하고, 아주 위험하고 고생스런 일입니다. 비용도 많이 들 것입니다. 먼저 밀사로 갈 사람을 찾아야 하는데, 녹암정사에서 공부하는 사람들 중에서 찾는 것이 어떨까 합니다. 그리고 비용은 얼마가 드는지 알아보고 우리가 조금씩 나누어 부담하면 될 듯한데, 어떠신지요?."

비용은 존창과 항검이 나누어 부담하고, 사신단에 빈자리를 찾는 것과 북경에 갈 밀사를 구하는 일은 창현과 약전이 알아보기로 결정한다. 이어 존창, 창현, 항검이 여사울, 한양, 전주에서의 그간 활동 상황을 간단히 보고하고 회의를 마무리 한다.

존창은 공덕에 있는 집에서 며칠 쉬고 필공과 같이 여사울로 돌아온다. 필공은 천주교 신자이고, 어의를 지낸 의원집 아들로 의술과 약초를 다루는데 아주 능하다, 돈 많은 양반과 왕실 사람들도 진료를 받기 원하는 의원이다. 그렇지만 그는 나라에서 하는 공식적인 의원에는 속하지 않고 자유롭게 산다. 주로 어려운 사람들을 치료해주고 약초 다루는 법과 생활 속에서 건강을 지키는 법을 가르쳐 주며 지낸다. 이러한 필공의 하는 일이 알려져 주상께서도 아낀다.

이번에는 여사울에서 환자들을 봐 주고, 약초 등에 대해 알려주도록 존창이 초청한 것이다. 여사울에서 필공의 환자 치료와 강의는 반응이 아주 좋았다. 존창 부인과 성미는 병에 맞는 약초를 고르고 다루는 법이나 건강을 지키는 법에 관심이 많다. 존창은 필공이 여사울에 오래 머물기를 청했으나 필공은 더 많은 사람을 만나는 것이 자신의 일이라며 닷새 만에 한양으로 돌아간다.

날이 지나면서 단원정사에서 공부하겠다는 사람뿐 아니라, 이레에 한 번씩 하는 예배에 참가하겠다는 사람도 많아진다. 예배는 지난 번 동지회 회의 이후 마을모임 방식으로 바꾸었다. 먼저 기도와 묵상에 이어 존창이 강론을 간단히 한다. 다음으로 참가한 사람이 짧게 자기의 생각을 이야기 할 수 있는 기회를 주는데 가능한 많은 사람이 참여하게 한다. 처음에는 말하는 것을 어려워했던 사람들이 시간이 지나면서 자신의 생각을 편하게 이야기하기 시작한다. 백성들은 말로 표현하기 어려울 정도로 억울한 일을 하도 많이 당해 말을 조리 있게 하기 힘들었을 듯하다. 가슴 속에 맺힌 것을 이야기만 하여도 마음이 훨씬 편해지는 모습이다. 격식 있는 천주교 예배보다 자유로운 마을모임 방식이 백성들에게는 더 편하다.

여사울의 단원정사와 천주교 모임은 같이 하고 도와주는 사람들 덕으로 끈끈한 공동체가 되어간다. 최 영감은 두 아들 천명, 억명과 함께 자기 일처럼 도와준다. 틈틈이 먹을 것과 땔감도 보내준다. 근처에 사는 원시장이라 불리는 부자는 자신의 재물을 아낌없이 내놓아 공동체가 풍요로워 진다. 덕산의 황심과 필공의 사촌인 최필재, 면천의 금순이 시댁 사람들과 유군명 김선돌, 홍주의 박휘득 이태선 김시돈 김복성 황일광, 청양의 김광직 정수돌 손사득, 여성으로 강완숙과 존창 부인, 금순이와 성미, 이시임와 구성일 등 이름을 다 대기 어려울 정도로 많은 천주교 신자가 생겨난다. 양반부터 중인, 양인, 천민까지 신분과 지위, 남녀 구분 없이 다양하다. 이들은 조선 천주교회의 볍씨가 되고, 여사울은 조선 천주교의 못자리가 된다.

존창은 여사울에서 보람 있고 행복한 시절을 보낸다. 약용은 과거에 급제하며 한양에서 벼슬살이를 시작한다. 이어 낙민도 과거에 붙어 벼슬길을 잘 헤쳐 간다. 이벽 회장이 갑자기 죽고 동지회가 큰 혼란에 휩싸인 이후 회원들이 각자의 길에서 무언가 만들어 가고 있다. 아무리 큰 어려움이 닥쳐도 희망을 버리지 않으며 살아날 길은 있는 법이다. 존창이 잠시 한양에 다니러 갔을 때 약용으로부터 만나자는 전갈이 와 반촌의 김석태 집에서 자리를 같이 한다.

"약용 동지, 대과에서 갑과 2등으로 합격한 것을 축하합니다. 실제는 장원 급제라 하던데요. 좀 아쉽네요. 벼슬살이가 어떻습니까?"

"고맙습니다. 벼슬살이는 불편한 것도 있지만 잘 적응하고 있습니다. 오늘 뵙자고 한 것은 제가 대과시험의 마지막 과정인 전시에서 좋은 성적을 냈는데요. 이때 시험문제가 예전 주어사 강학회에서 부회장님이 발제한 '백성들이 잘 살고 나라를 부강하게 하는 방책'이었습니다. 저는 그 강학회에는 참석을 못했지만 약전 형님으로부터 내용을 전해 들어 시험에 큰 도움이 되었습니다. 얼마 전 전하께서 그때 낸

답안을 구체화해보라는 어명이 있었습니다. 제가 주어사 강학회 이야기를 하고 저보다 잘 아는 사람이 있다고 말씀드렸습니다. 전하께서 그 사람을 직접 만나야겠다고 하십니다. 장소는 이곳 반촌 근처로 할까 합니다."

"이런 영광이 어디 있나요! 나 같은 사람이 약용 동지 덕에 전하를 직접 뵈올 수 있고…."

며칠 후 존창은 북촌 근처에서 변복한 정조를 만나 큰절을 드리고 머리를 조아리자 대화가 시작된다.

"양근의 대학자 권철신, 일신에게 배웠고, 충청도 천안군 여사울에 사는 이존창이라 들었다. 시간이 많이 없으니 머리를 들고 묻는 말에 대답을 해라."

"네, 전하. 황공하옵니다."

"백성을 지금보다 잘 살게 하고 이 나라 조선을 부강하게 하는 방안에 대해 자신의 생각이 있다고 하는데, 잘 정리해서 말해 보거라."

존창은 백성들이 잘살기 위한 기본은 한 사람 한 사람이 만들어내는 농산물이나 물건이 더 많아져야 한다는 것이라는 것을 말씀드리고, 이를 위해 수레와 벽돌과 같은 도구와 앞선 기술을 사용하면 도움이 되지만 이것만으로는 충분하지 못하다는 것도 설명한다. 이어 신분제 폐지와 공업 상업의 진흥, 이를 위해 필요한 자금의 공급과 기술 교육 등이 중요하고, 마지막으로 자신이 번 돈을 자신이 잘 지킬 수 있는 제도 등 과거 주어사 강학회에서 발제한 내용을 조리 있게 말씀드린다. 사이사이 정조가 이것저것을 묻는다.

존창의 설명이 끝나자 정조는 흐뭇한 표정으로 말을 한다.

"내가 고민하고 있는 문제에 좋은 답이 되었네. 존창 자네는 이런 방책을 어디서 배웠나?"

"책을 보고 배운 것은 아니고 저희 집안이 충청도 여사울에서 조그만 농장을 운영하면서 터득한 것입니다. 저희 농장은 땅이 부족해, 수확한 농산물을 가능한 비싸게 팔려고 고민하게 되었습니다. 밀은 누룩이나 밀가루로 만들고, 벼는 방아로 잘 찧어 흰 쌀인 갱미로 만들어 팔면 몇 배 비싸게 받을 수 있다는 것을 알게 되었습니다. 이때 연자방아와 같은 더 좋은 장비와 일하기 편한 작업대를 쓰고 작업순서를 잘 만들면 일하는 사람들이 더 많은 것을 만들 수 있습니다. 그러면 저희 농장 수입도 늘어나지만 일하는 분들에게 더 많은 돈을 줄 수 있게 됩니다. 돈을 더 받은 분들은 더 열심히 일하고 저희 농장에서 계속 일하려 합니다. 이러한 방법이 가난한 조선 백성들이 더 잘 살면서 나라도 부강해질 수 있는 길이라 생각하게 되었습니다."

"그래, 탁상공론이 아니라 현장의 경험을 통해 배운 것이라 더 자신감이 있어 보여 좋다. 그리고 내가 약용에게 들었는데 자네는 뛰어난 스승들 밑에서 사서삼경과 같은 성리학 공부도 많이 했다고 하던데 왜 과거는 하지 않나?"

"전하, 아닙니다. 약용의 과찬입니다. 저는 공부도 아직 많이 부족합니다. 그리고 집안도 한미하고, 제가 다른 하고 싶은 일도 있어 과거는 하지 않고 있는 것입니다."

"그래, 공부를 많이 하고 실력이 있다고 과거에 급제하는 것은 아니지. 약용도 남인 쪽에서 학재가 가장 뛰어나다고 하고, 나도 가끔 챙겨 주었는데 과거 급제를 얼마 전에 겨우 했으니…, 내가 걱정을 많이 했지. 이 나라 조선에는 왕이라도 마음대로 못 하는 것이 많아. 자, 존창! 수고 많았네. 오늘은 시간이 많이 흘러 궁에 돌아가야 하고 물어보고 싶은 것이 또 있어서 며칠 내 한 번 더 봤으면 하네. 약용을 통해 연락할 것이네."

정조는 환궁을 한다. 나흘 후 약용으로부터 연락을 받고 존창은 정조를 다시 만난다.

정조가 존창에게 묻는다.

"내가 수원 화성에 새로운 터전을 만들고, 수원 화성에서부터 지난번에 이야기한 백성들을 보다 잘 살게 하고 나라를 부강하게 하는 방책을 시행해 볼 생각이다.

수원은 땅도 넓지만 삼남과 한양을 잇는 교통의 요지라 자네가 중요하다고 강조한 상공업을 발전시키기 좋은 곳이다. 새로운 제도를 나라 전체에 적용시키는 개혁은 반대도 많을 것이고 부작용도 있을 수 있어 시범적으로 작게 시작해보는 것이 좋다. 그래야 잘 되어 가는지 확인도 쉽지.

당연히 해야 할 일이고, 아주 큰 개혁도 아닌 균역법도 효종 때부터 논의가 시작되어 100년이나 지나서 선왕 시절에 겨우 시행할 수 있었다. 그것도 원래 개혁보다는 많이 후퇴된 것이지. 나라 전체는 크게 바꾸는 개혁은 더 조심스럽게 단계적으로 해야 한다. 그 준비로 수원 화성에 한양 도성에 버금가는 새로운 성을 쌓으려 하는데 도움이 될 만한 자네 생각을 이야기해주겠나?"

"전하, 제가 아둔하고 새로운 터전을 만드는 일을 잘 몰라 제대로 말씀드릴 수 있을지 모르겠습니다. 다만 조그만 농장을 해본 경험을 갖고 말씀드리면 첫째 좋은 도구나 장비를 쓰면 적은 사람을 쓰고도 더 빠르게 일을 하실 수 있을 것입니다. 이는 당연히 준비하고 계실 것이라고 생각되옵니다.

둘째는 일하는 사람을 어떻게 쓰느냐가 중요한 것 같습니다. 부역을 통해 일꾼을 강제로 데려다 쓰는 것보다 임금을 주고 희망하는 사람을 쓰는 것이 좋을 듯합니다. 나랏돈이 들기는 하지만 장점이 많습니다. 사람이 돈을 받으면 더 열심히 일을 하게 되고 같은 사람이 오랫동안 일을 할 수 있어 성곽은 더 빨리 더 튼튼하게 지어질 것입니다. 그리고 나라에 돈이 돌아 백성들의 살림살이가 좋아지고 많은 사람들이 전하의 선정을 치하할 것입니다.

셋째는 새 터전을 만들 때 열심히 하고 기술이 뛰어난 사람들이 있을 것입니다. 공사가 다 끝난 다음 이들 중 희망하는 사람을 선별해 나라에서 계속 일을 시켜 기술을 발전시켜 나가면 어떨까 합니다. 그리고 이 사실을 미리 일하는 사람들에게 알려 놓으면 일을 더 열심히 할 것입니다."

"옳은 생각이다. 첫 번째는 나도 생각하고 준비 중이다. 둘째는 나라 재정 때문에 고민은 되지만 어렵더라도 해야겠구나. 세 번째는 생각해 보지 못한 것이다. 계속 일을 시킨다면 어떤 일을 시키면 좋을까?"

"예, 전하. 당연히 궁전이나 한양 도성을 수리하거나 증축할 때 필요할 것입니다. 지방의 관아 건물이나 성을 수리할 때도 쓸 일이 있을 것입니다. 그리고 하천에 다리를 놓는 일, 바닷가나 산자락의 개간 사업도 할 일이라고 생각합니다. 물이 많은 강이나 큰 하천은 나룻배가 있어 오히려 건너다니기 쉬운데 조그만 하천은 불편합니다. 물만 건너면 지척인데 건너기 어려워 돌아다니거나, 월천꾼이라 하여 물을 건네주는 사람에 업혀 가야 합니다. 물이 많이 불어 있을 때는 사고를 당하는 사람도 있습니다. 지금도 바닷가나 하천변, 산자락을 돈 많은 사람들이 개간하여 자기 땅으로 만들고 있습니다. 나라에서 이를 체계적으로 개간하여 땅 없는 사람에게 땅을 나누어 주거나 소작료를 조금 받고 빌려주면 나라가 부강해지고 백성들의 살림살이가 더 좋아질 수 있을 것입니다.

그리고 이보다 더 중요한 일이 하나 있습니다. 이 장인들로 하여금 자신의 지식과 기술을 젊은이들에게 가르치게 하면 기술과 지식이 계승되면서 더 발전할 수 있을 것입니다."

"그런데 하천을 쉽게 건널 수 있는 다리가 생기고 다니기 편해지면 외적이 침입했을 때 쉽게 공격할 수 있다는 반론이 있는데 이에 대한 네 생각은 무엇인가?"

"아뢰옵기 황공하오나, 백성들을 불편하게 하면서 외적의 공격을 늦추는 것은 바른 길이 아닙니다. 나라를 부강하게 하고 국방을 튼튼하게 하는 것이 정도라고 생각합니다. 임진년과 병자년의 난을 생각해 보아도 길과 외적의 침입과는 큰 관계가 없는 듯합니다. 특히 왜의 경우 수군이 강하여 바다나 강을 이용해 조선을 어디든 쉽게 공격할 수 있을 것입니다."

"그래 네 말이 맞고 나도 같은 생각이다. 더욱이 맹자께서 전쟁의 승패는 천시와 지리보다 인화가 더 중요한 역할을 한다고 하셨다. 존창 자네는 중국이나 다른 나라에 가본 적이 없을텐데 다녀온 사람보다 더 좋은 생각을 많이 갖고 있구나. 대견하다. 북경에 가볼 기회가 있었으면 좋겠다."

"황공하옵니다. 전하. 저는 북경에 가본 적이 없고 가고는 싶으나, 저보다는 젊은 사람들이 다녀와 견문을 넓혔으면 합니다. 중국에서 서쪽으로 더 가면 회회국이 있고, 그 너머에는 구라파라고 하는 곳에 많은 나라가 있고, 그들의 문물이 크게 발전되었다고 들었습니다. 혹시 저에게 기회가 있다면 구라파에 가서 그들의 앞선 문물을 배워보고 싶습니다."

"그렇구나. 나도 구라파 사람들은 큰 배를 만들어 중국이나 유구, 왜까지 다닌다고 들었다. 지난 임란 때 우리를 곤경에 빠뜨린 조총도 왜가 구라파에서 배워 만든 것이지. 또 효종 때 구라파의 아난다 사람들이 표류해와 10여 년간 살다 돌아간 일도 있지. 그래, 넓은 세상을 많이 알면 나라 발전에 도움이 될 것이다. 존창 자네도 구라파에 관심이 많은 것을 보니 서학 공부도 하고 있는 듯하구나. 관심을 갖고 공부하는 것은 괜찮지만 너무 깊이 빠지지는 말거라. 머지않아 내가 너의 도움을 받아 백성을 잘 살게 하고 나라를 부강하게 하는 방책을 시행할 때가 있을 것이다. 그때 내가 너를 찾을 것이다. 그간 네 몸을 잘 보전하고 열심히 살거라."

"성은이 망극하옵니다. 외람될지 모르지만 전하를 뵈옵고 제 꿈을 이룰 수 있다는 희망이 생겼습니다. 전하의 말씀을 마음에 깊이 새기겠습니다."

"그래 갸륵하구나. 오늘은 이만하자."

정조는 환궁을 하고 존창은 여사울로 돌아온다. 이 나라 조선의 백성이 보다 잘 살 수 있다는 길이 생겨서인지 오는 길이 더 아름답게 보인다. 여사울에서 생활도 더 활기를 띈다. 단원정사를 찾는 사람이 더 많고 인근 지역에 천주교 공동체들이 빠르게 늘어난다. 존창은 인근 천주교 공동체에도 다니면서 천주교 교리와 세상사는 이야기를 해준다. 천주교 공동체 내에서는 양반과 천민의 신분차별이 없어지고 재물을 내놓는 부유한 사람이 늘어나 빈부 차도 준다. 존창은 천주교 공동체를 통해서 작게나마 동지회의 뜻을 실현시켜 나가고 있다.

그 사이 동지회에서 밀사가 선정되어 북경에 두 번이나 다녀왔다. 밀사는 여주 사람으로 양근 녹암정사에서 공부하고 있던 윤유일이다. 처음 밀사를 다녀와서 알려준 소식은 일반 신자들이 모여 스스로 세례를 주거나 정식으로 예배를 보면 안 된다는 것이다. 이는 이미 실시하고 있었고, 사제가 있으면 되기 때문에 조선에 사제를 보내 달라고 요청하였다. 두 번째 밀사 때는 좋은 소식과 아주 나쁜 소식이 같이 왔다. 좋은 소식은 사제를 바로 보내주기로 했다는 것이다. 아주 나쁜 소식은 천주교 신자는 조상에 대한 제사를 지내서는 안 된다는 것이다. 충효와 가문을 중시하는 조선에서 조상에 대한 제사금지는 충격적인 소식이다. 동지회가 한양에서 급하게 열리고 심각한 토론이 이어진다.

유일 밀사의 자세한 설명을 듣고 일신 선생이 회의를 시작한다.

"유일 동지가 큰 어려움을 무릅쓰고 두 번이나 다녀왔는데 신자들은 조상에 대한 제사를 모셔서는 안 된다는 청천벽력과 같은 소식을 가져왔습니다. 어떻게 해야 할지 난감합니다. 모두 자유롭게 이야기 해주십시오."

약전이 말을 받는다.

"너무 어마어마한 소식이라 어쩔 줄 모르겠습니다. 북경 본당이 왜 그런 결정을 내렸는지는 유일 동지의 설명을 들어 이해되는 면도 있으나, 조선의 현실과는 너무 동떨어진 것입니다. 조선은 중국보다 훨씬 더 조상에 대한 제사나 예의를 중요시 하고 습속화 되어 있습니다. 우리가 조상에 대해 제사를 지내는 것은 조상신을 숭배하는 것이라기보다 조상의 뜻을 항상 간직하고 조상과 친척들과의 연을 계속 유지하려는 의미가 크다고 생각합니다. 또 현실적으로 엄청난 반발과 함께 우리를 모함하려는 세력에게 쉽고 큰 빌미를 제공하는 결과를 가져올 것입니다. 바로 시행해서는 안 될 것입니다."

약전의 동생, 약종이 말을 받는다.

"유일 동지의 제사금지 소식은 충격이 클 것이나, 우리가 해야 할 일을 확실히 제시했다고 생각합니다. 제사를 통해 조상을 모시는 우리의 방식은 오랜 습속이기는 하나 폐습에 가깝고 허례라고 생각합니다. 큰 종가 집에서는 1년에 4번 지내는 시제에다 조상이 돌아가신 날에 지내는 기제사가 한 달에 몇 번씩 있는 경우도 있고, 여기에 명절 차례와 산소에 가서 지내는 묘제까지 있습니다. 재물과 시간 낭비는 너무 심하고 집안의 여자들은 제사에 치어 살게 됩니다. 살기 어려운 집은 제사를 제대로 못 지내, 죄를 짓고 있다는 자책감에 시달립니다. 어렵겠지만 이번 기회에 우리의 제사 방식을 바꾸어야 한다고 생각합니다."

약전이 말을 받는다.

"저도 우리의 제사가 옳고 좋다고 생각하지는 않습니다. 천주교를 믿는 것에 대한 비판이 많은데 더 큰 비판의 소지를 제공할 것이라는 것이지요."

일신 선생이 말을 받는다.

"두 분 형제의 의견은 다 일리가 있습니다. 다른 분들도 기탄없이 말씀해주세요."

존창이 말을 한다.

"우리 동지회와 천주교 공동체가 슬기로운 결정을 해야 할 때라고 생각합니다. 먼저 약종 동지의 말에 전적으로 동의합니다. 백성들의 삶이 좋아지기 위해서는 우리의 제사 방식이 바뀌어야 합니다. 그러나 약전 동지가 걱정하고 우리 모두가 느끼듯 제사를 모시지 않는다면 그 역풍은 어마어마할 것입니다. 대부분 집안에서 이벽 회장이 겪었던 시련보다 더 큰 일이 있을 것입니다. 그리고 천주교 공동체를 떠나는 사람도 많이 생길 것입니다. 북경의 제사금지 지시는 지켜야 하지만 우리에게 닥칠 어려움을 줄일 수 있는 방안을 찾아야 합니다."

창현이 말을 받는다.

"저희 집안은 아버님이 천주교에 대해 호의적이어서 천주교에서 용납할 수 있을 방식으로 제사를 바꿀 수도 있을 것 같습니다. 그러나 다른 집안은 매우 어려울 것입니다. 존창 동지의 말과 같이 역풍을 줄일 수 있는 방법을 찾아야 할 것입니다."

다른 회원들도 비슷한 말을 한다. 일신 선생이 말을 받는다.

"의견이 많이 모아진 듯합니다. 제사금지의 충격을 줄일 수 있는 방안을 존창 동지가 보다 구체적으로 제시해줄 수 있는지요?"

존창이 답을 한다.

"우리가 처해 있는 상항이 매우 복잡합니다. 먼저 우리가 북경 성당에서 제사금지 지시를 받았다는 사실을 밝힐 수가 없다는 것입니다. 밝힌다면 우리가 밀사를 보내 북경 성당과 연락을 취하고 있다는 사실이 들어나기 때문입니다. 이는 국법을 어긴 것이며 큰 처벌을 받을 수 있습니다. 약용 동지의 말을 들으니 조정에서는 우리가 북경 선교사들과 연락을 주고받을지도 모른다고 의심하고 있는 듯합니다. 어쩌면 사신단 속에서 우리의 밀사를 찾기 위한 밀정이 있을 수도 있다고 생각합니다. 결국 제사금지는 시행한다 하더라도 북경 성당의 지시에 의해서가 아니라, 우리 스스로 공부하여 결정한 것으로 하여야 합니다. 이러한 모습을 취한다면 단계적으로 시행하는 것이 적절할 것입니다. 단계적 방안으로는 제사금지에 덜 민감한 일반 백성 쪽에서 먼저 시행하고, 문제가 생길 수 있는 양반 쪽으로 점차 확대해 나가는 것입니다.

　다음으로 백성들이 하기 쉽고 천주교 교리에 어긋나지 않는 제사방식을 만드는 것입니다. 이는 어렵지 않을 듯합니다. 제사와 절 대신에 고인을 위한 기도와 묵상, 고인의 생에 대한 회고 등이 포함된 예식으로 하면 될 듯합니다. 일반 백성 신자들 사이에서 천주교 방식의 제사 예식이 잘 받아들여지면, 양반 신자에게도 이를 적용시켜 보는 것입니다. 제가 여사울에서 먼저 시도해보겠습니다. 다른 곳에서 시도를 하셔도 좋습니다. 밖에 이야기할 때는 제사금지라는 말을 쓰지 말고 제사예식을 천주교 교리에 맞게 바꾼다고 하는 것이 중요합니다."

　일신 선생이 말을 받는다.

　"존창 동지의 의견이 현실적 대안일 듯합니다. 다른 분들도 제사금지와 선교사 파견 문제 등 논의하고 싶은 것을 모두 이야기해 주세요."

　창현이 말을 받는다.

　"제사 문제는 존창 동지의 의견대로 시행하면 폐습에 가까운 제사 문화도 바꿀 수 있고, 천주교 교리도 따를 수 있어 좋을 것 같습니다. 다만 북경 성당의 지시를 바로 따르지 않고 우리 식으로 바꾸어 실시한다는 문제는 있지만 이는 우리가 북경에 밀사를 보내지 않았다면 생기지 않았을 일이기 때문에 받아들여도 괜찮을 것 같습니다.

　다음으로 성직자 영입은 철저한 사전 준비가 필요합니다. 국경을 넘어오는 것도 쉽지 않지만 조선 땅에 와서 의사소통이 가능하고 안전하게 머물 장소도 마련해야 합니다. 제 주변에 역관들이 많기 때문에 이에 대한 준비는 제가 해야겠지만 시간이 걸리더라도 조심스럽게 추진할 생각입니다. 그리고 사신단 속에 우리의 밀사를 찾으려는 밀정이 있을 수 있다는 존창 동지의 생각은 가능성이 높다고 생각합니다. 어쩌면 밀정이 우리의 밀사를 이미 찾아냈을지도 모릅니다. 사신단 중에서 우리 밀사의 행동거지는 다른 사람과 달라 눈에 쉽게 띌 가능성이 있기 때문이에요."

일신 선생이 말을 끊는다.

"존창 동지와 창현 동지가 우리 밀사와 관련해서 꼭 알아야 할 아주 중요한 이야기를 했어요. 창현 동지, 좀 더 구체적으로 설명해주세요."

창현이 말을 받는다.

"모두 아시다시피 사신단에 참여하여 북경에 다녀오는 것은 매우 힘들어 목숨을 잃는 경우도 꽤 있습니다. 한겨울에 만주 땅을 지나야 하는 동지사의 경우에는 엄청난 추위 속에 노숙하는 경우도 있어 더 힘들지요. 사신단의 우두머리인 정사마저도 병으로 죽는 경우가 있습니다. 그렇지만 많은 사람들이 사신단에 참여하려 하는 것은 각자 확실한 목적이 있기 때문입니다. 정사와 부사, 서장관 등은 명예와 미래의 벼슬자리와 관련이 있고, 자재군관은 북경의 선진문물을 배우려는 뜻이 있습니다. 나머지는 대부분 돈을 벌려고 하는 것이지요. 역관뿐 아니라 마부와 같은 일꾼들에게도 큰돈을 만질 수 있는 기회가 주어지기 때문입니다. 우리 밀사는 더 중요한 일이 있기 때문에 돈에 무심했을 것이고, 사신단의 다른 사람들과는 행동이 다르게 보일 수밖에 없었겠지요. 우리는 북경에 밀사를 계속 보내야 하는데 일이 위험하고 고생스럽기도 하지만, 발각될 수도 있습니다. 유일 동지가 참 어려운 일을 하신 겁니다."

존창이 말을 받는다.

"창현 동지의 말을 들으니 유일 동지가 참으로 대단한 일을 하신 것을 다시한번 알게 되었습니다. 수고 많으셨어요. 어렵고 위험한 일을 몇 명이 나누어 하는 것이 밀사나 동지회를 위해서 좋을 듯합니다."

항검이 말을 받는다.

"저도 밀사 후보를 찾아보겠습니다. 그리고 사제 영입이라든지 북경 성당과의 연락 등이 중요하겠지만 우리의 내부 관리를 어떻게 해야 하나 고민할 때가 된 듯합니다. 한양과 경기도, 충청도와 전라도뿐 아니라 경상도에서도 신자가 생겨나고 있습니다. 신자 수가 천 명을 넘을 듯합니다. 좋은 결과이지만 여러 가지 문제가 생길 수 있습니다. 신자들의 신분, 나이, 성별이 다르고, 이들이 믿는 목적이나 모임에서 중요하게 여기는 것이 다릅니다. 신자들이 우리들의 의도와 다른 방향으로 움직일 수도 있고 통제하기 어려워질 것입니다. 그리고 신자들 사이에 우리를 감시하려는 밀정도 있을 것입니다. 조심하고 대비해야 합니다."

약용이 말을 잇는다.

"조심하고 대비하여야 할 때라는 항검 동지의 말씀에 전적으로 동의합니다. 이를 요즘 조정 분위기와 연결하여 말씀드리겠습니다. 조정에서 천주교를 금하고 있지만 주상께서는 천문 수학 건축 등 서양 문물에 여전히 관심이 많으시고 이와 관련된 서적을 많이 구하시려 하십니다. 가능하다면 중국을 거치지 않고 서양 서적을 직접 얻었으면 더 좋겠다고 생각하시는 듯싶습니다. 언젠가 채제공께서 저에게 천주학을 공부하는 사람들은 북경의 선교사와 바로 연결될 수 있으니, 새로운 서양서적을 빨리 구할 수 있는지를 물었습니다. 조심스러워서 제가 요즘 천주학에 관심이 없어 모르는 일이라 답했습니다.

조정에서 우리의 활동에 대해서 의심을 품고 있고 생각보다 많이 알고 있을 수 있다고 생각합니다. 제사금지 문제도 북경 성당의 지시에 의해서가 아니라, 우리 스스로 문제가 많은 제사예식을 바꾸는 모습을 보여야 한다는 존창 부회장님의 의견이 전적으로 옳다고 생각합니다. 그리고 신자 수가 많아지면서 조심하고 미리 준비할 것은 찾아봐야 한다는 항검 부회장의 말씀도 마음 깊이 유념해야 할 것 같습니다. 저는 조정의 분위기를 계속 살피고 가능하다면 우리의 반대 세력 안에 우리와 연결될 수 있는 사람을 만들어 좀 더 자세한 정보도 얻도록 노력하겠습니다."

일신 선생이 말을 받는다.

"좋은 의견이 많이 나왔습니다. 우리가 어떤 방향으로 가야 하는지도 나온 듯합니다. 제가 정리해보겠습니다. 제사는 오랜 풍습이지만 바뀌는 것이 좋다. 제사금지는 북경 성당의 지시에 의해서가 아니라 우리가 스스로 천주교 교리에 맞는 제사 방식을 찾아 저항감이 적은 사람들부터 시행해나간다. 밀사 역할을 하는 사람을 늘려 부담을 줄이고, 잘 들어나지 않게 하여야 한다. 또한 신자 수가 늘고 믿는 목적과 방식 등이 달라 통제하기 어렵고 신뢰할 수 없는 사람들까지 끼어 있을 수 있다. 밀사뿐 아니라 우리 모임과 하는 일이 감시당할 수 있으니 조심하고 대비책을 세워야 한다는 것입니다.

제사금지 문제는 시간을 갖고 차근차근 풀어나가고, 밀사 후보는 찾아 주시기 바라며, 외부의 감시가 있을 수 있으므로 전체 모임은 최

소화하고 지역 공동체 모임도 내실을 가리는 방향으로 운영하기로 하겠습니다. 여기까지입니다. 보완할 내용이나 추가할 내용이 있으면 말씀해 주시기 바랍니다."

존창이 말을 받는다.

"선생님께서 잘 정리해주셨습니다. 오늘 당장 결정해야 할 주제는 아니나, 앞으로 전체 모임이 쉽지 않을 듯해 말씀드립니다. 우리 조선의 천주교 공동체가 지금까지는 북경 성당의 주교님을 통해 지시를 받고 일을 하고 있으나, 앞으로 가능하다면 직접 교황님의 지시를 받는 방식으로 갈 수 있으면 좋겠습니다. 이렇게 하면 한 다리 건너 소통하는 것보다 제사 문제나 선교사 문제를 더 잘 해결할 수 있을 듯합니다."

일신 선생이 말을 받는다.

"좋은 의견입니다. 존창 동지가 추가한 의견은 모두 관심을 갖고 장기적으로 추진해주시면 어떨까 합니다. 다른 의견이 더 없으면 회의는 이것으로 끝내고, 기도와 묵상으로 마무리 짓겠습니다."

존창 창현 항검 총억 약전 약종 약용 유일 등 동지회 회원들은 각자 생활 터전으로 돌아간다. 신앙이 주는 기쁨 때문에 삶이 더 풍요로워지고 더 열심히 자신의 일을 하게 된다.

열 달 정도 지나 북경의 제사금지 지시가 잊혀 질 무렵 걱정하던 일이 전라도 진산에서 터진다.

4
진산사건과 교우촌 건립

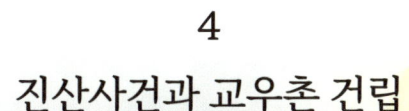

윤유일 밀사가 북경에서 천주교 신자의 제사금지 소식을 가져온 다음 해 초여름, 전라도 진산에서 윤지충의 어머니 권씨 부인이 돌아가셨다. 윤지충은 고산 윤선도의 후손이고, 약용과 항검의 사촌이다. 윤지충의 고모가 약용의 어머니이다. 또한 권씨 부인은 항검 어머니와는 자매간이고, 철신 일신 선생 집안이기도 하다. 윤지충과 어머니 권씨 부인은 독실한 천주교 신자이고, 권씨 부인은 자신이 죽으면 꼭 천주교식으로 장례를 해 달라고 유언을 남긴다.

　윤지충은 어머니가 돌아가시고 깊은 고민에 빠졌다. 자신의 집안은 진산에서 알려진 양반가문이라 천주교식으로 장례를 치르기 쉽지 않기 때문이다. 근처에 사는 어머니 친정 조카인 권상연과 상의한 결과, 음식 준비 등은 기존 방식으로 극진히 하되 절은 하지 않기로 한다. 그러나 이 방식도 엄청난 파란을 일으킨다. 모친상에 '아예 조문을 받지 않았다', '장례도 치르지 않았다', '시신과 신주를 버렸다' 등 나쁜 소문으로 이어진다. 이 소식은 한양에까지 이른다. 반대 세력은 기다렸다는 듯 무군무부無君無父의 패륜아인 윤지충을 극형으로 다스려야 한다는 상소를 올린다.

동지회도 급하게 몇몇 회원이 한양에서 모임을 갖는다. 윤지충과 이종사촌 간인 항검이 말을 꺼낸다.

"여러분, 돌아가는 이야기를 들어 아시다시피, 저희 집에서 멀지 않은 진산에서 걱정하던 일이 생겼습니다. 진산에 사는 윤지충은 제 이종사촌 동생입니다. 지충이와 돌아가신 이모님은 천주교 신자이구요. 이모님이 돌아가시기 전에 천주교 방식으로 장례를 치르라고 유언을 하셔서 지충이가 고민이 많았습니다. 제가 문상을 가보니 오신 조문객들에게 정성으로 대접했지만 절은 못하게 했습니다. 장례 절차가 끝나고 이모님 유언 때문인지 신주를 없앴습니다.

그런데 누군가 이를 보고 말을 덧붙여 나쁜 소문을 낸 것이지요. 또 일부 선비들이 무군무부라는 무시무시한 말을 쓰면서 사건이 커진 것입니다. 신주를 없앤 것을 무군무부와 연결시키는 것을 보면, 선비들이 자신들의 이익을 위해서 말은 참 잘 만들어 내는 것 같습니다. 지충이와 이모님 조카인 상연이는 인근에 피신하고 있는데 곧 자수할 것입니다. 우리가 어찌해야 할까요?"

존창이 말을 받는다.

"문상객이 많은 명문 집안이라 사건이 더 커진 듯합니다. 지난 동지회 모임 이후 여사울에서 일반 백성 신자의 초상이 몇 번 있었습니다. 저는 위패에 십자가를 넣은 지방을 붙이고, 절할 사람은 절하고 절하기 싫은 사람은 무릎을 꿇고 기도하게 하였습니다. 많은 신자들이 무릎 꿇고 기도하는 것이 더 경건하고 보기 좋다며 그리하고 있습니다. 그리고 일반 백성은 집에 사당이나 감실이 없고 신주도 모시지 않는 경우가 많습니다. 그래서 그런지 모르지만 신주를 없애는 것에 대한 거부감이 적은 듯했습니다. 생각 있는 사람들은 나무 조각 안에 조상신이 있다는 것을 믿지 않지요. 어쨌든 여사울 주변에서는 천주교식 제사방식이 별문제 없이 퍼져가고 있어요.

그나저나 이번 사건은 진산의 두 분에서 문제가 끝나지 않을 가능성이 큽니다. 천주교가 조선에서 퍼지고 있지만 그간 크게 꼬투리 잡힐 만한 일이 없었지요. 천주교를 믿는 사람들이 더 건실하고 도덕적인 편이기도 하고요. 이번에 반대 세력에게 아주 좋은 빌미를 준 것이지요. 약용 동지, 조정의 분위기는 어떤지요?"

약용이 답을 한다.

"예, 조정의 분위기는 매우 안 좋습니다. 노론뿐 아니라 우리 남인 쪽에서도 일부가 천주교 신자를 임금과 부모를 섬기지 않은 역도로 몰아가고 있습니다. 진산의 윤지충과 권상연을 극형에 처하라는 상소가 밀려들고 있습니다. 주상과 채제공께서 막아내려 하고 계시지만 오래 버티기 힘들 듯합니다. 두 분의 신상이 정리되면 저희까지 몰아내기 위해서 천주교 전체의 뿌리를 뽑으라는 상소가 올라올 것입니다. 저들이 우리 쪽을 조사하고 있고 정보도 꽤 갖고 있는 듯합니다."

약종이 말을 받는다.

"노론 쪽은 그렇다고 치고, 같은 남인 쪽에서 우리를 모함하는 것은 남인 쪽에 돌아온 몇 안 되는 벼슬자리 때문이지요. 제가 과거를 안 하고 벼슬을 안 하는 이유입니다. 신주라는 나무 조각 안에 조상신이 있다고 생각하는 사람들, 그것을 없앴다고 극형에 처하라고 주장하는 사람들, 모두가 한심스러운 사람들인데…, 이들이 이 나라 조선을 끌고 가고 있다니 답답할 뿐입니다. 우리가 할 수 있는 일은 없는 듯하고, 당하기만 해야 한다니, 분을 못 참겠습니다. 어찌해야 할까요?"

항검이 말을 잇는다.

"저도 약종 동지의 말에 전적으로 동의합니다. 우리가 무력하지만 피해를 줄일 수 있는 방법을 찾아야지요. 저쪽이 우리를 알아내기 위해 밀정을 둘 가능성은 충분하다고 생각합니다. 그에 대비도 해야 하지만 우리도 밀정 비슷한 사람을 저들 쪽에 넣어 저들이 얼마나 알고 있는지 알았으면 좋겠습니다."

존창이 조심스럽게 말을 한다.

"이번 사건이 진산의 두 분을 넘어 어디까지 번질까? 는 저들이 우리에 대해 얼마나 아는지, 채제공 등 우호 세력이 얼마나 버텨주는지에 따라 결정될 것입니다. 지금으로서는 판단이 어렵지만 최악의 사태를 상정하고 대비해야 할 것입니다. 먼저 지금은 큰바람이 부는 때이니 잠시 몸을 낮추고 최대한 조심하는 것이 좋을 것입니다.

첫째는 제사방식을 바꾸는 것이나, 천주교 전교와 같이 저들의 눈에 들어나는 일은 가능한 줄이는 것이 좋을 듯합니다. 둘째는 동지회의 전체 모임은 당분간 하지 않았으면 합니다. 각 지역 공동체가 각자 알아서 활동하고, 스스로 살아남을 방도를 찾아야 할 것입니다. 꼭 해야 할 일이나 도움이 필요한 경우 해당되는 사람끼리만 연락해 만나도록 하는 것이 좋겠습니다. 셋째는 약용 동지께서 항검 동지 말씀대로 우리도 저쪽이 꾸미는 일을 알 수 있는 방도를 찾아주셨으면 합니다.

그리고 또 중요한 것은 이벽 회장님이 돌아가신 다음 있었던 모임에서도 이야기한 것인데요. 우리 중 누군가 잡혀가면 천주교를 어디서 누구한테 배웠느냐 등 관련자를 추궁 받게 됩니다. 이때는 이미 들어난 사람에게 배웠다고 해야 합니다. 먼저 불행한 일을 당한 이벽 회장님이나 김범우 형제님이 대표적일 듯합니다. 당연한 일이지만 철신 일신 선생님과 녹암정사와는 선을 철저히 그어야 합니다. 이 때문에 오늘 회의를 일신 선생님께 연락을 드리지 않았습니다.

마지막으로 우리가 미리 준비해야 할 것은 최악의 사태가 닥쳐도 천주교 공동체는 살아남을 수 있도록 각자 노력하는 것입니다. 저는 여사울로 돌아가면 주변의 천주교 공동체를 잘게 쪼개고 여러 지역으로 분산하려 합니다. 그리고 여사울을 떠나 궁벽진 산자락을 찾아 교우촌을 만들어 볼 생각입니다. 자기가 살던 곳에서 더 이상 살 수 없게 된 신자들의 피난처가 될 수 있을 것입니다. 교우촌이 있어야 신자들이 살아남아 미래를 만들어 갈 수 있습니다.

더 추가할 것이 있으면 말씀해주십시오."

창현이 말을 받는다.

"존창 동지가 잘 정리해주셨습니다. 저는 지금까지 우리 스스로가 만들어온 천주교 공동체가 참 대단하다고 자부하고 있습니다. 앞으로 우리가 이 일을 계속하기 위해서는 희생을 최소화해야 하니. 모두들 자중자애 하시기 바랍니다. 저는 아버님이 저를 지원하시기 때문에 큰 걱정이 없지만 집안에서 갈등이 있는 경우 더 조심해야 합니다. 한양의 전체 모임은 당분간 갖지 않고 급한 일이 있거나 다시 모일 때가 되면 우리의 연락망을 통해 알려드리겠습니다."

회의가 끝나고 존창은 철신, 일신 선생을 뵈러 양근의 녹암정사로 간다. 먼저 철신 선생 댁으로 가 절을 하고 인사드린다.

"건강하시지요? 세상이 뒤숭숭하여 심려가 크실 듯합니다."

철신 선생이 답을 한다.

"걱정거리는 많지만 어찌 손쓸 수도 없어 마음만 조리고 있지. 자네들이 더 어려울 텐데 특별한 소식은 없나?"

존창은 한양에서 있었던 동지회의 회의 내용을 간단히 말씀드리니 철신 선생이 한숨을 쉬고 말을 한다.

"이 모든 뿌리가 이곳 녹암정사에 있다고 볼 수 있지…. 지충이 모친도 우리 집안사람이고, 지충이도 여기서 공부하고…, 아쉽지만 녹암정사는 당분간 문을 닫고 사람들과 왕래도 끊을 생각이네…. 나야 살 만큼 살아 어떤 일이 닥쳐도 받아들일 준비가 되어 있지. 걱정 말게나…, 앞길이 창창한 젊은 사람들이 더 문제이지. 앞으로 어떤 일이 생길지 모르지만 인생을 길게 보고 슬기롭게 헤쳐 나가길 바라네. 그리고 오랜만에 녹암정사에 왔으니 며칠 지내다 가면 좋을 텐데. 그럴 수 있을지 모르겠네."

"예, 선생님. 좋은 말씀 마음속에 깊이 새기겠습니다. 일신 선생님께도 인사드리고, 총억이 얼굴도 보고 낼 아침 일찍 떠나려 합니다."

"정리할 일이 많겠지. 그렇게 하게나."

존창은 철신 선생께 절을 올리면서 건강하시라는 작별 인사를 하고 나온다. 문밖에 총억이 기다리고 있다. 둘은 반갑게 손을 맞잡아 인사를 나누고, 같이 일신 선생 댁으로 건너간다. 일신 선생께 인사드리고 약용이 전한 조정의 분위기와 그간의 소식과 함께 동지회에서 논의된 내용을 보고 드린다.

"그래 존창 부회장이 고생이 많았네. 나도 한양에 갔어야 하는데. 왜 연락을 안 했지?"

"선생님, 죄송합니다. 제가 연락을 일부러 안 드렸습니다. 이번 사태가 어디까지 번질지 모르고, 일전에 선생님이 말씀하신 대로 벼슬자리 때문에 남인들 사이에 싸움이 심해질 것 같아서입니다. 녹음정사에서 공부한 남인 선비들 중 일부는 우리의 반대편에서 공격한다고 들었습니다. 그들은 우리 동지회에 대해 어렴풋이 알고 있을 듯하고, 그러면 선생님이 일차 목표가 될까 걱정이 됩니다."

일신 선생이 말을 받는다.

"나는 어떤 일이 일어나도 받아들일 각오가 되어 있지. 모두 내가 옳다고 믿어서 하는 일이고 또 나는 살 만큼 살았어. 걱정하지 말게나. 할 일이 많이 남은 동지회와 여러분들의 피해가 적어야지. 또 오래 살아남아 우리의 뜻을 이루어야지…. 선비들이 자신의 뜻을 이루려는 생각으로 살아야 하는데. 그리고 벼슬도 품은 뜻을 실현하는 수단으로 생각해야 싸움이 적고, 싸움을 해도 깨끗할 텐데…. 지금 조선의 대부분 선비들은 벼슬자리만을 놓고 싸움을 하니, 남에게 피해를 주지 않는 사람까지 잡아 죽이는 세상이 된 듯하네.

존창 자네는 금강석 같은 뜻을 가졌고, 그 뜻을 이루려고 열심히 살아가는 모습이 보기 좋네. 내가 좋은 제자를 가졌어. 내 조카사위 총억이도 성실하고 착하고…. 인생의 마지막에서 보면 중요한 것은 인연을 맺은 사람들이지. 나는 인복이 있어서인지 좋은 사람들이 주변에 많았어. 행복한 사람이지. 허허."

존창이 말을 받는다.

"과찬이시옵니다. 선생님이 동지회의 기둥이십니다. 오래 사셔야 저희들이 바른 길로 갈 수 있습니다. 또 저는 여기 녹암정사에서 참으로 많은 것을 배웠습니다. 두 분 선생님의 은혜는 죽을 때까지 잊지 못할 것입니다. 더욱이 여사울에 이 녹암정사를 본 따 단원정사까지 만들었습니다. 지금까지 잘 되고 있지만 이번에 내려가면 정리하려 합니다. 그리고 조금 외진 곳을 찾아 교우촌을 만들어 보려 합니다."

일신 선생이 말을 잇는다.

"지난 일들은 다 좋아 보이는 법이지. 아무튼 고맙네. 교우촌을 만드는 일은 좋은 선택인 듯하네. 학자를 키우는 것도 중요한 일이지만 큰 어려움에 처한 사람들이 살 수 있는 터전을 만드는 일이 더 시급해진 듯하네. 앞으로 천주교 신자는 더 늘어날 것이고, 박해는 여러 방면에서 이루어지고, 많은 이들이 삶의 터전에서 쫓겨날 것이네. 이들의 피난처를 존창 동지가 만들려고 하는구나. 참 장하다."

존창이 말을 받는다.

"예, 선생님. 그런 생각도 있지만 한편으로는 제가 여사울에 계속 있으면 감시 대상이 되어 자유롭지 못하고 주변 사람이 어려움에 빠질 수 있어서입니다. 남의 눈에 잘 띄지 않는 곳에 있으면 할 일을 좀 더 자유롭게 할 수 있을 것 같습니다. 그리고 선생님, 이번 북경의 제사금지 조치와 진산사건을 보면서 많이 기도하고 생각해 봐도 답답한 것이 많습니다.

북경의 신부님이나 구라파의 교황님은 멀리 있어 어려울지 몰라도 전지전능하신 천주님은 어디에든 계실 수 있고, 어디에서 기도해도 답해 주실 것이라고 생각하고 있습니다. '돌아가신 부모님이나 조상님께 절하면서 천주님은 믿을 수 없는 것인지?', '제사는 껍데기일 텐데 나라나 시대에 따라 바뀌면 안 되는지?', '믿음이 진정 굳건하다면 제사나 예배 절차는 조금 달라도 되는 것 아닌가?', 이런 것들을 천주님께 직접 물어보고 있습니다. 제 기도가 부족한지 아직 답을 얻지 못하고 있습니다.

선생님 생각은 어떠신지요?"

일신 선생이 답을 한다.

"존창, 자네가 녹암정사에 와서 처음 만나 대화를 나눌 때 생각이 나네. 그때도 호기심과 의문이 참 많았지. 지금도 그렇구. 그래야 새로운 것을 옳게 배울 수 있지. 나도 비슷한 기도를 많이 했지만 확실한 답을 아직 못 얻은 듯해. 그래도 어렴풋한 내 생각이라도 이야기해 주어야지.

십계명의 첫째 계율인 '나 이외의 신을 섬기지 말라'를 글자 그대로 적용하면 제사금지로 연결되는 것은 당연할 듯해. 그렇지만 전지전능하시고 세상의 주재자이신 천주님은 제사와 같은 사소한 일에 얽매여 우리를 힘들게 하지 않을 같아. 천주님은 대범하실 텐데, 그 뜻을 전하는 분들이 소심한 것 같기도 하고. 조상에 대한 제사란 것은 인간의 많은 일상 중의 하나일 뿐이지. 제사는 시대와 나라에 따라 달라졌지. 그리고 돌아가신 조상을 천주님과 비견할 정도의 신으로 생각하는 사람은 아주 적을 거야. 여기에다 천주님을 믿는 대부분의 신자는 돌아가신 조상도 그냥 집안 어른 중의 한분 정도로 생각하는 것 아닌가? 나도 그렇고….

결국 천주님을 진정 믿는 사람은 제사 같은 작은 형식에 얽매일 필요가 없을텐데. 그러나 문제는 진정한 믿음이 있는 지 없는 지는 천주님만 알 수 있다는 것이지. 이 때문에 사람들은 어쩔 수 없이 형식과 절차를 통해서 믿음을 서로 확인하려는 것인 듯해. 대다수 사람이 하는 형식과 절차대로 해야 사람들 사이에서 편하게 살 수 있을 거야. 그래야 믿음이 있는 사람으로 보이는 것이지.

그렇지만 천주교가 제사와 같은 형식을 강조하면, 우리가 극복하려는 성리학과 차이가 없어지는 것 아닌가도 생각해. 우리가 어려움 속에서도 서학을 공부하고 천주교를 믿는 이유가 무엇인 고민해보면 답을 찾기 쉬울 듯도 하네.

마지막으로 고 이벽 회장의 말도 있었고, 지난번 동지회 모임에서도 나온 우리가 살아남는 것도 여러 문제가 있지. 살아남으려면 저들과 어느 정도 타협을 해야 할 거야… 그렇게 해서 살아남으면 다른 형제들에게 피해를 주지 않았어도, 살아남은 사람들은 믿음이 부족한 것으로 평가될 수 있어. 살아남으려면 이것을 각오해야지. 물론 천주님은 아실 거고. 최후의 심판 날에는 다르게 평가하시겠지만, 그때까지는 나쁜 평가를 받아야 하지."

존창이 답을 한다.

"예, 선생님. 가르침 고맙습니다. 총억이도 선생님께 여쭈어보고 싶은 것이 있으면 하지. 나만 여쭈어 보는 것 같아서…."

총억이 말을 받는다.

"나는 자주 뵈어서 괜찮아. 형은 궁금한 것이 많을 거야. 더 여쭈어봐."

존창이 다시 묻는다.

"선생님, 사람은 언제 어떻게 죽어야 할까요? 우리가 뜻을 이루기 위한 것이라지만 타협을 하고 살아남게 되면 선생님의 말씀대로 믿음이 부족한 것으로 평가될 것이 확실합니다. 좋은 평가를 위해 또는 자신의 확실한 믿음 때문에 세상과 타협을 하지 않고 죽음의 길로 가는 것이 옳을까요?"

일신 선생이 답을 한다.

"존창, 자네는 점점 어려운 질문을 하는구나. 삶과 죽음에 대한 분명한 자신의 생각을 찾아가는 것이 인생의 긴 여정이 아닐까 하네. 옛말의 '행생즉사 필사즉생'과 같이 자신만의 생사관을 가질 수 있다면 이미 달관한 사람이라 볼 수 있지. 나는 아직 부족한 점이 많지만 현재 삶을 소중히 여기면서 죽을 때가 되면 기꺼이 죽는 것이 훌륭한 인생살이라고 생각하네. 사람은 살아있어 사람으로 불리는 것이라고 봐. 하루하루 살아있다는 것 자체에 대해 감사하고 행복을 느껴야 한다고 생각하지. 나의 삶뿐 아니라 남의 삶도 그렇게 생각해주어야 참 인격을 갖춘 사람이 되는 것이지.

다음은 사람이 언제, 어떻게 죽어야 하는 문제인데…, 인명은 재천이란 말이 있듯이 언제 죽을지 아무도 모르지. 천주님이 예정해 놓은 것이 있을 것 같네. 그래서 나는 때가 되었다고 느끼면 마음 편하게 죽는 것을 택할 것이고, 그때는 천주님이 알려주실 것이라고 믿네. 어려운 질문이었는데, 답이 잘 되었는지 모르겠어."

존창이 말을 받는다.

"선생님 덕분에 죽음에 대해 자신을 가질 수 있게 되었습니다. 저도 삶은 아끼면서 죽음을 두려워하지 않겠습니다. 죽음은 누구나 혼자 맞는 것이지만 천주님을 마음속에 간직한다면 겁나지 않을 것이라고 생각합니다. 선생님의 가르침은 항상 흔들리는 제 생각을 잡아주셨습니다. 오랫동안 뵙고 가르침을 받고 싶습니다. 부디 건강하시고 옥체를 보전하시기 바랍니다. 저는 총억이와 옛날이야기를 좀 하고 낼 새벽에 일찍 떠나려 합니다."

존창은 큰절을 올리고 일신 선생 댁에서 나온다. 총억과 사랑채에서 지난 이야기를 하며 같이 잠을 잔다. 다음날 여사울로 간다.

존창은 집에 도착해 부인에게 있었던 일을 이야기하고 바로 법희 형님 댁으로 가 그간의 일을 자세히 설명한다.

"형님, 이번 사단은 간단히 끝날 것 같지 않습니다. 저의 신상에 문제가 생길 듯하고, 잘못하면 집안에도 피해를 줄 수 있을 것 같습니다. 저는 가능한 빨리 단원정사를 정리하고 다른 곳으로 이사 가려 합니다. 문제가 저에게서만 끝나야 하는데…, 걱정입니다."

"너무 걱정마라. 나도 농장은 거의 정리했다. 선장 포구의 김민수라는 객주에게 농장을 팔았다. 나는 지금 도와주고 있을 뿐이고 곧 직접 경영할 것이다. 예전에 말한 대로 도고산 자락 감밭 쪽에 조그만 집과 전답을 마련해 놓았다. 법황사도 가깝고 부모님 산소가 있는 버들도 지척이라 여생을 지내기 편할 듯하다. 또 금순이가 좋은 데로 시집가 자식 낳고 잘살고 있고, 성준이, 성민이는 한양에 가서 자리 잡고 장사도 잘하는 듯하다. 조상님의 음덕인지, 부처님의 돌보심 때문인지…. 나는 참 행복한 사람이다.

네가 과거를 안 하고 이곳에서 단원정사를 시작할 때는 내심 좀 불안했다. 단원정사에 사람이 모이고 거기서 공부한 사람 중에서 과거에 붙은 사람이 나오고 하면서, 내 동생 존창이는 어떤 일을 해도 잘하는구나 하는 생각이 들었다. 나는 네가 자랑스러웠지. 특히 가난한 선비들이 한양에 가지 않고 여사울에서 공부해도 과거에 붙을 수 있다는 희망을 준 것은 참 대단한 일이다.

너에 대한 칭찬이 점점 많아지면서, 앞으로 단원정사에서 공부한 사람 중에서 출세한 사람이나 뛰어난 학자들이 많이 나오면 우리 집도 명문대가의 반열에 오를 수도 있겠다는 꿈을 가져봤다. 우리라고 회덕의 송씨 집안이나 놀뫼의 윤씨 집안이 못 될 것도 없다고 생각했지. 내가 욕심이 너무 많았던 것 같다. 지금도 괜찮다. 아니 충분히 행복하다."

"제가 형님의 기대를 저버린 듯합니다. 저도 과거는 안 하지만 서학과 성리학, 불교 등을 합해 이 나라에 맞는 새로운 학문체계를 만들고, 백성들이 잘 살 수 있는 방책을 구상하면서 이곳 여사울에서 지내려고 했습니다. 이번 일로 세상이 마음대로 되지 않는다는 것을 알게 되었습니다. 지금까지는 제가 주변 사람들 덕분에 너무 쉽고 편하게 살아온 듯합니다.

제게 별일이 없다면 앞으로는 고생스럽더라도 더 낮은 곳으로 내려가려 합니다. 사람 살만한 세상 만드는 일은 계속 할 것입니다. 부모님이 그 어려운 환경 속에서 농장을 이루어 오신 것을 생각하면 앞으로의 제 일이 어렵지 않다고 생각합니다. 불평불만을 할 처지가 아닙니다."

"그래, 알겠다. 이사를 간다면 어디로 갈 것이냐? 생각해 놓은 곳은 있냐? 너무 멀리 가지는 않았으면 한다. 자식들은 저 살기 바빠 점점 얼굴 보기 힘들어질 테고, 우리 형제라도 가끔 만나며 살아야지…"

"예, 형님, 갈 곳은 대략 방향만 정했습니다. 이 근처는 아니고, 너무 멀리 떨어지지 않은 곳으로 찾을까 합니다. 그리고 제 신상에 나쁜 일이 생기면, 형님은 저를 나무라고, 겉으로라도 의절한 것처럼 하시는 것이 좋을 것 같습니다. 그런 분위기를 느낄 수 있는 적당한 위치를 찾아보겠습니다. 세상을 많이 돌아다니신 전아저씨의 도움을 받으려 합니다."

"전씨도 이제 영감이 다 되어 예전처럼 빠릿빠릿하지는 못하지만, 예전에 이곳저곳 많이 다녀 도움이 될 거야. 내가 이야기해 놓을게. 제수씨와 성미가 걱정이 많을 텐데 이제 건너가 쉬어라."

존창은 집에 와 부인과 성미에게 그간의 일을 자세히 설명한다.

"부인, 이번 사건은 심각해 보이오. 단원정사를 빨리 정리하고 이사를 가야 할 듯하오. 이사 갈 곳은 정하지 않았는데 외진 산골로 가서 농사짓고 나무하고 살려고 하오. 당신과 성미가 고생이 많을 것이오. 자리 잡을 때까지는 당분간 처가 집에 가 있는 것도 괜찮을 것 같은데…. 당신 의견은 어떤지? 그러면 당신이 조금 덜 고생할 것 같소."

존창 부인이 답을 한다.

"제 걱정은 마세요. 어디 살 건 서방님과 함께 라면 저는 좋아요. 이사 가서 자리 잡는데 저희가 부담된다면 잠시 친정에서 지낼 수 있어요. 단원정사가 한창 잘 되고, 성미 신랑감도 찾기 쉽고 해서 참 좋았는데…. 너무 아쉽네요."

성미가 얼른 말을 받는다.

"저도 괜찮아요. 여기서 어머님을 도와주면서 책 보고 공부하는 것도 좋지만, 책은 가져가 낮에 일하고 밤에 아버님이랑 어머님이랑 공부하면 되지요. 시집은 좋은 사람이 나타나면 갈 수 있지만 꼭 가야 하는 것인지는 모르겠어요. 저는 아버님, 어머님이랑 오래 같이 살고 싶어요. 두 분만 계시면 저는 좋으니 제 걱정 마시고 아버님이 결정하시면 따를게요."

존창이 말을 받는다.

"부인과 성미가 뜻을 같이 해줘 고맙소. 앞으로 우리 생활에 많은 변화가 있을 거고, 중요한 결정을 할 때가 여러 번 있을 것이오. 가족과 집안을 생각하면 많은 사람들이 가는 쉬운 길을 택했어야 하는데, 내가 하고 싶은 일만 해서 주변 사람들에게 어려움을 주는 것 같아 미안하오. 다른 사람들이 많이 가는 길을 가면 몸은 편할 수 있지만 가보지 못한 길에 대한 동경 때문에 나중에 후회가 클 것 같아서이오.

남들이 안 가는 길, 가보지 못한 길을 가다보면 어떤 일이 일어날지 알 수 없지. 그래서 오늘 하루 최선을 다하고, 나쁜 일이 일어나면 그때 걱정하고 해결하면 될 것이오. 너무 고민하지는 말려고 하오. 오늘은 그만 편히 쉽시다.

성미도 피곤할 텐데 건너가 쉬어라."

다음날 존창은 최 구두쇠 영감 집에 찾아가 상황을 간단히 설명하고 단원정사를 팔아달라고 부탁한다.

"어르신, 단원정사를 팔면, 사려는 사람이 있을까요?"

"있지요. 단원정사가 잘 되어서 그런지 돈 있는 양반들이 관심이 많아요. 얼마 전에는 온양에 사는 반남 박씨 집안의 종손인 박 진사 댁에서 값을 후하게 쳐 줄 터이니 단원정사를 살 수 없느냐고 물어본 적이 있어요. 집안 자제들의 학당으로 쓰려는 생각인 듯합니다."

"예, 잘 되었네요. 박 진사건 다른 사람이건 가능한 빨리 팔아 주세요. 가격을 잘 받으면 좋지만, 값보다는 빨리 파는 것이 더 중요합니다."

천명이와 억명이가 나선다.

"요즘 선생님 댁에서 하는 일도 재미있고, 공부도 재미있고, 세상살이를 아는 것도 한창 재미있는데 선생님이 이사 가시면 저희들은 어떻게 합니까? 저희도 선생님 이사 가는 곳으로 따라가겠습니다."

존창이 말을 받는다.

"나야 너희들이랑 같이 가면 좋지만 고생이 아주 많을 것이다. 각오를 단단히 해야 한다. 그리고 나이 드신 아버님도 누군가 모셔야지. 꼭 따라오겠다면 둘 중 한 명만 따라오고, 한 명은 아버님을 모셔라. 둘이 잘 상의하고 아버님 허락도 받아라."

최영감이 말을 잇는다.

"천명이, 억명이가 존창 선생님 댁에서 일하고 공부하면서 생활이 반득해져 내가 참 좋았다. 너희들이 선생님을 쫓아가는 것을 말리지 않겠지만 선생님 말씀대로 한 명은 남아주었으면 한다. 나도 이제 늙어 힘들고 내가 하는 장사도 물려받을 사람이 필요하다. 너희 둘이 상의하고, 결정하기 어려우면 제비뽑기라도 해라."

천명이, 억명이가 고개를 끄덕인다. 존창은 인사를 하고 최 영감집에서 나와 농장으로 가 전 영감을 만나 이야기한다.

"아저씨, 오랜만입니다. 건강하시지요? 제가 급하게 이사를 해야 합니다. 갈 곳을 못 정해 상의하려 합니다. 여사울에서 남자 걸음으로 하루는 넘게 걸려 좀 멀다는 느낌이 나야 하고, 큰 산자락 밑이면 좋겠습니다. 멀지 않은 곳에 장터가 있으면 더 좋구요. 어디 생각나는 곳이 있는지요?"

"아침 일찍 법희 어른이 말씀하셔서 생각해보았지요. 단원정사가 참 좋다고 사람들의 칭찬이 자자한데 왜 그만두고 이사 가려는지 모르겠어요. 법희 어른도 농장을 그만두고 떠난다고 하는데, 작은 주인마저 이사 가면 여사울이 어떻게 되겠어요? 마을이 쪼그라들어 사람 살기 어려워질 것이 분명하지요."

"제게 복잡한 일이 생길 듯해 그렇게 결정했습니다. 제가 마을을 떠나는 것이 저뿐 아니라 주변 분들에게도 좋을 것 같아서 입니다. 여사울은 저희 형제가 없어도 아저씨나 새로 오시는 분들이 잘해 주실 것이라 믿고 있습니다. 어쨌든 제가 이사 갈만한 곳을 빨리 찾아야 합니다. 가능하다면 군이나 현의 경계 지역이 제가 자유롭게 살기 좋을 듯 합니다."

"제 생각으로는 홍산 지티라는 곳이 좋아 보여요. 지티는 보부상들이 소금재라고 부르기도 하지요. 금강 양화나루에서 소금을 받아 청양이나 신양과 같은 충청도 내륙 지방에 갖다 팔 때 거치는 곳이지요. 홍산현에 속하지만 웅천이나 홍주가 더 가까운 경계지역입지요. 웅천에는 충청 수영이 있고, 홍주는 목사가 있는 대처지요. 또 성주산과 만수산이 이어지는 곳에 있어 산세가 깊고 산나물과 다래, 밤 개암 도토리 등이 아주 많지요. 좀 궁벽하기는 하지만 사람살기 좋아요. 내가 보부상 할 때 지나던 곳이고 근처 삼거리 주막에서 많이 잤지요. 옛날 생각이 나네요."

"예, 홍산의 지티! 좋습니다. 며칠 내로 단원정사가 팔릴 듯해요. 계약금을 받으면 지티로 가서서 적절한 집을 사주셨으면 합니다. 뒤나 옆으로 산이 딸려 있으면 더 좋겠습니다."

"알았어요. 간 김에 내가 살만한 집이나 논밭도 알아보려 해요. 여기 여사울 집을 팔면 지티에서 초가집과 논밭을 조금 살 수 있을 것 같아요. 법희 어른과 작은 주인께서 떠나면 나도 여기 살고 싶지 않아요. 나는 지티에 가면 낮에는 농사를 짓고, 저녁에는 삼거리 주막에 나가 지나가는 장꾼들과 막걸리 한잔 하면서 남은 인생을 즐겁게 살고 싶어요. 그것이 내가 보부상 하면서 꿈꾸던 인생인데, 여사울에 정착해 법희 어른과 작은 주인 덕에 꿈을 이루게 되었어요. 고맙습니다. 내가 잘 알아봐 줄게요."

존창은 전 영감에게 잘 부탁드린다고 말하고 집으로 온다. 단원정사에서 공부하는 선비들에게 단원정사의 문을 곧 닫을 것이라고 알리고 죄송스럽게 되었다고 이야기한다. 천주교를 믿는 사람들에게는 따로 자세히 설명한다. 만약 관아에 잡혀가 문초를 받게 되면 동료 신자를 밀고만 하지 않을 수 있다면 살아남는 것도 좋다고 이야기한다. 천주님을 위해 죽을 기회는 앞으로 언제든 있을 거고, 기도하면 천주님이 죽어야 할 때를 가르쳐 주실 것이라고 말을 한다. 그리고 문초 때, 천주교는 존창으로부터 배웠다고 하여, 책임을 모두 자신에게 돌리라고 이야기한다.

마지막으로 살아남은 사람은 더 열심히 천주님의 뜻을 전하고 이웃을 사랑하기 위해 노력하자고 한다. 그리고 금순이 시아버지인 김진후 군수를 찾아가 보다 자세히 설명하고, 금순이와 처남, 사돈 형제들을 인사 겸 만나고 온다. 금순이 시댁은 존창과 금순이를 통해 가족의 대부분이 천주교 신자가 되어 면천 천주교 공동체의 중심이 되고 있다.

   그리고 덕산 사람으로 처남 매부 사이가 된 이보현과 황심은 자신들도 고향인 내포를 떠나 다른 지방에서 새로운 터전을 만들고 싶다고 한다. 존창은 가려는 홍산 근처보다는 다른 곳을 찾아보라고 한다. 보현의 먼 일가가 있는 계룡산 자락 연산 쪽에서 찾아보기로 한다. 사람도 풀씨가 날리듯 여러 곳으로 흩어져야 더 많이 살아남기 때문이다.

   존창이 이렇게 여사울과 근처의 공동체를 정리해 가고 있을 때, 덕산에 사는 완숙과 그녀의 아들 홍필주가 찾아온다. 존창 부인과 같이 와 앞으로 어떻게 해야 할지 물어온다.

   완숙이 조심스럽게 말을 꺼낸다.

  "선생님, 제 아들 필주가 덕분에 늦게나마 공부에 재미를 붙이고, 저도 인생의 의미를 새로 얻어가고 있었습니다. 단원정사를 그만 두신다고 하네요. 갑자기 하늘이 무너지는 듯합니다. 저희도 이사를 해야 하는지 앞으로 어찌해야 하는지 모르겠습니다. 가르침을 주십시오. 저와 필주, 그리고 시어머니는 천주교를 열심히 믿고 있는데, 제 남편은 극렬히 반대하고 있습니다."

   존창이 답을 한다.

"어려움이 많으시겠습니다. 가족 간에 종교 차이가 크면 여러 면에서 힘들지요. 특히 필주 형제의 아버님은 지켜야 할 것이 많은 분이라 위험해 보이는 천주교를 멀리 할 것입니다. 당연한 일입니다. 너무 원망 마십시오. 필주 형제와 시어머니께서는 앞으로도 계속 천주교를 믿으실 것인지요?"

완숙이 바로 답을 한다.

"선생님, 저와 필주는 천주님을 죽을 때까지 믿을 것이고, 주변에 천주교를 전파하는 일도 열심히 하고 싶습니다. 아마 시어머니도 그럴 것입니다."

옆에 앉아 있던 필주도 그렇다고 고개를 끄덕인다. 이를 보며 존창이 말을 받는다.

"그러면 완숙 자매님이 시어머님과 필주 형제와 같이 집에서 나오는 것도 방법일 듯합니다. 제가 단원정사를 정리하고 멀리 이사를 가려는 것도 집안과 천주교를 믿지 않는 주변 사람들에게 피해를 주지 않기 위해서이지요. 저희 집도 형님 내외는 천주교를 믿지 않고 있습니다."

존창 부인이 끼어든다.

"완숙이와 필주는 산골로 이사 가서 살기가 어려울 텐데…, 어쩌지요?"

존창이 말을 받는다.

"완숙 자매님의 집안은 경제적으로 여유가 있으니 산골보다는 한양으로 가는 것이 어떨까 해요. 필주의 공부나 미래를 위해서도 한양에 사는 것이 더 좋을 수 있지요. 한양에는 돈 있는 사람이나 양반이 많아 완숙 자매님이나 필주가 남의 눈에 잘 안 띌 것이에요. 그리고 조선에서 양반집 부인은 역모나 강상의 죄와 같은 큰 사건에 얽히지 않으면 처벌받지 않는 것이 관례이기 때문에 활동하기도 좋을 것입니다."

완숙이 말을 잇는다.

"저도 필주를 생각할 때 한양으로 이사 가고 싶다는 생각을 했었는데 자신이 없어요. 한양 물정도 모르고 아는 사람도 없고 사기꾼도 많다고 하여 걱정이 많이 되요. 또 생활비가 얼마나 들지도 모르고…. 선생님이 도와주셨으면 좋겠어요."

존창이 답을 한다.

"한양도 사람 사는 데라 여기와 크게 다르지 않습니다. 집값이 비싸서 그렇지. 한양은 팔도의 산물이 다 모여 드는 곳이라, 일반 물가는 그렇게 비싸지 않고 시골보다 오히려 싼 것도 꽤 있어요. 여유가 된다면 한양 도성 안에 적당한 집 한 채를 장만하시고 식량과 생활비를 덕산에서 가져다 쓰면 됩니다.

한양에 사는 양반들도 벼슬을 하지 않으면 거의 다 그렇게 삽니다. 일 년에 두세 번 시골에 있는 자기 전장에 다니면서 살고 있지요. 좀 더 여유 있는 사람은 집을 더 사 세를 놓거나, 장사하는 사람에 돈을 빌려주기도 합니다. 제가 한양에서 믿을만한 사람을 소개해 드리겠습니다. 한양의 천주교를 책임지고 있는 분인데 인품이 훌륭합니다.

이분을 도와주면서 지내면 사람도 금방 사귀고 지내는 데도 편할 것입니다."

 완숙과 필주는 고맙다는 인사를 하고 덕산으로 돌아가 바로 한양으로 이사 갈 준비를 하겠다고 한다. 달포쯤 지나고 급한 일들이 대부분 정리됐다. 단원정사는 팔리고 홍산에 조그만 집을 샀고, 예배도 단원정사에서 모두 모여 드리지 않고, 여러 곳으로 흩어져 몇 명씩 모여 지낸다. 여사울에서는 아무 일도 없이 또 달포쯤 지나 겨울에 접어든다. 괜한 걱정을 했다고 할 정도로 평온하게 지낸다. 그러나 한양 조정에서는 이미 죽기 살기 식 싸움이 벌어지고 있었다.
 먼저 조정에서 새로 세를 키워나가는 남인들이 천주교를 믿거나 우호적인 파와 천주교를 공격하는 파로 나뉘어 살벌한 싸움판을 벌린다. 기존 지배세력인 노론도 신진 세력이 덩치가 커지는 것을 막기 위해 천주교 공격에 가세한다. 상소와 반대 상소, 유언비어 등이 난무하면서 싸움판이 조정 전체로 확대된다. 달구어진 판을 식히기 위해서는 누군가의 희생이 필요하다.
 자수하여 신문을 받던 진산의 지충과 상연은 그해 한겨울에 사형을 언도 받고 전라감영에서 처형된다. 이어 전국 각지에서 천주교 신자들이 체포된다. 한양에서도 일신 선생과 최창현, 최필공, 홍낙민, 최인길, 홍교만 등이 체포된다. 존창도 충청지방의 많은 신자와 함께 체포되어 공주 감영에 갇힌다. 항검과 전라도 신자들도 체포되어 전라 감영에 수감된다. 협박과 회유는 우두머리로 지목되는 일신 선생에게 집중된다. 천주교를 공격하는 세력은 일신 선생의 자백을 통해 조정에 자리 잡은 천주교 우호 세력을 박멸하는 것을 목표로 하는 듯했다. 일신 선생은 온갖 회유와 고문에도 끝까지 버틴다.
 정조는 아까운 인재를 살리고 조정을 정상화시키기 위해 정쟁을 발리 마무리시킨다. 일신 선생을 배교하는 형식을 갖추게 한 다음, 제주도로 유배 보내는 것으로 결정한다. 그리고 바로 일신 선생은 천주교가 성한 충청도로 가 신자들을 감화시키라는 명과 함께 유배지를 예산으로 바꾼다. 대학자에 대한 정조의 배려일 것이다. 그러나 일신 선생은 옥중의 고초로 유배지로 가지 못하고 도중에 죽는다. 조선의 추국은 고문과 매질로 자복 받는 것을 우선하기 때문에, 고령자나 몸이 약한 사람은 견디기 어렵다.

존창은 정조가 충청감사에 보낸 밀지 덕에 형식적인 배교를 하고 석방된다. 창현 필공 낙민 항검 등도 비슷한 방식으로 방면된다. 잡혀 있던 많은 신자들도 집에 보관하고 있던 천주교 책자를 바치는 등 배교했다는 징표만 보내주면 석방된다. 그러나 형식적인 배교조차도 끝까지 거부한 신자들은 계속 옥에 갇혀 심한 고초를 겪다가 죽임을 당한다. 이들은 천주교를 믿으면서 얻었던 감동과 행복을 버릴 수 없었기 때문일 것이다.

존창은 석방되자 여사울로 돌아와 법희 형님 댁을 찾아 안부를 묻는다.

"형님도 관아에 잡혀 가셨을 텐데 많이 놀라셨지요? 큰 고초를 겪지 않으셨습니까?"

"나는 괜찮다. 네 말대로 우리 형제는 천주교 때문에 의절했고, 재산 손실도 많아 마음이 아프다고 했다. 또 나는 이름이 법희라는 중 이름을 쓰고 불교를 열심히 믿고 있으며, 천주교를 절대 믿지 않을 것이라 했다. 그러자 동생도 천주교를 못 믿게 잘 타이르라고 하면서 바로 풀어주었다."

"형님, 잘하셨습니다. 저는 미진한 일 몇 가지를 더 마무리하고, 설전에 홍산으로 떠날 것입니다. 설에 부모님 차례를 모시고 떠나면 좋겠지만 설전에 떠나는 것이 모양이 좋을 듯합니다."

"아쉽지만 그렇게 해라. 아직 날짜가 며칠 여유 있으니 도고의 물탕에서 온천욕 하면서 감옥에서 상한 몸을 추스르고 떠나라. 앞으로 고생이 많을 텐데…. 나도 설 쇠고 해동하면 바로 감밭으로 이사할 것이다. 농장은 새주인인 선장의 김객주가 알아서 잘 운영할 것이다. 세상에 모든 일이 끝이 있는데 농장도 끝내야 할 때인 듯하다. 전 영감도 너를 쫓아 홍산으로 가려 한다. 우리 형제가 모두 여사울을 떠나면 자기도 여기에 있기 싫다고 한다."

"예, 형님. 전 아저씨랑 같이 가면 제가 든든하지요. 이만 집으로 건너가 준비하겠습니다. 편히 쉬십시오."

존창은 몸을 추스르면서 이사준비를 바르게 끝내고 섣달 그믐날 여사울을 떠난다. 부인과 성미는 덕산 처가에서 임시로 거처하게 한다. 전씨 영감과 억명이와 같이 홍산으로 간다. 떠나는 날 마을 주민이 거의 다 나와 작별 인사를 한다.

홍산 집은 지티 고개 밑에서 서북쪽으로 올라가는 마을의 끝자락에 자리 잡은 초가집이다. 집 옆에 작은 개울이 있고, 개울 건너 넓은 산도 같이 샀다. 산은 땔감이나 산나물도 얻을 수 있고, 같이 지내야 할 사람이 많아지면 임시 거처로 쓸 움막을 지을 수 있다.

존창의 집 위 산 쪽으로는 사람이 살지 않아, 개울물은 맑고 일 년 내내 흐른다. 사람이 먹을 물로 쓸 수 있어 우물이 따로 필요 없다. 전 영감은 집을 사지 못하고 마을 입구 쪽의 논과 밭만 좀 넉넉히 샀다.

당분간 존창 집에서 억명이와 셋이 같이 쓰기로 한다. 존창은 집 정리를 빨리 끝내고 한양에 간다. 일신 선생님과 한양의 교우들 소식이 궁금하기 때문이다. 전 영감은 사놓은 논밭의 농사 준비를 하기로 하고, 억명이는 주변에 교우촌으로 쓸 만한 곳이 더 있는지 알아보기로 한다.

존창은 한양에 가서, 바로 창현의 집을 찾아 그간의 소식을 듣는다. 창현과 다른 사람들은 큰 문제가 없었으나, 일신 선생이 심한 문초를 받았고, 유배지가 제주에서 예산으로 바뀌었지만 유배지로 가지 못하고 돌아가셨다는 소식이다. 하늘이 무너지는 듯하고, 존창은 자신 때문에 돌아가신 듯하여 더 죄스럽다.

창현에게 묻는다.

"일신 선생의 산소는 어디에 썼는지요?"

"양근 녹암정사 근처입니다. 저는 한번 다녀왔습니다. 내일 같이 가시지요."

존창과 창현은 청주와 약간의 안주거리를 준비해 녹암정사로 가 총억과 함께 일신 선생의 산소를 찾는다. 산소는 얼마 전에 봉토를 해 붉은 흙이 그대로이다. 존창은 산소 앞에서 무릎을 꿇고 술을 올리며 흐느낀다.

"선생님, 저 때문에 고생하셨고, 저 때문에 돌아가셨습니다. 모두 제 잘못입니다. 더 오래 모시고 가르침을 받으려 했는데… 제 인생의 깃발을 잃었습니다. 앞으로 제가 어찌 살아가야 할지 또 동지회는 어떻게 해야 할지 걱정이 태산입니다."

총억이 끼어든다.

"존창이 형, 너무 자책하지마. 선생님이 돌아가실 때 나도 임종을 했는데, 몸은 힘드셨지만 다른 동지들에게 피해를 주지 않고 천주님의 부름을 받을 수 있어 행복하다는 말씀이 있었어. 또 동지회 때문에 인생의 마지막 부분에서 희망이 생겼고, 큰 보람도 느꼈다고 말씀도 하셨어. 인생은 유한한 것이고 때가 되면 천주님이 데려가는 것이니, 나의 죽음을 애석해하지 말라고 당부하셨지. 또 남은 사람들이 동지회를 잘 끌고 나가 동지회가 이루려는 꿈을 실현시키라는 유언을 남기셨어. 우리가 선생님의 유언을 따라 굳건히 나가면 돼."

존창, 창현, 총억은 일신 선생의 산소에서 녹암정사로 돌아와 앞으로 일을 상의한다. 존창이 먼저 여사울을 떠나 만수산 자락인 홍산 지티로 이사갔고 근처에 교우촌을 만들 계획이라고 이야기한다.

창현이 말을 잇는다.

"나는 잘 들어나지 않게 활동하면서 한양을 지켜야 하겠지요. 필공 형제는 평안도 심약으로 임명되어 떠났어요. 주상께서 필공 형제의 재능과 마음 씀씀이를 아껴서 보호해주시려는 것 같아요. 그리고 존창 동지가 몇 년 전에 세례를 준 최한일 형제님이 지난해 사신단 일원으로 북경에 다녀오신 다음 병으로 돌아가셨지요. 몸이 건강치 못해 힘든 일을 이겨내지 못한 것 같아요. 부인이 외아들을 또 역관 일을 시키고 싶지 않다고 하며, 선산이 있는 홍주 오서산 자락의 다락골이라는 곳으로 얼마 전에 이사를 갔어요. 말을 들으니 다락골이 홍산 지티와 멀지 않을 듯해서 약재를 구할 겸 이번에 같이 내려가 한번 만나보려 해요. 모두 집안사람이니 선산도 같이 쓰고 있지요."

존창이 말을 받는다.

"교우촌은 여러 개 있는 것이 좋고, 서로 연결되어 도움을 줄 수 있으면 더 안전하고 좋지요. 같이 다락골에 가보지요. 총억이는 어떤 계획이 있어?"

총억이 답을 한다.

"장인 어르신은 이번 일이 녹암정사에서 비롯된 것으로 생각하시고 녹암정사를 닫으셨어. 사람도 만나지 않고 있지요. 그러면 내가 양근에 있을 필요가 없다. 남촌 본가로 가서 생활이 조금 안정되면 아주 멀리 떠나 볼 생각이야.

먼저 중국에 가보고, 가능하다면 또 형이 가끔 말하는 구라파까지 가볼 생각이야. 구라파 사람은 중국이나 왜까지 많이 온다는데 우리는 왜 못가지? 거기서 새로운 세상을 경험해보고 이 나라에 도움이 될 것이 있으면 배워 와야지. 생각만 하고 아직 가족한테 이야기도 못했어. 자신이 없기도 하고 가지 못할 수도 있고. 갔다가 못 돌아올 가능성도 크고…."

존창이 말을 받는다.

"총억아, 이 나라를 떠나 해외로 가는 것은 가족하고 떨어져야 하고, 또 엄청 위험한 일이지. 그래도 한번 사는 인생인데 꼭 해보고 싶은 것을 해야지. 중국에는 어떻게 가려고? 사신단에 끼어 갔다가 북경에서 사라지면 큰 문제가 되어 중국과 조선에서 계속 찾으려 할 텐데…."

총억이 답을 한다.

"백령도에는 중국 어선이 많이 온대. 은자를 주면 중국어선을 타고 중국에 갈 수 있다고 해. 그것도 위험한 일이지만 세상에 안전한 일만 하고 살 수는 없지. 요즘 책을 보고 중국말을 배우고 있어. 중국에 대해서도 더 공부해야 하고."

창현이 말을 잇는다.

"아! 그래서 저보고 총억 아우가 중국어 책을 구해달라고 했던 거군요. 백령도에서 중국에 가는 방법이 있다고 저도 들었어요. 그러나 중국 어부들을 완전히 믿을 수도 없지요. 또 백령도와 백령도로 들어가는 황해도 포구에 기찰하는 관원이 있어 위험할것이에요. 중국에 도착해서도 어려움이 많을 것이고…."

존창이 말을 받는다.

"총억이가 준비를 많이 했구나. 시간에 쫓기는 일이 아니니 서둘지 말고 해. 중국에 안 가면, 경기도 지역에 교우촌을 만드는 일을 부탁하려 했는데. 이 일은 할 수 있는 사람이 또 있을 것이야. 걱정 말고 자기가 하고 싶은 일 해야지. 어찌되었든 앞으로 우리 다시 못 볼 지도 모른다고 생각하니 마음 한구석이 텅 빈 것 같다. 누구든 만나면 헤어지고, 왔으면 떠나는 것이 인생이야. 모두 건강 잘 챙기고 살자."

존창과 창현은 한양 창현 집에서 하루 자고 같이 다락골로 간다. 길은 온양에서 신양 쪽으로 잡아 여사울 반대쪽으로 도고산을 지난다. 도고산의 또 다른 자태를 볼 수 있다. 여사울 쪽에서 보면 두 사람이 엎드려 마주 보고 있는 모습인데, 이쪽에선 독수리가 웅크리고 앉아 있는듯 우뚝 솟아 있다.

다락골에 도착하니 어수선하다. 최한일 형제의 부인 이 씨는 외아들 인주와 가솔들을 데리고 살 터전을 만들고 있다. 부인 이씨는 경성부인이라 불리고 현명하며 통솔력이 있다. 그러나 가족과 가솔들 모두가 농촌 경험이 없고 다락골이 외진 산골이어서, 터를 잡고 집을 짓는데 어려움이 많다.

　다락골의 위치는 좋다. 넓은 땅이 동남쪽으로 뻗어 삼태기처럼 아늑하다. 가운데로 깨끗한 개울까지 흐른다. 금정 역참도 멀지 않아 농기구 같은 것을 구하기도 어렵지 않다. 좀 멀지만 오서산 자락을 돌아 넘으면 광천이라 젓갈과 소금을 구할 수 있고 일거리도 있다. 존창은 홍산 지티에서 전 영감과 억명이를 데려와 창현과 함께 일을 같이 한다. 전 영감이 예전에 홍낙민 집안의 가솔이었으며 천주교 신자인 김복성이 금정역 근처로 이사와 살고 있다 한다. 복성을 찾아 도움을 받는다. 도와주는 사람이 많아지자 새 터전을 만드는 일이 빠르게 진척된다. 경성 부인과 식구들이 고마워한다.

　존창은 부인과 성미가 살기에는 지티 보다는 이곳 다락골이 더 편할 것 같아, 집터를 얻어 조그맣게 집을 짓는다. 늦은 가을에 존창 부인과 성미도 덕산 친정에서 다락골로 이사를 온다. 새 터에서의 첫 겨울은 먹을 것과 땔감이 많이 부족하다. 내 것을 내 놓으면 다른 사람이 나를 분명 도와 줄 것이라는 믿음을 갖고 나눈다. 서로의 믿음과 도움으로 혹독한 겨울을 무사히 넘긴다. 가족이 모이고 뜻을 같이 하는 사람들이 가까이 있어 버티기 쉽다. 여기에다 오서산이 내어주는 것들이 살아남는 데 큰 도움이 된다. 개암 밤 도토리 다래 머루들이 먹을거리를 보태준다. 가끔 잡히는 토끼 참새 고라니 등은 영양실조에 빠지는 것을 막아준다.

　겨울을 넘기고 봄이 되면서 지내기는 좋아졌지만 힘든 보릿고개를 넘기는 것이 또 걱정이다. 숯을 만들어 금정역에 내다 팔기도 하고 젊은 사람들은 광천 포구로 나가 일을 해 먹을 것을 사오며 보릿고개를 넘긴다. 작년보다는 올해가 올해보다는 내년이 좋아질 것이라는 희망을 갖고 살아간다. 몸은 고되지만 욕심이 작아지니 마음은 오히려 평온해진다.

억명이는 지티에서 홍산읍 쪽으로 10여 리 떨어진 삽티에 또 다른 터전을 마련했다. 고향에서 박해를 받자 가진 것을 버리고 낯선 곳에서라도 천주교를 자유롭게 믿고 싶어 오는 사람이 늘기 때문이다. 여기에 더해 존창과 억명은 전라도 금산과 고산에도 교우촌을 만들어 간다. 금산과 고산은 전라도이지만 충청도와 접해 있고 산세가 깊어, 충청도의 천주교 신자들이 피난하기 쉽고 전라도 신자들도 쓸 수 있는 곳이다. 관헌들이 뒤를 쫓다가도 자신이 속한 도를 넘으면 추격하지 않는 경우가 많기 때문이다. 존창과 억명은 근처 교우촌을 돌봐주러 다니면서 말을 나눈다.

"억명이 덕분으로 홍산 지티와 삽티, 홍주 다락골의 교우촌이 자리 잡고, 많은 신자들이 살아남을 수 있게 되었어. 참 애썼다. 억명이가 만든 교우촌이 없었다면 쫓겨 다니다 굶어 죽고 얼어 죽은 사람들이 많았을 거야."

"선생님, 과찬이십니다. 크게 힘들지 않고 일이 보람 있어 행복합니다. 요즘 나만을 위하는 일보다 남에게 도움을 주는 일이 나에게 기쁨을 더 준다는 것을 느끼며 삽니다. 사람들이 마음속에서 우러나와 진정 고맙다는 말을 할 때 기쁩니다.

선생님께 배우고 천주교를 믿고 나서 남을 생각하며 살 수 있게 되었습니다. 그리고 나를 위해서 사는 것보다, 남을 위해 사는 것이 더 쉬운 듯도 합니다. 자기가 가진 것을 조금만 내려놓으면 되니까요! 요즘은 어떻게 사는 것이 더 행복하고 좋은 인생인가에 대해서도 조금씩 알게 되는 듯합니다. 선생님, 제가 완전히 새로운 삶을 살게 해주어서 고맙습니다."

"억명이가 일만 잘하는 것이 아니라 생각도 깊구나. 참 대견하다. 이제는 어떤 일이건 혼자 해도 될 듯하다. 나도 어떻게 사는 것이 좋은 삶이고 행복한 인생인지 아직 잘 모르고 알아가는 과정에 있다. 우선은 먹는 것, 입는 것, 자는 것에 걱정이 없고, 사는 것이 즐거우면 행복한 것이 아닌가 생각해 볼 수 있지. 그러나 이것만으로는 부족한 것 같다. 무언가 뿌듯함을 느끼는 일, 즉 보람찬 일도 해야 할 듯하다. 그렇지 않으면 행복이 곧 무료함으로 바뀔 수 있을 것이다.

무엇을 위해 사는지, 무엇을 하고 살아야 하는지, 어떻게 사는 것이 행복한 인생인지, 이런 것들을 생각하며 살아가는 것 자체가 행복의 시작일 듯도 하다. 많은 사람들이 이런 생각을 못 하고 하루하루 그냥 보내는 경우가 대부분이지. 천주교를 믿으면 자신이 살고 있는 것을 돌아보는 기회가 많다. 그러면서 더 행복해질 수 있을 것 같기도 하다."

"선생님, 행복하게 산다는 것에 대해 조금 알 듯합니다. 궁금한 것이 또 있어요. 제 눈으로 볼 때 선생님의 여사울 생활은 천주교만 믿지 않으면 행복의 조건을 다 갖춘 듯하고, 좀 전에 선생님이 말씀하신 기준으로 볼 때도 행복한 상태인 듯한데…, 왜 다 버리시고 산골로 다니면서 고생을 하시는지요? 천주교 때문만은 아닌 듯도 하고…, 여러모로 부족한 저로서는 알 듯 모를 듯합니다."

"억명이가 생각하는 것을 보니 이제 학문을 해도 될 것 같구나. 나는 여사울 단원정사에서 사람들을 가르치면서 적당히 존경받고, 먹고 살만도 했지만 무언가 부족감을 느낄 때가 많았다. 단원정사가 안정되어 갈수록 먹고 사는 걱정은 없어졌지만 마음 한쪽에서는 허전함이 커져갔지. 나는 어떤 목표를 이루고 잠시 행복을 느끼고 나면 또 다른 목표를 향해 나가는 버릇이 있어 그런 것 같다. 이렇게 보면 사람이 행복해지기 위해서는 목표를 바꾸지 않아야 하는데 이를 위해서는 어떤 궁극의 큰 목표가 있으면 더 좋을 듯도 해.

나는 궁극의 목표를 천주교로 세우고 그 안에서 작은 목표를 바꾸어 가며 살고 있는 것이지. 그러면 작은 목표가 변해도 문제가 적어서 이지. 내가 천주교를 버리면 먹고 사는 것은 더 편해질지 모르지만, 궁극의 목표를 잃어 방황할 가능성이 크지. 이제 억명이 생각을 들어보자."

"예, 제 생각도 선생님과 비슷한 듯합니다. 천주교를 믿고 나서는 자신감이 생기고 마음이 넉넉해지는 느낌입니다. 예전에는 내 한 몸 편한 것만 생각하고 살았는데 이제는 남을 도와주고 나서 몸은 힘들어도 더 행복해지는 경우가 많아요."

"억명이가 점점 성숙한 인간이 되어 가는구나. 여기서 한걸음 더 나갈 수 있다면 어떨까 한다. 눈에 보이는 사람, 바로 옆에 있는 사람뿐 아니라 보이지 않는 많은 사람, 멀리 있는 사람들에게도 도움이 될 수 있는 일을 한다면 더 좋겠지. 우리가 교우촌을 만드는 것도 그런 일의 하나일 거야. 앞으로 다락골과 홍산, 금산, 고산의 교우촌은 억명이가 많이 도와줘야 할 거야. 나는 다락골로 돌아갔다가 한양에 가봐야 할 듯하다."

억명이는 고산으로 가고, 존창은 다락골로 돌아온다. 존창 부인과 성미는 다락골에서 최인주 일가와 잘 지내고 있다.

존창이 부인에게 말을 한다.

"부인, 그간 고생이 많았겠소. 뭐 특별한 일이 있소?"

"저희야 농사일로 바빴지만 잘 지내고 있지요. 낯선 객지로 돌아다닌 서방님이 더 고생이 심했겠지요. 특별한 일은 인주 어머님이 인주와 성미를 결혼시키면 어떠냐고 말을 하네요. 가족과 상의해보고 답을 준다고 했어요. 그리고 성미가 친딸이 아니고 언니 딸을 어려서부터 키웠다고 이야기도 했어요."

"성미는 어떤 생각인가? 성미가 좋다면 나는 반대하지 않소. 인주 아버님인 최한일 역관은 돌아가시기 전에 좀 알았소. 인품과 학식이 뛰어난 분이고 인주도 성품이 반듯한 듯하고 또 인주 어머님도 훌륭해 보이니 좋은 혼처인 듯하오."

"예, 성미도 좋다고 해요. 둘이 잘 어울려 일하고, 같이 공부하고 놀고 그러지요."

"그러면 날짜를 잡아 조촐하게 혼례를 올립시다. 성미도 이곳 상황을 알기 때문에 혼례식을 간단히 해도 이해할 것이오."

그해 가을 성미와 인주는 혼례를 치른다. 다락골에서 겨울날 준비를 끝내 놓고, 존창은 한양에 간다. 한양에서는 유일 대신 새로운 밀사로 지황과 박요한이 북경에 다녀왔고, 중국에서 오기로 한 신부님을 맞을 준비를 하는 중이다. 그해 한겨울에 지황이 만주 책문에서 후시가 열리는 틈을 이용해 주문모 신부를 만난다. 지황과 주 신부는 많은 고생을 하고 압록강을 건너 의주로 같이 들어온다. 윤유일, 황심, 최인길 등이 의주에서 기다렸다 주 신부를 모시고 한양에 온다.

주 신부는 인길이 한양 계산동에 준비해놓은 집에 머물면서 조선말을 배우고 한양 생활에 적응을 한다. 두 달 여쯤 지나 주 신부가 건강이 회복되고 어느 정도 의사소통이 가능해지자 존창은 주 신부를 모시고 항검, 황심, 인길과 함께 양근의 유일의 집과 녹암정사를 방문한다. 이어 진산을 거쳐 초남이의 항검 집에서 며칠 유숙하면서 근처에 있는 지충과 상연의 무덤과 두 사람이 처형된 전주성을 찾아본다.

존창은 주 신부와 동행하면서 조선 천주교는 주어사 강학회 이후 선교사 없이 신자들이 스스로 공부하여 발전해왔다는 것을 설명한다. 그 과정에서 김범우와 이벽의 죽음, 진산사건과 지충 상연 일신선생의 죽음, 또 많은 일반 신자의 죽음 등 큰 고난이 있었으며, 일부 잘못도 저질렀다고 말을 한다. 존창은 자신을 포함하여 몇몇 지도자들이 세례를 주고 예배를 할 수밖에 없었다는 사실과 지난 진산사건 이후 교회의 붕괴를 막기 위해 배교한 척 했다는 것을 설명한다.

주 신부는 존창을 강하게 질책한다.

"그대는 자격도 없이 세례를 하고 예배를 집전했으니, 그 죄가 아주 무겁습니다. 또한 그대의 배교로 교우들에게 나쁜 본을 보였습니다.

그대는 어떤 보속으로도 죄 사함을 받기 어려운 잘못을 범한 것입니다. 순교만이 그대의 죄를 용서받을 수 있으니 순교를 준비하세요."

존창이 답을 한다.

"예, 신부님. 저도 죽을 때가 되면 기꺼이 죽으려고 순교를 준비 중입니다. 그때는 천주님이 알려주실 것이라고 믿고 있습니다. 더욱이 신부님이 조선 땅에 오셨으니 한결 편한 마음으로 죽음을 기다릴 수 있을 것 같습니다. 저에게도 순교라는 영광의 순간이 곧 올 듯합니다."

옆에 있던 항검이 말을 받는다.

"윤지충, 권상현, 두 순교자는 전주성 남문 밖에서 처형되었고, 제가 시신을 찾아 저희 선산에 안장했습니다. 신부님이 오늘 두 곳을 방문해 기도해주셨지요. 두 순교자는 제 사촌이 되기도 하지만 제가 살아남았기 때문에 시신을 수습할 수 있었고, 또 신부님이나 뒷사람들이 찾을 수 있지요. 앞으로 천주교 박해가 심해지고 순교자들이 많이 나올 것입니다. 수많은 순교자들이 시신도 못 찾고 이름도 남기지 못하고 잊혀질 가능성이 큽니다. 저도 순교를 각오하고 있습니다. 그렇지만 살아서 할 일이 있는 사람은 살아남아야 하지 않을까도 생각해 보았습니다."

주 신부가 말을 받는다.

"순교의 때는 천주님이 알려주실 것이라 믿습니다. 그리고 순교한 곳에는 천주님의 섭리로 큰 성당이 지어질 것이고, 후세의 신자들이 순교자들을 위해 계속 기도할 것입니다. 영광스러운 일이지요. 순교를 두려워 마십시오. 그리고 저는 조선 천주교의 조직을 정비하려 합니다. 지역별 평신도회를 다시 구성하고 교리를 연구하는 조직을 만들려 합니다. 교리 연구모임은 명도회라 할 것이고, 중국에 비슷한 조직이 있습니다."

존창이 답을 한다.

"신도회나 교리모임은 신부님이 결정하시면 될 일이라고 생각합니다. 교리모임이 결성되면 저희들이 사용하고 있는 언문 교리서와 번역서를 모아 보내드리도록 하겠습니다. 신부님이 잘 아실 터이니 감수해주시면 더 정확한 교리서를 만들 수 있을 것입니다. 앞으로의 큰일은 항검 형제님의 말대로 우리에 대한 박해가 심해진다는 것이지요. 박해는 조정의 결정도 있지만 지방의 관장들이 천주교가 싫어서 또는 신자들의 재산을 노리고 스스로 행하는 경우도 많습니다. 신자들이 삶의 터전에서 쫓겨나면 조선은 땅이 작고 가난한 나라라 살아남기가 어렵습니다. 이들의 피난처가 절실히 필요합니다. 저희가 준비는 하고 있으나 충분할지 모르겠습니다. 신부님께서도 관심을 가져 주셨으면 합니다.

그리고 저는 조선 천주교의 미래는 이름도 남기지 못하고 사라지거나 순교하는 수많은 신자들에게 달려있다고 생각합니다. 이들을 기억하고 중히 여기는 것이 아주 중요합니다. 어쩌면 이 일은 천주님만이 하실 수 있겠지만 우리도 노력해야 한다고 생각합니다. 이들에 대해서도 신부님께서 관심을 가져 주시면 고맙겠습니다. 제가 신부님께 부탁을 너무 많이 하는 듯합니다."

존창과 황심 인길, 주 신부는 초남이 항검의 집을 떠나 억명이가 교우촌을 만들고 있는 고산에서 하루 머문다. 이어 이보현과 황심이 사는 연산에 들른다. 연산에서 존창과 주 신부는 헤어진다. 존창은 부활절 예배에 맞추어 한양에서 만나기로 하고 다락골로 간다. 주 신부는 황심 인길과 함께 공주와 덕산, 신창 등을 거쳐 한양으로 간다. 주 신부는 순방 중 많은 사람에게 세례를 주고 예배를 한다. 덕산에서는 정산필에게 세례를 주고 내포지역 신도회장으로 임명한다.

존창은 다락골에 와 성미와 인주 부부의 인사를 받고 부인과 저녁 식사를 한다.

"죽이 맛있네요. 먹을 것이 부족할 때인데 어떻게 끓인 죽인가요?"

"밥을 못해드리고 죽을 드려 죄송해요. 마른 둥굴레 뿌리 가루에다 묵나물 물에 불린 것, 조미가루를 조금 넣어 끓인 것이에요. 맛있으라고 달걀도 하나 넣었지요. 서방님이 오셔서 특별히 만든 것이에요. 보통 때에는 조미가루 대신 도토리 가루를 넣고, 달걀도 안 넣지요. 요즘 마을에 먹을 것이 많이 부족하지만, 여기 사람들이 서로서로 나누어 먹기 때문에 심하게 배곯는 사람은 없어요. 내 것을 내놓으면 다른 사람도 나를 도와줄 것이라는 믿음이 생겨 가능한 듯해요.

사부인인 경성 부인께서 마을 사람들을 잘 대해 주시고 계시지요. 첫째, 둘째 해의 봄이 많이 힘들었지요. 그때는 예전 어렸을 때처럼 또 굶고 살아가야 하는 줄 알았어요. 이제 내 복도 끝났구나 생각했었지요. 조금 있으면 필공 선생님이 씨를 갖다 주신 완두콩을 수확할 수 있어요. 이제 밭이 넓어져 보리타작하기 전에 마을 사람들이 허기를 면하는데 큰 도움이 돼요."

"나 때문에 당신 고생이 참 많소. 가장의 일차 책임은 식구들을 굶주리지 않게 하는 것인데. 동물도 지 무리는 굶지 않게 모든 힘을 다하지. 백성들은 굶주림에서 벗어나지 못하게 하는 나라는 동물 세계보다 못한 것이오. 사람들은 보고 배우는 능력이 뛰어나 지도자들이 조금만 애써 주면 쉽게 굶주림에서 벗어날 수 있소.

예를 들어 완두콩처럼 이른 봄에 심어 늦은 봄이나 초여름에 수확할 수 있는 작물이 더 있으면 좋지요. 아마 중국이나 구라파에는 있을 것이오. 그쪽 날씨가 우리와 다르니. 필공 선생이 중국과 가까운 평안도 심약으로 가셨으니 무언가 가져올 것 같소. 아! 그리고 인주와 성미가 왔을 때 성미 몸이 변한 듯한데, 어디 좋은 소식이 있소?"

"예, 성미가 임신을 했어요. 제가 애를 못 낳아 걱정을 많이 했었는데…, 너무 좋아요. 성미에게 일 많이 못하게 하고 잘 먹게 하고 여러모로 조심시키고 있어요. 근데 서방님은 언제까지 여기 계실 건가요?"

"보름정도 있다가 부활절에 맞추어 한양에 갈 생각이오. 오자마자 또 떠나서 미안하오. 이번에 다녀오면 다락골에서 오래 지낼 생각이에요. 당신이랑 성미 내외랑 새로 태어나는 손자랑 재미있게 지내려 하오. 이번에는 중국에서 신부님이 오셔서 부활절에 제대로 된 예배를 드린다고 해요. 나도 참가해야 할 듯하오. 당신도 가보면 좋을텐데…. 다음에 기회가 있을 것이오."

부활절 날 한양 계산동에서 성대한 예배가 열린다. 북경에서 가져온 성유와 유일이 만든 포도주, 십자고상과 성화, 성물과 서적 등을 준비하여 예배형식을 제대로 갖추었다. 예배 준비는 인길, 유일, 황심 등이 담당하였다. 남녀노소 많은 신자들이 참여한다. 주문모 신부는 부활절 예배 이후에도 예비신자들에게 세례를 주고 교리를 가르치고 예배를 집전한다.

 신도들은 계속 늘어나고 계산동 성당을 중심으로 한양의 천주교가 활성화된다. 평안도 심약으로 갔던 필공도 심약 일을 그만두고 돌아와 자신의 방식으로 전교한다. 보름쯤 지나 존창이 다락골로 돌아갈 준비를 하는데 약용으로부터 급히 보자는 전갈이 왔다. 창현 집에서 존창과 약용, 항검이 모였다.

 약용이 말문을 연다.

 "모두 아시다시피 주 신부님이 오시고 나서 신자들이 늘고, 천주교 모임이 활성화 되고 있습니다. 좋기는 한데 한 편으로는 걱정도 됩니다. 예전에 항검 동지께서 말씀하신 신자가 늘면서 생기는 문제가 터질 듯합니다. 또 그때 저들의 밀정이 우리를 감시하고 있을 것이라고 이야기도 있었지요. 제가 믿을만한 사람을 통해 상황을 알아보니 문제가 심각합니다."

 항검이 깜짝 놀라며 묻는다.

 "상황이 어떻습니까? 약용 동지, 자세히 말씀해주시지요. 저도 지금의 한양 사정을 보면 불안 또 불안 합니다."

 약용이 답을 한다.

 "윤유일과 지황 동지가 밀사로 북경에 다녀온 것과 신분은 이미 다 파악하고, 곧 체포할 것이라 합니다. 그리고 선교사가 조선 땅에 들어왔다는 사실도 알고 있는 듯합니다. 다만 누구인지 어디에 거주하는지는 몰라 탐문을 하고 있는 중이라 합니다. 예배를 공개적으로 하고 많은 신도들이 참석하고 있어 저쪽에서 주 신부님의 신상과 거처를 알아내는 것은 시간문제일 뿐입니다. 어떻게 해야 할까요? 그냥 기다리면 신자들의 피해가 엄청날 것입니다."

창현이 말을 받는다.

"저도 지금 방식의 예배는 걱정스럽습니다. 일반 신자들의 피해도 크겠지만 잘못하면 우리 천주교 공동체가 뿌리 채 뽑힐 수도 있습니다. 활발한 천주교 모임에도 불구하고 너무 조용한 것이 저들이 일망타진을 계획하고 있는 듯합니다. 우리도 비상한 대책을 마련해 대비해야 합니다. 약용 동지! 조정의 분위기를 좀 자세히 말씀해주시지요."

약용이 답을 한다.

"주상께서는 천주교 신자를 엄벌하는 것보다 교화하여 같이 살아가야 한다는 기본 입장을 계속 유지하고 계십니다. 그런데 이를 뒷받침할만한 세력이 조정에 부족합니다. 채제공께서는 재작년에 영의정을 그만 두시고 수원성을 짓고 새로운 도시를 만드는 일에 전념하고 계십니다. 주상께서 수원에 모든 것을 거는 듯합니다.

모두 아시다시피 천주교는 공식적으로 인정이 안 되어, 항상 사문난적으로 몰릴 수 있지요. 또 지난번 진산사건 이후 무군무부의 굴레도 씌워져 있습니다. 언제든 문제가 터져 주상께서 밀리시게 되면 큰 피바람이 불 것입니다. 조정에는 천주교를 빌미로 경쟁자를 쫓아내려는 사람들이 아주 많습니다."

존창이 말을 받는다.

"저도 걱정을 많이 하고 있습니다. 약용 동지가 적기에 모임을 만들어 주셨습니다. 대단히 고맙습니다. 앞으로 천주교 신자에 대한 박해는 많아질 것이고, 지방이 더 심할 것입니다. 한양은 상대방 눈치도 보고 주상도 계시고 해서 조금 조심하겠지만 지방은 관장들이 마음대로 할 수 있지요. 또 지방 토호들이 교인의 재산을 노리고 관장들을 유혹하는 경우도 많습니다. 이제 우리 공동체가 지속될 수 있느냐 없느냐의 갈림길에 온 듯합니다. 어쨌든 주 신부님과 유일, 지황, 인길 형제님을 구해낼 방책을 먼저 찾아야 합니다.

주 신부님과 다른 분들을 먼 산속으로 피신시키는 것은 가능할까요?"

약용이 답을 한다.

"유일, 지황 형제님은 이미 신분이 들어난 듯하고, 인길 형제님도 집 때문에 곧 들어날 것입니다. 가족 전체가 움직여야 하는데 결단하기 쉽지 않을 듯합니다. 준비시간도 필요한데 그전에 체포령이 떨어질 수도 있습니다. 다행히 주 신부님은 저들이 신분을 모르고 혼자이기 때문에 피신하기 쉬운 듯합니다."

창현이 말을 덧붙인다.

"제 생각으로는 유일, 지황, 인길 형제님은 이번 일로 잡혀가는 것을 두려워하지 않을 듯합니다. 신심이 깊어 피신보다는 고초를 겪는다 하더라도 당당히 잡혀가는 길을 택할 듯합니다."

항검이 말을 받는다.

"주 신부님을 피신시키고, 다른 분들은 자신의 선택에 맡기는 방법이 최선 같습니다. 주 신부님이 잡히시면 조선 천주교 전체가 흔들릴 것입니다. 신부님을 다시 모시기도 매우 어렵고…. 우리가 어떤 희생을 치루더라도 신부님을 무사히 피신시켜야 합니다."

존창이 말을 잇는다.

"결론은 모아진 듯합니다. 주 신부님은 조선 천주교 공동체의 모든 힘을 모아 안전하게 피신시키고, 이미 신분이 들어난 분과 들어날 가능성이 높은 인길 형제는 그들의 결정에 맡기는 것입니다.

약용 동지는 주 신부님께 계산동을 떠나 피신해야 하는 이유를 설명해 주시고, 피신하는 날짜와 시간을 정하는 것을 맡아주셔야 할 것입니다. 저는 한양의 일차 피신처와 지방의 이차 장기 피신처를 생각해 놓겠습니다. 주 신부님을 한양을 떠나 지방으로 모실 때에는 저와 항검 동지가 같이 하도록 하겠습니다. 유일 지황 인길 세 형제님과의 접촉은 창현 동지께서 맡아주시면 좋을 듯합니다. 약용 동지가 마무리 겸 더 하실 말씀을 해주시면 좋겠습니다."

약용이 말을 받는다.

"존창 부회장님께서 잘 정리해주셔서 걱정이 많이 줄었습니다. 제 구상은 신뢰할 만한 사람을 찾아 저쪽에 들어가 있는 우리 쪽 밀정을 통해 저들이 찾고 있는 주 신부 관련 정보를 주고, 이 내용이 채제공과 주상께 바로 직보될 수 있게 하려 합니다. 그래야 사태가 확산되지 않고 마무리될 것입니다. 그런데 우리 밀정에게 주 신부님 관련 정보를 줄 사람을 찾는 것이 어려울 것 같습니다. 엄청난 악역으로 조선 천주교 역사에 나쁜 이름이 남을 가능성이 큽니다. 예수님을 팔아넘긴 가롯 유다와 비슷하게 보일 수 있지요. 나설 사람이 없을 것 같지만 무슨 수를 써서라도 제가 찾아 설득해보겠습니다.

그리고 이 일은 시간이 많지 않을 뿐 아니라 비밀을 철저히 지켜야 합니다. 또 저쪽에 정보를 흘리는 것과 주 신부님을 피신시키는 일이 톱니바퀴처럼 한 치의 오차도 없이 맞물려야 주 신부님을 안전하게 피신시킬 수 있습니다. 저는 최선을 다하겠습니다."

며칠 후 진산사건 이후 배교했던 진사 한영익이 열렬한 신자인 여동생을 통해 계산동의 주 신부를 찾아가 그간의 잘못을 고백한다. 간절하게 세례를 부탁드리고 주 신부의 입국 과정 등을 알아본다. 그리고 얻은 정보를 궁궐의 별군직으로 있는 이석에게 주고 이석은 이를 채제공에 알린다. 이석은 이벽의 동생으로 약용과 가깝다. 채제공의 보고를 받은 정조는 포도대장을 불러 관련자들을 즉시 체포하되 사건을 은밀하게 처리하도록 지시한다.

약용은 때를 맞추어 계산동으로 가 존창, 항검 등과 함께 남대문 근처 완숙의 집으로 주 신부를 피신시킨다. 계산동 성당 집주인인 최인길은 역관 집안 출신이기 때문에 중국어를 할 수 있어 포교들이 오면 주 신부 행세를 해 시간을 벌기로 한다. 결국 인길, 유일, 지황은 각자의 거처에서 잡힌다. 세 명은 의금부에서 혹심한 고문과 매질로 인해 잡혀 온 다음날 새벽에 모두 죽는다.

사람의 목숨을 거두는 사형은 엄정한 절차를 거치도록 한 조선의 사법체계를 볼 때 이는 매우 드문 일이다. 주 신부의 행방을 찾으려는 것보다 관련자의 입을 막고 사건을 덮으려는 모양새이다. 며칠 지나 사건이 알려지자 많은 상소가 올라온다. 중국인 신부는 못 잡고 그 정보를 알고 있는 사람들은 죽여 버렸으니, 일을 이렇게 잘못 처리한 사람을 엄벌하라는 내용들이다. 또한 이 사건의 배후에는 이가환, 정약용, 이승훈이 있으니 이들을 철저히 조사하고 천주교를 엄금하라는 상소도 계속 올라온다.

　정조는 거센 역풍을 못 이겨 전국에 천주교를 금지하는 공문을 내려 보내고, 중국인 신부를 빠른 시간 내에 잡으라고 명을 한다. 이어 공조판서 이가환은 충주목사로, 승지 정약용은 금정찰방으로 좌천시키고 이승훈은 예산으로 유배를 보낸다. 금정찰방은 충청도 홍주목에 있는 역참인 금정역을 관장하는 한직이다. 약용은 요직인 승지에서 4품계나 떨어진 시골구석 역장으로 좌천된 것이다. 우연인지 모르지만 금정역은 교우촌이 만들어지고 있는 다락골 근처이고 홍산의 지티에서도 멀지 않은 곳이다.

　조정에서 천주교 관련 삼흉으로 지목된 이가환, 정약용, 이승훈 3인의 신상이 처리되자 정국이 일시 조용해진다. 이 틈을 타 존창과 항검은 주 신부를 완숙의 집에서 이보현이 사는 충청도 연산으로 피신시킨다. 연산의 이보현 집은 사람들에게 잘 알려지지 않았고, 주 신부와 소통이 잘되는 황심도 같이 살기 때문이다. 연산에서 존창은 다락골로, 항검은 전주 초남이마을로 간다.

　존창이 다락골에 도착하니 초가을이다. 보릿고개를 넘기고 여름을 지내니 먹을거리가 많아진다. 마을 사람들의 마음도 편해지고 표정도 밝다. 오이 호박이 막바지지만 한창 나오고, 산에는 개암과 밤, 머루 다래가 나기 시작하는 철이다. 또 곧 벼를 타작해 밥을 먹을 수 있다. 그런데 집에 가보니 존창 부인이 아파 누워 있다.

　존창이 걱정이 되어 어쩐 일이냐고 물어보니 간호하던 성미가 답을 한다.

　"보름 전쯤부터 어머님이 기운이 없고 머리가 무겁다고 하시네요. 식사를 거의 못하고 있어요. 걱정이 많이 돼요."

존창 부인이 몸을 일으키며 말을 한다.

"서방님이 오셔서 이제 나을 것이에요. 한양에서 복잡한 일이 있었던 모양이에요. 잠깐 다녀오신다더니 다섯 달이나 연락이 없어 걱정이 많았어요. 성미도 곧 몸을 풀어야 하는데, 첫 애는 많이 힘들다고 하는데…."

존창이 말을 받는다.

"한양 일은 천천히 말해줄 것이오. 많이 복잡했지만 잘 정리되었소. 우선 당신이 잘 먹고 기운을 차리는 것이 중요하오. 먹고 싶은 것이 무엇이오? 내가 다 구해올 테니…. 그런데 성미는 어떠냐? 해산일은 언제고?"

성미가 답을 한다.

"해산일은 보름 정도 남은 듯해요. 뱃속 아기도 저도 건강해요. 걱정 마세요. 잘 할게요."

존창이 말을 받는다.

"성미는 이제 건너가서 쉬어라. 수고 많았다. 엄마는 내가 돌볼게. 사부인께 안부 전하고, 최 서방은 내일 편할 때 인사하러 오라고 해라."

성미는 밥과 죽, 반찬 조금을 부엌에 가져다 놓았다고 이야기하고 자기 집으로 간다. 존창은 필공에게 배운 기억을 더듬어 약을 만들어 주고, 먹고 싶다는 음식도 해준다. 지극한 간호 덕인지 존창 부인은 조금씩 회복된다. 보름쯤 지나 성미가 아들을 순산한다. 마을의 큰 경사이다. 특히 사위 인주가 외아들인데다 혼례를 치르고 일 년 만에 바로 아들을 낳으니 사돈집에서 크게 기뻐한다. 그런데 좋은 일과 나쁜 일이 같이 오는 법인가…. 존창 부인이 또 몸져 눕는다. 존창이 열심히 돌보아도 차도가 없다.

그러던 차에 근처에 사는 김복성이 마을로 와 새로 부임한 금정역 찰방에 대한 소식을 전한다. 한양에서 높은 벼슬자리에 있던 정약용이란 분인데 이분이 부임하자마자 천주교 신자를 찾아내고 있다고 한다. 그리고 선생님 성함을 어떻게 알았는지, 어디에 계신지 묻고 만나고 싶다고 한다. 존창은 약용과 김복성의 집에서 만나기로 한다. 주변 사람을 멀리 물리치고 존창과 약용 둘이서만 조용히 대화를 한다.

먼저 약용이 말문을 연다.

"주상께서 급히 내려가라 한데다 신부님 때문에 경황이 없으실 듯하여 인사도 못드리고 왔습니다. 연전에 하신 말씀을 되짚어 보니 이 근처에 계신 듯해 천주교 신자를 찾아 소식을 전했습니다."

"조정이 조금 조용해진 틈을 타 신부님을 잘 모시고 왔습니다. 약용 동지 덕에 신부님은 안전하게 피신시킬 수 있었습니다. 그런데 약용 동지가 오지인 금정찰방으로 오실 줄은 생각도 못했습니다. 주상께서 어떤 복안이 있으신 듯합니다. 혹시 제가 도와드릴 일이 있으면 말씀하시지요."

"예, 제가 한양을 떠날 때 주상께서 두 가지를 꼭 해결하라고 말씀하셨습니다. 첫째는 금정이 천주교 신자가 많은 내포지방과 가까우니 비중 있는 천주교도를 체포하라는 것입니다. 이를 통해 제가 천주교와 완전히 결별했다는 것을 조정에 알리라는 것이겠지요. 둘째는 남인 쪽 성호학파 중에서 서학을 공격하는 세력이 이 근처에 많이 자리 잡고 있는데 이들과 관계를 개선하라는 것입니다. 덤으로는 이곳이 채제공의 근거지인 청양과 가까우니 채제공 집안의 선비들도 잘 사귀어 놓으라는 것입니다. 존창 부회장께서는 덕산에 사는 이삼환이라고 아시는지요? 이 사람이 성호 이익의 집안사람으로 서학을 극렬히 배척하고 있다고 합니다."

"예, 압니다. 이병휴 선생님의 양자이지요. 이삼환은 이병휴 선생님과는 달리 앞뒤가 꽉 막힌 선비이지요. 이제 나이가 많을 텐데도 천주교를 믿는 사람을 핍박하는 등 활발히 활동하고 지내지요. 또 근처에 사는 이도명이나 이광교 같은 선비들도 비슷한 성향입니다. 이분들은 과거급제와 출사만이 인생의 가장 중요한 목적입니다. 이웃들과 더불어 사는 것이나 학문에는 별로 관심이 없습니다. 이분들의 자식이 단원정사에서 공부를 해서 제가 조금 압니다. 그리고 주상께서 내주신 첫 번째 숙제인데요. 이곳 충청도에서 비중 있는 천주교도라면, 호서 사학의 괴수라고 지칭되는 저일텐데….

예, 좋습니다. 주변을 정리할 시간을 주시면 제가 잡혀가도록 하겠습니다. 지금 집사람이 아픈 것이 문제이고 나머지는 쉽게 정리될 듯합니다."

"어려운 결정을 내려주셔서 제가 어쩔 줄 모르겠습니다. 제가 주상께 편지를 올릴 것이고 주상께서 충청감사에게 필요한 조치를 하실 것입니다. 좀 불편하시겠지만 신상에는 큰 문제가 없을 것입니다. 무엇보다 주상께서는 인재를 아끼십니다. 존창 부회장님과 필공 동지가 대표적이십니다. 두 분 다 능력이 뛰어날 뿐 아니라 백성을 아끼고 나라 전체를 생각하는 공심이 있다고 생각하고 계십니다. 주상께서는 수원성을 완성하고 조정 일을 정리하시고 나면 이 나라 조선을 완전히 새롭게 바꾸려고 하십니다. 이때 존창 부회장님과 같은 인재를 찾아 쓰실 생각이십니다."

"희망을 갖고 살 수 있을 듯합니다. 조선 천주교는 주 신부님이 오시고 신자들이 많이 늘어나서 제가 없어도 계속 발전할 것입니다. 또한 제가 준비해온 교우촌도 맡아서 해줄 사람이 있어 걱정이 적습니다. 제 집안 문제만 정리되면 복성 형제를 통해 바로 연락드리겠습니다. 제 문제보다는 다른 숙제에 주력하셔서 조정으로 빨리 복귀하셔야지요. 그리고 부탁이 하나 있습니다. 한양에 소식을 전할 때 창현 동지께 제 편지를 전해주셨으면 합니다. 필공 형제와 같이 제가 사는 곳으로 와주십사 하는 내용입니다. 지금 편지를 써놓고 가겠습니다. 제 도움이 필요한 것이 있으면 언제든 복성 형제를 통해 연락을 주십시오."

"예, 알겠습니다. 존창 부회장님께 큰 신세를 지는 듯합니다. 형수님의 쾌차를 빌겠습니다. 또 연락드리겠습니다."

존창은 약용과 헤어져 다락골로 온다. 존창 부인은 존창의 지극한 돌봄에도 차도가 없다. 산모 성미는 건강하고, 갓난아이는 무럭무럭 자란다. 외손자인 아이 이름은 최영준으로 지어주었다. 애타게 기다리는 필공은 오지 않고 존창 부인은 계속 아프다.

존창이 손을 잡고 위로를 한다.

"많이 힘들겠소. 입맛이 없더라도 미음이라도 먹고 힘을 내야지. 조금만 있으면 필공 선생이 오실 것이오. 내가 한양에 연통을 넣어놨소. 조선 최고의 명의인 필공 선생이 오면 당신은 곧 쾌차할 것이오."

존창 부인이 힘들게 말을 받는다.

"저도 빨리 낫고 싶은데 몸이 말을 안 들어요. 혹시 필공 선생이 빨리 오시면 나을 지도 모르겠어요. 저는 서방님과 혼례를 치르고 참 행복했어요. 결혼하기 전에는 능력도 없으면서 자식을 낳아 고생시키는 부모님을 많이 원망했었지요. 저는 결혼해도 애는 낳지 않을 것이라고 생각했어요. 그래서 애를 못 난지도 모르겠어요. 그런데 서방님을 만나 많은 것을 알게 되었어요.

결혼 전에 제가 굶주리고 못산 것은 부모님 때문이 아니라 세상이 잘못 되어서 그렇다는 것을 알게 되었지요. 부모님 원망도 안 하게 되었어요. 또 이런 세상을 바꾸려는 서방님이 존경스럽고 제가 옆에서 도와준다는 것이 더없이 행복했어요. 그리고 성미가 결혼하고 아들을 낳아 제가 손자까지 안아봤잖아요. 더 살고는 싶지만, 곧 죽어도 억울하지는 않아요. 죽음은 언젠가 모두에게 오는 것이잖아요. 여기에다 천주님까지 믿게 돼서 죽은 다음 천당에 갈 수 있다는 희망도 생겼지요. 서방님을 만난 것이 행운이고, 지금까지 행복하게 살았어요. 서방님은 서방님이 꿈꾸는 일을 계속하셔야지요."

존창이 눈시울을 붉히며 말을 한다.

"당신이 나 때문에 행복했다니 고맙소. 나는 당신을 고생만 시켰다고 생각했는데…. 우리 둘이 행복하게 더 오래 살아야지. 당신은 속으로 강한 사람이라 이번 병도 잘 이겨낼 것이오. 내가 주물러 줄 터이니 한숨 푹 자요. 그러면 입맛도 돌고, 병을 털고 일어날 수 있오"

존창 부인은 회복하지 못하고 며칠 후 세상을 떠난다. 존창은 슬픔과 상실감이 북 받쳐 오른다. 주변 사람들 위해 애써 담담한 자세를 유지한다. 장례는 마을 사람들끼리 소박하게 치르고, 무덤은 근처에 쓴다. 성미가 아주 많이 슬퍼한다. 마을은 곧 일상으로 돌아간다. 갈 사람은 가고 산 사람은 살아가는 것이 세상이다.

며칠 후 창현과 필공이 다락골로 온다. 필공은 존창 부인이 죽었다는 말을 듣고 심하게 자책을 한다. 존창은 창현과 필공에게 금정찰방으로 와있는 약용을 만난 이야기를 하면서 자신이 조만간 잡혀서 공주감영으로 압송될 것이라고 말을 한다. 그리고 필공에게는 모두 천주님의 뜻이니 너무 자책하지 말라 한다. 시간이 허락하는 대로 다락골에 머물러 마을 사람을 치료해주고, 원하는 사람에게 의술을 가르쳐주라고 부탁을 한다.

필공이 답을 한다.

"예, 그리 하여야지요. 제가 다른 환자가 있어 미적거리다가 부회장님 부인을 돌아가시게 했어요. 너무 마음이 아파요. 의술을 알고 다루는 사람이 많아야 더 많은 사람이 혜택을 보는 것이지요. 내가 직접 치료하는 것도 중요하지만 이제부터는 의술을 펼 수 있는 사람을 가르치는 일에 더 시간을 쏟으려 해요. 저도 언제 죽을지 모르잖아요. 그건 그렇고 부회장님이 잡혀가셔도 괜찮은 것인지요?"

존창이 답을 한다.

"자유롭지는 못하겠지만 큰 문제는 없을 듯합니다. 약용 동지가 주상께 편지를 보낼 것이니까요. 또 천주님이 보살펴 주실 테니 걱정이 없습니다. 그리고 홍산, 금산, 고산의 교우촌이 커지고 있어요. 시간이 되면 거기도 한번 다녀와 주시면 많은 사람들이 필공 선생의 의술 혜택을 볼 수 있을 것입니다."

필공이 좋다고 하고 우선 다락골에서 잠깐이나마 성미에게 의술을 가르친다. 존창은 홍산 지티에 가 전 영감에게 고산의 억명이를 데리고 다락골로 와 달라고 부탁을 한다. 이레쯤 지나 사람들이 다락골에 모이자 자신은 곧 잡혀가야 하고 그러면 자유롭게 다니기 어려울지도 모른다고 이야기한다. 전 영감과 억명이에게 홍산, 금산, 고산의 교우촌을 이끌어 달라고 부탁한다. 또 자신이 앞으로 어디에 있게 될지 모르지만 자신이 있는 곳을 알게 되면 가끔 소식을 전해달라는 말도 한다. 창현은 한양으로 돌아가고, 필공과 억명이는 홍산, 금산을 거쳐 고산으로 간다.

가을이 깊어지면서 다락골 식구들은 겨울나기를 준비한다. 벌써 여러 번 하던 것이라 익숙하고 걱정이 덜하다. 존창은 성미와 인주를 불러놓고 자신이 곧 떠나야 하고 이번에 떠나면 자신의 의지와 무관하게 살아야 하고, 다시는 다락골에 못 올지도 모른다고 이야기한다.

성미가 펑펑 울면서 말을 한다.

"아! 어머니 돌아가신 지 얼마 안 되었는데, 아버님마저 떠나시면 저희는 누굴 믿고 살아요."

존창이 말을 받는다.

"성미 마음을 잘 안다. 어머니를 저 세상으로 보내자마자 이 애비까지 떠난다니, 가슴이 무너져 내릴 것이다. 그럴 때는 더 나쁜 경우나 더 힘든 사람을 생각해봐라. 성미는 결혼을 하고 아들을 낳은 다음 어머니가 돌아가셨잖아…. 더 일찍 부모님을 잃은 사람도 참 많다. 부모님 얼굴도 못 보고 크는 사람도 있고.

사람은 언제인가 모두 죽는다. 조금 더 살아도 머지않아 죽을 것이고, 그때 가서 슬프기는 마찬가지다. 그래도 우리는 천주님을 믿고 의탁할 수 있어 한결 마음이 편하지. 또 세상은 철이 바뀌듯 주인공도 바뀌는 것이다. 지금부터는 최서방과 성미가 책임지고 이 마을을 끌어갈 때가 온 것이지. 최서방! 잘 해낼 수 있겠지. 이제 자네들의 시대가 온 것이야. 알겠지!"

인주가 답을 한다.

"예, 아버님. 사람들과 어울려 살기 좋은 마을을 만들어 가는 일이 고생스럽고 쉽지는 않지만, 보람 있고 재미있습니다. 중국어 공부를 해서 역관의 길을 가는 것보다 주변 사람들에게 더 도움이 되는 듯합니다. 제가 주인공이라 생각하고 열심히 하겠습니다. 걱정 마십시오."

존창이 한손으로는 성미의 손을 잡고, 다른 손으로 영준의 볼을 쓰다듬으면서 말은 한다.

"사람은 만나면 헤어져야 한다는 말을 알지. 금순이 고모가 그랬고, 어머니, 아버지도 그렇다. 천주님이 항상 곁에 계시니 훨씬 좋을 것이다. 어려울 때 기도하며 지내고, 이 아버지를 위해서도 기도해줘라. 나도 너희들을 위해 항상 기도할 것이다.

자, 이제 천주님께 우리 모두를 보살펴 달라고 기도하자."

존창, 성미, 인주는 기도를 하고 헤어진다.

다음날 존창은 복성을 통해 약용에게 준비되었다고 통보하고 며칠 후 공주감영으로 압송된다. 약용은 정조의 가장 큰 숙제를 해결하고 다음 문제를 풀어나간다. 초겨울에 온양 봉곡사에서 이삼환을 좌장으로 하여 성호 이익 학문에 대한 강학회를 열흘 간 갖는다. 초고 상태인 이익의 저서인 가례질서를 교열하며 읽을 만한 책으로 만들어 준다. 이익의 후손들이 좋아한다. 그해 한겨울에 약용은 정조로부터 조정 복귀를 명받는다.

　존창은 공주감영의 옥에서 또다시 형식적으로나마 배교를 해야 하는 상황에 빠진다. 마음이 불편하지만 살아남는 길을 택한다. 이 또한 천주님의 뜻이라고 받아드린다.

　다락골, 홍산, 금산, 고산의 교우촌 식구들은 자신들의 노력으로 혹독한 겨울을 지내고 있다. 새로 온 사람들은 땅을 파 만든 움막에 억새나 띠로 지붕을 간단히 만든 거처에서 얼어 죽지 않고 버텨내야 한다. 이들은 천주님을 믿기 위해 갖고 있는 많은 것을 버리고, 하루하루 힘들게 사는 사람들이다.

5
천안연금과 마지막 기도

존창은 정조가 충청감사에 내린 밀지에 의해 공주감영 옥사에서 풀려난다. 천안에서 유배형과 비슷한 생활을 하게 된다. 정조는 존창을 천안 관아 부근에 살게 하고, 천주교 관련 일은 하지 못하게 한다. 그러나 그의 신상은 철저하게 보호하여야 하며, 주변에 문제가 생기면 공주감영의 옥에 다시 가두어 두어서라도 안전을 지키라고 지시한다.

　존창은 천안삼거리 근처의 주막거리 안쪽에 허름한 초가집을 빌려 살아간다. 부인을 잃고 가족과 헤어지고 세상과 단절된 어려움을 안고 산다. 매일 아침 관아로 나가 자신이 도망가지 않고 잘 있다는 것을 보여주어야 한다.

　존창은 여느 날과 같이 관아에 들려 잘 있다는 것을 알리고 나오려는데, 이방이 소매를 잡고 말을 한다.

　"존창 선생, 잠시 이야기를 나눌 수 있는지요? 요즘 어떻게 시간을 보내시는지요?"

　"특별히 하는 일은 없습니다. 가져온 책도 없어 독서도 못 하고, 못 쓰는 시를 가끔 써보기도 하고, 주변 산책을 하면서 시간을 보냅니다.

일할 수 있는 사람이 무위도식하는 것도 죄입니다. 제가 할 일이 있으면 알려주세요."

"아시다시피 우리들의 임무는 존창 선생의 신상에 무슨 일이 생기지 않게 보호하는 것입니다. 존창 선생이 우리들 주변에 있으면 저희는 맘이 편합니다. 괜찮으시다면 저희 자식들을 가르쳐 주실 수 있는지요. 천주학이나 서학은 빼고 유교 경전과 셈법 같은 것을 공부시켜 주면 됩니다. 보수는 드릴 것입니다. 존창 선생이 충청도 최고의 학자이시고 여사울에서 단원정사라는 학당을 운영하셨다는 것은 저희가 잘 알고 있습니다."

"예, 좋습니다. 서학이나 천주학을 가르치는 것에 대해서는 걱정을 안 하셔도 됩니다. 제가 충청감사와도 약조한 일입니다. 아이들이 배울 책은 있겠지요? 제가 갖고 있는 책이 없어서…. 언제든 시작할 수 있어요. 장소는 어디가 좋을까요? 우리 집에서 해도 좋지만 좀 멀고 누추하지요."

"장소는 제가 관아 가까운 곳으로 알아보겠습니다. 장소가 결정되면 가능한 빨리 시작했으면 좋겠습니다."

"예, 좋아요. 언제든 시작할 수 있어요. 준비되면 알려주세요."

존창은 아전 아이들에게 사서삼경과 기초적인 셈법 등을 성심껏 가르친다. 누구라도 미래가 있는 사람들에게 가르침을 준다는 것은 보람찬 일이다. 이 아이들은 앞으로 또 아전이 되어 백성들의 일상생활에 많은 영향을 줄 것이다. 이 아이들에게 천주교는 전파하지 못해도 천주님의 가르침이신 정직해라, 남의 것을 탐하지 말라, 네 이웃을 사랑하라 등을 성리학의 교리와 연결해 가르친다. 아이들이 잘 따라온다. 아이들의 지식이 늘고 생활태도가 좋아지면서 존창을 대하는 아전들의 태도가 조금씩 우호적으로 변한다. 존창의 천안 생활도 안정되어 간다.

아이들을 가르치는 일은 이레에 하루씩 쉬고, 쉬는 날에는 집에서 묵상과 기도를 한다. 근처에 단골 주막도 생겨 가끔 가 밥도 사먹고 술도 한잔 한다. 그리고 존창이 공주감영에서 풀려나 천안에서 연금 생활을 하고 있다는 소식이 주변에 알려지고 사람들이 찾아오기 시작한다. 먼저 항검 집안의 천리인인 이복돌이 찾아온다.

조심스럽게 사립문을 밀고 들어오며 말을 한다.

"안에 누구 계십니까? 여기가 혹시 존창 어른 댁 아닙니까?"

"아, 이게 누구인가! 복돌 형제님이구만. 반가워요. 내가 여기 사는지 어떻게 알았어요? 항검 공도 평안하시구요?"

"아! 제가 잘 찾았습니다. 항검 어르신은 잘 지내고 계십니다. 어르신이 전라감영을 통해 충청감영에 연통을 넣어, 존창 어른이 천안에 계신 지를 알아내셨습니다. 저보고 한양 가는 길에 천안에서 찾아뵈라 하셔서, 주막거리에서 물어 찾아왔습니다. 무탈하시지요?"

"예, 잘 지내고 있어요. 들어오세요. 저녁식사는 했는지요? 오늘은 우리 집에서 자지요. 복돌 형제님이 오니 세상과 끊어졌던 길이 다시 이어진 듯해요. 마음이 한결 편해지고 좋네요. 고마워요."

"저는 아래 주막에서 저녁을 먹고, 잘 방도 잡아놨습니다. 거기서 자는 것이 좋을 듯합니다. 낼 새벽에 한양으로 갈 터인데 전하실 말씀은 있으신지요?"

"자는 것은 편한 대로 하시고, 한양에 가서 창현 형제님을 만나면 제가 천안에서 자유롭지는 못하지만 그럭저럭 잘 지내고 있다는 소식을 전해주십시오. 혹시 창현 형제께서 천안에 오게 되면 공덕 제 집에서 셈법과 천문에 관한 책, 붓과 벼루, 먹, 종이 등을 가져와 달라고 부탁해주세요. 그리고 항검 공께도 안부와 고맙다는 인사를 전해주세요."

복돌은 잘 전하겠다고 말하고 주막으로 돌아간다. 존창은 세상과 다시 연결되었다는 흥분으로 새벽까지 잠을 못 이룬다. 여사울과 녹암정사를 오가던 일, 단원정사와 다락골 일들을 생각하며 밤새 뒤척인다. 복돌 형제가 다녀갔지만, 한참 동안 다른 소식은 없다. 무언가 기다리면 시간이 더 더디게 흐른다.

지루한 시간이 지나 창현과 필공이 저녁녘에 천안삼거리 존창의 집으로 찾아온다. 아주 반갑다. 서로 안부를 묻고 창현이 존창이 부탁한 물건과 함께 한양의 공동체 소식과 조정 분위기를 이야기해준다. 그간 몰랐어도 잘 살아왔던 내용이지만 궁금증이 풀려 기분이 좋다.

"우리 천주교 공동체는 주 신부님이 얼마 전 한양으로 돌아오셔서 크게 활기를 띄고 있습니다. 완숙 자매님 댁에서 거주하시며 아주 조심스럽게 활동하고 계십니다. 포도청에서 계속 주 신부님의 행방을 찾고 있을 터이라, 사람들 눈에 안 띄려고 노력하십니다. 교리 연구모임인 명도회도 만들고 계시지요. 전교 활동은 일반 백성보다는 양반 가문의 사람을 주 대상으로 하고 있습니다. 또한 완숙 자매와 함께 양반 댁이나 종친 집안의 부녀자에게도 적극 전교하고 계시지요.

저는 예전처럼 저희 집에서 같이 모이던 사람들 중심으로 이레에 한 번 예배를 드리고 있습니다. 조정은 벼슬자리 싸움이 더 심해진 듯합니다. 약용 동지는 한양에 왔지만 반대 세력의 견제로 자리를 제대로 잡지 못하고 있습니다. 어떤 자리에 임명되면 반대 상소로 곧 물러나곤 합니다. 주상께서 신경 써 주셔도 도와주는 사람들이 부족해 쉽지 않습니다. 다시 지방의 관장으로 나갈 지도 모르겠습니다.

그리고 주상께서 많은 공을 들이고 있는 수원 화성 건설은 막바지에 이른 듯합니다. 주변과 내부정비까지 마치려면 시간이 더 걸리겠지만 큰 공사는 끝났다고 합니다. 수원화성이 완성되면 천도하거나 천도에 버금가는 변혁이 있을 것이라는 소문이 있습니다. 세상은 천지개벽과 같은 큰 변화를 바라고 있는 것이지요. 우리 동지회가 구상하는 개혁이 수원화성에서 일부라도 이루어졌으면 좋겠습니다."

존창이 말을 받는다.

"덕분에 우리 천주교 공동체와 조정의 소식을 알았습니다. 수원 화성이 완성되고 조정에 큰 변화가 있을 때 혹시 무언가 할 일이 있을지 기대를 해보곤 합니다. 필공 형제님은 어떻게 지내시는지요? 여전히 어려운 사람을 찾아 치료해주실 테고, 종루 거리에 나가 대놓고 천주교를 전파하시는 일도 계속 하시는지요?"

필공이 답을 한다.

"이제 대낮에 큰길에서 천주님 말씀을 전하는 것은 안 하고 있습니다. 여기 창현 형제님이 다른 신자들에게 피해줄 수 있다고 말씀하셔서 따르고 있습니다. 그리고 아픈 사람을 찾아 치료해주는 일은 계속하고 있는데 회의가 듭니다. 대부분 병은 먹는 것과 생활습관과 관계가 깊습니다. 이것을 바꾸지 못하면 병이 또 도지지요. 부자들은 너무 잘 먹어서 병이 생기고, 못사는 사람은 너무 굶주려서 병이 생깁니다. 또 부자나 선비들은 몸은 너무 적게 움직여서 병이 생기고, 농민들은 나쁜 자세로 너무 일을 많이 해서 병이 생깁니다. 이런 것들을 고쳐야 하는데 어렵습니다. 어려운 사람은 먹고살기 바쁘고, 부자들은 편한 것을 좋아해서 그렇지요. 병을 고쳐주고 다시 가보면 또 같은 병이 생겼어요.

요즘은 병을 고쳐주는 것보다, 어떻게 해서라도 근본적인 문제를 해결해야 한다고 생각하고 있습니다. 어떤 것이 부족하면 어떤 병이 생기는지 공부해야 하고, 우리 의서 중에는 중국의 의서 내용이나 민간에서 떠도는 치료법을 그대로 옮겨놓은 것이 꽤 있습니다. 이것들이 실제 효과가 있는지 확인도 필요하고요. 할 것은 많은데 진척은 없고 고민만 많은 듯합니다.”

존창이 말을 받는다.

“필공 형제님은 큰 명의의 길을 가고 계십니다. 작은 명의는 병을 잘 고치는 의원이지요. 작은 명의는 아픈 사람이 많아서 계속 찾아오면 대접을 잘 받고 유명해지겠지요. 작은 명의는 아픈 사람이 계속 생겨야 좋지요. 반대로 큰 명의는 아픈 사람을 완전히 치료해 다시는 같은 병으로 고생하지 않게 하지요. 더 나아가 사람들의 병을 예방해 환자가 적게 생기게 하는 의원이이지요. 큰 명의는 시간이 지나면서 찾아오는 환자가 줄고 좋은 대우도 못 받을 수 있습니다.

우리 필공 형제님은 남들이 잘 가지 않는 큰 명의의 길을 선택하신 것입니다. 존경스럽습니다. 제가 도와드릴 것이 있으면 좋겠습니다. 그리고 지난번 평안도 심약으로 가셨을 때 보리타작 전에 수확할 수 있는 완두콩 같은 작물은 찾으셨는지요? 예전에 주신 완두콩이 다락골과 다른 교우촌에서 보릿고개를 넘기는 데 큰 도움이 되고 있을 겁니다."

필공이 답을 한다.

"제가 큰 명의라는 것은 과찬이시고, 이제 겨우 길을 알고 노력하고는 있습니다. 그리고 존창 형제님이 말씀하신 작물은 제가 중국과 가까운 평안도에서 찾은 것이 감자라는 것입니다. 감자는 완두콩과는 달리 중국에도 들어온 지가 얼마 안 돼 재배방법이 일정치는 않습니다. 감자는 무처럼 뿌리를 먹는데 씨눈이 있는 감자를 이른 봄에 쪼개어 심으면 하지 전에 수확할 수 있는 것 같습니다. 제가 한양에서 심어봤는데 잘 되었습니다. 이른 봄에 심어 완두콩보다는 조금 늦지만 보리타작 전에 먹을 수 있습니다.

보릿고개 때에는 하루하루 연명하는 것이 문제라, 그때 먹을 수 있는 것은 무엇이든 중요합니다. 사람들이 건강을 유지하기 위해서는 우선 굶지 않고 하루에 한두 끼라도 먹을 수 있어야지요. 감자가 보릿고개를 넘기는 데 큰 도움이 될 듯해 씨감자를 가져왔습니다. 조금 심어보시지요. 이번에 다락골을 거쳐 고산까지 다녀오려 합니다. 가서 씨감자를 전해줄 생각입니다."

존창이 말을 잇는다.

"고맙습니다. 참으로 대단한 일을 하시고 계십니다. 귀한 것인데 꼭 심어서 잘 키워 보겠습니다. 창현 형제님도 같이 가시나요?"

창현이 말을 받는다.

"저는 다락골까지는 같이 갔다가 필요한 약재를 구한 다음 한양으로 돌아갈 생각입니다. 내일 아침 일찍 떠나고 돌아올 때 잠깐 또 들르겠습니다. 형제님이 천안삼거리에 계셔서 오며가며 들르기 좋습니다."

존창이 말을 받는다.

"예, 자주 들러주시면 저는 지내기가 한결 좋습니다. 필공 형제님도 시간이 허락하면 들려주세요. 낼 아침식사는 아래 주막에 내려가 하지요. 제가 세 명분 식사를 미리 주문해놓겠습니다."

다음 날 아침, 창현과 필공은 떠나고 존창은 같은 일상을 보낸다. 창현이 책 몇 권과 지필묵을 놓고 가고, 필공은 급할 때 쓰라고 환약을 주고 갔다. 몸과 마음이 한결 편하다. 존창은 아전 아이들을 자기 자식처럼 대하고 아이들도 잘 따른다. 특히 이방 아들 유일영은 명석하고 호기심도 많다. 오늘도 질문을 한다.

"선생님, 궁금한 게 있는데요. 제가 질문이 많아 귀찮으시지요?"

"아니다. 깊은 공부나 학문은 크게 의문을 품는 것으로부터 시작한다. 어떤 질문이든 해라. 아는 대로 설명하고, 잘 모르면 내가 더 공부해 알려주마."

"선생님, 인간의 본성은 원래 선한 것입니까? 악한 것입니까? 성현들의 가르침이나, 주변 사람들을 잘 살펴봐도 어떻게 보면 선한 것 같고, 어떻게 보면 악한 것 같고 잘 모르겠습니다."

"답을 찾기는 어렵지만 사람들이 한 번쯤 생각해봐야 하는 좋은 질문이다. 맹자께서는 우물에 빠지는 아기를 구하려는 사람들의 사례를 들어 사람들은 나면서부터 선한 본성을 갖고 있다고 하셨다. 반면에 순자께서는 사람들이 음식물 재물 권력 등을 놓고 심하게 다투는 것을 보고 사람의 본성을 악하다 하셨다. 따라서 사람은 인위적으로 배움을 쌓아야 선해진다고 주장하셨지. 어느 쪽이 맞을까? 나도 일영이와 마찬가지로 생각이 왔다 갔다 한다. 만나는 사람에 따라 바뀌기도 하고….

너희들 생각은 어떠냐? 인간의 본성이 착하다고 생각하는 사람은 오른손을 들고, 악하다고 생각하는 사람은 왼손을 들어봐라."

왼손을 드는 사람이 더 많다. 주변을 살펴보고 오른손을 들었다 왼손으로 바꾸는 아이도 있다.

존창이 말을 잇는다.

"세상 문제는 정답이 없거나, 무엇이 정답인지 알기 어려운 경우가 많다. 사람의 본성이 착한지 악한지가 대표적일 듯하다. 여러분은 어느 쪽이 맞다고 생각하고 손을 들었다면, 그것이 옳다고 남에게 잘 설득하는 것이 중요하다. 좋은 사례를 들거나 남들이 생각하지 못한 이유를 찾아 자신만의 답을 갖도록 해야 한다. 세상의 많은 문제에 대한 해결책도 비슷할 것이고, 이것이 공부하는 길이다.

그리고 사람은 짐승과 다르지만 또 비슷한 면도 있다. 둘을 비교해 보는 것도 좋은 방법이다. 예를 들어 짐승에 대해서는 선하다 악하다 대신, 순하다 강하다 라는 말을 주로 쓰지. 순하다, 강하다는 사람들이 쉽게 의견일치를 볼 수 있지. 만약 동물도 선한지, 악한지로 구분한다면 의견일치를 보기 어려울 거다. 또 선한 동물, 악한 동물은 없어 선하다 악하다는 말을 안 쓸 수도 있다. 그런데 사람을 동물에 비교하여 동물보다 못한 사람이라는 표현도 쓰지. 이는 동물이 선과 악의 기준이 될 수 있다는 의미이기도 해. 내 말이 좀 복잡하지. 이런 것들을 감안해서 인간의 본성이 선한지, 악한지에 대해 발표할 기회를 갖자. 이것은 희망하는 사람만 하는 숙제이다. 발표를 잘하는 사람에게 내가 상을 줄 것이다.

오늘 남은 시간은 인간의 본성에 대한 맹자의 생각이 나오는 공손추 상편을 읽어보자. 공손추 상편에서 어린 아이가 물에 빠지는 것을 보면 사람들은 깜짝 놀라고 측은한 마음이 생겨 아이를 구하게 된다고 본다. 이는 물에 빠진 아이의 부모와 교분을 맺기 위해서도 아니고, 마을사람들로부터 칭찬을 받기 위해서도 아니고, 아이의 울음소리가 듣기 싫어서 그렇게 한 것이 아니다. 사람은 본성으로 남의 고통을 외면하지 못하는 마음이 있기 때문이라고 맹자께서 말씀하셨다. 우리가 사람의 본성을 이야기하면서 맹자의 말씀을 예로 많이 드는데 원전을 읽어보고 이야기해야 되겠지…. 처음부터 한번 읽어보고, 이해가 안 되는 부분을 여러 번 읽어봐라."

일영이 답을 한다.

"예, 선생님. 다시한번 찬찬히 읽어보겠습니다. 그리고 사람의 본성이 착한지 악한지에 대해 발표를 제가 하겠습니다."

존창이 답을 한다.

"좋다. 일영이가 하고, 또 하고 싶은 사람이 있으면 더 해도 좋다. 정답이 없는 것이니 자신의 생각을 논리적으로 사례를 들어가면서 잘 설명하면 된다. 발표는 보름 후에 하기로 하자. 오늘은 맹자를 계속 읽어라."

보름 후 일영과 호방의 아들인 종한이 발표를 한다. 처음 하는 것치고는 잘 한다. 발표하지 않은 다른 학생들에게는 모두 질문할 기회를 준다. 발표와 질의응답이 끝난 다음 두 발표 내용에 대한 평가와 노력에 대한 칭찬을 한다. 그리고 창현이 가져다준 좋은 붓 한 자루씩을 상품으로 준다.

이어 일영이 또 질문을 한다.

"선생님, 발표 자료를 만들면서 많이 배웠습니다. 책을 읽을 때에는 다 알았다고 생각이 드는데 막상 자료를 만들려면 모르는 부분이 많다는 것을 깨닫게 되었습니다. 특히 선생님이 사람과 짐승의 비교, 짐승보다 못한 사람 등을 인간의 본성에 대해 발표할 때 넣어보라 하셨는데 제가 충분히 이해하지 못해 넣지 못했습니다. 선생님께서 보충해서 설명해주시면 감사하겠습니다. 그리고 제가 갖고 싶었던 좋은 붓을 선물로 주셔서 정말 고맙습니다."

존창이 설명한다.

"발표 준비를 직접 하면서 배우는 것이 많았을 것이다. 이해한 것만으로는 부족하고 아는 것을 남에게 설명할 수 있어야 진짜 자기 지식이 된다. 그리고 나는 인간의 본성을 짐승을 기준으로 하면 어떨까도 생각해보곤 한다. 짐승보다 괜찮으면 선한 사람이고, 짐승보다 못한 사람이면 악한 사람이라는 것이지. 우리가 짐승보다 못한 사람이라고 하면 큰 욕이라 들리고 그런 사람은 거의 없을 것이라 생각하는데, 곰곰이 생각해보면 사람들이 짐승보다 악독한 경우가 많다.

예를 들어보자.

첫째, 짐승은 배부르고 자신의 영역을 침범하지 않으면 거의 대부분 힘이 약한 다른 동물을 해치지 않는다. 반면 사람들은 충분한 재물이 있고, 벼슬이 높은 자리에 있는 사람도 더 많은 것을 얻기 위해 가만히 있는 사람을 해치는 경우가 많다. 재물이나 권력에 대한 사람들의 탐욕은 끝이 없기 때문이지.

둘째, 짐승의 세계에도 서열이 있고, 죽음을 무릅쓰고 서열 다툼을 하지만 서열을 인정하고 따르면 더 이상 해치지 않는다. 반면 사람들은 전쟁이나 권력싸움에서 항복을 해도 살아남게 해주지 않는 경우가 많다. 아마 후환이 두려워서일 것이다. 더욱이 싹을 자른다고 어린 자식까지 죽인다.

셋째, 닭이 달걀을 품을 때 오리알을 넣어줘도 어미 닭은 같이 부화시키고 병아리와 생김새가 다른 오리새끼도 함께 돌봐준다. 반면 사람들은 제 자식이 아닌 경우 헐벗고 굶주려도 돌보지 않는 경우가 많다. 이밖에도 짐승의 세계를 잘 관찰해보면 사람이 짐승보다 도덕적으로 우월하지 않다는 사실을 더 찾을 수 있을 것 같다.

이렇게 보면 짐승보다 못한 사람은 본성이 악하고 짐승보다 나은 사람은 본성이 선하다고 할 수도 있지 않을까도 한다. 이건 내가 한번 생각해본 것이다. 여기에다 남의 재물을 탐하고, 덤비지 않는 사람까지 해치는 사람은 많이 배우고 높은 자리에 올라간 경우가 많다는 것이다. 이렇다면 순자의 말씀대로 교육에 의해 사람이 선해지는 것도 아니라고 볼 수 있다. 물론 교육이 잘못되어 그럴 수도 있다. 사람의 본성은 선한 것일까, 악한 것일까? 교육이 사람의 본성에 어떤 영향을 미치나 등은 쉽게 결정 내릴 수 없고, 더 고민해봐야 하는 주제일 것이다.

맹자는 오늘까지 공부하고 내일부터는 중용을 공부할 것이다. 중용은 공자의 손자인 자사가 지었다고 하나 확실하지 않다. 중용의 '중'은 한쪽으로 치우치지 않는 것, '용'은 떳떳함 또는 변치 않는 것을 뜻한다. 유교라는 학문의 기본 틀을 이루는 사서 중 하나인데 내용이 추상적이다. 대화체로 되어 있는 맹자에 비해 이해하기 어렵지. 몇 번이고 읽으면서 생각해봐야 하는 책이다. 미리 읽어보고 이해 안 되는 부분, 어려운 부분을 많이 물어보도록 해라. 학문이나 큰 공부의 시작은 의문을 갖는 것이고, 의문을 질문으로 만들어 물어볼 수 있어야 자신의 실력이 는다. 오늘 남은 시간은 각자 책을 읽자."

존창은 아전 아이들을 가르치는 일이 즐겁고 보람차다. 아이들 부모도 고마워하고 이것저것 도와주는 일이 많아진다. 아이들을 잘 가르치기 위해 그간 관심이 적었던 산학과 역법 등을 공부하는 것도 재미있다. 필공이 준 약초와 의술에 관한 책에도 흥미를 갖는다.

존창은 천안에서 연금 생활을 자신의 방식으로 살아내고 있다. 천주와 천주교에 대해 직접 이야기하지 못하는 것은 답답하지만, 천주님의 정신을 가르치고 수행할 수 있다. 이레에 하루는 꼭 절식하며 기도하고 묵상하며 지낸다. 혼자 하는 것이라 더 엄격히 지키려 노력한다. 자신과 대화하며 시간을 보내는 경우가 대부분이다.

'내가 지금 사는 것이 홍유한 선생님이 순흥에서 말년을 보낸 방식과 비슷할 것이다. 하루를 온전히 쉬고 천주님 속에서 자신의 길을 갈 수 있다면 엿새를 무언들 못하랴. 나머지 엿새도 미래가 창창한 아이들을 가르치는 일이다. 나는 조선의 백성들이 사는 것과 비교하면 행복한 삶이다. 불평하지 말고 복 받은 사람이라 생각하자. 자유롭게 돌아다니지는 못하고 하고 싶은 이야기를 다 할 수 없지만 마음 속으로는 무엇이든 할 수 있다. 내가 꿈꾸는 세상을 그려 볼 수 있다. 자기가 하고 싶은 일 하고 믿고 싶은 종교를 믿어도 처벌받지 않고, 열심히 일

하는 사람은 굶주리지 않고 살 수 있는 세상을 만들어 보자.'

존창은 중얼거리며 외롭고 평범한 일상을 보내는 사이에도 가끔 찾아오는 사람은 있다. 다락골의 인주, 지티의 전 영감, 고산의 억명이가 다녀갔다. 왔다가는 여러 가지 이유로 오래 있지 못하고 바로 떠난다. 올 때는 반갑지만 떠나고 나면 더 외롭다. 외로움은 스스로 극복하는 것이라는 것을 깨달아 간다.

가을이 깊어 갈 때 한양에서 주 신부를 도와주고 있는 황심이 와 약용이 곡산부사로 나갔다는 것과 천주교 공동체에 관한 소식을 전한다.

"선생님, 제가 이번 겨울 동지사 일행에 끼어 북경 밀사로 가기로 결정되었습니다. 주 신부님의 서한을 북경 본당 주교님께 전하는 임무입니다. 주 신부님의 서한에는 어려움 속에서 조선 천주교 공동체의 그간 활동한 내용이 들어갈 것입니다. 이와 함께 조선에서 천주교를 자유롭게 믿을 수 있도록 북경 본당이 청나라 조정과 구라파 교황청에 청원을 해달라는 내용도 들어갈 듯합니다. 선생님께서도 좋은 의견을 주셨으면 합니다."

"주 신부님과 지금 조선 천주교를 끌고 가시는 분들이 잘 하실 것으로 생각합니다. 다만, 조정으로부터 천주교를 인정받으려면, 천주교 쪽에서 조선에 대해 해줄 수 있는 것을 확실히 제시해야 합니다. 조선이 천주교를 받아들이면 성리학 유일사상 체계가 무너지고, 신분제도도 해체될 수 있습니다. 아마 지배계층인 선비들의 반발이 클 것입니다. 이들의 반발 이상으로 무언가를 주어야지요. 주상께서는 구라파의 앞선 기술과 천문 역법 건축 산학 등에 관심이 많으십니다. 이러한 것들이 중국을 통해 들여오다 보니 앞선 것이나 중요한 것은 중국이 막거나 하여 조선에 못 들어오고 있습니다. 조선이 천주교를 인정하면 구라파의 한 나라가 조선과 직접 연결되어 책임지고 관련 책자와 문물을 전파한다고 하면 가능성이 있을 듯도 합니다.

그리고 형제님이 북경에 가게 되면 분위기를 봐 할 이야기가 더 있습니다. 조선의 천주교 공동체는 외국인 선교사 없이 조선인 신자 스스로 신심과 노력으로 만들어 온 것입니다. 앞으로 조선은 중국이나 왜와는 비교할 수 없을 정도로 천주교가 널리 퍼지고 발전할 가능성이 있습니다. 이를 위해 조선 교회가 북경 본당의 산하가 아니고, 구라파 교황청에 직접 속하는 하나의 독립된 교구가 되는 것이 조선 신자들의 바람이라는 것도 말씀해주시면 좋지요.

구라파에서도 나라에 따라 천주교의 예법이 조금씩 다른 듯합니다. 우리 조선도 중국과는 다르기 때문에 독립된 교구가 되면 좋은 점이 많을 것입니다. 어쩌면 진산사건 같은 것도 일어나지 않았을지도 모릅니다. 이 내용은 주 신부님과 북경 본당이 좋아하지 않을 듯도 하니 분위기를 봐서 이야기하시지요."

"예, 선생님. 잘 알겠습니다. 한양의 천주교 공동체는 요즘 특별한 일 없이 잘 운영되고 있습니다. 주 신부님은 강완숙 자매님 집에서 양반과 돈 있는 중인들을 중심으로 전교하고 계십니다. 완숙 자매님은 여신도 회장이 되셨고, 한양의 부녀자에 대한 전교에 몰두하고 계십니다. 교리 연구모임인 명도회는 약종 형제님이 회장을 맡으셔서 활발히 운영되고 있습니다. 창현 형제님은 총신도 회장을 맡고 계신데 예전과 같이 댁에서 가까운 분 중심으로 조용히 활동하고 계십니다. 많은 분들이 선생님의 빈자리가 크다고 이야기하고 계십니다. 선생님이 조금씩이라도 활동을 하셔야 된다는 사람도 있습니다."

"저는 진작 순교를 했어야 하는 사람입니다. 어떤 분과의 약속, 조선을 사람 살만한 나라로 만들 수 있을지도 모른다는 희망이 조금은 남아있어 버티고 있는 것입니다. 천주교 공동체는 황심 형제님 같은 분이 잘 해주실 것이라고 믿고 있습니다. 그래도 말씀드린다면 두 가지 걱정거리가 있지요.

하나는 주 신부님이 빨리 완숙 자매님 집에서 나와야 한다는 것입니다. 오해의 소지가 있고 문제가 생길 수 있지요. 예전에 제가 주 신부님을 완숙 자매님 댁으로 피신시킨 것은 워낙 다급했기 때문이지요. 이제 불편하고 위험하더라도 다른 거처를 찾는 것이 신자들에게 좋아 보일 듯합니다. 주 신부님께서 그런 위험을 감수하고 활동하셔야 천주교 공동체가 더 건실해 질 것 같습니다.

두 번째는 양반과 돈 있는 중인 중심으로 전교하는 것은 지금 상황에서 보면 이해는 되지만 이들은 지켜야 할 것이 많기 때문에 어려운 시기에는 뿌리가 흔들릴 가능성이 큽니다. 어렵게 사는 백성들에 대한 전교도 강화해야 합니다. 지금 방식으로 전교하면 조선 천주교가 어려움에 처했을 때 주 신부님이나 천주교 지도가가 피신할 곳도 찾기 힘들 것입니다.

그건 그렇고 연산의 보현 형제님과 가족들은 잘 계시는지요?"

"예, 잘 지내고 있습니다. 여기 오기 전에 연산 집에서 가족과 며칠 지냈습니다. 보현이 형님은 열성적으로 교우촌을 만들어가고 계십니다. 삶의 터전을 빼앗긴 신자들이 형님 덕분에 쉽게 정착하고 있습니다. 벌써 여섯 가족이 함께 살아가고 있습니다. 문제는 주변에서 우리가 천주교 신자인 것을 알게 되어서 예전처럼 안전하지 못하고 은신처 노릇도 못하고, 위험해 질 수 있다는 것입니다."

"세상에 모든 것이 좋을 수는 없지요. 어느 하나가 좋아지면 어디선가 나빠지는 것이 나오는 경우가 많지요. 미래의 은신처도 중요하지만 지금 당장 어려운 사람이 살아남는 것이 우선이겠지요. 그리고 나라 전체에서 천주교를 믿는 것을 허용하기 어려우면 어떤 한 지역에서라도 천주교를 자유롭게 믿게 했으면 좋겠어요. 이것 정도는 몇 명의 영향력 있는 선비들이 상소를 올리면 가능할 수도 있을 것 같아요. 그렇게 되면 천주교 신자들이 그 지역에 몰려 살면서 그 지역을 조선에서 가장 살기 좋은 곳으로 만들 수 있겠지요. 시간이 지나면서 천주교가 허용된 지역이 늘어날 수도 있을 것 같구요. 실행하지도 못하면서 괜히 생각만 하고 있습니다. 내가 답답합니다."

"예, 맞아요. 선생님, 저도 집안이 양반이고 한때 과거 공부도 했었지만 벼슬자리에 있는 양반이나 선비들이 대부분 자신들의 이익만 쫓는 것 같습니다. 양반들에게 많은 특권을 준 것은 자신들만이 잘 살라고 한 것은 아닐 터인데…."

"맞지요. 그리고 당장 북경에 밀사를 보내려면 많은 돈이 들 터인데 자금은 준비되었는지요?"

"예전과 다르게 천주교 공동체의 신자가 많이 늘어서 재정 상황이 좋아졌어요. 부족한 것은 항검 형제님이 가끔 지원해주시고, 또 주 신부님께 북경 본당에서 은자를 보내주고 있어, 이제 돈 걱정은 하지 않아도 될 듯합니다."

"돈 문제가 없다면 다음으로 신경 쓸 일이 밀사로 사신단에 참여할 때 양반티를 버리고 마부나 짐꾼 행세를 제대로 해야 합니다. 사신단의 마부나 짐꾼에게도 각각에게 주어진 물목을 팔아 돈 벌 기회가 주어지는데, 한 푼이라도 더 벌려는 모습을 보여야 합니다. 다른 마부나 짐꾼이 그렇게 하기 때문이지요. 그렇지 않으면 다른 목적으로 사신단에 참여한 사람이라는 것이 들어나기 쉽습니다. 북경 사신단에 참여하는 일은 그 자체가 어려운 일인데다 우리 밀사는 허드렛일을 하는 신분으로 위장해 가야 하기 때문에 더 고생스럽습니다. 형제님이 참으로 어려운 일을 하시는 것입니다. 무탈하게 다녀오시기를 천주님께 기도하겠습니다."

황심은 고맙다는 말과 늘 건강하시라는 하직 인사를 하고 한양으로 떠난다. 존창의 충고 덕분인지 황심은 발각되지 않고 밀사 역할을 오래 한다. 존창은 평범한 일상을 보낸다. 외롭고 사람이 그리운 것을 조금씩 극복해 간다. 저녁때가 되면 찾아오는 사람이 없는지 사립문 쪽을 보는 버릇도 줄어든다. 자기 전에 기도와 묵상을 하면서 스스로에게 많은 질문을 하며 시간을 보낸다. 여전히 답을 찾기 어렵지만, 계속 질문을 하다보면 천주님이 답을 주실 것이라고 믿는다.

'어떻게 사는 것이 잘 사는 것일까? 남들처럼 매 순간 편하고 즐겁게 사는 것이 좋을까? 의미 있는 삶이 좋은 것일까? 강아지나 새끼 고양이들이 지들끼리 장난치며 즐겁게 지내는데 거기에 특별한 의미가 있을까? 나는 계속 의문만 품고 답을 잘 찾지 못하는데 용기가 없어서 아닐까? 내가 순교를 못한 것도 이 때문일 것 같다. 인간은 언젠가 분명히 죽을 텐데 장렬히 순교의 대열에 합류했어야 하는 것 아닌가? 내가 할 일이 남아있다는 핑계로 살아남은 것이 옳은 것일까? 주상께서는 수원화성을 완성하고 나를 불러 같이 새로운 세상을 만드시는 일을 할까? 나는 사람 살만한 세상을 진짜 만들 수 있을까? 주상이 부르시지 않는다면, 또는 주상이 반대 세력에 의해 잘못되어 기회가 주어지지 않는다면…. 내가 지금껏 살아온 이유가 사라지면 어떻게 해야할까?

　미래를 알 수 없어 불안하다. 천주님은 다 아실 터인데 말씀을 해주고 갈 길을 정해주면 좋으련만…, 매일 기도하고 있는데 왜 답이 없을까? 인간은 내일 어떻게 될지 모르면서 그냥 사는 것이다. 생각이 많으면 사는 것이 그 만큼 힘들어 지는 것이다. 나도 그저 평범한 인간일 뿐이다. 하루하루 배곯지 않고 등 따뜻하게 지내면 만족해야 하는 것 아닌가?'

이런 생각으로 머리가 너무 복잡할 때는 집안 청소나 텃밭 농사와 같은 노동을 하면 정신이 맑아진다. 아무 생각 없이 몸을 움직이다 보면 시간이 금방 흘러간다.

그러던 중 반가운 사람이 찾아온다. 총억이다.

"존창 형이 맞구나! 잘 있었어? 얼마 전 한양에 갔다가 형이 천안에 있다는 소식을 듣고 바로 오는 길이야!"

"총억이구나. 반갑다. 어떻게 지냈어. 나는 여기서 자유롭지는 못하지만 잘 지내고 있어. 어디 멀리 떠나 조선 땅에는 없는 줄 알았지."

"집안 반대가 너무 심해 아직 못 가고 있어. 집사람도 반대하고 아버님은 이제 출사하셔서 막 자리를 잡아가고 있는데 문제를 일으키면 안 된다 하시고, 우리 집은 아버님이 벼슬살이를 안 하시면 살아가기가 어려워. 전답이 없는 데다 이제 양근의 녹암정사 마저 문 닫아서 돈 벌 수 있는 곳이 없지. 아버님이 벼슬 안 하면 어머님과 집사람이 삯바느질이라도 해야 돼. 살아있는 사람은 먹고 살아가야 하는데, 집사람과 자식을 모르는 척 내버려 둘 수도 없어서. 나는 지금 형이 말한 대로 안성, 진천, 제천 등에서 교우촌 만드는 일을 돕고 있어."

"그래 네 말대로 이 나라에서는 먹고만 사는 것도 대단한 일이지. 밥만 먹여주면 남의 집에서 농사일이나 부엌일 하고 살겠다는 사람이 많지. 교우촌에서 살다보면 먹고 사는 것이 얼마나 중한지 바로 알 수 있지. 첫 겨울에는 사람들이 성인처럼 자기 것을 모두 내놓고 서로 돕지 않으면 살아남기 어려워. 배를 채우고 몸을 녹일 수만 있다면 천국이라고 생각하게 되지. 조선에서 노비제도가 없어지지 않는 이유 중 하나가 먹고살기 힘들어서일 거야. 지금 같이 살기 어려운 사람이 많으면 노비제도를 없애도 사람들이 먹고살려고 노비 비슷한 일을 계속 할 거야. 나는 어떻게 하면 백성들이 자유롭게 자기가 하고 싶은 일을 하면서 굶주리지 않고 살 수 있는 방법을 안 듯한데, 아무 것도 못 하는 내 자신이 답답하지."

"형, 나도 내가 하고 싶은 것을 할 수 있는 힘이 없다는 것이 슬퍼. 무력감이 들어."

"교우촌을 만드는 일이 얼마나 중요한 일인데. 고향에서 쫓겨난 사람들이 살아남기 위해 꼭 필요하지. 한 사람, 한 가족을 살리는 것이 세상을 구원하는 일의 시작일 거야."

"근데 형, 내가 주로 구제해주는 사람이 양반이나 돈 많은 중인들이야. 이들은 재산을 빼앗기고 쫓겨나면 스스로 살아남기가 어렵지. 원래 힘들게 살던 백성들은 상황이 어려워져도 잘 살아갈 수 있어."

"돈 많은 사람들이 천주님을 믿고 자기 재산을 빼앗기고 쫓겨나는 것은 많은 것을 버리고 선택한 것이니 진짜 어려운 결정을 한 거야. 그만큼 믿음이 큰 것으로 봐야지. 그들이 교우촌에 오면 완전히 새로운 세상을 만나는 것이야. 힘들어하는 분도 계시지만, 시간이 지나면서 대부분 서로 도와가며 잘 살아남지. 사람은 과거에 어떤 일을 했건 생사가 갈리는 환경에 처해지면 적응해가게 되어 있는 듯해.

그리고 조선을 떠나 중국을 거쳐 구라파로 가려는 계획을 바꾸어 보는 것이 어때? 배우고 경험하는 것은 많겠지만 너무 위험할뿐더러 다시 조선에 돌아오는 것이 불가능할 것 같아서. 앞으로 총억이가 조선 땅에서 할 일이 많을 텐데…"

"그러면 무엇을 해야 할까?"

"조선 땅을 떠나기로 결심했으니, 구라파보다는 두만강 건너 만주 쪽으로 가 교우촌을 만드는 것이지. 동쪽으로 동해 쪽과 연결되는 곳이 더 좋을 것 같아. 서쪽은 만주족이 많이 살고 청나라도 관심이 많은 지역이라 어려움이 더 클 거야. 동쪽 끝으로 가면 청나라의 영향력이 거의 안 미칠 듯하고, 바다도 가까워 먹고사는 것이 조금 도움이 될 수도 있을 거야. 두만강 넘어 만주 쪽도 월경을 하다 잡히면 큰 처벌을 받지만 흉년이 들었을 때는 넘어가는 사람이 많아 다른 곳보다는 국경을 넘기가 쉬울 듯해."

"형, 좋은 생각이에요. 조선 국경을 넘어 교우촌을 만들고, 중국도 관심이 없는 지역이라 좋겠어. 거기에 교우촌이 생겨나면 진짜 어려운 사람은 월경의 위험을 무릅쓰고라도 갈 수 있잖아. 내가 할 일이 생겼네…."

"함경도 너머 만주 쪽은 중국 관헌의 단속은 적을 텐데 반대로 도적들이 있을 거야. 혼자 가면 안 되고 남자들 몇 명이 모여 가야 하고, 두만강 건너 조선 땅에 연락처도 만들어 놓고 준비를 잘해야 할 거야. 평안도 지역을 잘 아는 필공 형제님이 함경도 지역도 연결되어 있을 수 있어. 여쭈어 보고 사람을 소개 받아. 어쩌면 신자들이 자유롭게 천주님을 믿으며 살 수 있는 곳을 총억이가 만드는 것이지."

"형, 해볼게요. 그간 공부해온 중국어도 조금은 도움이 될 듯하고, 형을 만나면 인생의 방향이 잡히는 것 같아."

존창과 총억은 밤늦게까지 이야기하다 잠든다. 다음 날 아침, 주막에 내려와 국밥을 먹고 총억은 안성 쪽으로 간다.

존창은 그간 모아진 돈을 총억에게 주고 건강하라고 인사한다.

"이건 얼마 안 되는데 네가 쓰는 것이 더 유용할 거야. 교우촌에서 돈 쓸 일이 많잖아. 만주에 갈 준비도 해야 되고. 나는 돈 쓸 일이 별로 없어. 또 매달 조금씩 생기고…."

"형, 고마워. 형도 건강하고. 틈나는 대로 들릴게."

총억은 눈시울을 붉히며 떠난다. 존창은 관아에 나가 신고를 하고 아전 아이들을 가르친다. 같은 일상이다. 그러나 가을걷이가 끝날 때쯤 뜻밖의 사람이 찾아온다. 홍주에서 백정 노릇을 하던 황일광이다. 존창에게서 천주교 교리를 배웠고 여사울 예배도 자주 왔었다. 일광은 천민 중의 천민 신분이지만, 낙천적 성격에다 명석하고 재치가 있는 사람이다. 글을 몰랐지만 천주교를 믿고 공부를 시작하자 바로 언문을 깨쳤다. 천주요지를 거의 외우고 나중에는 한문까지 어느 정도 이해하는 수준이 되었다.

일광이 사립문을 밀고 들어오며 반갑게 말한다.

"선생님, 저 홍주의 백정 놈 일광이옵니다. 기억하시는지요?"

"아이고! 이게 누구신가 일광 형제님 아닌가! 내가 모를 리가 있나요. 참 오랜만이네. 그간 어떻게 지냈어요? 보고 싶었고 궁금한 게 많아요."

"예, 저는 선생님이 여사울을 떠나 홍산으로 이사 가신 후에 경상도 땅 김천으로 동생 차돌이와 같이 이사했습니다. 추풍령 끝자락 주막거리 가까운 곳이지요. 김천이라 샘에서 금이 나오나 했는데, 금은 안 나오지만 물맛이 좋더라구요. 산세도 좋고. 또 충청도 전라도 경상도가 맞닿은 곳이라 삼도봉이 있는데요. 거기서 살면 조선 전체에서 사는 것과 진배없을 듯해서 자리를 잡게 되었지요.

며칠 전에 주막거리에 나갔다가, 충청도 천안삼거리에 계시는 훌륭한 분에 대해 이야기를 들었습니다. 꼭 선생님 같더라구요. 그래서 헛걸음칠 요량으로 달려와 보니 진짜 선생님이네요. 죽기 전에 선생님을 못 뵐 줄 알았는데…. 다시 뵙다니요. 아이고 천주님, 감사합니다."

"일광 형제님, 여전히 재치 있고 세상을 긍정적으로 보고 참 좋습니다. 좋은 곳으로 이사 간 듯해 마음이 편합니다. 우리가 못 본지 7-8년은 되었지요. 낯선 땅에서 어떻게 살았는지, 결혼은 했는지, 아이는 있는지, 궁금하네요. 우리 이러지 말고 방으로 들어가 편하게 이야기해요."

존창과 일광은 방에 들어가 이야기를 계속한다.

"예, 주막거리에 나가 허드렛일을 해주고, 산에 화전도 일구고, 근처 백정 마을에 가서 소 잡는 것도 도와주고, 닥치는 대로 일하고 살았지요. 가족이 없고 젊고 해서, 이 한 몸 먹고 사는 것은 걱정이 없었습니다. 늙어서 몸을 못 움직이면 곡기를 끊으면 될 것이고, 그러면 노망들지 않고 쉽게 죽을 수 있어 좋지요. 그리고 틈틈이 제 말 들어주는 사람들한테 천주교를 전파했어요. 선생님이 주신 천주요지는 이제 다 외워요. 몇 권 베껴서 원하는 사람들한테 나누어 주었습니다.

결혼은 생각해 보았는데, 나 같은 백정 놈을 또 만들면 안 될 것 같아서 안 하기로 했지요. 저는 백정이란 신분이 없어져야 한다고 생각하는데 제가 할 수 있는 일은 그저 애를 안 낳는 길뿐이네요. 근데 차돌이는 결혼하고 아들 하나, 딸 하나를 낳았어요."

"일광 형제님, 어려웠겠지만 열심히 살고 있어요. 못사는 사람들이 애를 안 낳는 것도 세상과 싸우는 방법의 하나이지요. 그렇지만 사람은 사랑하는 사람을 만나 결혼하고 애를 낳는 것이 천주님의 뜻이고 자연의 섭리인데 이것이 잘 안 되는 세상은 정상이 아니지요. 앞으로 어떻게 지낼 지 계획이 있어요?"

"예, 선생님. 저는 물 좋은 김천을 떠나야 할 듯합니다. 동생이 결혼해서 아이들을 낳고 사는 것을 보니, 앞으로 제가 그들의 짐이 될 듯하고 저의 자유가 없어지는 것 같아서입니다. 가능하면 억명이나 천명 형제님처럼 선생님을 도와드리며 살고 싶습니다. 만약 안 되면 한양에 가서 살아보려구요 한세상 사는 거 한양이 어떤지, 한양 사람은 어떤 것을 하며 살아가는지 구경하고 싶어요."

"나도 일광 형제님이랑 같이 있으면 좋겠지만, 나의 천안생활은 자유롭지 못해, 누구랑 같이 있는 것이 어렵지요. 또 천주교 일은 전혀 못하지요. 요즘 나는 외로워서 혼자 중얼거리기도 해요. 누군가와 같이 살면 한결 마음이 편할 텐데, 못하지요. 그리고 한양에 가면 무슨 일을 하려구요?"

"저는 어떤 일이든 할 자신이 있지만 가능하다면 천주교와 관련된 일을 했으면 좋겠습니다. 제가 선생님으로부터 천주교를 배우고 예배모임에 참석하고 신자 분들을 알고 나서, 저는 여기가 바로 천국이구나 했습니다. 천주교 신자님들이 저 같은 놈도 같은 인간으로 대우해주고, 저뿐 아니라 신분의 귀천, 남녀차이 없이 서로 존중해주고, 가진 것을 나누어 주었지요. 이게 바로 천국이 아니고 무엇이겠습니까?
저는 태어나서 그때까지 사람대우를 받아본 적이 없습니다. 어린아이들도 저 같은 백정에게는 하대를 하는 나라이니까요. 저는 선생님을 알고 천주교를 믿고 나서 아주 행복합니다. 지금 이 세상에서 이미 한번 천국생활을 하고, 죽은 다음에는 천주님을 믿어 천국에 또 갈 터인데 이보다 더 행복할 수 있나요."

"맞아요. 일광 형제님은 이곳에서도 천국처럼 살고, 죽어서도 천국에 갈 것입니다. 세상 모든 일이 마음먹기에 달려 있는데 지금 처지를 불평하고 있는 제가 참 모자란 듯합니다. 일광 형제님이 저를 깨우쳐 줍니다. 제가 한양에서 신도회장을 맡고 계신 최창현 형제님께 편지를 써 드리겠습니다. 편지를 갖고 찾아가시면 교회와 관련된 일을 할 수 있게 주선해주실 것입니다. 한양에는 신부님도 계시고 천주교 공동체가 활발하게 움직이고 있습니다. 형제님이 하실 일이 많을 듯합니다."

"고맙습니다. 저는 선생님을 만날 때마다 인생이 바뀝니다. 이제 평생 가보지 못한 한양에 가서 그 좋은 천주교 일을 할 터이니 천당 중 천당에 살게 되는 것이지요. 고맙습니다. 앞으로 천주님이 부르실 때까지 열심히 살겠습니다. 근데 선생님이 무슨 잘못이 있다고 몇 번씩이나 감옥에 가두고 여기서 꼼짝 못하게 하는지 모르겠어요. 그 좋은 천주교를 믿는 것이 나라에 무슨 해가 되는지 모르겠어요."

"천주교가 많은 백성들한테는 분명 도움이 됩니다. 그러나 일부 양반들이나 성리학을 공부하는 선비들은 천주교 때문에 자신들이 누리고 있는 혜택이나 힘을 잃을지 모른다고 생각하지요. 선비들이 공부하는 책에는 군자의 길을 가야 한다고 나와 있어요. 군자란 자신의 이익을 포기할 수 있어야 하는 사람인데, 선비들이 군자와 거리가 먼 행동을 하는 것이지요.”

"예, 맞아요. 이 나라 선비들은 말은 그럴 듯하게 하지만, 하는 행동을 보면 참 우스워요. 제가 추풍령 아래 주막거리에서 일을 오래 했는데 선비들은 추풍령으로는 거의 다니지 않아요. 특히 과거시험을 보러 가는 선비들은 추풍령으로 진짜 안 다녀요. 추풍령을 넘어 과거시험을 보러 가면 추풍낙엽처럼 과거시험에서 떨어지기 때문이라지요. 그들의 말 대로면 내가 사는 김천에서 샘을 파면 금이 막 나와야 하는데 말이지요.”

"일광 형제님과 이야기하면 재미있어 시간 가는 줄 모르겠어요. 즐겁고 재미있게 지내는 인생이 최고라고 생각하는데 형제님은 스스로 인생을 즐겁게 만드는 능력이 있는 듯해요. 그런데 한편으로는 일광 형제님의 삶이 너무 힘들기 때문에 억지로라도 웃으려고 그렇게 하는 것이 아닌가 하는 생각도 들어요. 내가 너무 생각을 한 건가요?”

"맞습니다. 선생님, 아무리 힘들어도 웃고 사는 것이 울고 사는 것보다 나을 것 같아서 입니다. 제 아비는 제가 어려서 고기 값 때문에 양반에게 대들다 맞아서 사흘 만에 죽었지요. 얼마 있다가 엄니도 화병으로 죽고, 저와 동생이 어떻게 살아왔는지 모르겠습니다. 처음에는 울고 화내며 살았는데 그렇다고 바뀌는 것이 하나도 없더군요. 더 힘들구요. 웃으며 살기로 했지요. 웃으며 사니 조금은 덜 힘든 것 같습니다. 그리고 선생님을 만나 두 개의 천국을 갖게 되었습니다. 저는 지금 하루하루 감사하며 살고 있습니다. 선생님, 건강하시고 오래 사셔야 합니다. 저 같은 놈이 답답하고 힘들 때 따뜻하게 이끌어 주셔야 합니다.”

"일광 형제님도 건강하고 마음의 응어리를 풀면서 더 즐겁게 사세요. 천주님이 도와주실 것입니다. 오늘 밤은 울고 싶으면 울어도 됩니다. 이 집에 우리 둘 분이 없습니다."

일광이 다녀가고 존창은 한 사람의 삶에 진정한 도움을 주었다는 생각으로 부듯하다. 인생에 대한 회의가 줄고 사는 보람이 느껴진다. 존창의 존재가 주변에 소문이 나면서 찾아오는 사람이 많아진다. 천주교 신자뿐 아니라 정감록이나 풍수를 믿고 천지개벽을 꿈꾸는 사람, 한 많은 세상을 확 뒤 엎어 보겠다는 사람, 과거에 계속 떨어져 불만이 쌓인 선비까지 다양하다. 모르는 사람들과의 교유는 새로운 세상을 알아가는 통로인 듯하다.

어느 날 아이들을 가르치고 있는데, 이방이 와 오늘 만나고자 하는 분이 있으니 공부 마치고 집에 바로 가시지 말라고 이야기 한다. 면천군수를 하고 있는 박지원이 찾아 왔다. 지원은 열하일기 양반전 등을 지은 노론 쪽의 대학자이다. 북학파, 백탑파, 이용후생학파 등으로 불리는 지식인 집단의 좌장이기도 하다. 같이 하는 사람들은 박제가 유득공 이서구 서상구 등 실사구시를 주창하는 학자들이다. 지원은 과거에 실패하였지만 정조의 배려로 몇 군데 음직에서 일하다 면천군수로 온 것이다.

존창과 지원은 천안관아의 객사에서 이야기를 나눈다.

"박 군수님의 학식과 경륜에 대해서는 오래 전부터 익히 들어 알고 있습니다. 어찌 저를 찾으셨습니까?"

"전하께서 늙은 저에게 큰 은덕을 베푸셔서, 작년부터 여기서 멀지 않은 면천에서 군수로 봉직하고 있습니다. 제가 한양에 있을 때부터 존창 선생의 명성은 알고 있었지만, 면천에 와서 더욱 실감하고 있습니다. 조선의 현실과 개혁방향, 서학 문제 등에 대해 고견을 듣고 싶어 찾아 왔습니다. 오늘 온 것은 조정의 지시와는 무관한 일이고, 제가 벼슬살이에도 크게 관심이 없으니 서로 편하게 대화를 나누었으면 합니다."

존창이 아주 조심스럽다는 듯이 답을 한다.

"저는 이곳에서 세상일에 관심을 갖지 않고, 아이들을 가르치며 조용히 지내고 있습니다. 세상 소식은 귀동냥 정도로, 아는 것이 많이 부족합니다만…, 궁금하신 것 물어 보시지요. 제가 답할 수 있는 것은 말씀드리겠습니다."

"존창 선생께서 겸손하시다고 들었는데, 역시 겸양의 미덕이 대단하십니다. 이 나라 조선은 지금 개혁이 절실해서, 북학파라 불리는 저희들이 여러 가지 개혁방안을 내놓고 있습니다. 먼저 이에 대한 존창 선생의 의견을 듣고 싶습니다."

"제가 북학파의 개혁방안에 대해서는 자세히 모르지만. 예전에 들은 신분제 폐지나 중국의 앞선 문물의 도입, 상공업의 진흥과 화폐의 유통과 같은 것은 거의 모두 조선에 꼭 필요한 개혁이라고 생각합니다. 특히 백성들의 삶을 넉넉하게 하는 것이 나라의 예와 덕을 세우는 것보다 앞서야 한다는 주장은 지금 조선의 현실에 아주 적절하다고 생각합니다."

"정덕보다 이용후생을 우선해야 한다는 저희의 철학을 지지해주시니 동지라는 생각이 듭니다. 그렇지만 세상의 모든 일이 그러하듯 저희들 방안에도 보완할 것이 있겠지요. 이런 것들을 지적해 주시면 더할 나위 없이 고맙겠습니다."

존창은 조금 생각해보더니 조심스럽게 말을 한다.

"짧은 소견으로 잠깐 생각해보았습니다. 화폐의 유통도 중요하지만 자금이 부족한 사람이 필요한 자금을 쉽게 빌릴 수 있는 방안이 더 필요할 듯합니다. 또 상공업이 발전하면 돈을 버는 사람들이 많이 나올 텐데 그들이 번 돈을 빼앗기지 않고 잘 지킬 수 있게 해주는 것도 필요합니다. 그러나 무엇보다 중요한 것은 이러한 여러 개혁을 실제 어떻게 실행에 옮기느냐 일 것입니다. 구슬이 서 말이라도 꿰어야 보배란 말과 같겠지요. 실행방안을 만들고, 어렵더라도 그것을 실천하는 모습을 보여주는 것이 진짜 중요하지요."

"역시 대단하십니다. 저희 생각이 탁상공론이 되지 않도록 노력하겠습니다. 앞으로 저희들이 개혁방안을 보완하고 구체적 실행방안을 만들 때 존창 선생과 많이 상의하겠습니다. 이제 서학과 천주교에 대해 이야기를 나누고 싶습니다. *천주실의* 등과 같이 중국에 온 선교사들이 지은 책을 보면 천주교와 유교는 상충되지 않고 보완해 가며 발전할 수 있는 관계라고 하는데 이에 대한 선생의 의견은 어떠신지요?"

"많은 사람이 따르고 역사가 오래된 종교는 어떤 것이든 서로 공통되는 부분이 꽤 있다고 생각합니다. 많은 사람들이 받아들이는 가치는 지역과 시대와 관계없이 비슷한 부분이 많고, 이를 존중하는 종교가 살아남기 때문이지요. 그리고 중국에 온 선교사들이 천주교와 유교의 이러한 공통점을 찾아 강조한 것은 지배 종교인 유교와 갈등을 줄이기 위한 것이겠지요. 그렇지만 우리와 친숙한 유교 불교 도교를 보면 알 수 있듯이 당연히 각 종교는 다른 점도 있지요. 다른 점을 강조하게 되면 갈등이 많아지고, 힘센 종교가 힘없는 종교를 박해할 수 있다고 생각합니다. 박해 때에는 죄 없는 백성들이 주로 피해를 보지요. 종교 지도자들이 현명하게 처신하여야 하고, 조정의 높으신 분들은 더 넓은 마음 가져야 백성들이 편해질 것입니다. 백성들이 편해진다는 면에서 보면 이것도 이용후생의 하나일 것입니다."

"저도 존창 선생과 비슷한 생각을 갖고 있습니다. 그런데 얼마 전에 부임한 충청감사께서 천주교는 사학이니 신자들을 엄히 다스리라고 지시를 하셨습니다. 제가 무척 당황스럽습니다. 좋은 대안이 있으면 알려 주시지요."

"관아의 일이라 말씀드리기 어렵지만, 감히 말씀드린다면 먼저 천주교 신자도 백성이고, 감화의 대상이라고 생각해 주셨으면 좋겠습니다. 특히 천주교를 빌미로 하여 다른 사람의 재산을 빼앗거나 묶은 원한을 갚으려는 나쁜 사람들이 있는데 이것만이라도 엄격히 막아야 될 것입니다."

"저도 같은 생각입니다. 그렇게 하려고 노력하겠습니다. 주상께서도 천주교신자들을 엄벌로 다스리지 말고 잘 감화시켜 선한 백성을 만들라고 강조하고 계시지요. 그리고 혹시 양박청래란 말을 들어보셨는지요? 서양의 큰 배를 불러들여, 조선에서 천주교를 자유롭게 믿을 수 있게 만들고, 신분제도 등 고질적인 문제를 개혁하겠다는 주장입니다. 일부 천주교 신자와 저희 노론 쪽에서도 소수의 젊은 선비들이 주장하고 있는 내용이지요. 이에 대한 고견도 듣고 싶습니다."

"제가 양박청래란 말은 잘 모르지만, 군수님 설명을 들으니, 언뜻 정감록의 도참사상과 비슷하다는 생각도 듭니다. 이런 주장을 하는 사람들의 마음은 이해는 할 수 있을 듯한데, 맞는 방법은 아닌 것 같습니다. 서양의 어떤 국가도 우리의 개혁을 대신해 줄 수 있을 것 같지 않지요. 설령 한 국가가 나서서 한다고 해도 자신들의 이익에 맞추어 할 것입니다. 일부 사람에게는 도움이 될 수 있을지 모르지만 나라 전체로는 손해가 될 가능성이 클 것입니다. 여기에다 많은 사람들이 애국심이란 것을 갖고 있어, 양박청래에 거부감이 많을 것입니다."

"저도 같은 생각입니다. 말로만 개혁을 한다고 불만을 가진 일부 젊은이들이 주로 양박청래를 주장하고 있지요. 저희가 존창 선생께서 지적하신 대로 개혁에 대한 실행계획을 시급히 만들고 추진해야 이런 허망한 주장을 하는 사람들이 적어질 듯합니다. 존창 선생과 대화를 나누어 보니 많은 부분을 같이 할 수 있다는 듭니다. 존창 선생이 빨리 자유의 몸이 되셔서 자주 만나고 조선의 앞날을 희망차게 만들어 보지요. 오늘 어려운 시간 내주셔서 고맙습니다."

"멀리까지 찾아와 주셔서 고맙습니다. 저도 열심히 노력하겠습니다. 늘 건강하시고, 또 뵈었으면 좋겠습니다."

이야기를 마치고 지원은 객사에서 쉬고 존창은 집으로 돌아온다.

같은 일상이 계속된다. 존창이 천안에서 산지도 5년째가 된다. 아전 아이들의 공부도 크게 늘었다. 그중 이방의 아들 일영과 호방의 아들 종한의 성취가 두드러진다. 어느 날 늦은 오후 아이들 가르치는 것을 끝내고 집으로 가려는데, 이방이 찾아와 저녁 먹으며 막걸리 한잔 하자고 한다. 존창과 이방, 호방은 존창의 단골 주막으로 간다. 셋이 자리를 잡고 막걸리와 안주를 부탁한다.

술이 나오자 한잔 마시고 이방이 조심스럽게 말을 한다.

"뵙자고 한 것은 존창 선생님 일 때문이 아니고, 저희 아이 문제입니다. 일영이가 선생님께 배우고 나서 생각이 깊어지고 품행도 반듯해졌습니다. 학문의 성취도 큰 것 같구요. 늦게 얻은 아들이 의젓해져 한창 좋았지요. 그런데 생각이 너무 깊어져서인지, 세상 문제에 심각할 정도로 진지해져 걱정입니다. 거기에다 요즘은 답하기 어려운 질문도 많이 합니다.

인간의 본성이 선한 것이냐 악한 것이냐부터, 아버지는 아전 생활이 행복하냐, 자기는 아전을 하기 싫다, 아전은 군수에게 끝없이 아부하면서 백성의 등골을 뽑아내야 잘 사는 것 아니냐, 그런 인생을 살고 싶지는 않다, 자기가 근처 양반 자식들보다 학문이 더 높은 것 같은데 과거를 보면 안 되냐, 한양에 가서 살아보고 싶다, 세상에 대한 불만, 부모에 대한 불만을 자주 이야기합니다.

선생님, 맞는 말이지만 세상이 그런 걸 어떻게 다 하냐고 달래고 있습니다. 또 송충이는 솔잎을 먹듯이 아전 자식은 아전을 하는 것이다. 아전도 이 나라 전체로 보면 괜찮은 지위에 있는 것이라고 설득하고 있는데 영 말을 들으려고 하지 않습니다. 선생님이 없으면 집을 나갈 것이라고 겁까지 주고 있습니다. 선생님, 어떻게 해야 할까요?"

존창이 답을 한다.

"걱정이 많이 되고 마음이 아프시겠습니다. 하늘이 자식을 준 이유는 세상이 뜻대로 되지 않는다는 것을 알려주기 위해서라는 말이 있지요. 아이가 커가는 과정이라고 생각하고 너무 상심 마세요. 선왕께서도 하나 남은 아들인 사도세자를 한여름에 뒤주에 가두어 죽이셨잖아요. 얼마나 끔찍한 일이겠습니까. 제가 볼 때 일영이 문제는 그리 심각하지 않으니 같이 답을 찾아보도록 하지요."

이방은 말을 받는다.

"예, 선생님 고맙습니다. 일영이와 소통이 잘 안 되는데 어떻게 해야 할까요? 아이가 나를 은근히 무시하는 것 같기도 해서 제가 말 붙이기가 점점 어려워져요."

존창이 답을 한다.

"억지로 대화를 하려는 것보다 먼저 아이의 생각과 고민을 이해하고 공감하려는 노력이 중요해요. 특히 아이가 아버지도 나와 같은 고민을 했었고, 내 생각을 이해하려고 노력하는구나 하고 느끼는 것이 핵심일 것입니다. 이것이 되면 대화도 쉽게 될 것입니다. 서로 공감하지 못한 채 대화하다 잘못되면 다시 시작하기 어려워집니다.

그리고 일영이에게 아버지의 삶을 이해시켜 주는 것도 필요합니다. 아전의 일은 나라가 돌아가려면 꼭 필요한 일이다. 그런데 궂은일이고, 욕먹기 쉬운 악역이기 때문에 양반들이 하지 않으려 한다. 높은 벼슬아치들이 보수도 주지 않고 우리에게 맡겨 놓은 것이다. 약간의 권한을 주고 잘못되면 자기들 대신 책임을 지운다. 아전에 따라 스스로 백성들을 힘들게 하는 경우도 있지만, 군수나 현감의 뜻에 맞추는 경우가 대부분이다. 지방 관아의 아전은 감영의 아전과 감사가 뇌물을 요구하니 따라야 하고, 감영에서는 한양의 높은 벼슬아치에게 받쳐야 한다. 이렇게 조선 전체 먹이사슬 속에서, 힘없는 백성들과 바로 부딪치는 것이 지방 관아의 아전이다. 이 때문에 나쁜 짓을 많이 하는 것처럼 보인다. 더 큰 잘못을 하는 사람들은 한양의 정승판서들이다.

조선에서 내가 살아남고 내 가족이 먹고 살려면 다른 사람들과 비슷하게 살아야 한다. 아버지는 아전 노릇하면서도 마음이 편치 않고 백성들에게 피해를 덜 주려고 노력하고 있다. 네가 보기에 부족하다면 더 노력하겠다. 이런 이야기를 일영이게 해주면 아버지를 이해하는 데 도움이 되지 않을까 합니다."

이방이 말을 받는다.

"선생님께서 아전들의 어려움을 이해해주셔서 고맙습니다. 아들 때문에 제 자신을 돌아보게 됩니다. 그리고 자식들에게 모범이 되도록 노력하겠습니다."

호방이 말을 잇는다.

"종한이도 일영이와 비슷한 말을 하고 있지요. 저도 고민이 많았습니다. 제가 먼저 깊이 반성하겠습니다. 존창 선생님이 아이들의 스승이고, 아이들은 저희의 스승이 된 듯합니다."

존창이 말을 받는다.

"아닙니다. 부모가 아이의 가장 큰 스승이지요. 어려운 여건에서도 바르게 살려는 모습을 보여주면 아이들이 조금씩 따라 올 것입니다. 이제 아이들이 많이 컸으니 스스로의 결정을 존중해줘 보세요. 스스로 결정하되 책임도 자기가 져야 하니 여러 번 생각해보고 판단하라고 하세요."

이방이 말을 받는다.

"일영이가 과거를 응시하겠다고 하는데 이것도 스스로 판단에 맡겨야 할지요? 응시를 하면 아전 자식이 제 분수도 모른다는 말이 많을 텐데요. 아시겠지만 이 천안 고을을 좌지우지 하는 것은 군수님이 아니고 땅 많이 가진 양반집 몇몇 가문입니다. 그들 눈 밖에 나면 일영이가 아전 노릇도 못 할 수 있구요."

호방이 말을 잇는다.

"종한이도 비슷합니다. 과거를 응시하고 싶다는데 결과가 뻔하지요. 붙기도 어렵겠지만, 붙어도 아전 자식이 벼슬살이를 제대로 하겠습니까?"

존창이 말을 받는다.

"두 분 이야기 다 맞는 말인데 조선의 법상 양반뿐 아니라 중인과 상민까지 양인은 모두 과거에 응시는 할 수 있게 되어 있지요. 실제 응시하는 사람도 가끔 있구요. 일영이나 종한이는 과거에 응시하고 붙을 만한 실력을 충분히 갖고 있어요. 본인에게 좋은 점, 나쁜 점을 잘 설명하고 결정을 스스로 하게 하는 수밖에 없지요. 아이들에게 이 나라에서 힘들게 사는 소작인 노비 백정 같은 사람의 삶을 이야기 해주세요. 그들과 비교해보면서 잘 생각해서 결정하라고 하면 신중하게 할 것입니다. 저도 아이들에게 이야기해 볼게요."

이방이 말을 받는다.

"외람되지만, 제가 처음에는 존창 선생님을 하나도 이해하지 못하고 참 별스런 사람이라고 생각했습니다. 요즘 일영이 문제를 접하고 존창 선생님이 왜 이렇게 사시는지 조금은 알 수 있게 되었습니다. 일영이가 선생님처럼 되기는 어렵겠지만 그렇게 살려고 노력하는구나 하는 생각을 해보았습니다. 선생님 사시는 것은 힘들고 불편하겠지만 사람들의 존경을 받고, 저희는 사는 것이 편하고 넉넉하지만 사람들이 뒤에서 욕을 하지요. 저는 선생님처럼 살 수 없지만, 아이들은 선생님 뒤를 따르는 것을 인생의 길 중 하나라고 생각하게 되었습니다."

존창이 말을 받는다.

"제가 사는 모습을 좋게 봐주셔서 고맙습니다. 저도 어떻게 사는 것이 좋은지 확실히 모르고 계속 흔들리며 삽니다. 옛 성인들은 학문을 깊이 하면 흔들리지 않고 살 수 있다고 하는데, 저는 사느냐 죽느냐 같은 근본적인 문제에 부딪히면 여전히 결정을 내리기 어렵습니다. 아직도 배움이 부족한 듯합니다."

호방이 말을 잇는다.

"선생님 덕분에 종한이 뿐 아니라 저까지 어떻게 사는 것이 좋은 것이냐를 생각해 보게 되었습니다. 좀 진지해진 것이지요. 종한이와 대화도 많이 하고, 제가 하는 일에 반성도 하고 제가 변하고 있는 듯합니다."

셋이 주막 마루에 앉아 이야기하며 술잔을 나눌 때 거지 아이가 왔다 갔다 하며 기웃거린다. 존창이 안주로 나온 육전 하나를 아이에게 건네자 얼른 받아먹고 좀 있다 또 온다. 주모가 와 거지 아이를 끌어내 나가라고 한다.

존창이 주모에게 묻는다.

"저 애가 누구요. 거지들은 문 밖에서 동냥을 하지 주막 안까지는 잘 안 들어오는데."

주모가 답한다.

"며칠 전부터 주막 안에 들어와 손님들한테 얻어먹고 그래요. 아마 다른 주막에서도 그렇게 했다가 매 맞고 쫓겨났을 거에요. 저희 집에서는 그렇게까지 모질게 못하니 그냥 있지요. 밤에는 처마 밑에서 쪼그리고 앉아 자요. 추어지면 얼어 죽을 수도 있고, 어떻게 해야 되나 모르겠어요."

존창이 말을 받는다.

"주모 마음 씀씀이가 착하다고 생각했는데 진짜 그러네요. 저 아이 나이가 몇 살이고, 이름이나 고향은 알아요?"

주모가 답을 한다.

"저 아이는 조금 모자란 듯해요. 자기 이름과 나이도 대답을 잘 못해요. 무언가 이야기하려면 했던 말을 몇 번씩 하고 손이 이상하게 움직이고요. 아마 각설이타령도 못해 거지 떼에서 쫓겨나 여기까지 온 듯해요. 저희 집에서 쫓아내면 겨울을 넘기기 어려워 보여요."

존창이 조금 생각하고 답을 한다.

"제가 데려다 같이 살아보지요. 저희 집에 방이 하나 더 있으니 거기서 재우고, 먹는 것은 제가 먹는 것을 조금 더 해 나누면 되지요. 제가 조금 불편하고, 한 아이가 살 수 있다면 좋은 것이지요. 혹시 두 분 집에 저 아이가 입을 만한 헌옷 있으면 보내주시겠어요? 요긴하게 쓸 것입니다."

존창은 주막에서 이방, 호방과 헤어지고 아이를 데리고 집으로 온다. 주모는 존창에게 연신 고맙다고 인사를 한다. 좀 있으니 일영과 종한이가 헌옷을 한 벌씩 가져온다. 일영과 종한에게 아이에 대해 설명하고 어디서든 만나면 잘 대해 달라고 부탁을 한다. 아이는 씻기고 옷을 갈아입혀 놓으니 번듯하게 생겼다. 이제 여기가 네가 살 집이라 이야기하고, 윗방에서 재운다.

다음날 같이 아침식사를 하고 이름, 나이, 고향 등을 물어본다. 뭐라고 대답을 하는데 아이의 발음이 시원치 않아 알아듣기 힘들다. 존창은 아이의 이름을 이도연이라 짓고 데리고 다닌다. 성은 자신의 성 이씨를 따고, 이름은 길에서 맺은 인연이라 하여 도연으로 지은 것이다. 아이들을 가르치는 서당에서는 맨 뒤에 앉게 했는데 부산하게 움직여 공부에 방해가 되곤 한다. 지겨워할 때 엿 같은 것을 주어 달래니 시간이 지나면서 공부하는 아이들과 같이 열심히 듣는다. 서당 아이들과 점심을 같이 하고 끝나면 집에 데려와 같이 집안일을 한다.

걱정했던 것보다는 잘 따라 혼자 살 때보다 삶의 활력이 생긴다. 보름쯤 지나 서당공부가 늦게 끝나 존창은 도연이를 데리고 다니던 주막에 저녁을 먹으러 들른다.

주모가 반갑게 맞으며 인사를 건넨다.

"아이고, 얘야. 깨끗이 씻고 옷을 갈아입으니 아주 잘 생겼구나. 선생님, 이 애 챙기느라 힘드시지요? 혹시 이름은 지었나요?"

"이도연이라 지었지요. 성은 제 성에서 따 왔구요. 도연이가 자기 앞가림을 조금씩 해서 크게 힘들지 않고 집안이 덜 적적해서 좋습니다."

"선생님, 저 때문에 이런저런 이상한 소문이 돌아 불편하시지요?"

"이상한 소문이라니요? 무슨 소문이 있나요?"

"예, 저 애 도연이가 선생님의 숨겨 놓은 아들이다, 아니다, 손자다. 이런 소문이 저잣거리에 돌아요. 제가 저희 주막에 구걸하러 온 아이를 데려다 키우는 것이라 말해도 믿어주질 않아요."

"뭐 괜찮습니다. 저는 도연이가 진짜 아들이거나 손자이면 더 좋겠습니다. 저는 결혼은 했었지만 제 핏줄로 자식을 가져보지 못했습니다. 저는 도연이를 잘 키워보려 합니다."

"선생님, 고맙습니다. 제가 잃은 자식이 하나 있는데 잘 컸으면 도연이만합니다. 도연이를 보면 죽은 제 자식이 생각납니다. 제가 틈나는 대로 선생님 댁에 올라가 빨래나 청소, 반찬을 해드리고 싶은데…, 괜한 방해가 될까 해서요?"

"나야 좋지만 주막 일이 많은 주모가 힘들 텐데요?"

"제가 하고 싶은 일을 할 때는 허리가 부러져라 일해도 힘든지 몰라요. 선생님이 괜찮아 하시는 것 같으니 틈나는 대로 올라가겠습니다. 그리고 시간이 되면 저에게 언문과 셈법을 가르쳐 주시면 고맙겠습니다."

존창이 고맙다고 인사하고 집으로 가려하자 주모가 도연이에게 배고플 때 먹으라고 콩강개를 쥐어준다. 도연이는 낼름 받아 존창의 뒤를 따라 집으로 온다.

주모가 가끔 와 집안일을 도와주자 좀 더 살기 편해진다. 존창이 올 때마다 고맙다고 치사를 하자 더 자주 와 빨래와 청소, 음식 준비를 해주고 자신이 고생하며 살았던 이야기를 한다. 주모는 공부한 적이 없다고 하는데 언문과 셈법을 금방 익힌다. 총명하다. 많은 백성들이 공부하고, 그중 공부 잘하는 백성들도 과거에 응시한다면, 양반들은 과거에 붙기가 더 어려울 것이다.

　장마철이 되어 다니는 사람이 크게 줄자 주모는 일찍부터 존창 집에 와 집안일을 하기도 한다. 아침부터 비가 오는 날이라 존창은 아이들 가르치는 일을 끝내고 도연이와 집에 오자 주모가 저녁상을 차려놓고 기다리고 있다. 가정을 꾸민 것처럼 푸근하다. 셋은 저녁을 먹고 정리를 끝낸 다음 공부를 한다. 도연이는 조금 하다 재미가 없는지 졸립다고 윗방으로 간다.

　공부를 마무리 하고 존창이 말을 한다.

　"이제 언문은 다 익혔어요. 주막일, 우리 집 도와주는 것, 공부하는 것 같이 해서 힘들 텐데 참 잘했습니다. 근데 이제껏 이름도 안 물어본 것 같아요."

　"저 같은 사람이 이름이 제대로 있나요. 성은 박가이고, 어렸을 때는 순이라 불리다, 시집가서는 조씨네 새댁으로 불리다, 아이 낳고 나니 윤호 엄마라 했지요. 어쨌든 선생님께 글을 배우니 이름도 쓸 수 있고, 사람이 되는 듯합니다. 이 은혜를 어찌 갚을 수 있겠습니까."

　"아니오. 내가 도움을 받는 것이 많지요. 집도 깨끗해지고 맛있는 식사를 하고, 근데 주막은 이렇게 비워놔도 괜찮아요?"

　"아시다시피 저희 주막은 맨 안쪽에 있어 날이 이렇게 궂은 날에는 손님이 아예 없어요. 국밥 끓여 놓고 기다려봐야 손해만 보지요. 여기서 선생님 도와드리고, 입도 덜고, 도연이 보살펴 주고 좋지요. 안 죽고 살았으면 도연이 만한 아들이 있어서 마음이 더 짠해요. 7년 전쯤 지금과 같은 장마철에 남편이 논물을 막으러 갔다가 큰물에 휩쓸려 갔어요. 시체도 못 찾았어요. 그리고 어린 아들까지 이름 모를 병으로 죽고요. 참 박복한 년이지요.

　시집에서는 아들과 손자 죽은 것이 저 때문인 것 같이 생각하구요. 남편이 논 세 마지기 있었는데, 남편이 죽자 시동생이 그것을 갖겠다는 것이에요. 시아버지가 물려주신 것인데 자신은 한 마지기뿐이 못 받았다고…. 싸울 수 없어 논 반 마지기 값도 못 받고 집에서 나왔지요. 이곳 천안 주막거리에 와 한 일년 남의 집살이를 했습니다. 그리고 지금 이 주막을 빌려 장사를 하고 있지요."

　"주막은 할 만해요? 밑지지는 않는지…."

　"남의 집 살이 하는 것보다 조금 나은 듯해요. 더 좋은 것은 오늘처럼 손님이 없으면 문 닫고 내 일을 할 수 있는 것이지요. 주막이 제집이어서 세를 안 내면, 먹고살고 조금 저축을 할 듯합니다. 저는 요즘 행복해요. 존경하는 분 밥해 드리고, 아이 돌보고…, 주막 안 하고 이렇게 살았으면 해요."

　주모 순이는 말하면서 슬며시 존창에 기댄다. 머뭇거리던 존창은 순이의 어깨를 감싸면서 부드럽게 안는다. 비는 계속 내린다. 둘은 자연스럽게 하나가 되어 오랜만에 뜨거운 밤을 보낸다.

　여느 날 보다 존창이 좀 늦게 일어나 보니 순이는 없다. 부엌에는 조촐한 아침상이 준비되어 있다. 아침식사 후 서당에서 아이들을 가르치고 저녁 때 도연이와 집에 오니 순이가 집에 와 있다.

　"어서 오세요. 저녁 준비되어 있어요. 빨리 씻으시고 식사하세요. 어제는 받아 주셔서 고맙고, 또 행복했어요."

　"나도 좋았소. 사람은 음양의 조화를 이루고 살아야 하는 모양이오.

그리고 매번 수고해서 어떡하나…. 피곤할 텐데 주막은 괜찮소?"

"장마철이라 손님이 없어 낮에 집에서 한숨 잤어요."

셋은 저녁을 먹고 정리 후 공부를 한다. 도연이는 조금 하다 자러 가고 존창과 순이도 같이 자고, 순이는 새벽에 아침 준비를 해놓고 주막으로 간다. 평온하고 행복한 일상이 이어진다. 끝없이 내릴 것 같은 비가 끝나고 더위가 시작된다. 장마건 더위건 끝이 있는 법이다. 조금 지나니 아침저녁으로 제법 서늘한 기운이 느껴진다.

여름 막바지에. 청천벽력과 같은 소식이 들려온다. 여느 때와 같이 서당에서 아이들을 가르치고 있을 때 이방이 문을 열더니 존창에게 잠깐 나와 보라고 한다.

"존창 선생님, 조금 전에 파발마가 지나가며 소식을 주었는데 주상께서 어제 승하하셨답니다. 국상을 당한 것이지요."

존창은 하늘이 노래지는 듯하다.
정신을 가다듬고 답을 한다.

"주상께서 보령이 아직 한창이신데 어찌 이런 일이, 하늘이 무너져 내리는 것 같습니다. 아아! 어찌하나…. 어디 곡할 장소는 있나요?"

"예, 한양에 못 가시는 분을 위해 저희가 동헌 옆 객사에 빈소를 만들고 있습니다. 곧 준비될 것입니다."

존창은 가르치는 것을 바로 서둘러 마무리 하고 아이들과 함께 객사에 설치된 빈소에서 문상을 한다.

아이들을 집에 보내고 존창은 점심을 거르고 저녁때까지 곡을 하며 읍조린다.

"전하, 이렇게 빨리 가시면 저희들은 어찌합니까! 누구랑 같이, 누구를 믿고 조선을 사람 살만한 나라를 만들 수 있나요? 수원 화성에서부터 시작하여, 신분차별 없이 자기가 하고 싶은 일을 하면서 굶주리지 않고, 믿고 싶은 종교를 믿으면서 살아가는 나라를 만들어야 하는데…, 전하가 돌아가셨으니 이것이 언제나 이루어질까요? 지금까지는 전하를 모시고, 이것을 이루어 볼 수 있다는 희망이 있어 어떻게든 살아남으려 했습니다. 배교자, 겁쟁이, 기회주의자라는 욕을 먹더라도 살아남아 이루려 했던 희망이 있었습니다. 전하가 돌아가셨으니 제 희망은 잠깐 꾸어본 꿈으로 끝나는 듯합니다."

존창은 저녁 때 곡을 끝내고 도연이를 데리고 집에 온다.
순이가 저녁을 준비하며 말한다.

"저는 오늘 저녁 같이 못해요. 준비만 해드리고 내려가려구요. 당분간 자주 못 올 듯합니다. 아래 주막에서 소문을 들었는데 국상이 났다 하더라구요. 이제 손님이 밀어닥친다고 하네요. 저도 준비해놔야지요. 근데 선생님 얼굴이 좀…."

"맞습니다. 주상 전하께서 돌아가셔서 하루 종일 곡을 했소. 돌아가신 주상과는 제가 인연이 조금 있어 마음이 더 아프오. 아무튼 주막에는 당분간 손님이 많고 장사도 잘 될 것이오. 바쁠 텐데 어서 내려가요. 저녁상은 내가 보겠소."

존창은 닷새 동안 아이들을 자습시키고 동현 옆에 설치된 빈소에 나가 하루 종일 곡을 한다.
그리고 나흘이 더 지난 저녁 때 항검이 복돌과 같이 존창 집으로 와 조심스럽게 말을 한다.

"누구 계신지요?"

"아! 항검 형제님이시구나. 들어오세요. 비상한 때인데 무고하신지요?"

"주상 전하가 돌아가셨다는 소식을 듣고 참담했습니다. 전주감영의 빈소에서 닷새간 곡을 하고 이틀 쉬었다가 한양으로 가는 중입니다. 국장 치룰 때까지 한양에 있으려고 합니다."

"저도 하늘이 무너지는 듯했습니다. 군 동헌에 설치된 빈소에서 닷새간 곡을 하고 지금은 늘 하던 대로 아이들 가르치며 조용히 지내고 있습니다. 앞으로 세상이 크게 변하고 우리 동지회도 엄청난 시련을 겪어야 할 터인데 그저 가만히 기다리고만 있습니다. 돌아가는 소식도 듣지 못하니 더 답답합니다."

"세상이 크게 변하고 동지회가 어려워질 것은 확실합니다. 제가 할 일은 없을 듯하지만, 그저 소식이나 들어보려고 한양에 있으려고 합니다. 가서 존창 동지께 소식을 전하도록 하겠습니다. 그리고 지난해 늦가을 고산 교우촌에 가서 억명 형제님을 만나봤습니다. 억명 형제님이 교우촌을 잘 만들어가고 있는데 지세가 험해 어려움이 많은 듯했습니다. 제가 근처에 집과 전장을 조금 사, 억명 형제님께 관리를 부탁했습니다. 전장의 소작료는 당분간 받지 않기로 했습니다."

"고산 교우촌은 고향에서 쫓겨나온 신자들이 느는데, 농사지을 땅이 부족해 어려움이 많았을 것입니다. 항검 동지께서 큰일 하셨습니다. 형제님은 네 이웃을 네 몸처럼 사랑하라는 천주님의 말씀을 스스로 실천하고 계십니다. 존경합니다."

"과찬이십니다. 윗방에 보니 웬 아이가 보이던데 누구인지요?"

"주막거리에 떠돌아다니던 거지 아이였습니다. 좀 모자라 구걸도 쉽지 않아 보여 지난 초겨울부터 집에 데려다 같이 살고 있습니다. 좀 불편하지만 덜 적적하고 사람 사는 것 같습니다."

"존창 동지께서 진정 자애로운 마음을 갖고 계십니다."

둘은 밤늦게까지 조선과 천주교, 동지회의 미래에 대해 이야기를 나누고 다음날 항검은 한양으로 가고 존창은 일상을 이어간다. 한 달쯤 지나 추석이 가까이 오면서 국상 분위기가 가라앉는다. 존창은 이방을 찾아가 이번 추석에 부모님 산소에 성묘하고 친척을 만나고 올 수 있게 사나흘 말미를 달라고 한다.

이방은 잠시 고민하더니만 답을 한다.

"예, 여기 오셔서 고향에 한 번도 못 다녀오셨으니 다녀오셔야지요. 서당도 쉴 것이고 저희는 존창 선생님을 믿습니다. 그런데 저희가 매달 초일과 보름에 존창 선생님 근황을 감영에 보고합니다. 그래서 추석 다음날 떠났으면 합니다."

"예, 걱정마세요. 추석 다음 날 떠나 나흘 안에는 꼭 돌아오겠습니다."

존창은 추석 다음 날 이른 새벽에 천안을 떠나, 저녁 무렵 도고산 자락 감밭에 있는 법희 형님 댁에 도착한다.

"형님, 존창입니다. 참으로 오랜만에 찾아뵙습니다. 모두 제 불찰입니다. 건강하시지요? 형수님도 별일 없으시구요?"

"이게 누구냐! 존창이구나. 나는 보다시피 늙어가고 있지만 잘 지내고 있다. 네 형수도 무탈하다. 너는 얼굴이 조금 야위었지만 안색이 아주 나쁘지는 않구나. 다행이다."

법희와 존창 형제는 저녁을 먹으며 이야기를 이어간다.

"형님, 한가위인데 성준이, 성민이가 안 보이네요. 일이 바빠 못 온 모양이네요."

"둘 다 결혼하고 자식들이 생기니 잘 못 오지. 특히 올 추석에는 국상 때문에 못 온다고 연락이 왔다. 어제 네 형수와 버들에 있는 선산에 다녀왔다. 네가 왔으니 내일 또 가보자."

"네, 형님. 고맙습니다. 오늘 여기 온 것은 국상과 관련이 있습니다. 저는 돌아가신 전하와 인연도 있고, 전하 덕분으로 지금까지 살아남을 수 있었습니다. 또 전하와 함께 제 꿈을 이루어 볼 수 있다는 희망을 갖고 살아왔습니다. 이제 국장 치루고 나면 제 신상에 큰 변화가 있을 것입니다. 이번에는 살아 돌아오기 어려울 듯합니다. 형님 찾아뵙고 부모님 산소에 성묘하고, 여사울에 잠깐 들렸다 천안으로 돌아갈 계획입니다. 법황사 큰 스님은 어떠신지요. 연세가 많으셔서…."

"명봉 큰스님은 2년 전에 입적하셨다. 지금 법황사에 스님을 모셔 와야 하는데 마땅한 분이 없다. 안 되면 내가 머리 깎고 스님이 될까 한다. 괜찮지 않겠어? 조상님들 명복 빌어드리고 자식들 잘 되라고 기도하며 사는 것도 괜찮지. 또 내가 중 될 팔자라니 팔자를 따르는 것이고. 존창이 너는 세상에서 큰일을 할 팔자라고 했는데 쉬이 세상을 떠나면 안 되지. 앞으로 더 할 일이 있을 거야. 개똥밭에 굴러도 이승이 저승보다 낫다는 말이 있지. 살 수 있는 데까지는 살아남아야지."

"예, 저도 형님과 같은 생각입니다. 그렇지만 세상이 허락하지 않으면 받아들여야지요. 세상을 바꾸어 보려는 꿈이 이번 생에서는 어려울 듯해요. 저 혼자는 이루기 어려운 큰일이지요. 예전에 이벽 형님이 돌아가셨을 때 꿈이 절반쯤 무너지고, 이번에 주상이 돌아가셔서 남은 절반도 없어졌어요. 저는 꿈을 가져봤고, 그 꿈이 이루어질 수 있다는 희망도 품어 봤습니다. 행복했지요. 이제 같이 만들어갈 사람이 없어졌어요. 욕심을 내려놓고 천주님 뜻에 맡기려고 합니다."

"그래, 존창이가 고민이 많은 줄은 알았는데, 내가 생각했던 것보다 더 많은 고민을 했구나. 사람이 꿈을 크게 갖는 것, 큰 뜻을 품는 것이 좋은 면도 있겠지만 행복한 삶을 살기는 어려운 듯하다. 그 큰 꿈을 이루기 어렵기 때문일 거야. 나처럼 집안 지키고, 자식 키우고, 노후에 하고 싶은 것 하며 사는 평범한 사람의 꿈도 이루기 쉽지 않거늘…, 세상을 바꾸는 큰 꿈을 이루는 사람은 100년에 한 명 나오기 어렵지. 내가 법황사에 가서 중이 되어야 할 이유가 하나 더 생겼다. 네 꿈이 이루어지기를 빌어줘야지. 마음 편하게 가져라. 이번 생에서 못하면 다음 생에는 꼭 이룰 것이다."

"예, 제가 형님을 뵈면 마음이 편해집니다. 항상 깊은 고마움을 갖고 삽니다."

"나도 네가 자랑스럽다. 또 네가 나의 부족한 부분을 채워주는 듯해서 뿌듯하기도 하다. 이제 쉬어라. 내일 아침 일찍 산소에 가야지."

다음 날 법희와 존창은 도고산 자락 버들골에 있는 부모님과 조상님들 산소에 들려 성묘하고 돌아온다. 법희는 도고산 법황사로 올라가고 존창은 여사울 최 구두쇠 영감 집으로 간다.

최 영감과 천명이가 깜짝 놀라며 반갑게 맞는다.

"선생님, 못 볼 줄 알았는데…. 그간 어떻게 지내셨는지요? 건강하신 듯합니다."

"영감님 건강하시지요? 천명이도 잘 지냈고? 저도 그럭저럭 잘 지내고 있습니다. 억명이는 안 보이는데 고산에 있겠지요?"

최 영감이 답을 한다.

"억명이는 고산에서 자리 잡고 잘 있는 듯해요. 결혼도 하고 자식도 생겼으니까. 여기 다녀간 지 오래 됐어요. 부모는 자식들이 독립해서 지들끼리 잘 살아가면 그것이 최고지요. 그래도 아들 손자는 보고 싶지요. 늙으면 다른 관심은 사라지고 그 낙만 남는 모양입니다."

존창이 말을 받는다.

"영감님, 저나 천주교 때문에 고초를 많이 겪으셨지요?"

최 영감이 답을 한다.

"심한 일은 없었어요. 선생님 말씀대로 앞으로 안 믿겠다고 하고 책이나 십자가를 갖다 바치면 바로 풀어줬지요. 근데 몇 년 전에 우리 마을사람 전체를 모아놓고, 여사울은 주민 모두가 천주교 신자인 못된 마을이라고 하고, 모두 큰 벌을 내리겠다고 협박을 했어요. 마을사람들이 두려워 숨겨 놓은 책을 모두 내놓고 불태운 적이 있어요. 그 후로 마을사람들이 조심하고 있어요."

"여사울에는 천주교 책이 많았는데 아쉽네요."

"저희 집에 몇 권 숨겨 놓은 것이 있는데 드릴까요?"

"아닙니다. 저도 필요 없을 듯해요. 단원정사, 아니 이제는 반남정사인가는 어때요?"

"반남 박씨 사람만 가르치니 마을에서는 관심이 없어요. 오가는 사람이 많지 않아 잘 모르겠어요. 거기서 과거 붙었다는 사람은 없는 듯하고 잘 되는 것 같지는 않아요."

"그렇군요. 사람이 바뀌면 이것저것 다 바뀌게 마련이지요. 그리고 지금 국상 중인데 국장을 치르고 나면 세상이 크게 변할 듯합니다. 천주교 신자들에게 아주 큰 어려움이 닥칠 것 같아요. 정리할 것 정리하고 대비할 것은 미리 대비해야 할 것입니다."

"이 늙은이도 국상 소식을 듣고, 막연히 크게 바뀔 수 있을 것 같다는 생각만 했지요. 선생님이 여사울에 오신 것도 이와 관련이 있나요?"

"예, 있지요. 어제 감밭 법희 형님 댁에 들렸습니다. 오늘 아침 일찍 부모님 산소에 성묘하고 여사울에 온 것입니다. 마지막일지 몰라서…, 보고 싶은 사람 만나려 잠깐 시간을 냈어요. 내일까지 다시 천안에 돌아가야 합니다. 물때는 어떤가요? 아산까지 배로 가면 좀 더 빨리 천안에 갈 수 있어서요."

천명이 답을 한다.

"물때는 내일 새벽이 맞을 듯합니다. 여기서 저녁 드시고 한숨 주무시고 가시면 될 듯합니다. 제가 아산까지 모셔다 드리겠습니다."

"천명이는 어떻게 지내? 지금 생활은 만족하고?"

"선생님 말씀대로 부모님 모시고 장사도 배우고 잘 살고 있습니다.

근데 좀 답답합니다. 이럴 때 무엇을 하고 어떻게 사는 것이 좋은지 상의할 만한 사람도 없고, 천주교 모임도 못하고…. 저도 억명이처럼 교우촌에 들어가 볼까, 아니면 한양에 가서 성준이, 성민이 형 밑에서 장사를 배워 돈을 많이 벌어 보고 싶기도 하고…. 이 생각 저 생각하고 있습니다."

최 영감이 말을 받는다.

"이제 나와 네 어머니 걱정은 말고 네 길을 찾아라. 너희가 10년 넘게 우리를 잘 모셨고, 손자 손녀의 재롱 속에서 늙어가는 낙까지 주었다. 이제 너도 네가 원하는 인생을 살아도 된다. 여사울은 선생님 형제께서 떠나시고 쇠락하고 있다. 앞으로 좋아지기가 쉽지 않을 듯하다. 장사는 마을이 번성해야 잘 되는 것인데 여기서 오래 있으면 먹고 살기도 어려워질지 모른다. 네가 여사울을 떠날 때인 듯하다. 또 이 늙은이의 눈치로는 선생님이 큰 각오를 하신 것 같다. 나도 그 뒤를 따를 생각이다. 선생님 덕분에 구두쇠라고 멸시당하던 내가 마을에서 존장으로 대우받고 잘 살았다. 행복했고, 여한이 없다."

존창이 말을 받는다.

"천명이는 여러 번 생각해보고 스스로 결정하면 될 거야. 아버님이 열린 마음을 가졌으니 어떤 결정을 하든 지지해 주실 것이다. 가족끼리 대화가 되고 서로 생각을 인정하는 것, 그 자체가 행복한 것이다. 높은 집안에서도 그렇지 못해 부모가 자식을 죽이거나 내쫓는 경우도 있다."

천명이 말을 받는다.

"예, 선생님. 깊이 생각해보고 결정하겠습니다. 어떤 길을 가든 후회하지 않고 열심히 살겠습니다. 며칠 더 머물다 다락골과 고산도 다녀가시면 좋을 텐데요…."

존창이 말을 받는다.

"다락골 성미 내외와 손자들, 지티의 전 영감님, 고산의 억명이 모두 보고 싶지만 어려울 것 같다. 내가 자유가 없는 몸이라 세상에서 하고 싶은 거 다하고 살면 얼마나 좋겠어."

천명이 말을 받는다.

"제가 시간을 만들어 쭉 들러보고 안부 전하겠습니다. 저도 여러 곳을 다녀봐야 미래를 결정하는 데 도움이 될 듯합니다."

존창은 저녁을 먹고 천명이와 여사울을 둘러보고 잠을 청한다. 다음날 새벽 배를 타고 아산 굽은다리를 지나 내린다. 점심때쯤 천안에 도착하여 이방에게 무사히 돌아왔다는 것을 알려주고 집으로 온다. 법희 형님과 최 영감 댁에서 싸준 음식을 갈무리 하고 순이네 주막에 내려간다. 순이와 도연이가 반갑게 맞는다. 분위기가 좀 달라져 궁금해 하니 순이가 이따 저녁에 자세한 이야기를 한다고 한다.

존창은 늦은 점심을 먹고 도연이를 데리고 집에 온다. 저녁 때 순이가 집에 와 같이 저녁을 먹고 보통 때와 같이 공부하고 도연이는 윗방으로 건너가 잔다.

순이가 며칠간 있었던 일을 이야기한다.

"점심 때 보셔서 아실 지도 모르겠지만 주막을 다른 사람에게 넘겼어요. 며칠만 옆에서 봐주면 끝나요. 요즘 손님이 많아 돈을 후하게 받고 넘겼어요. 잘 된 일이에요. 아무래도 저는 계속 못할 처지거든요. 제가 아이를 가졌어요. 이제부터 조심해야지요. 주막 정리가 끝나면 여기로 이사 오려 하는데, 괜찮겠지요? 저는 짐이 별로 없어요."

존창은 깜짝 놀라며 순이의 손을 잡고 말을 한다.

"몸은 어떤지? 언제 알았소? 좁더라도 오늘부터 여기서 살아도 되오. 짐을 천천히 옮기더라도…."

"몸은 좋아요. 얼마 전부터 긴가 민가 했는데 이제 확실해요."

"아! 세상에, 절망 속에서도 희망의 씨앗이 생겨나는 듯싶소, 국장을 치르고 나면 나에게 큰 변화가 있을 것이오. 차차 자세히 이야기해 주겠소. 오늘은 기분 좋은 날이니 모든 것을 잊고 푹 잡시다."

존창과 순이는 지아비, 지어미처럼 편하게 잔다. 순이는 여느 날과 같이 아침상을 준비해놓고 주막으로 가고 존창은 아이들을 가르치러 간다.

가을이 깊어 가는 날 저녁 무렵 창현 항검 필공 총억 약용이 천안의 존창 집으로 온다. 아래 주막에서 저녁을 먹고 탁주 댓 병과 안주거리를 사가지고 온다. 동지회의 핵심들이 다 모인 것이다.

둘러앉아 잔을 채우고 존창이 말을 한다.

"모두 바쁘실 텐데 이렇게 멀리까지 찾아주셨습니다. 고맙습니다. 지금이 동지회와 조선 천주교의 미래에 아주 중요한 순간인 듯합니다. 이번은 진산사건과 주문모 신부님의 도피 때와는 크게 다를 것입니다. 모두 마음속에 비슷한 생각을 갖고 오셨을 것입니다. 먼저 한양의 천주교는 어떻습니까?"

창현이 답을 한다.

"지금 한양의 천주교는 아주 활발하게 움직이고 있습니다. 신자들이 빠르게 늘고 있지요. 좋기도 하지만 앞으로 여건이 급변하면 어떻게 될지 걱정도 됩니다. 주 신부님과 약종 형제님, 완숙 자매님 등이 열성적으로 전교하고 계시는 데다, 국상 기간이라 기찰과 처벌이 없기 때문입니다. 한양에서는 천주교를 믿는 것이 유행처럼 번져나가고 있습니다.

새로 늘어나는 신도들은 크게 두 부류로 나누어 볼 수 있지요. 한 부류는 천주교를 믿고 천당에 가려는 사람들이지요. 나이 드신 분이나 여자들이 많습니다. 지금 어려운 사람은 내세에서라도 행복하게 살고 싶어서이고, 지금 좋은 시절을 보내고 있는 사람은 내세에서도 지금처럼 잘 살고 싶어서이겠지요.

또 다른 부류는 천주교를 통해 세상을 확 뒤엎어 보겠다는 사람들입니다. 이들은 천주교를 믿는 구라파의 여러 국가들의 문물이 앞서고 군사력이 강하다고 생각하고 있지요. 구라파 국가에서 큰 군함과 군인을 보내 썩어빠진 조정을 뜯어고치고 새로운 나라를 만들어야 한다고 믿는 것이지요. 정감록의 도참사상과 같이 천주교를 통해 세상을 바꾸고 싶은 것입니다. 이런 생각을 갖고 있는 신자들은 젊은이와 선비들이 많지요. 동지회를 처음 시작할 때와는 많이 달라졌습니다. 그때는 같은 생각을 갖는 사람을 모아 천주님의 가르침을 통해 우리 스스로 나라를 조금씩 바꾸어 가겠다고 생각을 했던 것인데요. 조선 천주교가 앞으로 어떻게 될지 불안합니다."

약용이 말을 잇는다.

"창현 부회장님 말씀대로 불안하고, 국장 이후가 크게 걱정스럽습니다. 모두 아시다시피 선왕의 아드님이신 지금 주상께서는 보령이 어려 왕실의 어른인 대왕대비께서 수렴첨정하고 계십니다. 대왕대비 김씨는 선왕과 관계가 아주 나빴기 때문에 조정 운영을 모두 선왕과 정반대로 갈 것입니다. 저는 이런 걱정 때문에 벼슬을 내려놓고 농촌으로 이사를 계획하고 있습니다. 뜻대로 될지는 모르겠습니다.

천주교를 믿고 이를 통해 세상을 바꾸려는 것은 우리 동지회의 뜻이기도 했습니다. 그러나 이런 뜻이 지금은 크게 변질되어 있습니다. 일부 신자들이 스스로의 노력보다는 외국의 힘이나 섬에 숨어 있던 진인에 의해 나라가 바뀌기를 바라고 있습니다. 이는 몇 년 전에도 해도거병설을 이용해 역모를 꾀한 강병천 등과 생각이 같습니다. 당시 역모 사건에는 김건순이라는 노론 쪽의 젊은 선비도 관련되어 있었습니다. 김건순은 요사팟이라는 세례명을 가진 천주교 신자이고 하지요.

김건순은 병자년 호란 때 척화파의 우두머리였고 현 노론의 정신적 지주인 청음 김상헌 선생의 제사를 모시고 있지요. 노론의 핵심 중 핵심 인물이고 아주 총명합니다. 김건순은 노론의 필사적인 보호와 선왕 전하의 배려로 지난 번 역모 때에는 살아남았습니다.

그런데도 지금까지 '해도거병', '양박청래' 등을 주장하고 주 신부님과 교유한다고 알고 있습니다. 황사영 등 일부 젊은 신자들도 김건순과 비슷한 생각을 갖고 만나고 있는 듯합니다. 황사영은 제 조카사위라 더 답답합니다.

이렇게 보면 천주교 신자들은 무군무부의 굴레뿐 아니라 매국과 반역의 죄까지 쓸 수 있습니다. 지금은 국장을 앞두고 있어 천주교 신자들이 나라와 조정을 뒤엎으려 한다는 유언비어만 만들어 돌리고 있지만, 국장을 치루고 나면 상소가 밀려들 것입니다. 그때는 우리에게 엄청난 재앙이 닥칠 것입니다."

총억이 말을 받는다.

"김건순 요사팟은 제가 조금 압니다. 철신 선생님을 뵙고 배움을 청한다고 양근에 자주 왔지요. 가끔 자리를 같이 했습니다. 똑똑하고 재치가 넘치나 세상을 너무 쉽게 생각하는 경향이 있습니다. 좋은 집안의 종손으로 거칠 것 없이 살아왔기 때문일 수도 있습니다. 그는 서양인들이 많이 와있고 중국에서도 개방된 지역인 소주나 항주로 가 앞선 서양의 문물을 배우고 싶다고 합니다. 소주는 주 신부님의 고향이기도 하지요. 그리고 조선으로 돌아와 조선을 개혁하겠다고 합니다.

저도 관심이 있어 몇 번 이야기를 나누어 봤습니다. 가는 것도 쉬운 일이 아니지만 오는 것은 더 어렵고 중국의 소주나 항주까지 다녀왔다는 사실을 밝힐 수도 없는데 어떤 계획이 있느냐고 물어봤습니다. 답은 명확하지 않았습니다. 그는 스스로 섬에 있던 진인이 되어, 양박을 타고 조선에 돌아올 생각을 하는 듯했습니다. 자신이 해도거병과 양박청래의 주인공이 될 것이라고 생각하는 지도 모르지요. 매우 위험한 사람이라 보였습니다."

항검이 말을 받는다.

"한양에서 몇 달 지내보니 요즘 상황은 상식적이지 않은 것 같아요. 국장이 끝나면 세상이 바뀌고 천주교가 설 자리가 없어질 것은 확실한데, 지금 천주교는 유행이 되고 있어요. 세책점에서 소설책보다 인기 있는 것이 천주교 서적이라고 합니다. 천주교 관련 문구 한 두 마디쯤은 할 줄 알아야 시대에 뒤떨어지지 않는 사람이 된다고도 합니다. 한 치 앞도 내다보지 못하는 일이지요. 몇 달만 좋고, 몇 년 아니 수십

년을 큰 고생할 수 있는데 말이지요. 일반 신자는 그렇다 치고, 천주교 지도부도 이런 분위기에 편승해 신자 수를 늘리기에만 급급한 듯합니다.

세상이 바뀌면 다 물거품처럼 사라지고 그 과정에서 얼마나 많은 사람들이 죽고, 집에서 쫓겨날지 모르겠습니다. 천주교 교세는 늘어날지 몰라도 일반 신자들이나 백성들에게는 비극이 될 것입니다. 제가 할 수 있는 일이 없어 답답합니다. 그래도 존창 부회장님이 만들어 놓으신 교우촌이 우리 천주교의 미래를 지켜줄 것 같습니다. 누군가 주 신부님과 지도부에 이야기해 바꾸어 나가야 한다고 생각합니다."

필공이 말을 받는다.

"조선 천주교가 지금 좋아 보이지만 항검 부회장께서 말씀하신대로 겉만 그런 것이고 곧 위기가 올 것이라고 봅니다. 주 신부님이 이 조선의 사정을 잘 모르는 데다, 가까운 사람 좋은 집안사람들의 의견만 듣는 듯합니다. 존창 부회장께서 역할을 많이 해야 하는데…. 참 어려운 상황입니다. 나라나 공동체나 모두 지도자가 중요한데 어쩌지요. 우리 천주교도 문제이지만 조선은 더 어려워질 것 같습니다. 영명하신 선왕께서 갑자기 돌아가셨으니 말입니다.

의원인 제가 보기에 선왕의 갑작스런 승하는 의문이 많습니다. 선왕께서는 열이 많은 체질이고 종기가 자주 나는 것을 제외하고는 건강하셨지요. 종기 때문에 고생이 많으셔서 제가 조선에서 종기를 제일 잘 치료한다는 의원을 내의원에 추천해주었지요. 피재길이라는 의원인데 피 의원이 주상을 돌보고부터는 주상의 종기 고생은 거의 없었지요. 이번에도 주상의 환후는 종기의 하나인 등창에서 시작되었습니다. 피의원이 주상 곁에 있어 초기에 등창을 다스렸으면 별 문제가 안 되었을 것입니다. 우연인지 고의인지 어의가 피재길을 지방에 일을 보내 주상의 등창이 악화된 다음에야 돌아왔다 합니다. 피의원도 어찌할 수 없었던 것 같습니다. 여기에다 열이 많은 주상께 인삼 처방과 함께 독한 연훈방까지 하여 피가 급격히 나빠져 돌아가신 듯합니다. 어의와 내의원 도제조가 책임을 져야 합니다. 주상을 직접 시해한 것은 아닐지 몰라도, 돌아가시는 길로 끌고 간 것은 확실해 보입니다.

선왕이 돌아가시는 것을 보니 천주교와 조선의 미래도 매우 어려워질 것이 확실합니다. 답답하고 원통하지만 천주님이 조선 백성에게 주는 시련이라고 생각하고 받아 드려야지요. 이제 저에게는 모든 희망이 사라진 듯합니다. 어찌 살아가야 할지 모르겠습니다."

존창이 말을 받는다.

"저도 선왕께서 돌아가셨다는 소식을 듣고 필공 형제님처럼 하늘이 무너지고 모든 희망이 사라지는 듯했습니다. 그런데 주변을 돌아보니 희망이 전혀 없어 보이는 민초들이 하루하루 열심히 살아가고 있습니다. 그들은 이 추위가 지나가면 나아질 것이다, 이번 보릿고개만 지나면 굶지 않을 것이다, 올해 날이 좋아 풍년이 들면 자식들이 먹고살만할 것이다, 곧 손님이 많아져 장사가 잘되면 빚을 갚을 수 있다, 오늘 하루 푹 자고 나면 아픈 몸이 좀 나아질 것이다…와 같이 실낱같은 희망 때문인지 모르지만 다들 살아가고 있는 것이었습니다. 저희들도 작은 희망이라도 붙잡아야 할 것입니다.

그러나 해도거병이니, 양박청래는 여러분이 말씀하셨듯이 말이 안 되는 주장입니다. 외국세력은 자신의 이익을 챙기지, 우리 조선이 필요로 하는 일을 해줄 가능성은 없을 것 같습니다. 오히려 앞으로 많은 천주교 신자나 백성들에게도 엄청난 고통을 주는 빌미가 될 것입니다. 이런 주장을 하는 사람들은 당장 눈앞의 이익과 자신의 업적만을 생각하는 사람들입니다. 다른 사람이나 앞으로의 일은 어떻게 되던 상관없는 사람들인 것 같습니다. 이들에 대해서는 우리 각자 연이 있는 사람을 찾아 잘 이야기 해봐야지요. 예를 들어 사영 형제는 약용 동지의 조카사위이니 약용 동지가 설득에 해 봐야지요.

그리고 효과는 어떨지 모르지만 급한 일 두 가지는 정리하고 넘어가야 합니다.

먼저 항검 동지께서 말씀하신 천주교 지도부에 대한 건의입니다. 주 신부님께는 신도회 총회장이신 창현 동지께서 상황 설명을 해주셨으면 합니다. 명도회장을 맡고 계신 약종 형제님께는 불편하시더라도 동생이신 약용 동지께서 해주셨으면 합니다. 모두 바뀔 가능성은 크지 않지만 할 수 있는 것은 해봐야지요.

다음으로 국장이 끝나고 닥쳐올 사태에 대비하는 것입니다. 진산사건 때와는 완전히 다를 것입니다. 울타리가 되어 주시던 선왕께서 돌아가셨고, 이제 저들이 우리 천주교 공동체에 대해 많은 정보를 갖고 있기 때문이지요.

저는 천주님의 뜻이라 보고 순교를 받아들일 생각입니다. 다른 분들은 가능하다면 끝까지 살아남아야 될 것입니다. 창현 동지는 많은 신도들의 중심을 잡아주셔야 하고, 약용 동지는 천주교 신자의 대들보이시고 이 모든 것에 대한 기록을 남겨 주셔야 할 분이지요. 항검 동지는 그 넓은 땅에 의탁하고 있는 많은 분들을 계속 보듬어 주셔야 하고, 천주교 공동체를 계속 후원해주셔야 합니다. 필공 동지는 앞으로도 많은 사람의 생명을 구하여야 하지요. 총억 동지는 두만강 너머 중국 땅에 교우촌을 만들어야 합니다. 앞으로 조선이 어려워지면 천주교 신자들뿐 아니라 일반 백성들에게도 많은 도움이 될 것입니다. 우리가 세상을 바꿀 힘이 없다는 것이 답답하지만 언젠가 우리에게 그러한 힘이 주어지길 기도해야지요."

총억이 말을 받는다.

"존창 부회장님, 아니, 형! 같이 두만강 너머 중국으로 가요. 형이랑 같이 가면 많은 사람이 살아갈 수 있는 터전을 만들 자신이 있어요."

존창이 답을 한다.

"그것도 생각해보았는데, 내가 이번에도 피하면 조선 천주교 내부에서도 욕하는 사람이 아주 많을 것이고, 또 내가 잡히지 않으면 나를 찾는 과정에서 많은 피해자들이 나올 것이야. 이번이 순교할 때인 듯해. 기꺼이 받아들이려고 그래. 총억이가 매우 힘들거야. 조선 땅에서 교우촌을 만드는 것도 어려운데 남의 나라에서 만드는 일이 얼마나 어렵겠어. 내가 쉬운 길을 택하고 어려운 짐을 총억이 한테 줘서 미안해. 총억이가 잘 해낼거야."

약용이 말을 받는다.

"존창 부회장님의 말대로 순교는 영광스러운 일이지만 각자의 몫이라고 생각합니다. 모든 인간의 삶은 결국 죽음을 향해 가는 길 위에 있는 것이고, 목적지에 다다르는 시간만 조금 다를 뿐이지요. 그러나 이번에는 우리가 살아남고 싶어도 살아남지 못하는 경우가 대부분일 것입니다. 저들이 이번 기회에 싹을 모두 제거하려 할 것이기 때문입니다. 오늘 여기 모이신 분분 아니라 철신 선생님, 이가환, 홍낙민, 이승훈, 약종 약전 형 모두가 위험합니다. 그리고 조카사위인 사영 형제와 약종 형님께는 이야기해 보겠지만 기대는 하지 않는 것이 좋을 것입니다. 사람의 생각이 바뀌기 어렵기 때문이지요."

항검이 말을 잇는다.

"저도 존창 부회장 말씀대로 살아남아 보려고 노력해보겠습니다. 뜻대로 될지 모르겠습니다. 제가 북경 밀사 비용을 조금씩 지원하고 있습니다. 밀사 일에 관여하는 신자들에게 양박청래를 통해 종교의 자유와 조선의 개혁을 하려는 것이 무모하고 위험한 일이라는 것을 이야기해보겠습니다. 잘 들으려 하지는 않을 듯합니다. 그리고 총억 동지가 두만강 너머에 교우촌을 만들려면 돈이 많이 들 텐데 제가 조금이나마 보태보려 합니다."

존창이 말을 받는다.

"항검 동지, 고맙습니다. 살아남으셔서 그 뜻이 계속 이어지기를 기도하겠습니다. 양박청래나 해도거병과 관련된 위험성은 밀사로 가는 황심 형제에게 이야기해 보시지요. 천주교 공동체와 조선을 위해 절대 양박청래를 해서는 안 된다는 것이 제 뜻이라고 전하면 조금 도움이 될지 모르겠습니다. 그리고 국장이 끝나면 들어나겠지만 저들은 천주교 공동체에 대해 많은 조사를 해놓았을 것입니다.

우리가 숨기려 해도 큰 소용이 없을 듯합니다. 철신 선생님과 동지회의 핵심 정보를 제외하고는 저들이 원하는 정보는 다 주어도 무방할 듯합니다. 저들이 이미 알고 있을 가능성이 높은 비밀을 지키기 위해 불필요한 희생을 할 필요가 없습니다. 순교를 받아들일 분은 받아들이고, 살아남을 사람은 모든 수단을 써서라도 살아남는 것이 천주교 공동체와 조선 백성을 위해 좋을 것이라고 생각합니다. 그리고 누가 살아남을지 모르지만 살아남으신 분들이 동지회를 이어 나가시기 바랍니다. 더 하실 말씀 하시지요…. 없으시면 기도와 묵상의 시간을 갖겠습니다."

일행은 새벽에 잠깐 눈을 붙이고 순이가 해주는 아침밥을 먹고 한양으로 떠난다. 존창은 늘 하던 대로 아이들을 가르치고 돌아온다.

순이가 준비해 놓은 저녁을 같이 먹으며 이야기한다.

"선생님, 웃방에서 자면서 여러분들의 이야기를 들었습니다. 잘 이해는 못하겠지만 어려운 일이 있을 것이고 많은 사람이 죽을 것 같아 걱정스럽습니다. 그리고 한 분이 아침을 잘 먹었다고 돈을 부엌에 놓고 갔습니다. 평생 만져보지 못할 큰돈인 듯합니다. 선생님께 나쁜 일이 생기면 어떡하지요? 잠깐이나마 선생님 모시고, 아이 낳고 행복하게 사는 꿈을 꾸어봤습니다. 저같이 박복한 년에게는 언감생심이겠지만요. 저는 어떻게든 살아가겠지만, 도연이와 뱃속 아기를 잘 키워야 하는데…, 혼자서는 힘들 것 같아요."

존창이 말을 잇는다.

"나도 잠시지만 행복했소. 천주님이 나에게는 그런 삶을 허락하지 않는 듯하오. 내가 지금까지 목숨을 부지할 수 있었던 것은 선왕 전하 때문인데, 갑자기 돌아가셨으니…, 아마 국장이 끝나면 큰 사단이 있을 것이고 나도 피할 수 없을 것 같소. 내가 순이네와 도연이 그리고 뱃속 아기를 위해 준비를 해놓겠지만, 앞으로 일어날 일을 다 알 수 없으니 부족함이 많을 것이오.

먼저 뱃속 아이 이름을 지어놨소. 아들이면 이성혁, 나라에 필요한 개혁을 이루라는 뜻이오. 딸이면 이성례로 하시오. 인간의 도리인 예를 이루라는 뜻이오. 또 천주교 신자들은 성인의 이름을 따서 만든 또 다른 이름도 갖고 있소. 아들은 이성혁 요셉, 딸은 이성례 마리아로하면 좋을 것이오. 내가 글로 써놓겠소.

　내게 무슨 일이 생기면 순이네가 결정해야겠지만 여기서 사는 것보다 이사를 가는 것이 좋을 듯하오. 내가 두 군데를 찾아놨소. 하나는 신창현 도고산 자락 감밭이오. 거기는 형님 내외분이 살고 있고, 근처 버들에는 선산이 있소. 당신이 거기서 몸을 풀면 형님 내외가 도와주실 것이오. 근처에 형님이 다니시는 절이 있는데 도연이가 거기서 살 수 있지 않을까 생각하오. 절에 행자가 필요할 테니…. 다른 한 곳은 홍주 오서산 자락 다락골이라는 곳이오. 오서산에서 광천 쪽이 아니고 청양 쪽이오. 내가 잠깐 살았고, 처형의 애를 데려다 키워 시집보낸 딸인 성미가 살고 있소. 죽은 처가 묻혀 있는 곳이기도 하오. 천주교 신자들이 사는 교우촌이라 몸은 고생스럽겠지만 서로 도와가며 살 수 있는 곳이오. 내가 형님과 성미에게 각각 편지를 써놓겠소. 어딘가 가게 되면 쓰시오.

　어디에 살던 돈이 필요할 것이오. 내가 그간 쓰고 남은 돈이 많지 않아 걱정을 했는데 누군가 놓고 간 돈이 있어 다행이오. 아마 전주에 사는 항검 형제님이 놓고 간 듯하오. 그 돈과 저기 장 속에 있는 돈을 모두 순이네가 필요한 곳에 쓰면 될 것이오. 그리고 내가 오래 전에 한양 서대문 밖 공덕이라는 곳에 밭 두 마지기와 집을 사 놓았소. 땅문서와 집문서는 다락골의 성미가 갖고 있으니 태어날 아이와 나눌 수 있으면 좋을 듯하오. 방안의 책은 순이네가 갖고 싶은 것을 갖고 나머지는 서당 아이들 보고 가져가라고 하면 되오. 말이 유언처럼 되어 마음이 아플 것이오. 세상 살다보면 힘든 일이 많을 텐데 혼자 감당하게 해서 미안하오. 둘이 함께 하면 훨씬 쉬운데…. 이제 쉽시다."

　"선생님, 미천한 저를 위해 많은 것을 준비해놓으셨네요. 감격스럽습니다. 저는 세상에서 선생님이 가장 중요해요. 같이 살지 못하더라도 선생님이 어디선가 살아 계시기만 하면 저는 행복할 것이에요."

"앞으로 스스로 천하다는 생각을 절대 갖지 마오. 조선에는 양반 상인 천인 등 신분이 있지만 천주님 앞에서는 모든 사람이 평등하오. 내가 천주님을 믿는 가장 큰 이유이기도 하오. 남이 나를 어떻게 생각하든 나는 하느님과 똑같이 생겼고, 이 세상에 하나뿐인 사람으로 스스로를 귀하다고 생각해야 하오. 그래야 자식도 자기 핏줄이어서가 아니라 귀하게 대우받아야 할 사람으로 보아 잘 키울 수 있소.

그리고 나는 앞으로 내가 믿고 생각하는 대로 살기로 했소. 과거에는 살아남기 위해서 그들이 원하는 말을 몇 번 했었소. 그것이 후회되어 이번에는 내가 생각하는 대로 말을 할 것이오. 아마 그들이 원하는 대로 이야기하고, 살아남으려 애써도 이번에는 살아남지 못할 수 있다고 생각하오. 모두 천주님의 뜻일 것이고, 기꺼이 받아들일 것이오.

마지막으로 나를 선생님이라 부르지 말고 서방님이라 부르시오. 나도 여보라고 부르겠소. 사람은 모두 죽는 것이고 언젠가 이별하는 것이오. 너무 걱정 마오. 천주님이 보살펴 주실 것이오."

순이는 존창의 품에 안겨 연신 훌쩍거리며 서방님이라 부르다 잠이 든다. 날이 밝고 아침이 되자 존창은 서당에 나가 아이들을 가르치고 집에 온다.

순이는 배가 불러온다. 세상은 아무 일 없다는 듯 잠시 평온하다. 그러나 보이지 않는 곳에서는 생길 일은 생기는 법이다.

국장이 끝나고 한양에서는 걱정하던 일들이 터진다. 어떤 신자들은 대놓고 예배를 드리다 잡혀가고, 또 누구는 천주교 책자와 물품을 옮기다 잡힌다. 천주교의 원흉을 찾아내어 엄벌하라는 상소가 빗발친다. 많은 천주교 신자들이 잡혀 들어간다.

존창도 서당에서 아이들을 가르치다 체포되어 청주병영으로 압송되었다가 다시 한양으로 이송된다. 주문모 신부와 항검 총억 그리고 황심과 사영, 완숙 등 일부 신자들은 체포를 면하지만, 잠시 난을 피했을 뿐이다. 그 해 많은 신자들이 또 잡혀 순교를 한다. 이후 이어지는 오랜 박해기간 동안 셀 수 없이 많은 사람들이 천주교와 관련되어 죽임을 당한다. 이름도 남기지 못하고 죽어간 사람이 대부분이다.

수렴청정 중인 대왕대비 김씨와 주변 세력은 국장이 끝난 다음 해 초, 조정에서 천주교 신자들을 모두 몰아내려 엄청난 옥사를 일으킨다. 죽은 채제공은 천주교 신자를 비호했다는 죄명으로 관직을 몰수당한다. 잡혀 온 철신선생은 고령이라 거친 추국을 견디지 못하고 옥에서 죽는다. 이가환은 곡기를 끊어 스스로 죽음의 길을 택한다. 약용과 약전은 모진 추국을 어렵게 버텨내고 다행히 유배형으로 마무리된다. 벼슬길에서 잘 나가던 낙민은 방황하다 천주교 신자임을 자인하고 순교의 길을 택한다.

이존창, 최창현, 최필공과 최필제, 정약종, 이승훈, 홍교만 등 잡혀온 천주교 신자는 대부분 사형을 선고받고 서소문에서 참수된다. 다만 존창은 천주교가 성한 충청도 사람에게 본보기를 보이기 위해 고향 땅에서 사형을 집행하도록 한다.

존창은 함거에 실려 공주감영으로 압송된다. 수원 진위 평택을 거쳐 천안에 들어선다. 많이 다녀 익숙한 길이다. 마지막이라 생각하자 힘들었던 지난 일도 애틋하다. 여러 기억이 겹쳐 생겼다 사라진다.

여사울과 단원정사, 양근의 녹암정사, 다락골과 홍산 지티, 금산과 고산의 교우촌, 홍유한, 이병휴, 이기양, 철신 일신 선생님들, 이벽 총억 낙민 필공 창현 항검 약용 등 동지들, 천명이와 억명이, 천안의 아전 아이들, 부인 강씨와 성미 순이 도연이….

존창은 기도를 한다.

'천주님, 감사합니다.

저는 많은 것을 배우고 느끼고 행복하게 살다 갑니다. 또 천주님을 믿을 기회까지 주셔서 더 기쁩니다. 같이 살아온 여러분들께 많은 도움을 받았습니다. 모두 천주님 덕분입니다. 감사합니다.

천주님, 외람되지만 한 가지 부탁이 있습니다. 이생에서 이루지 못한 꿈을 다음 생에서는 꼭 이루게 해주십시오. 백성들이 굶주리지 않고 천주님을 마음껏 믿을 수 있는 나라를 만들 수 있게 해주십시오. 먼저 가신 이벽 형님과 많은 동지회 회원들과 약속이고, 돌아가신 선왕과의 약속이고, 또 남겨진 사람들을 위해 꼭 해야 하는 일입니다.

이 나라에서 천주님을 위해 죽은 이들의 목숨이 헛되지 않게 해주십시오. 천주님이 제게 그런 기회를 주신다면 저는 어떤 고생도, 죽어서 지옥에 가는 형벌도 달게 받겠습니다.'

함거는 어느덧 천안삼거리를 지나 공주로 향한다.

배부른 여자가 남자아이의 손을 잡고 함거를 힘겹게 쫓아 온다. 순이와 도연인 듯하다. 여자와 아이는 함거를 따라잡을 수 없는지 점점 멀어진다. 어느덧 시야에서 사라진다. †

인간의 길 – 소설 이존창

펴낸날 제1판 제1쇄 2024년 3월 1일
지은이 정대영
펴낸곳 실반트리
디자인총괄 박선욱
내지디자인 이예림
일러스트레이션 에리나문
등 록 제514-2020-000001호
주 소 대구시 군위군 군위읍 장대길 76
연락처 friendseoul@gmail.com
책값 15,000원
ISBN 979-11-969991-1-7 03230